Das Skelett vom Ochsenkopf

Der dritte Fall
für Hauptkommissar Franck Metz

Ein *Apotheken*-Krimi

von

Ellys Meller

1. Auflage, Juli 2019

Lektorat: Sandra Schmidt; Korrektorat & Buchsatz: Petra Schmidt; Cover: Henry Damaschke; agentur-textkorrektur.blogspot.com
Herausgeber: Ines Riemay, Hermsdorfer Str. 28, 12627 Berlin
Herstellung und Verlag: BoD – Books on Demand, Norderstedt

Bibliografische Information der Deutschen Nationalbibliothek:
Die Deutsche Nationalbibliothek verzeichnet diese Publikation in der Deutschen Nationalbibliografie; detaillierte bibliografische Daten sind im Internet über http://dnb.dnb.de abrufbar.

ISBN: 978-3-74816-318-3

»Die Pflanze ist die älteste
Wohltäterin
der Menschheit. «

Alfred Vogel
(Schweizer Heilpraktiker)

Für T.

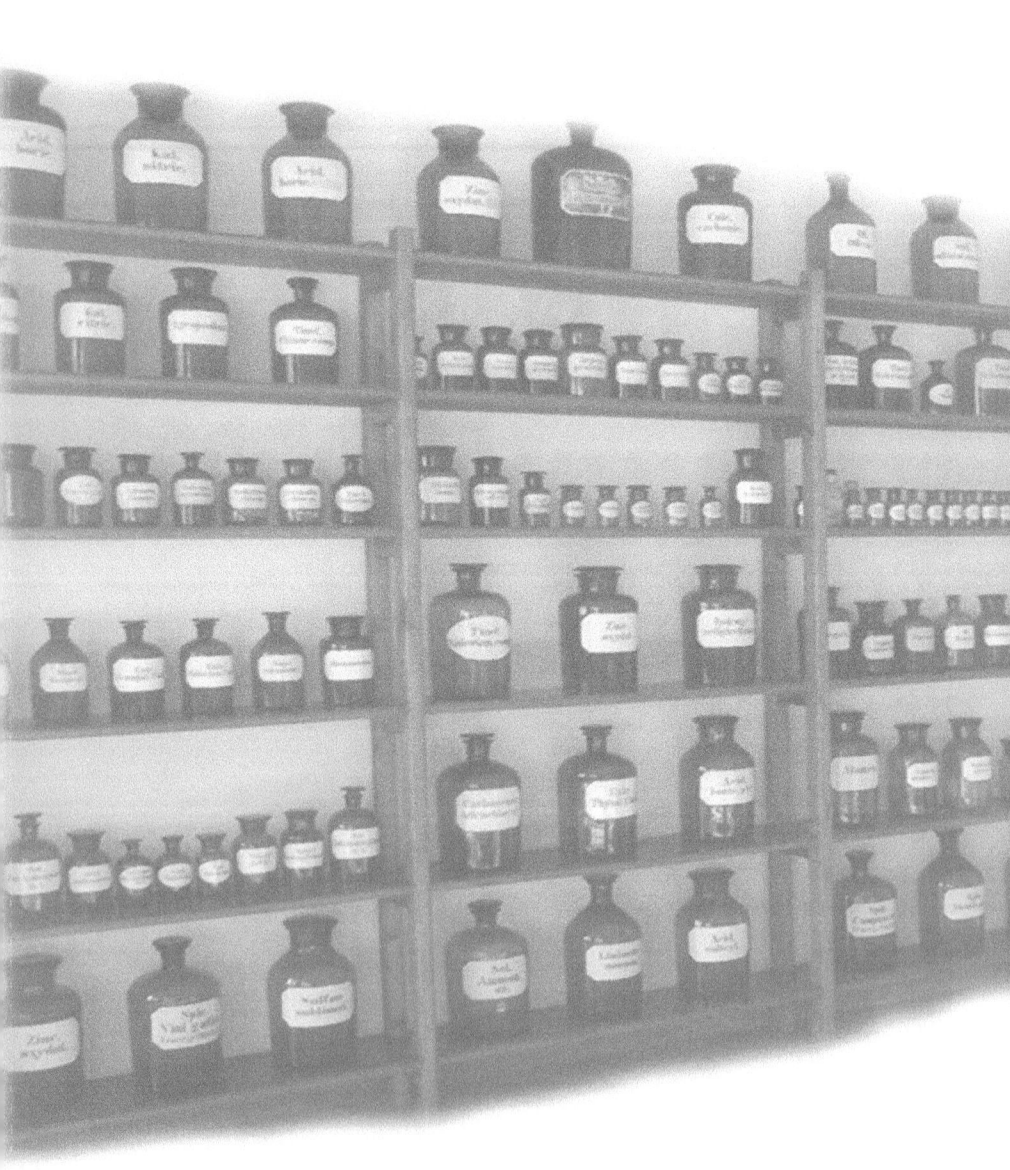

Montag

»Verfluchter Mist«, schimpfte Metz und bremste. Ein nerviges Quietschen ertönte, bis er zum Stehen kam und vom Fahrrad abstieg.

Einsam stand er auf der Landstraße, die zur Gerstorfer Burg führte. Mit schräg gelegtem Kopf besah er den Schaden. Das Hinterrad wies eindeutig einen Platten auf. Metz fühlte den Reifen ab und fand einen zentimeterlangen Riss. Eine grüne Glasscherbe schien der Übeltäter zu sein. Ihre scharfen Kanten blitzten im Sonnenlicht. Metz bückte sich und verstaute sie sorgsam im Bauchgurt. Wie nebenbei fragte er sich, wie diese Glasscherbe hierhergekommen war. Es war einfach eine Angewohnheit und dem Beruf geschuldet.

Im Revierkommissariat in Quedlinburg leistete er Polizeidienst, was ihm viel Kraft abverlangte. Diesen freien Tag hatte er sich daher anders vorgestellt. Emilia hatte ihn ermuntert, in der spärlichen Freizeit wieder seinem früheren Hobby nachzugehen. Kurzentschlossen hatte er sich ein Fahrrad gekauft, um seinem Faible wieder Leben einzuhauchen.

Metz streckte sich und lockerte die Schultern. So weit das Auge reichte, erblickte er sanfte wellige Täler und Hügel. Diese Hügelketten waren unterbrochen von Steinresten, die noch aus der Eiszeit stammten. Er sah saftig grüne Pflanzentriebe. Nur eine einzelne kleine Wolke konnte er ausmachen. Ansonsten war der Himmel makellos blau. Die Sonne schickte kräftige Wärmestrahlen zur Erde. Kräftiger, als es für den Frühling üblich war. Allerdings eine Wohltat nach den kalten Wintermonaten und der langen Regenperiode, die im Februar gefolgt war. Die Regenspeicher waren wieder aufgefüllt. Der kalte Ostwind der letzten Tage war durch die warmen Winde aus der Sahara vertrieben worden. Die Zugvögel kamen aus Afrika zurück. Schreiend zog eine V-Formation von Graugänsen über Metz hinweg. Der Frühling war zurück. Er hatte zwar erst einen Fuß in der Tür, doch die nächsten Tage sollte es passables Wetter geben. Passend für die Osterfeiertage und für die Einladung seines Freundes und Chefs, der Emilia und er endlich folgen wollten. Metz zog die Strickjacke aus und verknotete sie um seine Schultern. Ungewohnt warm fand es Metz zu dieser Tageszeit.

Er schulterte das Sportrad. Längst hatte er die Entscheidung getroffen, die Abkürzung über die Kuppe des Ochsenkopfes zu nehmen. Er lief einen mit Bäumen bestandenen Hügel hinauf und erreichte einen Turm. Metz wusste, dass es rund um Quedlinburg einige solche Türme gab. Sie stammten aus dem Mittelalter und hatten als eine Art Wachtürme fungiert. Die Wachleute hatten in früheren Zeiten Quedlinburg rechtzeitig vor Feinden gewarnt. Metz interessierte sich für Geschichte im Allgemeinen und für den Turm im Besonderen. Dieser bestand aus Muschelkalk und Gipsmörtel. Vorsichtig strich Metz über die spröde Textur des Mauerwerks. Er stellte sein Fahrrad ab und erklomm die Aussichtsplattform. Eine Wendeltreppe führte nach oben und versprach eine grandiose Aussicht.

Der beeindruckende Rundumblick belohnte ihn. Auf dem Turm war es windstill. Metz vernahm keine Geräusche, die der menschlichen Zivilisation geschuldet waren. Hoch über ihm kreiste ein Vogel. Metz beobachtete ihn, doch der Name dieses heimischen Raubvogels war ihm unbekannt. Das Tier stieß zu Boden. Kurz darauf stieg es erneut in die Luft und flog nach wenigen Kreisen davon.

Metz schaute in die Ferne. Vor ihm lag der Harz. Die Silhouette ließ erahnen, wie groß der Harz als Mittelgebirge war.

Nachdem er sich hinreichend am Anblick der Landschaft gelabt hatte, stieg er wieder ab und schulterte das Fahrrad erneut. Der Kiesweg auf der Hügelkette führte in Richtung Quedlinburg, vom Turm aus hatte er es gesehen. Er lief an braunen Feldern und kleinen Baumgruppen vorbei. Das Fahrrad wog immer schwerer. Er war etwa drei Kilometer gelaufen, als er Geräusche vernahm, die nicht hierher passten. Zumindest nicht an dieser Stelle. Metz hörte Hämmern, Klappern, laute Rufe.

Das weckte seine Neugier. Mit seinem Fahrrad über der Schulter kletterte er auf die Kuppe des Ochsenkopfes. Schweißtropfen standen ihm auf der Stirn. Aus der Hosentasche holte er ein Taschentuch und wischte sie weg. Er war eindeutig zu warm angezogen.

Vor sich sah er ein abgestecktes Territorium, das in kleine, aber gleichmäßige Felder aufgeteilt war. In einigen dieser Segmente hockten oder knieten Menschen in Arbeitskleidung. Metz beobachtete, wie sie vorsichtig die Erde aufbrachen und mit Werkzeugen sorgfältig kratzten oder Erde aussiebten. Schubkarren, Eimer und Wannen standen neben ihnen. Zwei kleine und wendige Bagger parkten etwas abseits. Metz beobachtete, wie die Archäologen aufgeregt gestikulierten. Sie versammelten sich alle um ein abgestecktes Territorium. Trotz der Entfernung erkannte Metz, dass etwas Ungewöhnliches passiert sein musste. Zwei Leute fuchtelten wild umher, eine Frau schlug die Hände vors Gesicht. Einer der Männer zog ein Handy aus der Tasche und lief dann telefonierend zu einem Bauwagen. Das Verhalten der Archäologen erstaunte ihn. Immer wieder schauten sie in eines der freigelegten Felder. Die Frau zog sich ihre Jacke fester um die Schultern. Unentwegt schüttelte sie den Kopf. Offensichtlich glaubte sie nicht, was sie sah. Jetzt zog sie ein Taschentuch aus der Hose und wischte sich übers Gesicht. Irrte Metz sich oder weinte sie?

Metz lehnte sein Fahrrad, unweit der Ausgrabungsstätte, an einen Baum und näherte sich dem abgesperrten Areal. Ein älterer Mann mit einem imposanten Schnauzbart im Gesicht und einer goldumrandeten runden Brille kam aufgeregt auf ihn zu und hob abwehrend die Hände. Die Mimik des Mannes verriet Bestürzung.

»Sie dürfen das Gelände nicht weiter passieren. Archäologische Ausgrabungen. Wir haben soeben die Polizei verständigt.«

»Warum haben Sie denn die Polizei verständigt? Es ist doch eine archäologische Ausgrabung«, wollte Metz wissen.

»Das geht Sie nichts an!«, wetterte der Mann lautstark los. »Verlassen Sie das Areal!« Seine Nerven lagen blank. Die Halsschlagader schwoll an und das Gesicht bekam einen knallroten Farbton. Unwirsch drehte er sich um.

Der Mann, der sich bisher im Bauwagen befunden hatte, kam mit dem Handy am Ohr heraus und fand sich jetzt neben seinem Kollegen ein. Unübersehbar kam er diesem zu Hilfe. Die Frau, die sich in einiger Entfernung positioniert hatte, wischte ihre Tränen ab und schniefte deutlich.

»Sie schicken uns einen Streifenwagen«, raunte der Mann mit Handy dem cholerisch wirkenden Kollegen zu. Erleichtert atmete auch die Frau in den bunten Gummistiefeln auf.

Metz hatte die gedämpft gesprochenen Worte ebenfalls gehört. Hier ging es um etwas anderes, ahnte er.

»Mein Name ist Metz, ich bin Hauptkommissar bei der Quedlinburger Kriminalpolizei«, stellte er sich vor.

Der eine sah den anderen mit besorgtem Blick an. Noch bevor der Mann mit dem Handy antwortete, sprach Metz weiter: »Das ist mein freier Tag. Mein Dienstausweis liegt im Büro im Revierkommissariat.« Er sah ihnen an, dass sie ihm nicht glaubten. Metz' Handy klingelte und er entschuldigte sich mit einer knappen Geste bei den beiden, die ihn wie hypnotisiert anstarrten. Die verweint aussehende Frau bewegte sich mit ihren bunten Gummistiefeln in Richtung der Männer.

»Jäger, was ist los?«, fragte Metz seinen Kollegen.

»Wir haben den Anruf der archäologischen Abteilung erhalten. Auf dem Ochsenkopf hat man ein Skelett gefunden. Definitiv nichts Archäologisches, ließ man uns wissen.« Jäger informierte gewohnt zügig und zusammenfassend. »Hab gedacht, das sei ein Scherz. Die finden doch immerzu Skelette.«

Ohne auf Jägers Bemerkung einzugehen, forderte Metz ihn auf: »Bestätigen Sie bitte, dass ich bereits am Tatort bin.«

Einige Sekunden herrschte Stille, dann fand Jäger seine Sprache wieder:

»Wie, Chef, Sie sind auf dem Ochsenkopf?« Jägers Stimme überschlug sich fast.

»Ja. Ich reiche das Handy an einen der Archäologen.«

Metz gab das Handy weiter. Der Mann mit den Schmutz verkrusteten Jeans griff danach. Nur langsam wich dessen ärgerlicher Gesichtsausdruck. Endlich gab er Metz das Handy zurück.

Abrupt drehte er sich um und machte Metz Zeichen, dass er ihm folgen sollte. Aufmerksam beobachtend folgte der Hauptkommissar. Der andere Archäologe schloss sich ihnen kurzerhand an. Die Männer erreichten das ausgehobene Feld.

Metz wusste nicht, was ihn erwartete – definitiv nicht das, was er jetzt sah.

Kaum hatte Jäger den fünften Becher Kaffee in sich hineingekippt, bekam er einen Anruf von der Zentrale. Eine Leiche sei am Holländergraben entdeckt worden.

»Scheiße!«, entfuhr es Polizeiobermeister Jäger im Büro 202 der Dienststelle der Quedlinburger Kripo, als er den Hörer wieder aufgelegt hatte. Ausgerechnet heute hatte der Hauptkommissar seinen freien Tag. Das Telefon klingelte erneut. Die Mitteilung, die Jäger nun erhielt, ließ ihn nicht lange überlegen und er klopfte an die Tür seines nächsthöheren Vorgesetzten.

»Dienstgruppenleiter Petersen. Ich hab die Meldung bekommen, dass eine Leiche am Holländergraben gefunden wurde.«

»Und, was hält Sie hier noch?«, fragte Petersen, ungewohnt kurz angebunden.

»Ich dachte, weil ...«

»Sie dachten, weil Hauptkommissar Metz seinen freien Tag hat, schicke ich Sie nicht los?«, formulierte Petersen bissig.

»Ist eher so, dass der Chef bereits an einem anderen Tatort ist«, erwiderte Jäger.

Petersen riss die Augen auf. »Seit ihr zwei ermittelt, gibt es eine Leiche nach der anderen. Vorbei die Ruhe und Gelassenheit.«

»Ich will nur klarstellen, dass der Chef nicht direkt bei einer Leiche ist, sondern eher bei einem Skelett.« Jäger wollte es genau haben.

Petersen war mit dem falschen Bein aufgestanden. Beim Rasieren hatte er sich geschnitten, sein Hemd war falsch zugeknöpft gewesen und zu guter Letzt war er vor der Haustür in Hundescheiße getreten. Er hatte nochmals in sein Haus zurückkehren müssen, um sich andere Schuhe anzuziehen. Er wollte es seiner Frau Adele nicht zumuten, die beschmutzten sauberzumachen. Also hatte er den Wasserhahn angedreht und sich dabei dermaßen ungeschickt angestellt, dass ihm Wasser auf sein Hemd und seine Anzugjacke spritzte. Also hatte er sich komplett umziehen müssen. Und jetzt diese Mitteilungen. Die Statistik, die er im Begriff war, zu erarbeiten, konnte er sich in den Allerwertesten stecken. Ach, er verkniff sich den Gedanken dazu.

»Wollen Sie damit andeuten, dass es einen ungelösten Fall gibt? Ausgerechnet bei uns?« Petersen sah Jäger streng an.

Jäger kratzte sich verlegen am Kopf, sagte aber nichts dazu. Er fand, dass ihm diese Schlussfolgerung nicht zustand.

»Wo hat man das Skelett gefunden?« Petersen lenkte ein. Weder Jäger noch Metz konnten wissen, dass sein Tag miserabel begonnen hatte.

»Soviel ich weiß, am Ochsenkopf. Bei irgendwelchen Ausgrabungen.« Petersen biss sich auf die Unterlippe.

»Das gibt wieder nur Scherereien«, mutmaßte der Dienststellenleiter. Er erhob sich und ging zu der Espressomaschine, die in einer Ecke stand. Jäger sah nun den kleinen Schnitt an Petersens Kinn.

»Was stehen Sie hier rum, Jäger? Sie können das. Nehmen Sie Reeh und Rükken mit.«

»Sorry, die sind bereits unterwegs«, entgegnete Jäger.

»Nehmen Sie, was Sie brauchen und wen Sie brauchen.« Damit war der Polizeiobermeister entlassen.

Jäger holte die Waffe aus dem Schrank, klemmte sich seinen Laptop unter den Arm, verschloss das Büro und ging zur Einsatzzentrale, die sich in der ersten Etage befand.

»Wir haben den zweiten Funkwagen auch im Einsatz. Ein Verkehrsunfall«, informierte ihn Polizeirat Keiler, der gewissenhaft die Einsätze der Kollegen leitete und koordinierte, wenn er auch in der Regel nicht zu einer Grillparty eingeladen wurde, denn er galt unter den Kollegen als Spaßbremse.

»Ich schicke ihn dir später. Fahr am besten mit Dr. Wagner. Der wartet bereits auf dich. Hanni und Nanni sind auf dem Weg zum Tatort. Kennst sie ja. Müssen immer die Ersten sein.«

Jäger war sprachlos. Sprachlos darüber, dass Polizeirat Keiler dermaßen viele Worte mit ihm wechselte. Was war plötzlich in ihn gefahren?

Auf dem Gelände des Fuhrparks sah er Dr. Wagners Auto stehen. Ein schwarzer Audi. Jäger ging auf die rechte Türseite zu, als diese geöffnet wurde. Dr. Wagner saß grinsend auf dem Beifahrersitz.

»Kommen Sie, wie ich höre, werde ich viel zu tun bekommen. Eine Leiche im Brühl, ein Skelettfund bei den Ausgrabungen für die B6. Wahnsinn. Endlich komme ich in den Genuss Ihres Fahrstils. Petersen hat niemals damit hinter den Berg gehalten.«

Dr. Wagner hatte einen merkwürdigen Humor, das wusste Jäger aus den vorhergegangenen Fällen. Ohne weitere Bemerkung lief er um das Auto herum, nahm auf dem Fahrersitz Platz und ließ den Motor an. Zügig fuhr er die Gneisenaustraße entlang, am Stauffenbergplatz vorbei, die Weststraße weiter, die später zur Wipertistraße wurde. Den Servatii-Friedhof ließ er an der rechten Seite liegen und bog scharf nach links ein.

Er sah vereinzelte Menschengruppen, die sich um das Absperrband der Polizei drängten. Köpfe wurden gereckt. Gemurmel wurde laut. Vermutungen wurden geäußert. Doch alle wollten einen Blick erhaschen – auf die arme Kreatur, die es diesmal erwischt hatte.

Nachdem sie sich ausgewiesen hatten, wurde der Audi durchgelassen. Jäger parkte und sie stiegen aus. Der Polizeiobermeister vergewisserte sich, dass seine Sig Sauer P6 fest im Schulterhalfter saß und griff nach dem Laptop.

Jäger und der Doktor begaben sich zum Fundort der Leiche. Hanni und Nanni, die Damen der Spurensicherung und die Besten im Harz, kümmerten sich bereits um den Tatort und die Spuren. Jäger wusste, wie es an einem Tatort aussah und wie die Polizei vorging. Aber er war Polizeiobermeister und kein ausgebildeter Kriminalist. Er ging mit Dr. Wagner, um sich die Leiche anzuschauen.

Am Holländergraben, der Wasser führte, lag eine Frau. Ihr regloser Blick starrte anklagend den allzu blauen Himmel an. Das linke Bein war unnatürlich angewinkelt und lag im Wasser. Der Rest ihres Körpers lag zum Teil auf der Böschung, zum Teil unterhalb der kleinen Brücke. Sie trug Jeans, Absatzschuhe und eine nachtblaue Seidenbluse. Darüber eine kurze Jacke. Vielleicht ein wenig voreilig, wegen des Wetters und der immer noch kühlen Winde, dachte Jäger. Eine knallrote schmale Handtasche lag zwei Meter entfernt von ihr. Jäger sah zu, wie der Gerichtsmediziner die Leiche der Frau vorsichtig untersuchte.

»Sie bekam einen kräftigen Schlag auf den Hinterkopf. Davon allein wäre sie vermutlich nicht gestorben. Erst der Sturz in den Mühlengraben ist dafür verantwortlich. Alles Weitere und Genauere ...«

»Nach der Obduktion«, vollendete Jäger den Standardsatz. Er sah zu, wie Hanni und Nanni die Hände der Toten einpackten, um Beweise zu sichern. Frau Müller entnahm Wasserproben und Frau Weber fotografierte die Lage der Toten aus verschiedenen Blickwinkeln.

In der Zwischenzeit war das zweite Polizeifahrzeug gekommen. Jäger hörte, wie einer der Kollegen jemandem hinterher brüllte:

»Bleiben Sie stehen! Haben Sie verstanden!« Er betätigte die Hupe des Polizeifahrzeugs. Der Flüchtende drehte sich nicht um. Er überquerte eine Straße und rannte auf den angrenzenden Brühl zu.

Jäger klappte den Laptop zu und drückte ihn Hauptkommissar Reeh in die Hand.

»Ich übernehme das!«, rief er dem Kollegen lautstark zu, der ihm nur noch hinterher starren konnte.

Jäger überquerte die Straße und hetzte in die weitläufige Parkanlage hinein. Vom Flüchtenden war keine Spur mehr zu sehen. Aus seiner Schulzeit wusste er noch, dass der Brühl eine quadratische Form besaß, mit einem Alleenkreuz und Diagonalalleen. Im Frühling wuchs der Bärlauch zwischen den einzelnen Bäumen und verströmte einen intensiven Duft nach Knoblauch. Jäger stand nicht der Sinn, nach den Schönheiten des Gartenparks zu sehen, er rannte weiter auf den Sandwegen und versuchte, den Flüchtenden zu finden. Wie ein

Jagdhund nahm er ein Geräusch wahr und wechselte die Richtung. Der Flüchtende hatte einen entscheidenden Fehler begangen. Er rannte quer durch den Bärlauch. Die zertrampelten Blätter gaben die Spur preis, der Jäger nun folgen konnte. Egal, wem er folgte, dieser Typ war in bemerkenswerter Form. Jäger ließ nicht von der Verfolgung ab, dem anderen musste doch auch einmal die Puste ausgehen. Jäger wich herabhängenden Zweigen eines dichten Busches aus und endlich sichtete er den Flüchtenden.

»Stehen bleiben! Polizei!«

Der Flüchtende ignorierte den Ruf und rannte weiter. Jäger wurde wütend. Trotz Seitenstechen, das sich jetzt einstellte, hetzte er dem Flüchtenden hinterher und der Abstand wurde immer kleiner. Noch zwei Meter. Noch ein Meter. Jäger warf sich auf den Rücken des Mannes. Von der Wucht des Aufpralls umgerissen, krachte der Mann auf den Boden und blieb stöhnend im Bärlauch liegen, fest auf den Boden gedrückt. Die Handschellen klackten. Jäger riss den Mann auf die Füße und drehte ihn herum.

»Was haben Sie sich dabei gedacht?«, fragte Jäger außer Atem und deshalb gereizt. »Wie heißen Sie?«

Sein gequälter Gesichtsausdruck sprach Bände. Er presste eine Hand auf die rechte Seite und atmete tief in den Bauch. Jäger konnte es nicht ausstehen, wenn jemand auf die Worte: ›Halt! Polizei!‹ nicht reagierte. Vor ihm stand ein Mann Mitte vierzig, der sportlich gut in Form war. Er war ein Meter achtzig groß und sehnig. Der Angesprochene wies mit einem Kopfzeichen auf seine linke Brusttasche.

»Mein Ausweis ist da drin«, sagte der Festgenommene, keinesfalls kleinmütig oder zerknirscht.

Vorsichtig holte Jäger den Ausweis aus dem dunkelblauen Arbeitsoverall und las Namen und Anschrift darauf.

»Das hätten wir uns beide ersparen können.« Jäger führte den Mann auf den Sandweg. »Was haben Sie sich bloß dabei gedacht?«, fragte er nochmals, diesmal in einem versöhnlicheren Ton.

Die Handschellen schloss er wieder auf. Polizeiobermeister Jäger kannte den Mann nicht persönlich, aber er hatte bereits von Marek Winkler gehört. *Müllheini* nannten ihn die Quedlinburger hin und wieder abfällig.

Marek Winkler zog seine Schultern hoch.

»Konnte ja nicht wissen, dass Sie wirklich so schnell sind. Die meisten geben auf, wenn ich Fersengeld gebe«, gab er selbstbewusst zurück.

Jäger hütete sich zu sagen, dass er unmittelbar davor gewesen war, aufzugeben, doch sein läuferischer Ehrgeiz in ihm ließ das nicht zu. »Was hatten Sie denn am Holländergraben verloren?«, wollte Jäger wissen.

Marek Winkler sah Jäger unverständlich an. »Ich? Verloren?« Dann schüttelte er den Kopf. »Nichts. Ich sammle Müll ein. Überall.«

Jäger wählte die nächste Frage besser aus.

»Warum hielten Sie sich am Holländergraben auf?«

Marek Winter steckte seine Hände in die Hosentaschen und schaute in den Himmel. Dabei atmete er den leichten Knoblauchduft ein.

»Ich habe einen Plan, an welchem Tag ich wo und was einsammele. Die Stadt habe ich mir in Planquadrate eingeteilt und montags sind der Münzenberg und der Brühl dran.« Marek Winkler schaute Jäger offen an.

»Lassen Sie uns wieder zurückgehen, sonst alarmieren die Kollegen noch eine Hundertschaft«, sagte Jäger knurrig und griff nach dem Handy, um den Kollegen Entwarnung zu geben. »Bin mit dem Zeugen auf dem Rückweg.« Dann wandte er sich wieder an Marek Winkler. »Haben Sie etwas gesehen, das uns helfen kann?«

»Früh um 6 Uhr habe ich mit dem Münzenberg begonnen, diesmal ist es nur eine Plastiktüte geworden. Zwei Stunden habe ich dafür gebraucht. Dann habe ich den Sack abgestellt.«

»Wo?«

»Ich gehe immer zum Wiperti-Friedhof, da kann ich den Sack entleeren. Der Friedhofswärter hat nichts dagegen«, brummte Marek unwillig. Er musste ja der Polizei nicht auf die Nase binden, dass er dem Friedhofsgärtner gelegentlich eine Arbeit abnahm. Dafür bekam er immerhin eine ordentliche Mahlzeit und ab und zu etwas Geld zugesteckt, wenn eine dreckige oder schwere Arbeit zu verrichten war.

Wer weiß, was das für krumme Dinge sind, fragte sich Jäger insgeheim, schwieg aber dazu.

»Wann sind Sie denn am Holländergraben vorbeigekommen?«

»Gegen zehn«, antwortete Marek zögerlich. »Bin mir nicht sicher. Schaue ja nicht dauernd auf die Uhr.«

Jäger warf ihm einen ärgerlichen Blick zu.

»Geht es nicht genauer? Wir ermitteln in einem Tötungsfall.«

»Was denn gesehen oder gehört?«, fragte Marek Winkler. Unterdessen waren sie zum Tatort zurückgekehrt. »Wie meinen Sie das denn?« Marek Winkler blieb vorsichtig gegenüber der Staatsmacht.

Hauptkommissar Reeh kam mit verärgertem Gesichtsausdruck auf Marek Winkler zu und griff nach dessen Arm. Jäger winkte ab.

»Lass gut sein. Ich nehme die Zeugenaussage selber auf. Bringt ihn bitte zum Revierkommissariat.«

Kopfschüttelnd ließ der Kollege Marek Winkler in das Polizeifahrzeug einsteigen.

»Nehmt bitte auch den Plastiksack mit, den der Zeuge stehen gelassen hat.« Polizeiobermeister Jäger wies auf einen Sack voller Müll, den Marek Winkler bei der Flucht im Stich gelassen hatte.

Das Skelett lag ausgestreckt auf dem Rücken und war an vier Holzpflöcken angebunden. Arme und Beine weit gespreizt. Es steckte in einer Art Büßergewand. Die Augen waren verbunden. Das Skelett gehörte keinesfalls zu den Artefakten, die die Wissenschaftler hier zu finden wünschten.

Aus der Ferne hörte er sich näherndes Sirenengeheul der Polizeifahrzeuge. Metz wandte sich an die Zeugen.

»Wer hat das Skelett gefunden?«

Die beiden Männer wiesen zu der Frau in den peppigen Gummistiefeln.

»Bitte halten Sie sich zu den Befragungen bereit. Die Kollegen der Spurensicherung werden den Tatort übernehmen.«

»Wie lange wird es dauern, bis Sie fertig sind?« Sein Tonfall klang vorwurfsvoll. »Wir stehen hier unter Zeitdruck«, präzisierte der Mann mit der dreckigen Jeans.

Metz schätzte ihn auf Anfang sechzig. Graue Haare bedeckten dessen Kopf. Wegen der buschigen Augenbrauen wirkte der Blick verbissen.

»Sie sind der Chef?« Metz ließ sich nicht aus der Ruhe bringen.

»Mein Name ist Meersig«, antwortete er mit frostiger Stimme. »Professor Doktor Meersig«, korrigierte er ungehalten.

»Was graben Sie hier aus und warum?« Metz hatte sein Heftchen für die Notizen nicht dabei und ein wenig ärgerte es ihn. Doch wer konnte ahnen, dass er an seinem freien Tag eher als das Einsatzteam am Tatort war. Dass es ein Tatort war, davon ging er aus.

»In Kürze wird es eine Umgehungsstraße geben, damit der Straßenverkehr durch Quedlinburg minimiert wird«, gab Professor Doktor Meersig knurrig zur Antwort.

»Seit wann graben Sie hier?«

»Seit einem halben Jahr. Wir müssen bis zum Samstag nach Karfreitag fertig sein, sonst kommt der gesamte Bauplan durcheinander. Sie wissen ja ...« Nun wirkte der Professor zerknirscht.

Metz verstand den Mann durchaus. Eine Baustelle war ein komplexes Räderwerk. Kam ein Rad ins Stocken, stockten alle anderen Rädchen ebenfalls, egal, wie bedeutsam oder winzig sie waren. Metz schaute auf die alles überragende Silhouette des Schlossberges in der Ferne von Quedlinburg. Man sagt dem Schloss nach, dass es zur Einweihung im Jahre 1021 strahlend weiß ausgesehen haben soll. Vielleicht war dem so, vielleicht auch nicht. Metz wusste nicht mehr, wo er das gelesen hatte.

»Ja, die Sache mit der Zeit und dem wirtschaftlichen Aspekt.« Metz hatte sich in den Harz versetzen lassen, weil ihm nicht nur der Zeitdruck nach seinem Burn-out zugesetzt hatte. »Bitte bleiben Sie, die Kollegen übernehmen jetzt. Wir tun unser Möglichstes, damit Sie weiterarbeiten können.«

Meersig brummte etwas Unverständliches vor sich hin. Offenbar konnte er es nicht leiden, wenn man ihn stehen oder auch nur warten ließ.

Metz sah aus der Ferne, dass sich ein Polizeifahrzeug näherte. Die Hauptkommissare Reeh und Rükken. Wo blieb Jäger?

Das Fahrzeug hielt und die beiden stiegen aus. Sie gingen auf Metz zu.

»Wo steckt Jäger?«, fragte dieser.

Reeh und Rükken schauten sich kurz an und knobelten anscheinend aus, wer es Metz sagen sollte.

»Was ist los?« Metz hob zur Bekräftigung eine Augenbraue an.

»Hauptkommissar Metz, wir haben noch einen anderen Fall. Eine weibliche Leiche, sie wurde im Holländergraben am Brühl gefunden«, teilte ihm Reeh mit.

»Und Petersen hat Jäger dorthin beordert«, ergänzte Rükken. »Sowie auch das zweite Polizeifahrzeug«, fügte er hinzu. »Wir hatten dort ebenfalls Einsatz. Sind aber fertig.«

»Zwei Fälle auf einmal.« Metz zog scharf die Luft ein. Sah so ein Kürzertreten aus? Seit er hier in Quedlinburg seinen Dienst versah, kam es ihm vor, als wenn sein Leben mehr und mehr aus den Fugen geriet. Eine Zeit des Nichtstuns war ein verschwendeter Gedanke.

»Dann beginnen Sie mit der üblichen Routine. Absperren und Zeugenaussagen aufnehmen«, wies er die Hauptkommissare an. »Ich fange mit der Dame an.« Metz wies mit einem Kopfnicken auf die Zeugin.

Metz schätzte sie auf 1,80 m. Sie trug die vorschriftsmäßige Arbeitskleidung der Archäologen. Das Auffallendste an ihr waren ihre peppigen Gummistiefel. Die blonden Haare hatte sie sorgsam hochgesteckt. Die Brille, die sie trug, hatte ein eckiges Gestell und passte nicht zwingend in das schmale Gesicht. Ihre Gesichtshaut wies eher Dreckspuren als Make-up auf. Ihre Augen waren vom Weinen gerötet.

»Es tut mir leid. Doch es ist notwendig, jeden zu befragen, der auf der Baustelle ...«, begann Metz.

»Ausgrabungsstelle«, verbesserte sie ihn. Dem Timbre ihrer Stimme nach zu urteilen, war sie angespannt.

»Mein Name ist Metz und ich arbeite bei der Quedlinburger Kripo. Heute ist mein freier Tag«, versuchte Metz, sie aus ihrer Angespanntheit herauszuholen.

Die Frau schaute auf und Metz entdeckte die erste Spur eines Lächelns auf ihrem Gesicht.

»So sehen also Ihre freien Tage aus?«, fragte sie mitleidig. Ein Mundwinkel hatte sich zur Andeutung eines Lächelns nach oben gezogen.»Das ist ja fast wie bei uns. Haben wir ein Projekt, muss es durchgezogen werden. Komme, was da wolle.« Sie schniefte nochmals ins Taschentuch und putzte sich die Nase. Das hatte etwas Endgültiges.

»Wie heißen Sie?«

»Mein Name ist Anna Fiedler und ich bin Archäologin.«

Metz hörte einen fremden Dialekt in ihren Worten.

»Woher kommen Sie?«

»Aus dem Mansfelder Land. Der Dialekt ist etwas breit und nicht so angenehm für die Ohren«, erklärte sie, jetzt vorsichtig lächelnd.

Wenigstens weint sie nicht mehr ununterbrochen, dachte Metz, froh darüber, dass er ihre Gedanken in eine andere Richtung gelenkt hatte.

»Bitte schildern Sie mir genau Ihren heutigen Arbeitstag.«

Frau Fiedler rückte ihre Brille zurecht und wischte sich zum letzten Mal mit dem Taschentuch ihre Nase.

»Nichts Besonderes. Wie üblich war ich die Erste auf der Ausgrabungsstätte. Zuerst kochte ich eine Kanne Kaffee, die ist für uns alle, und dann schaute ich nach dem Rechten. Es gibt Ausgrabungsstätten, da fehlte über Nacht das eine oder andere Arbeitsgerät. Es war alles so, wie wir es gestern verlassen hatten. Dann habe ich den Himmel betrachtet. Ich freute mich auf einen wunderbaren Frühlingstag. Warm, leichter Wind, blauer Himmel, angenehm zum Arbeiten. Nicht wie in den vergangenen Wochen, mit viel Regen.«

Metz erwartete nicht, dass die Zeugin etwas gesehen hatte, was ihm spontan weiterhelfen konnte. Dieses Ereignis lag Jahre zurück. Fast beneidete Metz Polizeiobermeister Jäger, der wegen der Leiche am Holländergraben ermittelte.

»Am Morgen gegen 6 Uhr habe ich ihn wieder gesehen«, riss Frau Fiedler Metz aus den Gedanken, »diesen Mann. Das fällt mir gerade ein.«

»Wieder? Sagten Sie eben *wieder gesehen*?« Metz starrte sie an.

Frau Fiedler bejahte. Sie wusste, dass der Hauptkommissar auf genauere Angaben beharren würde.

»Zu Beginn ...« Die Zeugin konzentrierte sich. »Zu Beginn unserer Ausgrabungen war mir der etwas unheimlich. Ich sah ihn öfter stehen, also im Oktober letzten Jahres. Als wenn er uns zuschaute und uns beobachtete. Dann war er mehrere Tage oder Wochen nicht zu sehen, dann wieder täglich.«

Metz wusste aus Erfahrung, dass sich Zeugen irrten, etwas verwechselten oder keine detaillierten Beschreibungen abgaben. Anders schien es bei Frau Fiedler zu sein.

»Er ist groß, eher imposant, vielleicht Mitte oder Ende vierzig, trägt einen grau-melierten Bart. Hat etwas lodderige Kleidung an. Zerbeulte Hose, fleckiger Hut, Jacke. Olivgrüner Schal. Er kam nie näher, war nur stiller Beobachter.« Frau Fiedler blickte Metz an. »Wenn Ihnen das hilft?«

Metz bedauerte kurz, sein Heftchen nicht bei der Hand zu haben. Es war eine Marotte von ihm, dass er jeden Fall in ein separates Claire-Fontaineheft eintrug. Er musste es nachholen, wenn er wieder im Büro war.

»Vielen Dank«, antwortete Metz mit freundlichem Lächeln. »Hinterlassen Sie bitte Ihre Kontaktdaten bei den Polizeihauptkommissaren.«

Metz wies mit ausgestreckter Hand in Richtung Reeh und Rükken. Er sah, dass beide mit Befragungen beschäftigt waren. Gerade schüttelten die Zeugen verneinend die Köpfe. Die Angaben der Zeugin Fiedler hingegen waren detailgetreu. Sie würden mit den anderen Angaben verglichen werden und dann musste der beschriebene Zeuge gefunden werden.

»Ja, und nun?«, wandte sich Frau Fiedler nochmals an Metz.

»Wir warten auf den Gerichtsmediziner. Das Skelett wird abgeholt. Wenn die Spurensicherung ihre Arbeit beendet, können Sie weiterhin

Ihrer Arbeit nachgehen«, versicherte ihr Metz. »Im Übrigen sind sich Ihre Arbeit und die der Spurensicherung nicht unähnlich. Nur, dass Jahrhunderte dazwischenliegen«, sagte Metz.

»Oder Jahrtausende«, entgegnete Frau Fiedler schniefend. Sie zog wieder ihr Taschentuch hervor.

☙

Im Revierkommissariat ließ Jäger den Zeugen Marek Winkler eintreten.

»Nehmen Sie Platz«, forderte er ihn auf und wies auf einen Stuhl, der vor seinem Schreibtisch stand. Hauptkommissar Metz war noch nicht zurück, was Jäger bedauerte. Sicher war er noch bei den Archäologen und überwachte den Abtransport der aufgefundenen Leiche. Unauffällig musterte er Marek Winkler. Dieser hatte lebhafte grüne Augen. Ungeniert sah er sich im Büro um. Beidseits von den Nasenflügeln zu den Mundwinkeln zogen sich tiefe Falten. Das wirkte jedoch nicht störend, sondern verlieh seinem Gesicht einen sehr charakteristischen Zug.

Jäger fuhr den Computer hoch. Petersen steckte den Kopf durch die Zwischentür.

»Hauptkommissar Metz?«, fragte er knapp.

Jäger verneinte.

»Kommen Sie in mein Büro.« Es klang fast wie ein Befehl. Jäger sperrte den Computer und bat Winkler, vor der Tür zu warten. Er war sich sicher, dass Winkler nicht stiften ging. Jäger hatte ihm versichert, dass er nur als Zeuge eine Aussage machen sollte.

Als Jäger vor Petersens Schreibtisch stand, klopfte dieser nervös auf die Tischplatte.

»Wer ist das denn?« Eine Kopfbewegung in Richtung angrenzendes Büro offenbarte, wen er meinte.

»Marek Winkler, ich habe ...«

»Etwa der Müllheini?«, fragte Petersen schroff.

Jäger erstarrte für den Moment. Nach der Schussverletzung, dem anschließenden Krankenhausaufenthalt und einer längeren Genesungsphase war der Dienstgruppenführer erst seit Kurzem wieder dienstfähig. Aber Jäger hatte ihn nicht in dieser gereizten Stimmung in Erinnerung. Weil er nicht wusste, wie er agieren sollte, räusperte er sich und sagte:

»Ich habe ihn im Brühl gestellt, als er flüchten wollte.«

Petersen ließ es unkommentiert.

»Wissen wir Näheres über die Leiche im Brühl?«

»Laut des Gerichtsmediziners war sie keine vierundzwanzig Stunden tot. Die Leichenstarre hatte sich noch nicht vollständig ausgebildet. Sie hat eine Kopfverletzung. Wenn ich richtig verstanden habe, ist sie unglücklich gestürzt.«

»Und wer ist sie? Sind wir da irgendwie weiter?«

Jäger schüttelte den Kopf. Was dachte sich Petersen eigentlich? Sie hatten die Leiche aus dem Holländergraben geborgen und ins gerichtsmedizinische Institut in Magdeburg überstellt.

»Wir sind mit den Überprüfungen der Zeugenaussagen beschäftigt.« Jäger wusste, dass er den größten Teil dieser Löwenaufgabe bewältigte.

»Ihr Zeuge«, Petersen deutete mit einem Nicken auf das nebenliegende Büro, während er weiter mit den Fingerkuppen auf den Tisch trommelte, »denken Sie, dass er etwas gesehen hat?«

»Es ist jemand, der viel beobachtet, der viel in Quedlinburg sieht. Vielleicht haben wir einen brauchbaren Zeugen.«

Petersen nickte gedankenverloren.

»Nehmen Sie die Aussage auf. Übrigens«, wies er Jäger an, »sollte es etwas Relevantes geben, dann machen Sie sich bemerkbar. Ich bin beim Staatsanwalt.«

Emilia Sander hatte Punkt 8 Uhr die Apothekentür geöffnet. Ein mittlerweile alltäglich gewordenes Vorgehen.

Bis vor Kurzem noch waren es die Mitarbeiter gewohnt gewesen, dass ihre Chefin nicht immer pünktlich war. Aber seit die Apothekerin mit Franck Metz zusammenwohnte, hatte sich einiges geändert. Emilia hatte sich nach Weihnachten entschlossen, Franck zu fragen, ob er bei ihr einziehen wollte. Das Jahr, in dem sich Franck entscheiden sollte, ob er dem Dienst gewachsen war, würde im August zu Ende sein. Nicht mehr viel Zeit, wenn man es auf diese Art betrachtete. Bis dahin wollte Emilia es sich mit Franck so angenehm machen, wie es ihre Zeit zuließ. Sie hatte nicht vor, Franck in seine Entscheidung hineinzureden. Niemals war das ein Thema zwischen ihnen.

Ihre gebrochene Nase war problemlos verheilt. Und auch den Schock, dass ein vermeintlicher Freund dermaßen eifersüchtig werden konnte, dass er sie umbringen wollte, hatte sie verarbeitet. Zumindest, wenn man sie darauf ansprach. Im Inneren beschäftigte sie dieses Trauma noch immer. Wenn sie ehrlich zu sich war, war das auch ein Grund, dass sie Franck gebeten hatte, bei ihr einzuziehen. Sie konnte nicht mehr mutterseelenallein sein, es verursachte ein gewisses Maß an Unbehagen, das sie bisher nicht gekannt hatte. Sie hoffte, dass sich dieses Gefühl in weiter Zukunft legte.

Sie wohnten in Emilias Wohnung in der Essiggasse. Platz bot dieses Zuhause allemal. Auch Franck hatte sich ohne Umstände daran gewöhnt, ohne Bedenken über den Brunnenschacht zu gehen – eine Besonderheit, die Emilia einem selbstverliebten Innenarchitekten zu verdanken hatte. Dieser Brunnenschacht war mit einer dicken Glasplatte bestückt und lag in ihrem Eingangsbereich. Im Innern waren Spots befestigt, die das Historische des ehemaligen Brunnens hervorhoben.

Frau Mandel, die Reinigungskraft, hatte sich nach ihrem Herzinfarkt wieder erholt und war seit Kurzem wieder einsatzbereit. Sie kümmerte sich weiterhin um die Sauberkeit in den Apothekenräumen, um Einkäufe in letzter Minute und um die Verpflegung der Mitarbeiterinnen.

Emilias Sohn Ole wohnte und studierte Musik in Leipzig, wie er es versprochen hatte. Viel Sesshaftigkeit hat er nicht in die Wiege gelegt bekommen, sagte einmal seine Oma zu ihm. Emilia musste innerlich schmunzeln, als sie daran dachte. Diesmal war Ole für drei Wochen nach Neuseeland gereist.

»Schauen Sie mal, die Farben sind doch echt krass. Finden Sie nicht auch?« Frau Weiß, die pharmazeutisch-technische Assistentin, präsentierte Emilia Sander die gefärbten Hühnereier. Erschrocken blickte Emilia auf die dunkelblauen Eier. Man konnte sie fast für Schwarz halten.

»Oh je, wollten wir die Farben so kräftig?«, fragte Emilia Sander überrascht und schaute Frau Weiß an.

»Dann färbe ich doch noch welche mit Zwiebelschale, ich glaube, dass der Kontrast gelingt«, meinte Frau Grünberger, die mit amüsiertem Blick auf die dunklen Eier schaute.

Emilia Sander hatte es sich in den Kopf gesetzt, dass in der Woche vor Ostern jeden Morgen frisch gekochte und gefärbte Eier in der Apotheke auslagen. Sie hatte extra vier weiße Straußeneierschalen geordert. Das Arrangement sollte originell aussehen, und das war es auch.

Außerdem war ihr Außenbereich frisch dekoriert. Die zwei Schnee-eulen sahen bezaubernd aus. Zu ihren Füßen Ton und Marmoreier in Holzwolle-Nestern. Emilia Sander legte Wert auf die Natürlichkeit der Farben und hatte entsprechend vorgesorgt.

»Das Blauholz muss man vorsichtig dosieren. Aber ich finde es sehr apart. Wenn man den ersten Schock überwunden hat«, gab sie zu. Die Apothekerin drehte vorsichtig ein noch warmes Ei in der Hand. »Aber Frau Grünberger hat recht. Färben Sie noch Eier mit Krappwurz und Zwiebelschale, dann sieht das Ganze zusammen sehr interessant aus«, entschied Frau Sander. »Jetzt vor Ostern werden wir wieder alle Hände voll zu tun haben.« Sie wandte sich an Frau Mandel: »Bitte besorgen Sie uns ausreichend Bio-Eier.« Frau Mandel drückte mit einem Kopfnicken ihr Verstehen aus. »Wer denkt daran, dass für die Augenarztpraxis der Bedarf eingepackt wird?«, fragte Frau Sander ihre Mitarbeiterinnen.

»Ist in Arbeit«, versicherte Rosa Bach.

»Wo stehen die Tütchen mit Krappwurz und Blauholz?«

»Vorne neben jeder Kasse«, antwortete Frau Grünberger. »Und Sie versprechen sich ein gutes Geschäft, Frau Sander? Als ich die Sauerei gesehen habe, als Camilla die Eier kochte. Und auch der Geruch ... Ich weiß nicht, ob das den Frauen von heute noch passt«, gab Frau Grünberger zu bedenken. »So machen sie die Tütchen aus der Drogerie auf, können kalt oder heiß die Eier färben, hinterher alles durch den Ausguss jagen. Küche bleibt sauber, Hände auch. Und immer das gleiche Farbergebnis, wenn man sich an die Anleitung hält.«

»Ist aber auch langweilig«, ließ das Küken der Apotheke, Blanca, vernehmen. »Ich fand es interessant, wie Frau Weiß das Blauholz, und noch nicht einmal viel davon, in den Topf gegeben hat und das Wasser aufkochen ließ. Ich habe gesehen, dass das Wasser immer blauer wurde, bevor die Eier überhaupt im Wasser waren. Ich finde die ausgesprochen schick. Und umweltverträglich. Ich freue mich auf die Sorte Krappwurzel.«

»Da seht ihr es. Nur Mut, das wird schon.« Emilia war durchaus überzeugt von ihrer Idee. »Vielen Dank, Blanca. Außerdem werde ich wieder für jede Mitarbeiterin ein Osterei verstecken. Seid also aufmerksam. Bis Ostersamstag sollte jeder seins finden.« Ein beifälliges Murmeln war zu hören. »Habt ihr sonst noch Fragen?« Da alle den Kopf schüttelten, entließ Emilia Sander ihre Mitarbeiterinnen. Sie selbst hatte noch andere Aufgaben zu erledigen.

Der Vormittag verlief in der Apotheke zunächst verhalten. Die Kunden kamen und wurden zügig bedient. Jeder, der die Apotheke betrat, schielte auf die frisch gefärbten Eier. Sogar Frau Grünbergers Sorge verschwand. Besonders die männlichen Kunden griffen nach einer Aufforderung herzhaft zu. Bis zur Mittagszeit bestellte Frau Sander Ware, telefonierte mit verschiedenen Pharmavertretern, schrieb und beglich Rechnungen, erledigte die Buchführung. Ihr Dienstantritt war erst am Nachmittag vorgesehen.

Noch bevor sie begann, fing Frau Mandel sie ab. Montags ging sie auf den Markt und kaufte für die Belegschaft Produkte aus der Region ein.

»Ich habe frischen Salat gemacht. Das Brot ist von gestern. Habe ich gebacken. Stärken Sie sich in der Küche. Die Arbeit läuft nicht weg. Sie sehen etwas kränklich aus. Hat man sich nicht gut um Sie gekümmert, als ich auf Kur war?« In Frau Mandels Stimme schwang Sorge mit.

»Doch, die Frauen haben sich bestens um mich gekümmert.« Sie wies den leichten Vorwurf zurück. »Aber in letzter Zeit war doch alles etwas viel für mich. Wie jeder träume ich von einer Woche Urlaub«, gestand Emilia.

»Tss, tss. Kein Wunder. Wenn ich bedenke, was alles so war. Mir hat ja Frau Weiß immer Rede und Antwort stehen müssen. Sie müssen auf sich aufpassen, Sie sind unsere Arbeitgeberin. Sie tragen viel Verantwortung.«

Emilia Sander nickte. Sie konnte dem nichts entgegnen. Das letzte halbe Jahr hatte ihr viel Arbeit abverlangt. Viel emotionaler Stress. Angefangen hatte alles mit dem Bombenräumkommando, dann der Herzinfarkt von Frau Mandel, Franck Metz, der in ihr Leben getreten war, die Schwangerschaft von Violett, Blanca, die als Auszubildende inzwischen einen festen Platz im Team einnahm, der Weihnachtsadvent, das Zurückkehren ihres Sohns Ole. Schließlich der Mordanschlag gegen sie durch einen ehemaligen Apotheker und ihre gebrochene Nase.

Emilia Sander folgte Frau Mandel in die Küche.

»Du meine Güte, Frau Mandel, wann haben Sie das denn alles vorbereitet?«, entfuhr es ihr.

»Das macht sich doch fast von allein«, wehrte sie das Lob ab. »Außerdem ist es ja für die komplette Belegschaft. Das wird schon leer, da bin ich ohne Sorge.«

Emilia entdeckte einen warmen Rote-Linsen-Salat mit Fetakäse. In einer Auflaufform schwammen gebratene Hähnchenflügel und

Unterschenkel in einer duftenden Brühe. Eine Schüssel mit Portulaksalat und Frischkäse stand daneben. Dazu das selbstgebackene Weißbrot mit Koriander und Käsewürfeln. Eine Kanne Tee stand auf dem Tisch. Aber es roch auch nach frischem Espresso. Frau Mandel folgte ihrem Blick.

»Aber erst nach dem Essen«, erklärte sie resolut.

»Versprochen«, beteuerte Emilia.

»Ich lass Sie jetzt in Ruhe essen. Bis morgen dann.« Frau Mandel arbeitete nach ihrem Herzinfarkt nur noch verkürzt.

Emilia hörte die Tür hinter sich zufallen. Sie blieb allein in der Küche. Vor ihr stand dieses köstliche Mittagessen. Und plötzlich bemerkte sie, dass sie Hunger hatte. Frau Mandel hatte geahnt, dass Emilia heute Morgen nicht gefrühstückt hatte. Nicht jeden Tag gab es eine so aufwändige Mahlzeit für die Belegschaft. Eigentlich sorgte sich jeder selbst um sein Essen, aber montags, wenn Markt war, fühlte sich Frau Mandel verpflichtet, auf die Gesundheit ihrer Kolleginnen und ihrer Chefin zu achten.

Nachdem sie in Ruhe gegessen und einen Espresso getrunken hatte, räumte sie das Geschirr in den Geschirrspüler. Sie fühlte sich gestärkt. Die Tasse Tee verschob sie auf später. Sie zog sich ihren Apothekenkittel an, band sich das Halstuch um und steckte sich die Plakette mit dem Wappentier der Apotheke an.

»Frau Weiß, Zeit für die Ablösung.« Emilia Sander übernahm die restlichen Arbeitsstunden, damit sich ihre Pharmazieingenieurin um eine unaufschiebbare familiäre Angelegenheit kümmern konnte.

Frau Weiß huschte dankbar aus der Offizin.

Emilia Sander war dermaßen in die Arbeit vertieft, dass sie sich erschrak, als ein Karton unsanft vor ihr auf dem Tresen abgestellt wurde.

Sie blickte erstaunt auf. Vor ihr stand Hildegard Bär aus der hiesigen Gärtnerei ›Midgard‹. Sie hatten sich den unumstößlichen Demeterrichtlinien verschrieben und stellten ein herrliches Bärlauchpesto her, das Emilia Sander bestellt hatte.

»Entschuldigung, Frau Sander, dass ich mich verspäte, aber es ist etwas Schreckliches passiert.« Hildegard war außer Puste. Immer zu Scherzen aufgelegt und niemals schlechter Laune, so kannte Emilia sie. Hildegard war eine Frau in den besten Jahren, agil, forsch, selbstbewusst. Manchmal zögerlich.

»Was ist denn passiert?«, fragte Emilia mitfühlend. »Sie sehen ja mitgenommen aus. Kommen Sie mit in mein Büro«, bot ihr Emilia Sander an.

»Nein, keinesfalls. Ich muss weiter«, wehrte sie kategorisch ab. »Der Vormittag bei der Polizei hat mich viel Zeit gekostet, ich muss die anderen Waren ausliefern.«

»Es wird doch jedermann Verständnis aufbringen, wenn Sie sich verspäten.«

»Sie schon, aber der Rest der Welt ...« Hildegard winkte mit der linken Hand ab. »Rechnung machen wir später, ich habe keine Zeit.«

Hildegard war schon beinahe draußen, als Emilia ihr nachrief:

»Was ist denn überhaupt passiert?«

»Ein Mord, genau vor unserer Tür.« Hildegard verließ eilig die Apotheke. Die agile Endfünfzigerin schwang sich auf ihr Fahrrad und radelte die Bockstraße entlang.

Frau Grünberger und Emilia Sander blickten sich sprachlos an.

»Frau Sander. Jetzt geht alles von vorne los«, prophezeite Frau Grünberger sorgenvoll.

Plötzlich lag Emilia das Mittagessen schwer im Magen.

Metz schirmte seine Augen gegen die Sonne ab. Endlich kam Bewegung in die Sache.

»Der Gerichtsmediziner ist auf dem Weg.« Metz zeigte auf ein dunkles Auto, das mit erhöhter Geschwindigkeit den Mastenweg entlangbretterte, dann nach links einbog und auf den Ochsenkopf zuraste. Er konnte sich nicht vorstellen, dass Dr. Wagner einen derartigen Fahrstil hatte.

Das Auto hielt an einem kleinen Bach. Die Fahrertür wurde aufgerissen und Jäger stieg aus. Aus der Entfernung sah Metz, dass sich aus der Beifahrertür der füllige Körper von Dr. Wagner herausschob. Irrte sich Metz oder wankte der Gerichtsmediziner?

Jäger hetzte über den Hügel bis zu den Ausgrabungen hoch. Dr. Wagner lief eher bedächtig hinterher.

»Chef, eher konnte ich nicht kommen.« Jäger hielt sich die Seite. Es war das zweite Mal am heutigen Tag, dass er Seitenstechen hatte.

»Wie sieht es in Ihrem Fall aus?«, fragte Metz.

»Meiner?« Jäger glaubte, sich verhört zu haben.

Metz nickte.

»Ich werde mit dem Skelett genug zu tun haben. Das wird eine harte Nuss. Sie können durchaus alleine arbeiten. Wenn Sie mich brauchen, wir sitzen doch im gleichen Büro. Also, wie sieht es aus?«

»Schlag auf den Kopf und unglücklich gestürzt.« Jäger fasste gewohnt kurz zusammen. »Es ist eine junge Frau, deren Identität noch nicht festgestellt werden konnte. Wobei ...«

»Wobei?« Metz betrachtete Jäger.

Der junge Mann war in den letzten Monaten zu einem verlässlichen Partner geworden. Er arbeitete hart und hatte den Ehrgeiz, alles richtig zu machen. Jäger kombinierte gut und entwickelte ein Gefühl für den Fall. In den letzten Monaten war die Mordkommission ja nicht untätig gewesen. Ein Ehemann erschlug aus Rage seine Ehefrau, ein junges Pärchen wurde angefahren und der Fahrer des Autos beging Fahrerflucht. Eine Mutter hat ihr Baby ausgesetzt. Alles Fälle, die gelöst wurden. Nur Jägers Fahrstil ließen Metz' Nackenhaare hochstehen.

»Ich habe der Toten ins Gesicht geschaut. Und ich meine, dass ich sie schon einmal gesehen habe. Ich zermartere mir seit Stunden den Kopf, ich komme nicht darauf.« Jäger wirkte unzufrieden mit sich.

Schnaufend gesellte sich Dr. Wagner zu Metz und Jäger.

»Dienstgruppenleiter Petersen hat keinesfalls untertrieben.«

Metz und Jäger ließen den Satz unkommentiert, sie wussten beide, dass er Jägers Fahrweise meinte. Sie taten, als wüssten sie nicht, auf was Dr. Wagner anspielte.

»Wo liegt nun die skelettierte Leiche, Hauptkommissar?«, fragte der Gerichtsmediziner säuerlich dreinblickend, nachdem er einsah, dass Metz auf seine Bemerkung nicht eingehen würde.

Auf dem Plateau war in einem weiträumigen Areal der grüne Waldboden aufgerissen und braune Erde zu sehen. Die Ausgrabungsstätte zog sich bis zur Baumgrenze hin. In komplizierten Verfahren und Auswertungen von Luftbildern war das Gelände abgesteckt worden, so weit hatte man Metz in der Zwischenzeit instruiert, in der sie untätig auf Gerichtsmediziner und Spurensicherung warteten. Am Rande dieser Hochebene war das Skelett gefunden worden. Metz führte die Männer zum Fundort. Er ließ Dr. Wagner den Vortritt.

Dr. Wagner betrachtete das vor ihm liegende Skelett eingehend. Metz wartete gespannt, was der Gerichtsmediziner zu sagen hatte.

»Es ist schon eine besondere Auffindesituation, wenn ich das zu Beginn sagen kann. Mir kommt es wie eine Opferung vor«, mutmaßte Dr. Wagner. Mühsam hockte er sich hin. Sein Übergewicht behinderte ihn, doch das würde er nicht zugeben. »Wenn ich von der Größe der Knochen ausgehe, vermute ich, dass es sich um einen männlichen Toten handelt.« Er hob die Fetzen des Gewands hoch. »Der Verwesungsprozess ist im Wesentlichen abgeschlossen. Kann sein, dass die Leiche schon drei bis fünf Jahre hier liegt. Es wird nicht unmöglich sein, DNA-Material zu sichern.« Mit der Präzision eines Pathologen begutachtete er das Skelett. Dann zeigte er auf den linken Rippenbogen. »Hier, Hauptkommissar Metz, da sehe ich doch ...« Dr. Wagner beugte sich tiefer über die skelettierte Leiche. »Ja, da hab ich es. Gewaltsamer Tod, Hauptkommissar. Das Opfer wurde erschossen. Sehen Sie hier, diese beiden Rippen weisen Verletzungen auf. Sieht mir nach dem ersten Blick wie eine Schussverletzung aus. Nach der Obduktion wissen wir mehr. Was ist mit Hanni und Nanni?«

»Sind unterwegs«, antwortete Jäger.

»Mit Ihrem Fahrstil haben Sie die zwei wahrscheinlich gänzlich abgehängt.« Jäger blickte unschuldig drein. »Nun gut.« Dr. Wagner wandte sich wieder an Metz. »Hauptkommissar, Sie bekommen so schnell es geht den Bericht. Ich werde nicht umhinkommen, noch eine Kollegin hinzuzuziehen. Sie beide machen mir eine Menge Arbeit. Lassen Sie bitte die Überreste in die Gerichtsmedizin bringen.« Der Doktor drehte sich nach Hauptkommissar Reeh um, der in der Nähe stand, und rief ihm zu: »Sie können mich mitnehmen?«

Reeh nickte.

Der Gerichtsmediziner stieg in das Polizeifahrzeug.

»Sie bringen mir den Audi zurück?«, rief er Jäger zu.

»Er wird den Doktor schon gemütlich nach Hause bringen«, äußerte Jäger amüsiert.

Der Tatort war von den Hauptkommissaren Reeh und Rükken abgesperrt worden. Wie in der gesamten Republik litt auch die Quedlinburger Polizei unter chronischem Personalmangel. Es gab nur zwei Polizeifahrzeuge für Quedlinburg. Alles, was überdies gebraucht wurde, musste erst angefordert werden. Deshalb blieben Metz und Jäger und behielten den Tatort im Auge. Ein paar Hundebesitzer, die mit ihren Vierbeinern spazieren gingen, sah man von Weitem und einen Jogger, der einsam seinen Weg lief.

Endlich traf die Spurensicherung ein. Frau Weber und Frau Müller, hinter vorgehaltener Hand kurz und knapp ›Hanni und Nanni‹ genannt, hatten ihren Transporter unweit der Ausgrabungsstätte geparkt. Sie steckten in den weißen Schutzanzügen. Jede von ihnen schleppte einen der Spurensicherungskoffer.

»Hauptkommissar.« Frau Weber begrüßte Metz auf ihre Weise. Sie neigte etwas den Kopf zur Seite und hielt sich nicht mit Vorreden auf. »Wir können?«

»Ja.«

»Wurde irgendetwas verändert?«, fragte Frau Weber.

»Heute Morgen wurde das Skelett von den Archäologen gefunden. Aber da sie berufsmäßig damit vertraut sind, mit sensiblen Funden umzugehen, sollte es keine bedeutenden Verfälschungen von Spuren geben«, mutmaßte Metz. »Und den Gerichtsmediziner haben Sie knapp verpasst.«

Frau Weber und Frau Müller warfen sich einen vielsagenden Blick zu. Nichts liebten sie so sehr wie verfälschte Spuren.

»Dann legen wir jetzt den Trampelpfad und beginnen mit der Spurensuche.« Mit höchster Konzentration machten sich die Damen ans Werk. Metz und Jäger zogen sich zurück. Sie wussten die gewissenhafte Arbeit der Frauen zu schätzen.

»Gehen wir ein Stück.« Metz schlug einen Bogen um die Ausgrabungsstätte und den Tatort und forderte Jäger auf, ihm zu folgen. »Klinkenputzen werden wir in diesem Fall nicht können. Aber lassen Sie uns über die Fälle reden.«

Jäger konnte dem nur zustimmen. Es war zwar ungewöhnlich, hier über den Ochsenkopf zu spazieren und dabei Brainstorming zu betreiben. Aber er kam fast nicht mehr an die frische Luft. Ein Fall jagte den anderen und er bildete sich ein, dass Metz ihn manchmal sonderbar beobachtete, so, als mache er sich Sorgen um seinen Gesundheitszustand.

Emilia Sander schloss mit der Gewissheit die Apotheke ab, dass sie morgen eine Stunde früher aufstehen musste.

Ihre Freundin Tess, die auch ihre Steuerberaterin war, hatte sie angemahnt, die monatlichen Steuerunterlagen abzugeben. Bisher bedurfte es nicht der Aufforderung. Morgen würde sie dieses Manko beheben. Emilia lief den kurzen Weg bis zu ihrer Wohnung. Nachdem sie ihre Wohnungstür aufgeschlossen hatte, legte sie ihre Handtasche ab und zog die Schuhe aus. Barfuß ging sie ins Bad und wusch sich die Hände. Ihr Wohnzimmer und auch die Küche, Schlafzimmer und den Balkon erreichte sie über eine Treppe. Im Wohnzimmer stellte sie das Radio an und betrat dann die angrenzende Küche. Nudeln mit Bärlauch-Pesto wollte sie kochen. Aus Erfahrung wusste sie, dass Franck unregelmäßig vom Dienst kam. Aber heute war sein freier Tag, sollte es zumindest sein, doch wie so oft im Leben kam es eben anders als gewünscht. Franck hatte ihr während eines kurzen Telefonats mitgeteilt, dass er am Abend berichten würde. Emilia wusste jedoch, dass er nur so viel sagen würde, wie er durfte.

Sie wollte mit ihm in Ruhe den Tag ausklingen lassen, egal, wann Franck nach Hause kam, und dazu gehörte nach ihrer beiden Ansicht ein einfaches, aber köstliches Essen und ein angenehmes Gespräch. Dank Frau Mandel hatte sie Portulak, den sie vorbereitete. Im Winter fand man ihn eher unter dem Namen ›Winterpostelein‹, im Frühjahr kaufte man ihn unter dem Namen Portulaksalat. Emilia mochte diesen Salat, der lange Zeit in Vergessenheit geraten war. Seit ein oder zwei Jahren kümmerte sich die biologische Gärtnerei ›Midgard‹ um alte Gemüsesorten und Salate, um diesen wieder Ansehen in der Bevölkerung zu verschaffen. Viel musste Emilia nicht tun, um den Portulaksalat zuzubereiten. Kurz die Blätter waschen, abtropfen lassen. Anschließend legte sie ihn auf ein Küchenkrepp. Dann schnitt sie eine Frühlingszwiebel in feine Ringe und zupfte etwas Friséesalat ab. Alle Gemüsesorten vereinigte sie in einer Glasschüssel. Das selbstgemachte einfache Zitronen-Olivenöldressing holte sie aus dem Kühlschrank und stellte es neben den vorbereiteten Salat. Der dazu passende Weißwein kühlte seit Tagen auf dem Balkon, in einer Nische, wo die Sonne schwerlich hinkam. Schlussendlich räumte sie die Küche auf und trat dann auf ihren Balkon.

Der Balkon hatte eine Größe von drei Mal vier Metern und war mit Holzpaneelen ausgestattet. Umgeben von einer schmiedeeisernen Balustrade. Auf ihm standen rechts und links der Balkontür zwei stattliche Pflanzkübel, die Emilia im vergangenen Herbst mit Lavendel bepflanzt hatte. Strich man sacht mit der Hand darüber, verströmten sie im Sommer einen betörenden Duft. Der Balkon lag windgeschützt, sodass man auch am Abend Zeit auf ihm verbringen konnte. Ein rechteckiger Tisch stand an der Längsseite des Balkons, der von zwei kurzen Bänken mit Rückenlehnen flankiert wurde. Emilia verteilte einfarbige Kissen darauf und legte zwei karierte Wolldecken auf die Bänke.

Dann deckte sie den Tisch und konnte es sich nicht verkneifen, doch auf die Uhr zu schauen. Kurz vor sieben. Sollte sie im Revierkommissariat anrufen? Nein, kein Gängeln und Drängen. Das hatten sie sich beide versprochen. Also holte sie sich eine aktuelle Apothekenfachzeitschrift und setzte sich in den bequemen Ohrensessel. Gemütlich und bequem kostete sie die letzten Sonnenstrahlen des Frühlings aus. Nach einigen Minuten zog sie fröstelnd die Wolldecke über die Schultern. Der Schlaf übermannte sie mit der Zeitung auf dem Schoß.

Ein langer Montag ging für Metz und Jäger zu Ende. Ein freier Tag, der sich zu einem harten Arbeitstag gemausert hatte, empfand Metz.

Längst hatte die Sonne das Feld geräumt, als Franck Metz endlich das Revierkommissariat verließ. Er genoss die Kühle des Abends und lehnte Jägers Angebot dankend ab, ihn nach Hause zu bringen. Der Weg von der Dienststelle bis zu Emilias Wohnung war ohnehin nicht weit. Franck bog in die Essiggasse ein und sah, dass Emilias Wohnung im Dunkeln lag. In der Apotheke hatte er ebenfalls kein Licht bemerkt, als er vorüberging. Es war nicht Emilias Art, nicht da zu sein.

Er schloss die Wohnungstür auf und hörte leise Musik aus dem Radio erklingen. Beruhigt atmete er aus. Emilia war zu Hause. Franck verzichtete darauf, den Lichtschalter zu betätigen. Er hängte seine Lederjacke auf den Haken und lief die Treppe nach oben. Der kühle Windzug verriet ihm, dass die Balkontür offenstand.

Eingehüllt in eine Decke sah er Emilia im Sessel schlafen. Eine Fachzeitschrift lag auf dem Boden. Franck beugte sich über sie. Sanft drückte er ihr einen Kuss auf die Lippen und verharrte in dieser Position, bis Emilia ihre Arme hob, sie um seinen Hals legte und den Kuss erwiderte.

Als ihn Emilia endlich losließ, zog er die Bank heran und setzte sich neben sie. Mit Mühe unterdrückte er ein Gähnen.

»Ich wollte dich mit einem Essen überraschen und bin doch eingeschlafen«, flüsterte Emilia. »Soll ich uns etwas von Signore Romano bestellen? Du hast doch sicher Hunger.«

»Du glaubst nicht, wie groß er ist. Pasta soll es geben und die sind schnell gemacht.« Er schob die Bank wieder zurück. »Bleib liegen. Ich bring dir ein Glas Wein.«

»Inzwischen ist es doch kälter, als ich gedacht habe«, widersprach Emilia. »Ich decke drin den Tisch und schaue dir beim Kochen zu.«

Franck Metz kochte gern. Bei seinen Großeltern, die in der Dordogne lebten, hatte er es sich von der Großmutter abgeschaut.

In der Küche stellte er den Herd an und setzte den Topf für die Nudeln auf, nahm den Weißwein aus dem Kühlschrank und schenkte Emilia, die am Küchentisch saß, und sich ein. Das Wasser kochte und Franck gab eine großzügig bemessene Pastaportion ins Salzwasser. Er wusste längst, dass Emilia Nudeln auch gern kalt aß.

»Wo ist das Pesto?« Franck drehte sich um. »Ah, ich sehe es.« Gekonnt öffnete er mit einem Knacken das Glas und schnupperte am Inhalt. Anerkennend hob er die Augenbrauen. Emilia hatte in der Zwischenzeit das Dressing über den Portulaksalat gegeben. Vorsichtig hob sie es unter und füllte den Salat in die handgemachten Porzellanschalen.

Als die Nudeln gar waren, mischte Franck das Pesto unter, durch Zugabe einer halben Kelle Nudelwasser machte er die Pasta geschmeidiger, samtiger und rieb großzügig Parmesan darüber. Dann tat er Emilia und sich auf.

»Bon Appetit.«

»Danke, gleichfalls. Es riecht köstlich.«

»Wo hast du das Pesto her?«, fragte Franck und schob sich einen weiteren Bissen in den Mund.

»Das Bärlauchpesto habe ich bei der Gärtnerei ›Midgard‹ vorbestellt. Es ist frisch zubereitet«, versicherte Emilia. »Hildegard hat es heute vorbeigebracht.«

»Wer ist Hildegard?«, wollte Franck wissen.

Emilia trank einen Schluck Weißwein. Dann stellte sie ihr Glas ab und drehte drei Spaghetti auf die Gabel.

»Sie ist die Inhaberin einer Öko-Gärtnerei und seit Kurzem erst in der Stadt.« Emilia schob genussvoll die Gabel mit den Nudeln in den Mund. »Ach, sie sagt, dass es praktisch vor ihrer Haustür einen Mord gegeben hat.«

Franck verschluckte sich und musste husten. Dabei schüttelte er den Kopf. Emilia stand auf und klopfte ihm auf den Rücken, bis Franck wieder Atem schöpfen konnte.

»Trink erst einmal«, forderte ihn Emilia besorgt auf. Sie holte ihm ein Glas Wasser. »Euer Fall, stimmt's?«

Er sah Emilia rätselhaft an, als er wieder zu Atem gekommen war.

»In dieser Stadt ist ja keine Nachricht lange geheim.« Metz nahm einige Spaghetti auf die Gabel und drehte diese auf dem Löffel. »Ich wollte es dir später sagen, denn das ist nicht alles.«

»Dann sag es jetzt. Beim Essen fällt es leichter.« Ich verkrafte es, egal, was es ist, dachte Emilia. Voller Neugier schaute sie ihn an. Ein kleines Lächeln der Vorfreude stahl sich in Francks Gesicht. »Eigentlich habe ich für uns eine Reise gebucht.« Der Blick aus den blaugrün-gemusterten Augen verriet ihm, dass er es richtig gemacht hatte. Emilia brauchte etwas Urlaub.

»Wohin? Und wann soll ich bereit sein?«

»Ende April. Ich möchte mit dir auf dem Elbe-Radweg eine Tour machen.« Er sah Emilia an, dass sie sich freute und sein Herz machte einen unbeabsichtigten Sprung. Er verbrachte nur zu gern viel Zeit mit ihr.

»Aber das Ganze hat einen Haken, stimmt doch?«, schlussfolgerte Emilia. »Du hast *eigentlich* gesagt.«

»Deine Logik ist bewundernswert«, scherzte Franck und schaute Emilia liebevoll an. Dann schlich sich Bedauern in seinen Blick. »Wir haben noch einen weiteren Fall.«

»Einen weiteren Fall?« Emilia kräuselte die Stirn. »Was denn für einen?« Ihre Neugierde war nicht zu übersehen.

»Einen alten Fall, vermute ich«, wiegelte er ab. Franck griff nach seinem Glas und nahm einen Schluck vom Weißwein. »Auf dem Ochsenkopf wurde ein Skelett gefunden.«

»Die Archäologen finden doch dauernd Skelette«, wand Emilia fast etwas enttäuscht ein. »Warum ist es denn ein Fall für dich und Jäger?« Sie blickte ihn mit leicht schräg gelegtem Kopf abwartend an. »Ich habe übrigens in der Zeitung gelesen, dass sie dort sogar Knochen eines Wisents gefunden haben.« Das hatte sie in der Tat und sie war fasziniert von dieser Meldung.

Er wusste nichts über einen Wisent. Aber er sah Emilias herausfordernden Blick.

»Du weißt, dass ich dir das nicht sagen darf.«

Emilia grinste ihn über ihr Weinglas provozierend an.

»Ich weiß, dass du es mir gar nicht sagen kannst.« Dabei schaffte sie es, Franck sanft anzulächeln.

»Touché, ma Chérie.« Auch nach Monaten, die sie sich kannten, fand er ihr Lächeln unwiderstehlich. »Wenn die Fälle gelöst sind, dann holen wir die Reise wie geplant nach. Versprochen.«

Emilia pustete ihm einen Luftkuss über den Tisch zu. Sie sah auf den Balkon, wo Franck sonst sein teures Fahrrad abstellte, bis es im Keller einen Platz gefunden hatte.

»Und wo hast du dein Fahrrad gelassen, wenn wir den Elbe-Radweg fahren wollen?«

Metz erstarrte. Für eine Sekunde blickte er Emilia sprachlos an. Dann schlug er sich vor die Stirn. Seit dem Moment, als er auf dem Ochsenkopf die Ermittlungen übernommen hatte, hatte er sein Fahrrad vergessen.

Jemand klopfte an den Fensterladen. Es war mitten in der Nacht. Es klopfte wieder, diesmal drängender.

»Wally? Wally? Bist du da?«

Sie hatte es gehört, das Klopfen. Schon beim ersten Mal. Aber sie war auch nicht mehr die Jüngste. Sie machte das kleine Bettlicht neben sich an. Dann zog sie sich den Bademantel über und griff nach ihrer Brille.

»Warte, ich bin gleich so weit!«, rief sie. Das Klopfen wurde eingestellt. Wally wusste, wer zu dieser Stunde Einlass begehrte. Und sie wusste auch, dass es am Wetter lag. Der gestrige Tag war frühlingshaft gewesen. Doch hier am Fuße des Harzes, im Windschatten des Brockens, konnte man nie sicher sein, dass der Winter einfach aufgab. Sie schloss ihre feste Holztür, die mehrfach gesichert war, auf.

»Dann komm rein. Ich mach uns einen Tee«, erklärte sie energisch.

Marek dankte und hängte seinen Parka ordentlich auf den Bügel. Dann zog er die Schuhe aus und schlüpfte in warme Schafwollschuhe, die er aus dem kleinen Schuhschrank beförderte.

»Du weißt, erst Hände waschen!«, rief Wally aus ihrer Küche, in der sie herumwerkelte und Tee zubereitete.

»Bin auf dem Weg«, gab Marek zur Antwort. Er kannte Wally seit einigen Jahren und wusste um ihre propere Wohnung, die er erst betreten durfte, wenn er sich den ganzen Dreck der Quedlinburger Stadt abgewaschen hatte. Wally hatte ihm das zu Beginn ihrer sonderbaren Freundschaft klargemacht. Und Marek hielt sich daran.

Das Wetter hatte sich in den letzten Abendstunden komplett gedreht. Draußen war es eisig geworden. Bei Wally hatte er einen Schlafplatz. Zwar unten im Keller, aber der war ausgebaut, isoliert, der Fußboden mit Teppich ausgelegt und er hatte eine anheimelnde Schlafstätte mit Schaffellen. Ein frisch bezogenes Bett stand ihm immer zur Verfügung. Sogar eine kleine Waschstelle hatte sie ihm eingerichtet. Eine ausrangierte Porzellanschüssel diente ihm als

Waschbecken. Aus einem Porzellankrug goss er frisches Wasser hinein. Die Seife und die Handtücher, die er in einem kleinen Schrank vorfand, konnte er benutzen. Wally wusch die Handtücher regelmäßig. Es herrschte ein einziges Gebot hier: Er musste nur alles sauber verlassen. Aber das machte er gern.

Als er die Küche betrat, sah er bereits die altmodische dickbauchige Teekanne, die an der Schneppe angeschlagen war, auf dem Tisch stehen sowie einen Teller mit frisch belegten Schnitten. Er wusste, dass sich Wally überwiegend vegetarisch ernährte, trotzdem hatte sie im Keller Wurstwaren von einem einheimischen Fleischer hängen, der selber schlachtete. Und wenn Marek sich zum Schlafen hinlegte, über ihm die Würste, dachte er immer, dass so das Paradies aussehen könnte.

Wally holte zwei Teetassen aus dem Küchenschrank und legte noch einige kleine Winteräpfel auf den Tisch.

»Setz dich. Schenk schon mal ein. Komme gleich zurück.« Mitten in der Nacht jemanden empfangen und man selbst trug noch nicht einmal Unterwäsche! Sie konnte es nicht leiden, in Nachtwäsche mit einem Bademantel darüber einem Mann gegenüber zu sitzen. Das gehörte sich einfach nicht. Marek wusste, dass sich Wally anzog, er kannte sie.

Er goss die beiden Teetassen voll und setzte sich. Der Platz am Fenster gehörte Wally. Er saß ihr immer gegenüber. Genüsslich leckte sich Marek über die Lippen. Die vor ihm liegenden Schnitten waren mit grober Leberwurst, Bratwurst, selbstgemachtem Schmalz mit Harzkäse belegt, sogar eine Schnitte mit Thunfisch machte er aus. Eine leichte Knoblauchnote stieg ihm in die Nase und in seinem Mund sammelte sich Speichel. Dieser Duft kam sicherlich von der Bratwurst. Sie duftete verdammt gut. Mit welcher Schnitte würde er beginnen? Aber ohne die Gastgeberin griff er nicht zu.

Wally kam in einer einfachen Hose und einem Kaschmirpullover zurück, die Haare hatte sie nach oben gesteckt. Make-up verabscheute sie. Bei ihr reichten eine Tages- und eine Nachtcreme, die von exzellenter Qualität zu sein hatten. Lippenstift brauchte sie weder um diese Uhrzeit noch für Marek.

»Greif zu«, ermunterte sie ihn, als sie sich an ihren angestammten Platz setzte und die Teetasse zu sich zog. Sie aß um diese Uhrzeit nichts mehr. Marek war ein angenehmer Zeitgenosse. Er hatte ihr oft geholfen und sie half ihm. Ganz einfach war die Sache. Hauptsächlich kam er an den bitterkalten Nächten zu ihr. Oder an Festtagen. So waren zwei einzelne Seelen nicht einsam. Jeder kannte die Sorgen und Nöte des anderen.

Wally brauchte keinen schaulustigen Nachbarn fürchten. Sie wohnte auf einem Feld. Das heißt, um ihr Grundstück herum befand sich ein Feld. Irgendwann hatte es nur einem gehört, Feld und Grundstück. Doch aus welchen Gründen auch immer Feld und Grundstück keine Einheit mehr waren, wusste Wally nicht. Ihr verstorbener Ehemann hatte das Grundstück mitsamt dem alten Haus gekauft. Sie wollten es gemeinsam sanieren. Aber daraus war nichts mehr geworden.

Sie griff nach ihrer Teetasse und pustete vorsichtig. Der Duft nach Sommerwiese stieg auf. In ihrem Garten wuchsen viele Kräuter und Blumen. Im Sommer trocknete sie sorgfältig die Kräuter und Blütenblätter, um im späten Herbst ihre Mischungen zusammenzustellen.

Sie sah, dass Marek ausgehungert war. Er gab sich zwar Mühe, langsam zu essen, aber sie durchschaute ihn.

»Du weißt, dass ich nach dem Abendbrot kein Essen mehr anrühre«, bemerkte sie, »es ist alles für dich.«

Marek fühlte sich ertappt und kaute sofort langsamer.

»Weißt du, heute war ein merkwürdiger Tag.« Marek langte nach der Schnitte mit dem Thunfisch, der letzten vom Teller.

»Wie das?« Wally beugte sich etwas vor.

»Du hast es also noch nicht gehört?«

»Was denn?« Wally sah ihn verständnislos an. »Lass dir doch nicht alles aus der Nase ziehen. Du weißt doch, dass ich abseits wohne.«

»Abseits ja, aber nicht aus der Welt«, verbesserte Marek.

Jetzt schob er den Teller beiseite, trank den Tee in einem Zug aus und griff nach einem der letzten Äpfel aus dem Vorjahr. Sie waren runzlig, hatten winzige braune Stellen.

»Man hat eine Tote am Holländergraben gefunden.« Marek sah, dass er Wallys ganze Aufmerksamkeit hatte. »Ich war auf meiner Tour, weißt ja, montags immer da oben am Münzenberg.«

Wally nickte und trank ihren Tee. Sie hatte keine Ahnung gehabt. Heute war sie hier gewesen. Den ganzen Tag. Sie hatte die Änderungen ihrer Kunden fertiggestellt. Denn neben ihrer Rente und der Witwenrente verdiente sie sich noch etwas dazu. Sie hatte mit neunzehn Jahren die Schneiderlehre beendet, weil ihre Mutter der Meinung war, das sei ein anständiger Beruf. ›Kind, da hast du was fürs Leben.‹ Wally konnte den Satz immer noch hören. Letztendlich hatte ihre Mutter recht gehabt. Sie kam nicht auf dumme Gedanken, so allein gestellt ohne ihren Mann, der ihr schrecklich fehlte. Und was sie doch noch für Pläne gehabt hatten. Alles vorbei. Vorbei an einem unbedeutenden Tag.

»Wally? Hörst du mir überhaupt zu?« Marek griff über den Tisch nach Wallys Hand. Besorgt schaute er sie an. »Alles in Ordnung?«

»Ja, ja. Ich war in Gedanken«, schüttelte sie die Frage ab.

»Von früher?«

Wally nickte. »Ich höre dir jetzt zu«, versprach sie.

»Die Tote lag am Holländergraben und ich mach dort meine Runde. Du verstehst?«

»Schlechtes Timing, vermute ich.«

»Das kannst du laut sagen. Aber es kommt noch schlimmer.«

»Wieso denn das?«

»Na, die Bullen kamen an. Nahmen die Zeugenaussagen auf und ...«

»Du bist doch nicht etwa weggerannt?« Wally hoffte, dass es anders war, doch sie musste Marek nur anschauen. Wally schüttelte den Kopf. »Weißt du, ich koch uns noch mal einen Pott Tee und hole uns den Kognak.«

Marek zog erstaunt die Augenbrauen hoch.

»Wally!« Er räusperte sich. »Wally, du musst nicht wegen mir ...« Marek wollte nicht, dass Wally ihre Vorsätze wegen ihm zum Fenster hinauswarf.

Wally stand auf und werkelte an ihrem alten Ofen herum. Sie legte ein paar dünne Holzscheite nach und setzte das Wasser auf. Sie blieb stehen, bis der Teekessel anfing zu pfeifen. Schnell nahm sie ihn mit einem Topflappen vom Herd. Aus Versehen hatte sie den Topflappen an einer Ecke angesengt.

»Verflucht! Kannst du bitte ...!«, rief sie Marek zu.

Marek öffnete bereits ein Fenster in der Küche.

»Du, der wievielte versengte Topflappen ist das denn?«, fragte Marek scherzhaft nach. Er wusste aus Erfahrung, dass Wally einen beträchtlichen Verbrauch hatte.

»Das ist egal.« Wally zuckte gleichgültig mit den Schultern. »Da drüben im Korb.« Sie wies auf den Strickkorb, der in der Ecke stand. Die Knäuel in Blau und Weiß konnte Marek sehen. »Ich habe noch Vorrat und kann jederzeit weitere stricken.«

Marek schüttelte den Kopf. Wally war eine ordentliche Frau, penibel im Garten, fleißig im Haushalt. Sie nähte für Kunden und machte Ausbesserungen an Kleidern und Hosen. Sie hatte alle Hände voll zu tun. Es passte überhaupt nicht zu ihr, dass sie mit ihrer Handarbeit sorglos umging. Aber Topflappen anzusengen, schien ihr völlig egal zu sein. Na, wer keine Arbeit hat, der macht sich welche, dachte Marek. Dann schloss er das Fenster wieder. Es reichte mit der frischen Luft.

Wally hatte den Tee in die Tassen gegossen und eine Karaffe mit zwei einfachen Kognakschwenkern auf den Tisch gestellt.

»Schenk uns ein, Marek«, bat sie.

Das ließ sich Marek nicht zweimal sagen. Er schenkte beiden einen ordentlichen Schluck ein.

Wally schwenkte den Inhalt und hielt die Nase über den Rand des Glases. Sie wollte ihn genießen. Marek hatte angesetzt und ausgetrunken.

»Schenk dir nach. Dann lass mich die Geschichte hören«, forderte sie ihn auf.

»Na ja, ich bin getürmt«, begann Marek. »Ein Jungspund hat nicht lockergelassen. Er hat mich im Brühl erwischt und mich auf den Boden geworfen.« Marek schaute auf und sah Wally grinsen.

»Was gibt es denn da zu grinsen?«, fragte Marek etwas zu bissig.

»Entschuldige, Marek. Aber ich stelle mir vor, wie du durch den Brühl hetzt, den du wie deine Westentasche kennst und jedes Versteck darin, und der junge Kerl hinter dir her. Schade, dass ich das nicht gesehen habe.«

Wally wischte sich Lachtränen aus dem Gesicht.

»Schadenfreude ist wohl die schönste Freude«, brummelte Marek. Er wusste selber, wie lächerlich er sich gemacht hatte. Und derart auf den Boden geschmissen zu werden, war auch nicht vorteilhaft. Auch wenn der Polizist hinterher freundlich war, als er wusste, wer er war, musste er das nicht noch einmal haben.

»Und dann?« Wally versuchte, sich zu fassen. Ein leises Lachen flackerte doch noch einmal auf. Marek strafte sie mit einem finsteren Blick.

»Und dann?«, brummte er. »Dann musste ich mit ins Revier-kommissariat. Personalien überprüfen. Das lässt sich ja kein Polizist entgehen. War aber alles in Ordnung. Haben mir sogar einen Kaffee hingestellt. Anschließend wollten sie natürlich alles wissen.«

»Wen und was hast du denn gesehen?« Wally stellte ihr leeres Glas ab und nahm wieder die Teetasse in die Hand. Die Holzscheite knackten im Herd. Es war eine seltsame Atmosphäre.

»Stell dir vor, die hiesige Mordkommission hat jetzt einen Mann mehr.« Marek machte eine vieldeutige Grimasse.

»Woher willst du das denn wissen?« Wally richtete sich kerzengerade auf.

»Der Name stand an der Bürotür. Der junge Mann, ach, was weiß ich denn von dessen Dienstgrad. Den Namen hab' ich mir gemerkt. Jäger. Kein Wunder, dass der nicht lockergelassen hat.«

Wally gluckste leise vor sich hin. »Weißt du, als du mich vorhin aus dem Bett geklopft hast, konnte ich nicht ahnen, dass das noch ein heiterer Abend wird«, meinte sie versöhnlich. »Heitere Nacht sollte ich vielleicht eher sagen«, verbesserte sie sich. »Willst du noch was essen?«

Marek schüttelte den Kopf.

»Und? Konntest du denen denn was erzählen, das sie interessierte?«, wollte Wally wissen. Sie kannte Marek und wusste, dass er lange Geschichten mochte.

»Weiß ja nicht, was die aus meinen Sätzen machen. Habe meine übliche Runde gemacht. Montags der Brühl. Habe nichts gesehen oder gehört.«

»Aber?« Wally ließ nicht locker.

»Ich hab sie gefunden.«

»Du?«

Marek nickte.

»Deshalb bin ich ja stiften gegangen«, meinte er lapidar.

Auf einmal sah er müde aus. Sein Leben hatte einen steilen Karriereknick bekommen. Als er oben angekommen war, fiel er hinab. Ins Bodenlose. Er musste sich ohne Hilfe aufrappeln. Er hatte sich entschieden, nicht mehr bei einer gewinnorientierten Gesellschaft mitzumachen. Das hieß, er schoss sich selbst ins Abseits. Er wusste, worauf er sich einließ. Er wusste damals nur nicht, wie es sich anfühlte, ein Ausgestoßener der Gesellschaft zu sein. Menschen wie Wally gaben ihm Hilfe, ab und zu ein Bett. Ein Gespräch, manchmal spielten sie Scrabble oder Schach. Meist in den Sommermonaten, draußen im Garten, wenn die Arbeit getan war.

»Und ... dieser Jäger hat dich festgenommen?«

Marek nickte.

»Aber wenn du die Polizei gerufen hast, ist das doch klar, dass die mit dir reden wollen.« Wally schüttelte den Kopf.

»Aber es war ja ein anonymer Anruf meinerseits«, gab Marek Winkler widerstrebend zu. »Ich wollte ja gar keinen großen Aufwand. Weißt du, sie lag da im Graben. Wann kommt denn einer dort entlang? Alle brausen mit den Autos vorbei. Vielleicht Spaziergänger, die durch den Abteigarten gehen, um zum Brühl zu gelangen. Nein, ich fand das entwürdigend.«

»Hast du probiert, ob sie noch lebte?«

Marek nickte. »Ja. Puls hab ich gefühlt. Eiskalt war sie. Und ganz verdreht. Aber ich hab nichts angerührt«, versicherte er Wally, genau wie er es dem Beamten der Mordkommission versichert hatte.

»Du hast sie überzeugt, dass du nicht derjenige bist ...«, stellte Wally fest.

Marek nickte. »Habe meine Fingerabdrücke freiwillig abgegeben und die Zeugenaussage unterschrieben. Zudem habe ich gratis den ernstgemeinten Hinweis bekommen, beim Eintreffen der Polizei nicht abzuhauen.« Marek nahm den letzten Schluck aus dem Kognakschwenker und schob ihn dann mit Nachdruck von sich.

»Du hast recht. Unser Tag war lang. Wir können morgen weiterreden.« Wally erhob sich und räumte den Tisch ab. Marek klopfte auf den Tisch und wünschte ihr eine gute Nacht.

»Wünsche ich dir auch«, erwiderte Wally. »Du weißt ja, wo du alles findest.«

Dienstag

Jäger wusste es – seit er am Morgen aufgestanden war und sich für den Dienst fertiggemacht hatte. Er wusste, wer die Tote am Holländergraben war. Jäger besaß die Fähigkeit, Gesichter abzuspeichern. Auf den Namen kam er nicht so schnell. Noch gestern Abend hatten Hanni und Nanni ihren ersten vorläufigen Bericht abgegeben. Von Dr. Wagner hatte Jäger ein vorzeigbares Foto von der Toten an die Fallakte für Metz geheftet. Lange hatte er das Foto betrachtet. Seine Intuition hatte ihm gesagt, dass er die Frau kannte. Dennoch hatte es die Nacht und die wenigen Stunden Schlaf gebraucht, die sich Jäger gegönnt hatte, bis ihm sein Unterbewusstsein die Information preisgab.

Bevor er mit Hauptkommissar Metz zusammenarbeiten durfte, hatte er den Streifendienst als Polizeiobermeister übernommen. Er war hier geboren worden und zur Schule gegangen. Tanzschule, Feten, Dummheiten, Cliquen, erste Liebe. Er kannte eine Menge Menschen in Quedlinburg. Jäger wusste, dass es eine Dame des horizontalen Gewerbes sein musste. Vor drei Jahren hatte es eine Anzeige eines Nachbarn gegeben, der nicht wollte, dass im Eingang neben seinem Haus die Damen ihrem Gewerbe nachgingen. Die Anzeige war später zurückgezogen worden. Jäger wollte sich selber von seiner Vermutung überzeugen und nicht voreilig handeln.

Deshalb war er bereits um 6 Uhr im Revierkommissariat und holte seine Waffe. Metz und Petersen waren noch nicht im Büro. Mit dem Dienstwagen fuhr er ohne Blaulicht ins Zentrum der Stadt. Ein paar Straßen abseits parkte er es.

Jäger erreichte das schlichte Gebäude. Niemand vermutete, dass es dort vier Frauen gab, die sich dem ältesten der Gewerbe verschrieben hatten.

Jäger sichtete das Klingeltableau und drückte drauf. Die Tür wurde geöffnet und Jäger schlüpfte hinein. Er trug Jeans, Pullover und einen dicken Parka, den er heute Morgen noch zusätzlich vom Kleiderhaken gezogen hatte.

»Was denn, so früh hast du es nötig?«, sagte resolut die Rothaarige, die vor ihm stand. »Siehst aber nicht so aus.« Sie musterte ihn genau. Jäger holte seinen Polizeiausweis hervor. »Schade, Kleiner«, meinte sie, als sie Jäger von unten bis oben anschaute. »Ein Leckerbissen zum Frühstück ...« Sie ließ den Satz offen. Offenbar wollte sie sich nicht mit der Polizei anlegen.

»Ich möchte Ihre anderen Kolleginnen sehen!«

Die Rothaarige hob erstaunt die Augenbrauen. »Du hast ja 'nen ganz forschen Tonfall, bin dir wohl nicht gut genug?«, entgegnete sie und zog enttäuscht eine Schnute, nicht ohne ihren leichten Morgenmantel kurz zu öffnen und Jäger ihre ganze Pracht sehen zu lassen. »Haben wir was ausgefressen?«, wollte sie wissen. Kokett ließ sie keinen Blick von ihm.

Langsam kam er sich unbehaglich vor, als wenn Katz und Maus gespielt wurde. Und er war in diesem Fall die Maus.

Von der oberen Etage vernahm Jäger ein lautes Gähnen und dann die Frage: »Seid ihr euch noch immer nicht einig?«

Grinsend ließ die Rothaarige von ihm ab.

»Resa, die Polizei ist hier und will uns alle sehen.«

»Was zum Teufel will die Polizei?«

»Uns alle sehen«, wiederholte die Rothaarige und verdrehte die Augen.

»Geht nicht. Bin nicht geschminkt!«, kam prompt die Antwort.

»Komm schon, der Bursche scheint ganz okay zu sein.«

»Woher willst du das denn wissen? Alle Bullen sind doch Arsch...«

»Vorsicht, Sie kommen einer Beamtenbeleidigung ...«, warnte Jäger unüberhörbar.

»Ist ja schon gut.«

Die Rothaarige blieb abwartend im Korridor stehen und blickte Jäger unverwandt an. Sie hatte jedoch aufgehört, ihn anzumachen. Endlich kam Bewegung in die Sache. Eine weitere Stimme war zu hören.

»Kommen gleich, lassen Sie uns zwei Minuten Zeit.«

Jäger musste sich gedulden. Er hatte keine Handhabe, die Zimmer zu durchsuchen, er hatte keine Verstärkung dabei. Notwendig war es auch nicht.

Als die drei Frauen die Treppe hinunterkamen, stellte Jäger fest, dass sie wohl bis eben geschlafen hatten. Sie waren ungeschminkt und nur mit einem Bademantel bekleidet.

»Und was wollen Sie jetzt von uns?«, fragte eine der Frauen. Anscheinend war sie die Älteste und die mit der größten Klappe. Der Bademantel öffnete sich bei jedem Schritt, den sie die Treppe hinunterstieg, und Jäger sah wohlgeformte Oberschenkel.

»Es ist eine Angelegenheit, bei der wir Ihre Hilfe brauchen.« Jäger hatte gleich gesehen, dass die letzte der Frauen die Zeugin war, die er mitnehmen wollte. Er wies auf sie und fragte:

»Wie heißen Sie?«

»Veronika Brandtner.«

»Bitte ziehen Sie sich an, ich brauche Sie dringend als Zeugin.«

»Was ist denn passiert und warum so wichtig, dass die Polizei eine Zeugin braucht?«, wollte die mit dem großen Mundwerk wissen.

»Tut mir leid. Näheres kann ich Ihnen nicht sagen. Es wird sich alles aufklären. Weiteres auf dem Revierkommissariat.«

»Und wo ist Eddy?« Die Großmäulige blickte sich um. »Hat den schon jemand gesehen? Denke, der kümmert sich um solche Dinge?«

Die Rothaarige schüttelte den Kopf. »Weißt du doch, wenn wir ihn brauchen, ist er nicht da.«

»Wer ist dieser Eddy?«, wollte Jäger wissen.

»Das ist unser Zuhälter«, vernahm er die Älteste. »Wenn wir könnten, wie wir wollten, würden wir den Typen vor die Tür setzen.« Einhellig sah Jäger die Nutten nicken.

»Geben Sie mir zehn Minuten«, bat Veronika.

Jäger schaute auf die Uhr, es war kurz vor sieben.

»Aber nicht mehr.«

Nach den zehn Minuten hatte sie sich verwandelt. Keinesfalls würde jemand vermuten, womit sie ihr Geld verdiente.

Hauptkommissar Metz traf wie üblich gegen 7 Uhr im Revierkommissariat ein. Über Nacht hatte sich der Winter zurückgemeldet. Am Morgen hatte er sich für Mantel und Stiefel entschieden und nach dem blauen Schal aus Merinowolle gegriffen. Nachträglich zu Weihnachten hatte Emilia ihm diesen geschenkt, als sie für ein Wochenende nach Leipzig in ein Hotel gefahren waren, wo sie Grundlegendes in ihrer Beziehung für die noch verbleibende Zeit festlegten. Für seine Entscheidung blieben ihm nur noch knapp sechs Monate.

Metz drückte die Klinke nach unten, doch das Büro war verschlossen. Notgedrungen holte er den Schlüssel aus der Hosentasche. Es war ungewöhnlich, dass Polizeiobermeister Jäger nicht am Computer saß. Jäger war auch nicht in Sachen ›Kaffee holen‹ unterwegs, dafür sprach, dass überhaupt keine Kaffeetasse auf dem Schreibtisch stand. Nachdem Metz den Computer hochgefahren hatte, sah er nach den Kakteen auf dem Fensterbrett. Diese benötigten keine aufmerksame Pflege und mussten momentan weder gegossen noch gedüngt werden. Sie hielten Winterruhe. Er öffnete das Fenster und ließ frische Luft rein.

Dienstgruppenleiter Petersen, der im angrenzenden Büro saß, riss die Zwischentür auf.

»Morgen, Franck. Jäger noch nicht zurück?« Sein Blick ruhte auf Jägers Schreibtisch. »Na, er wird gleich wieder da sein.«

Petersen sah schlecht aus. Müde und blass.

»Worum geht es denn?«

»Ach, du weißt es noch nicht?« Petersen sah Metz durchdringend an. »Wir haben die Identität der Toten vom Holländergraben geklärt.«

»Wie das?« Metz war perplex. »He, da kann ich meinen verpatzten freien Tag von gestern nehmen?«

»Das kannst du dir aus dem Kopf schlagen. Jäger hat sie erkannt.« Mehr schien Petersen nicht sagen zu wollen. »Jäger holt die Zeugin Veronika Brandtner ab. Er hat es mir eben telefonisch mitgeteilt. Hat er dich nicht erreicht?« Der Dienstgruppenleiter blickte auf die Uhr. »Du wirst gerade noch Zeit haben, dich durch das Material durchzuarbeiten.« Dabei zeigte er auf die beiden Akten, die auf Metz' Schreibtisch lagen. Mit diesen Worten ließ er ihn ratlos zurück.

So kurz angebunden kannte Franck Metz seinen Freund nicht. Wer weiß, welche Laus ihm über die Leber gelaufen war. Und warum hatte Jäger ihn nicht eingeweiht?

»Merde«, fluchte er laut, da ihm einfiel, dass sein Handy in der Essiggasse an der Steckdose hing. Er schaute auf das Telefon auf seinem Schreibtisch und sah das rote Lämpchen blinken. Dumm gelaufen, aber nicht mehr zu ändern. Ihm fiel ein tröstender Spruch Shakespeares ein:

Auf Dinge, die nicht mehr zu ändern sind,
muss auch kein Blick zurück mehr fallen!
Was getan ist, ist getan und bleibt's.

Die Fallakten lagen ordentlich übereinandergelegt auf dem Schreibtisch. Metz setzte sich und las die Ermittlungsberichte. Gerade, als er fertig war und die Akten zuklappte, wurde die Bürotür geöffnet. Mit hochrotem Kopf kam Jäger herein. »Morgen, Chef. Konnte nicht eher da sein. Petersen hat mich ...« Metz winkte ab, er wusste also Bescheid. Jäger ließ eine attraktive Frau in das Büro eintreten. Ihr aufreizender Blick erfasste Metz und er verstand, warum Jäger einen roten Kopf hatte.

»Nehmen Sie Platz«, forderte der Hauptkommissar die Zeugin auf. »Sie sind Frau Veronika Brandtner?« Metz zeigte auf den Stuhl vor seinem Schreibtisch. Jäger setzte sich vor seinen Computer und hielt sich bereit, die Zeugenaussage aufzunehmen.

Metz schätzte die Frau auf dreißig Jahre. Sie war schlank und etwa 1.80 m groß. Ihr ebenmäßiges Gesicht hatte eine Herzform. Strasssteine zierten den runden Ausschnitt des schwarzen kurzen Kleids. Sie trug eine ebenso schwarze Leggings und rote Schuhe mit Keilabsatz. Ihre Hände lagen übereinandergefaltet auf ihrem Schoß. Die Fingernägel waren mit einem weißen Rand maniкürt. Offenbar bevorzugte sie den französischen Chic. Die braunen Augen waren dezent geschminkt, aber perfekt in Szene gesetzt. Man sah ihr keinesfalls an, welchem Beruf sie nachging. Wenn Metz sie betrachtete und ein Urteil hätte abgeben sollen, hätte er sie für eine Bankangestellte gehalten.

Veronika Brandtner holte aus ihrer kleinen Handtasche ihren Ausweis heraus und legte ihn vor sich auf dem Schreibtisch ab. »Überzeugen Sie sich selber, Herr Kommissar.« Ihr provozierender Augenaufschlag prallte an Metz ab. Unberührt ließ er den Ausweis auf der Kante seines Schreibtisches liegen.

»Sie wissen, warum Polizeiobermeister Jäger Sie hierher gebeten hat?«

»Gebeten ist gut«, mokierte sie sich. »Er hat gesagt, es sei unaufschiebbar. Oder so ähnlich.« Jetzt wanderte ihr Blick zu Jäger. Der Polizeiobermeister fühlte sich magisch angezogen von diesem Blick. Immer wieder schaute er sie an.

Bevor es für Jäger zu unbehaglich wurde, schaltete sich Metz ein. Seine Stimme war ruhig, aber er gab ihr eine Intensität, die die Zeugin aufhorchen ließ.

»Leider ist es auch eine ernste Angelegenheit.« Metz hatte nun die ungeteilte Aufmerksamkeit der Zeugin. »Wir haben gestern die Leiche einer Frau gefunden. Wir wissen noch nicht, wer sie ist. Sie hatte keine

Papiere bei sich.« Metz hielt den Blickkontakt aufrecht. »Ich wünschte, es wäre anders.« Er holte die Fotografie der Toten aus der Akte und schob sie der Zeugin hinüber. »Kennen Sie die Frau?«

»Mein Gott. Das ist ja Luisa!« Veronika traten sofort Tränen in die Augen. Sie schluchzte und versuchte, sich zusammenzureißen, doch es gelang ihr nicht. Schließlich weinte sie hemmungslos.

»Sollen wir jemanden anrufen?«, fragte Metz mit sanfter Stimme. Die Polizisten warfen sich einen Blick zu. Jäger stellte der Zeugin eine Box mit Taschentüchern hin.

Marek Winkler war nach einem üppigen Frühstück wieder unterwegs. Wally hatte ihm ein großzügiges Proviantpäckchen mitgegeben. Dienstags war die Süderstadt dran. Marek lief zur Sportlerklause am Moorberg, danach zog er weiter über den Gernröder Weg, der viel befahren war, bis hin zum Autohaus und dem dort ansässigen Supermarkt. Es gehörte heutzutage offenbar dazu, Müll aus dem Auto zu werfen.

Früher hatte er die Fäuste gereckt und geschrien, doch mehr als Gelächter bekam er nicht. Die Menschen schienen eben so zu sein. Oberflächlich und egoistisch. Marek hatte immer einige Plastiktüten dabei, die andere weggeworfen hatten. Diese hob er auf oder zog sie aus Müllcontainern heraus, nachdem er sie leerte und diese nicht verschmutzt waren. Er faltete sie präzise zu Dreiecken zusammen und sparte somit viel Platz. Wally hatte ihm in den Overall, den er trug, zusätzlich und nach seinen Vorstellungen einige Taschen mehr mit Reißverschlüssen eingenäht.

Marek lief mit geringem Abstand neben der Straße, sodass er den Müll in der Straßenrinne entdecken und aufsammeln konnte. Doch heute war er nicht so aufmerksam wie sonst. Ihm saß der Besuch bei der Polizei noch im Nacken. Was er gestern nicht nur bei Wally nicht erwähnt hatte, war, dass er die Tote kannte. Es war Veronika. Er ging ab und an mal zu den vier jungen Dingern und half ihnen. Dieser Zuhälter war ja nur für eines zuständig: abzukassieren. Musste mal der Wasserhahn repariert oder der Duschkopf ersetzt werden, erledigte Marek diese Aufgaben gern. Die Mädels sprachen lieber ihn darauf an und warteten, bis er wieder die Runde machte.

Ein Auto fuhr dicht an ihm vorbei. Marek spürte den Windzug. Das Auto hupte unvermittelt und Marek erschrak dermaßen, dass er einen Satz auf den Bürgersteig machte.

»Eh Opa, kannst es wohl nicht erwarten, dass du auf'm Friedhof landest?« Ein Kerl von höchstens zwanzig Jahren steckte seinen Kopf aus dem Autofenster und lachte grölend, die anderen im Auto stimmten mit ein. Zum Schluss warf der Kerl noch eine halb ausgetrunkene Bierbüchse aus dem Fenster.

Marek hielt seinen linken Mittelfinger weit hin sichtbar in die Luft.

Emilia nahm wie gewohnt ihren Alltag in die Hände. Sie hatte eine erholsame Nacht hinter sich und fühlte sich ausgeruht. Heute könnte ich die Welt aus den Angeln heben, dachte sie amüsiert.

Franck war ins Büro gegangen, nachdem er ihr das Frühstück ans Bett gebracht hatte. Noch immer lief er den Weg zum Revierkommissariat zu Fuß. Aktuell ermittelte er in zwei Fällen. Auch wenn er Jäger mehr Raum geben wollte, blieben die endgültigen Entscheidungen doch an ihm hängen. Dennoch sorgte sie sich nicht um ihn. Er wirkte entspannt, wenn er abends nach Hause kam, er lachte und redete mit ihr. Keine sorgenvollen Gedanken, die er mit sich herumschleppte. Das alles war schon einmal anders gewesen. Nämlich, als Franck den Mann gejagt hatte, der Emilia keinem anderen überlassen wollte.

Sie gähnte hinter vorgehaltener Hand. Die Idee mit dem Elbe-Rad-Weg war wundervoll, um aus dem Alltagstrott herauszukommen. Sogar Frau Mandel hatte sie darauf angesprochen, dass sie an Urlaub denken sollte.

Emilia richtete sich auf und schaute zum Fenster. Grauer Wolkenbehang bedeckte den Himmel. Die Baumkrone, die sie von ihrem Fenster aus sah, schüttelte der Wind. Emilia reckte den Kopf höher und achtete nicht mehr auf ihren Kaffee. Mit einem Plopp fiel die Tasse auf dem Tablett um.

»Schiet.« Mit einer Serviette verhinderte sie, dass sich das Ganze zu einer morgendlichen Katastrophe ausweitete. Sie stand auf, ohne richtig satt geworden zu sein. Der ausgelaufene Kaffee hatte das Rührei versaut. Ein Glück, dass Franck das nicht zu sehen bekam. Nachdem sie den Schaden behoben hatte, ging sie duschen. Zähne putzen, ein leichtes Make-up auftragen und ihre Haare hochstecken. Sie entschied sich für einen extremen Seitenscheitel, dafür legte sie die Haare auf nur eine Seite und ondulierte sie. Bei dem Wetter zog sie lieber Jeans und einen Pullover an. Dann räumte sie die Wohnung auf, setzte die Waschmaschine an und saugte Staub. Als alles zu ihrer Zufriedenheit erledigt war, zog sie Mantel und Stiefel an und schloss ihre Wohnung ab. Jetzt musste sie sich beeilen, um pünktlich zu sein. Unterwegs traf sie ihren Kunden, Herrn Rundecker.

»Guten Morgen, Herr Rundecker. Wie geht es Ihnen?«

»Danke der Nachfrage, junge Frau.« Schelmisch zwinkerte er Emilia zu. »Wohin des Wegs?«

»In die Apotheke. Und Sie?«

»Ebenfalls.«

»Heute?«, fragte Emilia irritiert.

»Freitag ist doch Feiertag und ich habe bei Frau Grünberger einen Termin für heute gemacht.«

»Vorbildlich.« Emilia schätzte Frau Grünbergers Koordinationsfähigkeit. Nicht umsonst war sie ihre Pharmazieingenieurin.

»Ich kann mich nie beschweren. Das ist Ihr Erster Offizier an Deck, wenn der Kapitän nicht auf der Brücke ist«, meinte Herr Rundecker.

Frau Weiß hatte ihr irgendwann einmal erzählt, dass Herr Rundecker in seiner Jugend bei der Marine gedient hatte.

»Stimmt, ohne Frau Grünberger könnte ich noch nicht einmal Urlaub machen.«

Sie erreichten die Apotheke und Emilia ließ ihn mit durch den Hintereingang gehen. Frau Grünberger bat Herrn Rundecker gleich zur Sauerstofftherapie in einen kleinen Raum hinter dem allgemeinen Verkaufsraum. Emilia begrüßte Rosa Bach, die im Labor mit der Salbenherstellung beschäftigt war. Dann öffnete sie die Ladentür und ließ ihre Kunden eintreten. Frau Grünberger und Frau Weiß standen in der Offizin bereit.

Emilia holte sich indes aus der Küche einen Kaffee, dann hatte sie vor, eine langweilige, dennoch unumgängliche Arbeit zu erledigen. Sie fuhr den Computer hoch.

»Qualitätsmanagementsystem«, sprach sie mit sich, um sich zu motivieren. »Lange habe ich diese Aufgabe zur Seite geschoben. Ich kenne dich seit Studienzeiten. Und ja, ich habe die Stunden geschwänzt. Es hat nichts genützt. Trotzdem muss ich mich jetzt mit dir beschäftigen. Als wenn eine Apotheke nicht ohne diese gesteckten Ziele, die von der EU verordnet wurden, auskäme. Sie niederzuschreiben, ist reine Zeitverschwendung. Aber mein Erster Offizier hat mich darauf hingewiesen, dass ich das noch zu erledigen habe. Es ist heute der Tag der Tage. Beginnen wir!«

Kurze Zeit später klopfte es und Emilia rief: »Herein!« Rosa Bach öffnete die Tür und blickte sich im Büro um.

»Entschuldigung. Ich dachte, Sie hätten mit jemandem Streit und ... ich wollte, ich dachte ...« Rosa Bach ließ ihren Satz unbeendet. Immer noch war sie zurückhaltend.

»Etwa mir zu Hilfe kommen?«, fragte Emilia fast spöttisch. Aber als sie in Rosas Gesicht blickte, erkannte sie ihre Sorge. Es war noch nicht lange her, dass Emilia in Not gewesen war. »Vielen Dank, Rosa. Ich taste mich zunächst nur an QMS heran.«

»Ach, na dann will ich nicht stören. Soll ich Ihnen einen Kaffee bringen oder ein Croissant?«

»Am besten beides.«

Nach drei Stunden ungestörter Arbeit war die Aufgabe erledigt, sie hatte auch an die Abrechnungen fürs Steuerbüro gedacht. Es war jetzt kurz nach 2 Uhr nachmittags und laut des aushängenden Arbeitsplans löste Emilia jetzt Frau Grünberger in der Offizin ab.

Veronika Brandtner hatte aufgehört zu weinen. Sie trocknete ihre rotgeweinten Augen ab und schnäuzte sich danach ins Taschentuch. Dabei wischte sie den Lippenstift ab. Jäger hatte der Zeugin ein Glas mit Wasser hingestellt.

»Fragen Sie. Ich kann später weinen.« Sie griff nach dem Wasserglas.

Doch Metz und Jäger mussten sich trotzdem gedulden, denn ein erneuter Weinkrampf befiel Veronika. Sie schluchzte so hemmungslos, dass ihr Körper bebte.

»Braucht ihr den Arzt?«, fragte Petersen besorgt, nachdem er die Tür geöffnet hatte. Den emotionalen Ausbruch der Zeugin hatte er bis in sein Büro gehört.

Veronika schniefte noch mal in ein frisches Taschentuch und tupfte sich die Augen trocken. Auf Metz' Schreibtisch türmte sich ein Haufen aus verknüllten Taschentüchern. Doch es störte ihn nicht. Wichtig war die Zeugin. Metz spürte den Mut einer Verzweifelten.

Veronika Brandtner schüttelte den Kopf.

»Nein. Danke«, wehrte sie ab. »Sagen Sie mir, wie meine Schwester umkam.« Ihre Stimme drohte, wieder zu versagen. Das letzte Wort hatte Metz kaum verstanden.

Petersen hatte sich auf einen Stuhl, der etwas abseits in der Ecke stand, gesetzt. Gespannt verfolgte er die Vernehmung.

»Sie hat einen heftigen, aber nicht tödlichen Schlag auf den Hinterkopf erhalten«, erklärte ihr Metz mit ruhiger Stimme.

»Wieso ist sie ...«, Frau Brandtner schaute ihn verständnislos an, »dann tot?«

»Sie ist unglücklich in den Holländergraben gestürzt und dort zu Tode gekommen.« Metz wusste aus der Akte, dass der Holländergraben seit 2007 mit Betonfertigteilen saniert worden war. »Warum war sie im Brühl? Wussten Sie, dass Ihre Schwester hier in der Stadt war?«

»Ich wusste nicht, dass sie hier ist.« Veronika Brandtner schüttelte den Kopf.

»Hat sich Ihre Schwester mit jemandem in Quedlinburg treffen wollen?«, fuhr Metz fort. »Können Sie uns das sagen?«

Veronika strich sich die Haare aus dem Gesicht und glättete unnötigerweise ihr schwarzes Kleid.

»Ich weiß nicht«, hauchte sie. »Wir telefonieren ein-, zweimal im Monat.«

»Wo wohnt Ihre Schwester?«

»In Hamburg. In der Brückenstraße 11.«

Jäger blickte über den Rand des Computerbildschirmes. Er war bereits damit beschäftigt, die Angaben im Polizeisystem zu überprüfen.

»Sie hat ein eigenes Auto?«, fragte Metz.

»Ja.«

»Welche Marke?«

»Einen blauen Ford Fiesta. Sie hat ihn von ihrem Mann Bernhard geschenkt bekommen. Die sportliche Ausführung.«

»Wieso hat Sie Ihnen nicht mitgeteilt, dass sie Sie besuchen wollte? Diese Strecke nimmt man ja nicht nur wegen einer Belanglosigkeit auf sich.«

»Ich weiß es nicht.« Veronika verstummte. Nur die Tastatur Jägers war zu hören. »Darf ich vielleicht doch einen Kaffee? Schwarz mit viel Zucker?« Augenaufschlagend schaute sie Metz an. Sie konnte nicht aus ihrer Rolle.

»Ich denke, das bekommen wir hin.« Metz blieb sachlich freundlich.

Petersen stand auf.

»Jäger, Sie helfen mir«, befahl er und ging in sein Büro.

Metz nutzte die Zeit, um die Taschentücher in den Papierkorb zu befördern.

»Versprechen Sie mir, dass Sie den Schweinehund kriegen«, bat Veronika ihn, als sie allein im Büro waren.

Da war es wieder. Das Versprechen. Diese Art Versprechen einzulösen, hatte Metz in den vergangenen Jahren belastet. Er hatte die Grenze des Machbaren überschritten und eine schwere Zeit durchgemacht, die ihn Familie und die Gesundheit gekostet hatten. Mühevoll hatte er sich aus dem dunklen Loch heraufgearbeitet. Seine Therapeutin hatte ihn eindrücklich davor gewarnt, wieder in ein Hamsterrad zu geraten. Aber er verstand Veronika. Jeder, der einen Verlust erlitten hatte, klammerte sich an die Ermittler. Sie wollten, dass der Schuldige gefunden und überführt wird und seine gerechte Strafe erhält. Das ist einfach so. Metz rang mit sich und der Antwort. Er wollte sie nicht leichtfertig geben. Aber er wollte auch nicht die Schutzmauer seines Ichs einreißen. Die Bauzeit hatte einfach zu viel von ihm abverlangt.

Bevor er antworten konnte, öffnete sich die Tür und Jäger erschien mit einem Tablett. Zwei Becher Kaffee schwarz, ein Kaffee mit viel Zucker und ein Espresso.

»Können wir weitermachen?«, fragte Hauptkommissar Metz, nachdem der Kaffee ausgetrunken war.

Veronika wirkte plötzlich geistesabwesend, als wäre sie nicht mehr in diesem Raum. Sie stellte ihre Tasse auf Metz' Schreibtisch.

»Vielleicht sollte *mir* das Ganze blühen«, sagte Veronika unvermittelt.

»Wie das?«

»Ich wollte aussteigen.« Veronika hatte Mühe, nicht wieder in Tränen auszubrechen. »Vor einigen Monaten habe ich einen Freier kennengelernt. Dem war ich zu schade für das Gewerbe. Er ist Inhaber einer Schreinerwerkstatt in Harzgerode. Dieser Mann hat mir ernsthaft angeboten, bei ihm eine Lehre zu machen.«

»Und wie haben Sie reagiert?«, fragte Metz.

»Zuerst bin ich in Lachen ausgebrochen und habe mich dagegen verschlossen.« Veronikas Blick richteten sich in ihr Inneres. »Dann hat mich die Idee mit der Zeit fasziniert. Doch noch einen Beruf zu erlernen, den man ausüben kann, ohne dass andere die Nase rümpfen. Sein eigenes Geld verdienen. Seinen Meister machen? Warum nicht.«

»Aber einer war gegen diese Veränderung?«

Veronika nickte.

»Erst habe ich mit den Mädchen gesprochen. Die haben mir den Rücken gestärkt und gesagt, ich solle die Chance ergreifen. Sie haben mir auch eine Summe angeboten, die ich mir von ihnen leihen konnte. Und dann habe ich mit Eddy gesprochen.«

»Wer ist Eddy?«, fragte Metz.

»Ihr Zuhälter«, knurrte Jäger prompt.

»Was meinte denn Eddy dazu?« Metz' Stimme blieb ruhig.

»Der hat mir eiskalt gesagt, dass er nicht auf eine wertvolle Arbeitskraft verzichten könne.«

»Wie viel hat er verlangt?«, fragte Metz sanft. In seinem zwanzigjährigen Berufsleben hatte Metz auch bei der Sitte gearbeitet und kannte solche Typen wie Eddy. Sie ekelten ihn an. Er hatte nach kurzer Zeit begriffen, dass sein Einsatzgebiet eher bei der Kripo lag.

Veronika schniefte und zerrte ein weiteres Taschentuch aus der Box.

»Eddy wollte eine Summe, die ich nicht aufbringen konnte«, gab sie zu. »Auch nicht mit dem, was mir die Mädchen geliehen hätten.« Es war still im Vernehmungszimmer. Nicht einmal das Telefon klingelte.

»Sechzigtausend Euro«, sagte Veronika kleinlaut.

Jäger stieß die angehaltene Luft aus. So eine Summe war in seinen Augen ein Wunsch. Auf seinem Konto bewegten sich die Zahlen immer an der Grenze zu den roten.

»Eddy drohte mir. Entweder gehe das Ganze schnell über die Bühne oder gar nicht. Er wollte nicht, dass die anderen Mädchen auch solche blöden Pläne in ihren verdammten Hirnen entwickelten, meinte er. Er hätte dann nur Scherereien und müsste sich um Neue kümmern und das koste ihn eine Menge an Geld und Zeit.«

»Erzählen Sie weiter.«

»Er hat mir gedroht, aber ich blieb standhaft. Dass ich ein Zwilling bin, habe ich niemals erwähnt. Das wissen auch nicht die anderen Mädchen.« Veronika atmete tief ein. »Manchmal dachte ich darüber nach, meiner Schwester alles zu sagen und sie um das Geld zu bitten.« Veronika fing nun doch wieder an, zu weinen. Ihr wurde klar, dass ihr ursprünglicher Wunsch den Stein ins Rollen gebracht hatte. »Aber ich wusste nicht, dass mich meine Schwester heute besuchen wollte.«

»Sie wussten aber, dass Ihre Schwester kommen wollte?«, hakte Metz nach.

»Ja, ich habe vor Kurzem mit ihr telefoniert und sie tatsächlich um die sechzigtausend Euro gebeten.«

»Und?«, fragte Jäger.

»Sie hat gesagt, sie müsse erst mit ihrem Mann sprechen.«

»Ihr Schwager, was hat er für einen Beruf?«

»Er arbeitet in einer Bank«, erwiderte Veronika flüsternd.

Metz und Jäger warfen sich einen vielsagenden Blick zu.

»Wann sollte denn das Treffen sein?«

Veronika hob die Schultern.

»Das wollten wir beim nächsten Telefonat absprechen. Ich wusste ja auch nicht, ob Bernie wegen dem Geld zusagt«, fasste Veronika zusammen.

»Wir brauchen die Telefonnummer und den vollständigen Namen Ihres Schwagers. Vergessen Sie bitte auch nicht die Anschrift der Bank.« Metz schob Veronika den Schreibblock mit einem Stift über den Schreibtisch. Jäger nahm den Zettel mit den Informationen entgegen und ging in Petersens Büro, um von dort aus zu telefonieren.

Jäger hatte Bernhard Stiller sofort am Handy.

Der Mann war geschockt. »Ich habe den Anruf fast geahnt.« Er hatte sich wieder gefasst. Er war mit einem schlechten Gewissen nach Kopenhagen zu seiner Dienstreise gefahren. Er hatte Luisa noch gebeten zu warten, bis er wieder zurück sei.

Wenigstens das bekam Jäger aus ihm heraus. Doch Stillers Stimme wurde immer dünner.

»Doch sie hat ihren Kopf durchgesetzt. Wie sie es immer macht«, beklagte sich Bernhard, doch er brach ab und Jäger hörte unterdrücktes Schluchzen. »Gemacht hat«, stellte er die Tatsache richtig.

»Hören Sie«, Jäger spürte fast körperlich, dass der Mann nicht mehr lange durchhalten würde, »wir brauchen Sie hier. Wann können Sie in Quedlinburg sein?«

»Sprechen Sie mit meiner Sekretärin.« Dann brach er das Gespräch ab. Jäger blieb so lange am Telefonhörer, bis er begriff, dass er selber die Sekretärin anrufen sollte.

»Wie heißt die Bank, in der Ihr Schwager arbeitet?«, fragte Jäger, als er aus Petersens Büro kam.

»Die Hanseatic-Bank«, antwortete Veronika Brandtner und sah Jäger hinterher, der noch einmal ins angrenzende Büro ging.

»Möchten Sie etwas essen? Eine Kleinigkeit? Wir halten Sie bereits einige Stunden hier auf, eine Stärkung wird Ihnen guttun.« Fast beschwor Metz die Frau, die vor ihm saß.

Veronika schaute ihn mit verweinten Augen an. »Es ist sehr freundlich von Ihnen. Aber nein, danke. Mir ist nicht nach essen zumute.«

Selten waren Männer zu ihr freundlich, ohne gleich eine Gegenleistung zu fordern. Sie hasste ihr jetziges Leben und sie wollte da raus. Nun rückte alles wieder in weite Ferne. Sie hatte tatsächlich daran geglaubt, auszusteigen und eine Lehre zu beginnen.

Metz bemerkte, dass Veronika verzagte.

»Es ist jetzt eine schlimme Situation für Sie entstanden. Wir tun unser Bestes, um die Sache vollständig aufzuklären. Das zumindest kann ein Trost für Sie werden, dass der Verantwortliche zur Rechenschaft gezogen wird.« Metz hatte sich entschieden, wieder sein Wort zu geben. Es nützte Veronika wenig, wenn sie sich ihr Leben lang Vorwürfe machte, dass sie der Auslöser dafür war, dass ihre Schwester umkam. Ein Trost, dass mehrere Faktoren hinzukamen, machte die persönliche Situation nicht besser. Und ihr Wunsch hatte ihrer Schwester das Leben gekostet.

Jäger kam zurück. Er legte Metz einen vollgekritzelten Zettel hin. Metz las ihn sich durch und wandte sich an Veronika Brandtner.

»Ihr Schwager ist von uns unterrichtet worden.« Metz verzichtete darauf, noch einmal auf den Tod ihrer Schwester Luisa zu sprechen zu kommen. »Wir erwarten ihn morgen gegen 10 Uhr. Bis dahin haben wir keine weiteren Fragen an Sie. Wir bringen Sie zurück, es wurde bereits veranlasst. Bitte treten Sie nicht mit Ihrem Schwager in Kontakt, bis wir mit ihm gesprochen haben.« Veronika nickte und schaute zu Boden.

»Versuchen Sie, ein wenig zu schlafen.« Jäger sah mitleidig auf Veronika. »Wir melden uns bei Ihnen.«

Es klopfte.

»Herein!«

Hauptkommissar Reeh öffnete die Tür. Er begleitete die Zeugin und hatte den Auftrag, sie nach Hause zu bringen.

Die Fallakte Luisa Stiller wurde eröffnet.

»Machen wir uns an die Arbeit, Jäger. Zuerst will ich diesen Eddy sprechen.«

Es war Nachmittag und Wally wartete mit den anderen Sportfreundinnen des Sportclubs »Jung gebliebene 68er« auf das Signal ihrer Übungsleiterin. Gerda, die neben ihr saß und mit der sie seit langer Zeit befreundet war, nieste in einem fort.

»Deine Erkältung ist aber noch nicht auskuriert.« Wally beäugte ihre Freundin kritisch. Gerda hatte eine rote Nase und die Haut um diese herum war trocken und rissig.

»Deswegen mache ich heute auch nicht mit. Aber ich wollte dich nicht allein lassen und mit dir danach ins Café gehen«, meinte Gerda und hustete verlegen.

»Wenn du erkältest bist, bleibst du daheim.« Wally schüttelte den Kopf. Manchmal war Gerda sehr anhänglich. Sie waren doch beide erwachsene Frauen, die einfach das Telefon benutzen und absagen konnten.

»Lieber steckst du die anderen Frauen an. In unserem Alter ist man doch nicht mehr so fit wie früher!« Ihre Zurechtweisung war unüberhörbar.

»Da hat Wally recht«, meinte Andrea Pechstein, die den Pilateskurs gab und jetzt neben Wally stand.

»Such uns einen Tisch und bestell dir schon mal einen Kognak zum Durchwärmen. Dazu heißen Apfelstrudel mit Vanillesoße, den liebst du doch. Ich komme in einer Stunde nach«, versprach Wally und ging als Letzte in den Übungsraum.

Gerda blieb geknickt auf der Bank sitzen. Es dauerte, bis sie sich erhob und ihren Mantel anzog, ihren Hut ziemlich schräg auf den Kopf setzte und ihre Handtasche nahm.

Sie schlenderte zum angesagten Café, das neben dem »Hotel zum Bären« lag. Dort setzte sie sich an einen gemütlichen Zweiertisch. Von dort hatte sie die Leute im Blick, die draußen vorbeigingen. Als die Bedienung kam, bestellte sie, was ihr Gerda empfohlen hatte. Sie war etwas unbeholfen und sie war nicht gern allein. Ihr Mann war seit zwanzig Jahren tot und ihre drei erwachsenen Söhne hatten woanders ihr eigenes Leben eingerichtet. Fast vierzig lange Jahre war sie Sekretärin in der Wernigeroder Schokoladenfabrik *Argenta* gewesen. Sie hatte den Umbruch in den Neunzigern mitgemacht und auch die Insolvenz 2002 von der Firma Friedel GmbH miterlebt. Das Unternehmen war im gleichen Jahr von der süddeutschen Unternehmerin gekauft worden. Das war das Jahr, in dem Gerda Manske in Rente gegangen war. Seit dieser Zeit verfolgte sie das weitere Geschehen ihres ehemaligen Arbeitgebers nur noch aus der Zeitung. Sie bewohnte eine kleine Neubauwohnung in der Süderstadt von Quedlinburg. Wally füllte die Leere in ihrem Leben aus. Und gleichzeitig beneidete sie ihre Freundin darum, dass sie mit ihrem Tag eine Menge anfangen konnte und für sie das Wort ›Langeweile‹ überhaupt keine Bedeutung hatte. Leider sah es bei ihr anders aus. Die Zeit des Müßiggangs währte den lieben langen Tag. Ihre kleine Wohnung war picobello sauber. Sie hatte keinen Hund, der sie gefordert hätte, und Hobbys hatte sie mehrere ausprobiert, doch nichts bereitete ihr dauerhaft Freude und Unterhaltung. Die Begegnung mit Wally hatte sie dem Zufall zu verdanken.

In einer Annonce war zu einem kostenlosen Fitness-Probemonat eingeladen worden. Nur für Damen und erst ab dem 60. Lebensjahr, die ihre Fitness verbessern wollen, hieß es. Seither trainierten zehn Frauen unter der Aufsicht von Andrea Pechstein. Wally und sie waren sich auf Anhieb sympathisch gewesen und es hatte sich eine Art Freundschaft entwickelt.

»Bitte schön, die Dame«, meinte die Serviererin freundlich und stellte vor Gerda einen doppelten Kognak und einen heißen Kaffee ab. Kuchen kommt sofort.« Gerda probierte den Kognak und schaute sich die Leute an, die im Café saßen oder vorbeischlenderten. Hoffentlich würde diese Stunde schnell vergehen.

Eddy wurde unsanft aus dem Mittagsschlaf gerissen. Irgendein Idiot klingelte Sturm. Genervt drehte er sich um. Dabei fiel sein Blick auf den Bildschirm. Er war mit den Überwachungskameras im Haus gekoppelt. Eddy sah, wie Resa sich ihren Morgenmantel überzog und nach unten ging. Verärgert setzte er sich auf.

Klar und unmissverständlich hörte er: »Polizei. Bitte öffnen Sie.«

Die Bullen waren da. Panik stieg in ihm auf. Verfluchte Weibsbilder. Lassen den Teufel rein ohne Gerichtsbeschluss. Er musste hier weg. Dass die Bullen ihm auf die Schliche gekommen waren, konnte er fast nicht glauben. Ohne die Übertragung der Überwachungskameras allzu lange aus den Augen zu lassen, packte er ein paar notwendige Klamotten ein. Er zog zwei Reisepässe aus einer Schublade und riss einen Lederbeutel voller Geld aus dem Versteck. Die Sticks, die er wohlverwahrt in einem Tresor gelagert hatte, wanderten zusammen mit den Pässen und dem Beutel in den Rucksack. Die Videos musste er zurücklassen, zur Vernichtung fehlte ihm die Zeit. Zu schade. Die Idee, heimlich gedrehte Videos der Mädchen im Netz zu verkaufen, hatte sich als durchaus lukrativ erwiesen. Aber auf den Sticks war genug. Davon würde er leben können.

Er zog es vor, zu verschwinden. Seinen Hals konnte er nur aus der Schlinge ziehen, wenn er sich beeilte und verduftete. Wie vorausschauend von ihm, dass er den Ford in einer alten Scheune untergestellt hatte.

Es wurde Abend im Revierkommissariat. Metz wusste inzwischen, dass Bernhard Stiller neun bis zehn Stunden brauchte, wenn er über die E20 und die E45 fuhr. Mit der Fähre konnte er nicht fahren, er wurde seekrank. Sein Dienstherr stellte ihm großzügigerweise einen Fahrer, der ihn bis nach Quedlinburg bringen würde, das hatte Jäger mit der Sekretärin Stillers besprochen. Dennoch würde Bernhard Stiller nicht vor morgen früh in Quedlinburg eintreffen. Metz hatte Jäger vor zwei Stunden nach Hause geschickt. Jäger war immer noch ärgerlich, dass Eddy verduftet war. Er hatte sich gleich an das polizeiinterne Datensystem gesetzt und über Eddy Klein eine ausführliche Hintergrundrecherche durchgeführt, als ihre Aktion nichts gebracht hatte. An Interpol hatte Jäger ebenfalls die Daten durchgegeben.

Petersen hatte sich beizeiten verabschiedet. Staatsanwalt Ahrens war für ein paar Tage in den Urlaub gefahren. Sie erwarteten ihn nach Ostern wieder. Metz kam es vor, als wenn er allein im Revierkommissariat sei. Kein Klicken der Maus mehr, kein störender Anruf.

Nachdem Metz die letzten Berichte, die frisch von der Spurensicherung gefaxt worden waren, gelesen und mit Dr. Wagner telefoniert hatte, hatte er sich gefühlt, als sei er hundert Jahre alt. Die Woche war keine zwei Tage alt, und sie hatten zwei Fälle aufzuklären.

Eine Frau war tot, weil sich jemand nicht beherrschen konnte, zugeschlagen und sich nicht um eine Rettung bemüht hatte. Laut des Berichtes der Gerichtsmedizin hätte es eine minimale Chance gegeben, dass Luisa Stiller den Überfall überlebt hätte. Keine Fingerabdrücke. Metz hatte nach dem Auto suchen lassen, das wie vom Erdboden verschwunden war. Geld hatten sie bei Luisa nicht gefunden. Metz war sicher, dass sie das bei dem Gesuchten aufspüren würden.

Die Auffindesituation der skelettierten Leiche war seltsam gewesen. Dr. Wagner meinte, Metz solle den Bericht der Gerichtsmedizin mit Spannung erwarten. Metz hatte nach dem Telefonat den Kopf geschüttelt. Spannung war nicht unbedingt das, was er wollte. Der Tag war ohnehin arbeitsreich. Er nahm seinen Mantel aus dem Schrank und schloss das Büro ab. Keiler versah den Dienst am Eingang der Dienststelle und wünschte ihm einen angenehmen Abend.

Die Welt ist merkwürdig, dachte Metz. Menschen werden um ihr Leben gebracht, manche werden überhaupt nicht vermisst und ihm wird ein schöner Feierabend gewünscht. Etwas, worauf sich jeder Mensch auf der Welt freuen sollte. Aber so war das Leben eben nicht. Zumindest nicht für jeden.

Je weiter ihn seine Schritte vom Kommissariat führten, desto mehr freute er sich auf Emilia und auf sein Nach-Hause-Kommen. Er freute sich auf ein Essen und einen entspannten Abend. Langsam bekam er Hunger. Nachdem Veronika Brandtner die kleine Stärkung abgelehnt hatte, waren weder Jäger noch er dazu gekommen, eine Pause zu machen. Metz fühlte sich unendlich erschöpft. Langsamen Schrittes und jeden Atemzug genießend ging er von der Schillerstraße runter bis zum Stauffenbergplatz und bog nach links in die Rosa-Luxemburg-Straße ein. Das war eine recht kurze und stets zugeparkte Einbahnstraße. Dann lief er nach rechts in die Wallstraße und bog nach links in die Steinholzstraße ab. Er überquerte eine Querstraße und kam, geradeaus weitergehend, in die Bornstaße, die ihn in die Essiggasse führte. Mittlerweile wusste er, dass in dieser Straße zwei Fachwerkhäuser aus dem 17. beziehungsweise dem 18. Jahrhundert standen, die zum Unesco-Weltkulturerbe gehörten.

»N'abend, Frank.« Emilia empfing ihn mit ihrem hinreißenden Lächeln und noch immer konnte sie seinen französischen Klang nicht nachsprechen. Franck nahm es gleichmütig hin. Emilia verzauberte ihn jeden Tag aufs Neue, da war es einerlei, ob sie Franck oder Frank sagte. Er beugte sich etwas herunter, um sie zu küssen.

»Hmm. Wonach schmeckst du?« Franck leckte sich die Lippen.

»Ich habe uns einen kleinen Drink vorbereitet. Gibt es nach dem Essen. Heute steht alles unter dem Motto ›Pfefferminze‹.«

»Das hört sich gut an. Hattest du denn Zeit dafür? Ich dachte, du musstest dich mit einer langweiligen Arbeit abrackern.«

»Du meinst diese Art von Arbeit, wo ich immer die Stunden an der Uni geschwänzt habe und das Thema für Zeitverschwendung gehalten habe?«, fragte sie kokett zurück und lief die Holztreppe nach oben.

»Genau die meine ich!«, rief ihr Franck hinterher. Dann hängte er den Mantel in den Schrank, wusch sich die Hände und folgte ihr in die Küche.

»Hast du jemanden eingeladen?« Der Esstisch war in Weiß gedeckt. Francks Stimme klang eine Spur besorgt. Er war ein selbstloser Gastgeber, aber heute stand ihm nicht der Sinn danach.

»Das würde ich dir in der Woche nicht antun«, erwiderte Emilia und drückte ihm eine Flasche Wasser in die Hand. »Stell sie bitte auf den Tisch und tu dir schon was drauf.«

Später, als sie von der Lammschulter gegessen hatten und von den gebackenen Ofenkartoffeln in Minzsoße nichts mehr übrig war, hielt Emilia ein Dessert parat. Sie offerierte es in hübschen Likörgläsern, die nach oben breiter wurden.

»Darf ich vorstellen?« Sie zwinkerte. »Der Minz-Grashopper. Sahne, Eiswürfel und Minzlikör.« Sie stellte die Gläser ab. »Weißt du«, sagte Emilia fast schnurrend zu ihm, als sie sich die Lippen leckte, »das Gute an deinen Arbeitszeiten ist, wenn du spät nach Hause kommst, kann ich alles vorbereiten.«

Er zog sie zu sich.

»Wenn du ...«

Franck stoppte Emilias Äußerung mit einem Kuss, der nach Rosmarin, Knoblauch und Minze schmeckte.

»Lass alles stehen und liegen.« Francks Stimme klang belegt.

Emilia überlegte nicht lange. Längst hatte sie den besonderen Glanz in Francks Augen gesehen. Sie erhob sich und nahm die ausgestreckte Hand, die ihr Franck entgegenhielt. Im Schlafzimmer entledigten sie sich ihrer Sachen, ohne den Blick vom anderen zu lassen.

Später kuschelte sich Emilia an Franck.

»Wie war denn dein Tag?«, fragte sie und strich ihm über den Bauch. In einer geraden Linie zog sich eine schmale Spur Männerbehaarung von seiner Brust bis zu seinem Geschlecht. Sie mochte das.

»Um ehrlich zu sein, er hat sich überschlagen und in die Länge gezogen. Reden wir heute nach dem vorzüglichen Essen und dem, was keine Worte braucht, nicht über einen Tag mit Toten.« Dabei legte er seine Hand auf die ihre, die auf seinem Bauch ruhte.

»Dein Tag interessiert mich allerdings. Minze, warum ausgerechnet Minze?« Franck stützte sich auf seinen Ellenbogen und fing Emilias Blick ein.

»Wir haben doch eine Einladung bei deinem Freund und dessen Frau. Ostersonntag. Du erinnerst dich?«

»Ja.« Er hatte weder die Einladung noch Petersens ungewohnt schlechte Laune vergessen, aber verdrängt. Gestern erst hatte er seinen

Urlaub mit dem Rad streichen müssen. Sie wären ab Ostermontag für sieben Tage mit dem Rad unterwegs gewesen. Franck hatte sich wieder auf den Rücken gelegt.

»Das Mitbringsel für Adele musste ich ausprobieren. Du hast mir erzählt, dass sie auf englische Küche steht. Da ist eine selbstgemachte Minzsoße etwas Besonderes.« Emilia fuhr seine Behaarung mit dem Zeigefinger nach. Franck wusste genau, dass die Geschichte noch nicht zu Ende erzählt war. »Einiges an Minze lagert in der Apotheke.«

Als Emilia die Apotheke übernommen hatte, fand sie in einem der Räume etliche Säcke getrockneter Pfefferminze. Leider seit Jahren überlagert.

»Das ist doch nur die halbe Wahrheit«, vermutete Franck.

»Frau Mandel hat mich daran erinnert, dass die eingelagerten Säcke entsorgt werden müssen. Der Raum wird dieses Jahr saniert.« Emilia hatte keineswegs gezögert, Frau Mandel das Okay zu geben. Allein konnte sie den Raum in ihrem Dachgeschoss natürlich nicht sanieren. »Vielleicht sollte ich eher einen Handwerker und Hausmeister einstellen als eine Sekretärin.«

»Chérie, ich kenne dich noch nicht lange«, obwohl ihm die vergangenen Monate vorkamen, als kannte er Emilia seit Ewigkeiten, »dennoch weiß ich, dass du eine Lösung findest. Vertrau darauf«, ermutigte Franck sie.

Emilias Hand hatte die Wanderung auf Francks Bauch wieder aufgenommen. Gedankenverloren strich sie um seinen Bauchnabel.

»Du hast recht! Wie sagst du immer, das mit dem Feigling?«

Franck warf einen überraschten Blick auf Emilia.

»Der Feigling stirbt tausend Tode? Du meinst das?«

Es war die verkürzte Version eines Shakespeare-Spruchs: *Der Tapfere stirbt einmal, während der Feigling tausend Tode stirbt.*

Sie nickte. Franck merkte es daran, weil ihre Haare ihn an seiner Seite kitzelten.

»Ich werde ein Stellenangebot ausschreiben«, fasste Emilia den endgültigen Entschluss.

»Siehst du, der Anfang ist gemacht. Erzähl mir noch etwas über die Minze«, bat er Emilia. Er hörte ihr gern zu. Auf eine eigenartige Weise entspannte es ihn. »Es schwirrt dir doch sowieso den ganzen Tag durch den Kopf.« Er wusste, dass sie die Apotheke in eine Umweltapotheke umwandeln wollte.

»Wenn du darauf bestehst?« Fragend schaute sie ihn an. Noch immer roch ihr Atem nach Pfefferminze.

»Ich bestehe darauf«, entgegnete Franck grinsend. Unerwartet drehte er sich zu Emilia und packte sie. Er begann sie zu kitzeln. Emilia beschloss, dass Angriff die beste Verteidigung sei. Sie pikste Franck überall dahin, deren Stellen sie habhaft wurde.

Am Ende ihres Ringens lagen sie japsend und vor Lachen glucksend nebeneinander im Bett.

Emilia blies sich eine Haarsträhne aus dem Gesicht. Doch ihr Atem reichte nicht mehr aus. Die Strähne fiel wieder zurück. Franck strich sie mit einer zärtlichen Geste aus ihrem Gesicht. Dann beugte er sich dicht über Emilia. Mit seinem Blick fing er ihren ein und griff sanft nach ihrem Kinn. Dann wurde er ernst.

»Ich liebe dich.« Er ließ Emilias Blick nicht los. Sein Herz pochte und er wusste nicht, was er von Emilia erwartete. Es war einfach über ihn gekommen. Er fühlte es genauso, wie er es in dem Moment gesagt hatte. Er liebte sie. Und er war dankbar für dieses Gefühl. Er hatte nicht mehr geglaubt, dass er noch einmal in seinem Leben dieses Gefühl durchleben durfte. Dieser kleine Samen, den er in sein Herz gepflanzt bekommen hatte. Ohne Rücksicht war dieser Samen angewachsen und aufgegangen. Die aufkeimende Liebe, die ein machtvolles Potential hatte, und das Gefühl, dass er sich in Emilia Hals über Kopf verliebte, und auch die Angst, als er sie am 24. Dezember letzten Jahres fast verloren hatte. Wie recht doch sein Lieblingsdichter hatte.

Emilia hob ihre Arme und umschloss Franck damit. Langsam zog sie ihn zu sich und küsste ihn. Das war alles, was er wollte, er wollte geliebt werden. Ihr Blick verriet ihm, dass er sich nicht irrte. Doch Emilia sagte kein Wort. Sie konnte nicht. Viel zu überrascht war sie. Diese Worte bargen eine Tragweite in sich, die sie momentan noch nicht überschaute. Diese drei vermeintlich harmlosen Worte überrumpelten sie, damit hatte sie nach der kurzen Zeit, die sie sich kannten, nicht gerechnet. Sie ließ Franck nicht aus den Augen und erkannte, dass er es wirklich so meinte, wie er es gesagt hatte. Er liebte sie aus vollstem Herzen. Und er fühlte sich geborgen und aufgehoben.

Doch Emilia flüchtete sich zunächst in einen langen Kuss. Als sie ihre Lippen voneinander lösten, stützte Emilia sich auf ihr Kinn und schaute Franck an.

»Du wartest auf eine Antwort.« Franck schüttelte leicht den Kopf, als er ihren Blick sah. »Lass mir Zeit. Es ist nach Mitternacht und wir müssen morgen wieder früh aus den Federn. Und«, Emilia legte ihren Zeigefinger auf Francks Mund, »eine Frage der Liebe beantworte ich nicht leichtfertig.« Emilia drückte ihm einen zärtlichen Kuss auf die Brust und kuschelte sich dicht an ihn.

Die Bettdecke bis unters Kinn ziehend, war sich Franck sicher, dass sie sofort eingeschlafen war. Langsam und gleichmäßig waren ihre Atemzüge. Franck bewunderte wieder einmal Emilias Eigenschaft, alles nicht so dicht an sich herankommen zu lassen. Er löschte das Licht, legte eine Hand auf Emilias Hüfte und zog sie dicht an sich heran. Auch er fiel in einen tiefen Schlaf.

Plötzlich erwachte Franck mit dröhnenden Kopfschmerzen. Es musste mitten in der Nacht sein. Sich die Stirn massierend hob er den linken Arm, um die Uhrzeit an seiner Uhr abzulesen. Es war 3 Uhr morgens. Vorsichtig stand er auf und ging ins Bad. Er musste mal.

Beim Waschen der Hände sah er in den Spiegel und erschrak. Blass und mit dunklen Augenringen sah ihm sein eigenes Ich entgegen. Er zitterte am ganzen Körper. Mit Mühe hielt er sich am Waschbeckenrand fest. Mit aller Macht schlug die Migräne zu. Langsam setzte er sich auf den Badewannenrand. Einatmen, ausatmen. Wiederholen. Festhalten. Augen schließen. Nach Minuten ließ die Schmerzattacke etwas nach.

Er tastete sich im Dunkeln zur Küche. Er wollte kein Licht anmachen. Migräne und Licht, das vertrug sich nicht. In der Küche trank er ein Glas Wasser. Dabei blieb er über der Spüle gebeugt stehen. Er wusste, dass es in den nächsten Minuten zur Entscheidung kam. Entweder musste er sich übergeben oder sein Körper begann, sich zu besinnen. Franck hasste diese Situation. Es war einige Monate her, dass ihn eine solche Attacke in der Nacht überfallen hatte. Er probierte seine Atemübungen, die ihm stets geholfen hatten.

»Dir geht es wohl nicht gut?« Emilia stand in der Küche, eine Taschenlampe in der Hand.

»Leugnen hilft nicht«, meinte Metz mit einem schiefen Lächeln im Gesicht. Doch er war froh, dass Emilia nach ihm sah. Und nicht das Deckenlicht eingeschaltet hatte.

Emilia fühlte seine Stirn, die schweißnass war.

»Ich brühe dir einen Tee und bringe dir eine Tablette. So wie du aussiehst, hältst du den kommenden Tag nicht durch«, entschied die Apothekerin und Metz wusste, dass Widerrede sinnlos war.

Er nickte und ging gehorsam ins Bett. Er hörte, wie Emilia in der Küche rumwerkelte und danach im Bad einige Schubladen aufzog. Sie suchte wohl etwas. Ihm war alles egal. Der Schmerz in seinem Kopf sollte aufhören. Das war alles, was er wollte.

Unerwartet stand Emilia mit einer Tasse vor ihm.

»Du warst bereits eingeschlafen, Franck. Wenn du nicht trinken willst ...«

»Doch, wenn er nicht zu heiß ist«, wandte er ein. Er hatte Durst. Fast in einem Zug trank er die Tasse leer.

»Hier.« Emilia hielt ihm noch ein Glas mit einer milchigen Flüssigkeit hin. »Ich habe keine Kopfschmerztablette in meinem Haushalt«, meinte sie entschuldigend. »Aber das sollte auch helfen.«

Franck beäugte misstrauisch den wässrigen Inhalt des Glases.

»Die Brühe sieht merkwürdig aus«, stellte er fest. »Aber ich sehe dir schon an, dass ich keine Wahl habe.«

Emilia nickte.

Franck trank das leicht süßlich schmeckende Wasser.

»Und du sagst mir, was das war?«, fragte er gähnend.

»Morgen sag ich es dir. Versprochen.« Emilia drückte Franck auf sein Kissen. »Entspann dich. Ich brauch dich. Schlaf gut.« Dann schloss sie die Schlafzimmertür und legte sich neben Franck ins Bett. Geduldig wartete sie, bis sie seine gleichmäßigen Atemzüge hörte. Erst jetzt konnte auch sie wieder einschlafen.

Mittwoch

Franck war in einen schlaflosen Traum gefallen, aus dem ihn der Wecker drei Stunden später herauskatapultierte. 6 Uhr morgens. Der Automatismus in ihm übernahm und seine Hand stellte den Wecker aus. Emilia sollte zu dieser frühen Stunde noch nicht geweckt werden. Vorsichtig öffnete er die Augen. Die Schmerzen hatten sich zu einem kleinen Knäuel zusammengerollt und sich weit hinten in seinen Kopf zurückgezogen.

Leise schlich er aus dem Bett. Er duschte, zog sich an und bereitete das Frühstück vor. Frisch aufgebackenes Roggenbrot und eine Pfanne mit Rührei stellte er in der Küche auf den Tisch. Dazu Kaffee und eine Portion Joghurt.

»Guten Morgen.« Emilia stand in der Küche und schnupperte.

»Ich weiß, dass du Rührei gern magst und ich wollte dich verwöhnen. Es stört dich doch nicht, dass ich nichts anderes gemacht habe?« Franck wusste ja nicht, dass das gestrige dem Kaffee zum Opfer gefallen war.

»Nein, gar nicht. Womit habe ich das denn verdient?«

»Du hast mir einen guten Nachtschlaf gegeben. Was war das denn überhaupt?«

»Biochemie«, gab sie mysteriös von sich.

Verständnislos sah Franck sie an. »Ich hab in Chemie nicht so aufgepasst«, scherzte er. »Mir lag Sport mehr.« Er grinste Emilia an.

»Erst brauche ich einen Kaffee«, stellte sie fest. Franck goss ihr ein und löffelte eine Portion Rührei auf eine Scheibe des aufgeschnittenen Sauerteigbrots. »Was soll ich nur ohne dich machen?« Emilia meinte es so, wie sie es sagte.

»Dann würdest du ohne Frühstück aus dem Hause gehen, mit nur einem Kaffee in dir, und zwanzig Jahre später hättest du ein Magengeschwür.«

Emilia gab ihm einen neckenden Klaps auf den Oberarm.

»Du klingst wie meine Mutter.«

»Hat sie aber recht.« Franck blieb bei seiner Meinung. Ihm war seit Längerem klar, dass manche Dinge gut für einen waren. Er sah, dass Emilia widerspruchslos zunächst den Kaffee trank. Erst jetzt nahm sie ihre Umwelt mit beiden Augen wahr. Franck war es ein Rätsel, wie Emilia jeden Morgen nur ein Auge aufbekam. Das andere erst nach der Zufuhr von Kaffee oder, Franck lächelte in sich hinein, wenn sie miteinander geschlafen hatten.

Der Teller war leer, als Emilia die Frage beantwortete:

»Ich hab dir gestern Magnesium gegeben. Es entspannt.«

»Mehr nicht?« Metz hob die Augenbrauen erstaunt an.

Emilia schüttelte den Kopf. »Magnesium Phosphoricum, um es genau zu benennen. Das ist ein homöopathisches Salz. Ich nehme es selber, auch wenn ich es regelmäßiger nehmen müsste. Viele Menschen meinen, dass es Scharlatanerie ist.«

»Wieso?« Franck hatte auf die Uhr geblickt. Ein paar Minuten blieben ihm noch.

»Es ist das ultimative Salz gegen Krämpfe und Schmerzen. Magnesium Phosphoricum befindet sich im ganzen Körper. In den Muskeln, Blutkörperchen und Nerven, im Gehirn und im Rückenmark, in Knochen und Zähnen. Wir Apotheker geben es bei Verspannungen, Migräne, Schlafstörungen, innerer Unruhe oder Nervosität ab.«

»Das klingt doch vernünftig. Warum sind denn die Kunden anderer Ansicht?«

Emilia schob ihm ihren leeren Kaffeebecher hin und Franck goss nach. Sie selber hatte wegen ihres hohen Verbrauchs an Kaffee auch Probleme mit ihrem Magnesiumspiegel und sie wusste um die Schmerzhaftigkeit nächtlicher Wadenkrämpfe.

»Wegen der Potenzierung.«

»Potenzierung?«

»Stell es dir so vor: Die Potenzierung ist eine Dynamisierung. Es ist einfach eine Methode zur Herstellung von homöopathischen Arzneimitteln, die danach in der Homöopathie selbst angewendet wird.« Emilia nippte von ihrem Kaffee. »Eine Arznei wird entweder stufenweise mit Wasser oder Alkohol verschüttelt. Bei den Schüßler-Salzen wird der entsprechende Mineralstoff mit Milchzucker verrieben.«

»Deshalb schmeckte es süßlich?«, meldete sich Franck zu Wort und sah Emilias Nicken. »Und weiter?«

»Das Potenzieren wird bei den Schüßler-Salzen in Dezimalschritten durchgeführt. Hinter jedem sogenannten Salz steht entweder die Zahl Zwölf oder die Zahl Sechs und immer in Verbindung mit einem ›D‹, was Zehn bedeutet. Die Zahl dahinter gibt also die Anzahl der Potenzierungsschritte an. D6 bedeutet also sechs Potenzierungsschritte nach dem Verfahren der Dezimalpotenzen.«

Metz griff nach dem Brot und schnitt sich eine weitere Scheibe des Sauerbroteiges ab. Er konnte Brot auch ohne Belag essen.

»Soll ich heute Abend meinen kleinen Vortrag beenden?« Sie hatte Verständnis dafür, dass die Pharmazie auch monotonere Teilgebiete hatte. Sie wollte Franck keineswegs langweilen.

»Nein«, wehrte Franck ehrlich ab.

»Ich fasse zusammen«, versicherte sie. »Für jede Potenzierungs-stufe werden neun Teile Milchzucker und ein Teil der nächst tieferen Potenzmischung miteinander verrieben. Die Potenzierung dient dazu, dass die Mineralstoffe bei der Einnahme über die Mundschleimhaut besser und schneller ins Blut gelangen und unmittelbar von den Zellen aufgenommen werden können.«

»Das klingt doch überzeugend. Warum soll es dann Scharlatanerie sein?«

»Wenn ich dir ein Zahlenbeispiel nenne, wirst du es verstehen. Bei der Potenzstufe D6 ist das Mischverhältnis 1:1.000.000 oder 1 g Mineralstoff in 1.000 kg Milchzucker.«

Franck starrte Emilia verdattert an.

»Ähm ... Ein deutliches Zahlenbeispiel. Das hatte ich nicht erwartet«, gestand er, als er sich die Dimension nur annähernd vorstellte.

»Siehst du. Und das ist nur die Potenzierung von D6. D12 stellt deine Vorstellung in den Schatten.«

Metz rechnete nach. »Ein Gramm Mineralstoff in einer Million Tonnen Milchzucker?«

Emilia sah ihm an, dass Franck das Ergebnis infrage stellte.

»In Mathe hast du jedenfalls aufgepasst«, vermutete sie. »Ein Kunde hat zu mir vor einiger Zeit einmal gesagt, dass er nichts davon halte, weil er ja ein Gramm Salz in den Ozean schmeißen könne und dann davon einen Schluck nehmen würde. Das sei das Gleiche.«

»Nun ja, wenn du mir gestern Abend davon erzählt hättest, ... aber so habe ich prächtig geschlafen«, ermutigte er Emilia. »Ich muss los, mein Herz. Bis heute Abend. Es kann spät werden. Meine Leiche hat noch keinen Namen.«

Zu spät fiel Emilia ein, ihn nach seinem Fall zu fragen. Franck hatte bereits die Tür hinter sich zugezogen.

Bernhard Stiller war ein gebrochener Mann. Er saß Metz und Jäger seit einer Stunde gegenüber. Die erste behutsame Befragung näherte sich dem Ende. Herr Stiller hatte Kaffee, Wasser und auch das angebotene Essen abgelehnt. Er knetete in einem fort seine Mütze, die seinen Kopf nur knapp bedeckt hatte.

»Bitte lassen Sie mich zu meiner Frau. Bitte.«

Metz vertröstete ihn. Luisa Stiller wurde derzeit für die Ansicht vorbereitet. Später würde ihn einer der Kollegen nach Magdeburg fahren, doch zunächst mussten Details geklärt werden.

»Warum war Ihre Frau nach Quedlinburg gekommen?«, fragte Metz.

Bernhard Stiller stöhnte auf.

»Das habe ich doch schon gestern Ihrem Kollegen am Telefon gesagt.«

»Tun Sie mir den Gefallen.« Metz blieb beharrlich.

»Meine Frau hat vor drei Wochen einen Anruf erhalten. Sie dachte, es sei ihre Schwester, aber es hat sich jemand anderes gemeldet.«

»Wissen Sie, wer angerufen hat?«

»Sie hat mir den Namen am Abend gesagt. Es war ein einfacher Name, aber ich ... Ich kann mich nicht erinnern«, gestand er und sah Metz flehend in die Augen.

»Was war an diesem Abend? Erzählen Sie«, bat ihn Metz.

»Sie hat mich gefragt, ob wir nicht das Geld für Veronika nehmen könnten. Sie habe Schulden.«

»Über wie viel Geld reden wir?«

»Sechzigtausend.«

Einen Moment herrschte absolute Ruhe im Zimmer 202. Diese Aussage deckte sich mit der von Veronika Brandtner.

»Sind Sie denn finanziell in der Lage dazu?«

»Ja.« Kurz und gepresst kam die Antwort.

»Was haben Sie dazu gesagt?«

»Ich habe es verweigert. Nicht, dass wir es nicht hätten. Aber es war nicht dazu gedacht, die Schulden meiner Schwägerin zu bezahlen.«

»Und was hat Ihre Frau dazu gesagt?«

»Nichts. In dieser Nacht hat sie nichts gesagt. Aber am nächsten Tag war sie vorbereitet und hat mir ins Gewissen geredet, erklärt, dass wir helfen müssen. Dass wir geradezu verpflichtet seien.«

»Wie haben Sie reagiert?«

»Ich habe nachgegeben.« Bernhard Stiller seufzte. »Hätte ich es doch nicht gemacht«, haderte er mit sich. »Dann hätte ich zwar als Egoist gegolten, aber ich hätte meine Frau noch.« Mit dieser Schuld musste er leben, niemand konnte ihm diese Gedankengänge abnehmen.

»Sie haben das Geld abgeholt oder Ihre Frau?«

»Ich habe es abgeholt. Kleine Scheine und nicht fortlaufend nummeriert. Das hatte dieser Anrufer mit ihr vereinbart.«

»Hat Ihre Frau etwas von dem Ablauf gesagt, der Übergabe?«

Der Zeuge schüttelte den Kopf. »Ich hatte mich auf den Vortrag in Kopenhagen vorzubereiten.«

»Sind Sie nicht auf den Gedanken gekommen, die Polizei einzuschalten oder wenigstens Kontakt mit Ihrer Schwägerin aufzunehmen?« Metz konnte manchmal nicht fassen, wie leichtsinnig manche Menschen sein konnten.

»Doch, ich bin auf eben diese Gedanken gekommen. Aber ...«

»Aber?«

»Ich hab ihn verworfen.«

Metz starrte ihn vorwurfsvoll an.

»Bei unserem letzten Treffen vor zwei Jahren sind meine Schwägerin und ich im Streit auseinandergegangen.«

»Worum stritten Sie?«

»Um ihre Arbeit als Prostituierte.« Er sprach leise. Es fiel ihm sichtlich schwer. »Ich konnte es nicht verstehen und wollte es auch nicht verstehen. Und dann will sie aussteigen? Erst fand ich es lächerlich, dann ziemlich frech, uns um dieses viele Geld zu bitten. Und ich hab ihr nicht geglaubt. Deshalb wollte ich die Erpressersumme nicht zahlen.«

»Hat Ihre Frau das gesagt?« Metz und Jäger wussten, dass Veronika ihren Schwager und ihre Schwester nicht um das Geld gebeten hatte.

Stiller schüttelte den Kopf. »Nein, natürlich nicht.«

»Gab es Briefverkehr zwischen Ihrer Frau und Ihrer Schwägerin?«

»Ja, ich glaube. Müsste ich suchen.«
»Lassen Sie uns diesen zukommen?«
Bernhard Stiller versprach es.
»Sie telefonierten öfter miteinander«, meinte der Zeuge.
»Wir werden Ihre Telefondaten auswerten müssen, Herr Stiller.«
»Machen Sie, wenn Sie dadurch den Kerl finden. Darf ich jetzt zu meiner Frau?« Inständig bittend suchte er den Augenkontakt.
Metz hatte ein Einsehen und beendete die Befragung.
»Ihre Daten haben wir aufgenommen. Bitte halten Sie sich dennoch zu unserer Verfügung. Ein Kollege wird Sie jetzt zu Ihrer Frau bringen.«
»Ich nehme mir in Magdeburg ein Zimmer für die nächsten Tage. Dann werde ich nach Veronika sehen. Zusammen werden wir Luisa ordentlich unter die Erde bringen. Das hat sie verdient. Alles andere wird sich finden.« Stiller stand auf und schwankte bedenklich. Bevor die Polizisten aufspringen konnten, fing er sich wieder und murmelte ein tonloses: »Danke«.
Hauptkommissar Rükken öffnete in diesem Augenblick die Tür und nahm den Zeugen mit.
»Puh«, sagte Jäger, »das war aber heftig.«
Metz stützte seinen Kopf ab und massierte sich die Stirn.
»Nicht alles kann man leicht verdauen.«
»Sie haben das zwanzig Jahre geschafft«, erwiderte Jäger.
»Aber es hat seinen Preis. Oder man ist ein harter Hund, die gibt es aber in der Regel nicht.« Metz ließ die Hände auf den Schreibtisch fallen. »Wir haben keine Zeit, uns gehen zu lassen. Was würden Sie als nächstes machen?«
»Telefondaten anfordern und vergleichen«, kam prompt die Antwort.
»Hängen Sie sich dran. Ich bin bei Petersen und werde das weitere Vorgehen mit ihm abstimmen.« Herr Stiller hatte seine Zustimmung gegeben. Der Genehmigung durch Petersen stand nichts im Wege.

Wally war es überhaupt nicht recht, dass Gerda sie dermaßen zeitig am Morgen besuchte, es war noch nicht einmal 9 Uhr. Aber sie selbst hatte schließlich versprochen, sie zur Apotheke zu begleiten. Und sie wusste, dass Gerda stets Langeweile hatte.

»Komm rein«, bat sie, ihren Unmut herunterschluckend. »Möchtest du noch einen Tee oder Kaffee?« Gerda sah nicht besser als gestern aus. »Entschuldige, aber du bist zeitig dran.«

»Danke dir, dass du mich begleitest.« Gerda sprach mit verstopfter Nase und hustete, als sie antwortete. Auf Wallys missmutige Laune gab sie nichts.

»Ich mach dir einen Kräutertee mit Thymian und Honig«, entschied Wally.

Gerda nickte und setzte sich in den bequemen Ohrensessel, der in der Nähe des wärmenden Ofens stand. Da Wally ebenerdig wohnte, hatte jeder, der in diesem Sessel saß, einen herrlichen Blick auf den Garten. Schaute man in die entgegengesetzte Richtung, sah man Wally in der Küche werkeln. Gerda schaute ihrer Freundin zu, wie diese den Wasserkessel aufsetzte und einen Schub aufzog, aus dem sie ein Glas mit getrockneten Kräutern hervorholte. Gerda konnte das Wort Thymian darauf lesen. Obwohl sie warm angezogen war, fror sie dennoch. Hoffentlich fragte ihre Freundin nicht, ob sie Fieber habe. Wally stellte das eine Glas zurück und holte ein weiteres hervor. Fenchelsamen stand darauf. Diese wurden von ihr in einem Mörser zerstoßen.

»Wenn wir nachher in die Apotheke gehen, kann ich gleich noch Anissamen kaufen, der ist mir leider ausgegangen. Aber die Thymian-Fenchelmischung wird dir auch guttun. Hast du denn keinen Tee zu Hause?«

»Doch. Aber nur Hagebutte und Pfefferminze«, gab Gerda kleinlaut zurück.

Wally schüttelte den Kopf. Der Wasserkessel pfiff und Wally übergoss die Mischung mit dem kochenden Wasser. Sie ließ den Tee in Ruhe ziehen. Nicht jedoch, ohne einen Blick auf die Uhr zu werfen. Ein Kräutertee musste seine Zeit ziehen, aber nicht zu lange, sonst schmeckte der Tee zu bitter. Gerda beobachtete, wie Wally den Tee durch ein Sieb abgoss. Wally holte die Dose mit den selbstgebackenen Keksen aus einem anderen Schub hervor und stellte sie zusammen mit einer Teetasse und der Teekanne vor Gerda.

»Walpurga, du bist immer nett und mitfühlend mit mir.«

Wally mochte ihren Klarnamen nicht sonderlich. Noch weniger mochte sie es, wenn man sie in der Öffentlichkeit Walpurga nannte. Das brachte sie immer in Erklärungsnöte und Gerda respektierte das.

Der Tee war fertig. Wally schenkte Gerda ein und passte auf, dass sie sich aus dem Honigglas bediente. Sie besorgte ihn sich immer von einem befreundeten Imker aus dem Harz. Sie selber hatte noch Kaffee in der Blechkanne warmgestellt. Aus der bediente sie sich und setzte sich zu Gerda.

»Hast du Fieber?« Wally hatte längst Gerdas knallrote Wangen und die vor Fieber glänzenden Augen bemerkt.

»Ach was«, wehrte Gerda ab.

Wally überlegte kurz. Dann entschied sie.

»So geht das nicht!« Sie legte ihre Stirn in Falten. »Du bleibst die nächsten Tage bei mir. Du wohnst allein und ich weiß, dass sich niemand um dich kümmert. Ganz abgesehen von den Medikamenten, die du sowieso nicht regelmäßig nimmst, wenn keiner auf dich aufpasst.«

Gerda fühlte sich auf einmal wie erlöst. »Du meinst wie damals, als ich die Gicht hatte?«

Vor einigen Jahren war Gerda bei ihr eingezogen. Wally zuckte zusammen. Beinahe hatte sie diese Zeit vergessen. Aber ja, es stimmte. Damals war ihr Ehemann erst einige Monate zuvor verstorben und Gerda hatte ihr Trost angeboten. Immer noch tat sich Wally schwer, damit umzugehen. In diesem Gemütstief hatte sie Gerda getroffen. Und langsam, aber sicher waren sie Freundinnen geworden.

»Oder ist es dir nicht recht?«, fragte Gerda, die einen seltsamen Glanz in Wallys Augen bemerkt hatte.

»Doch, doch«, meinte Wally etwas abwesend. Dann schloss sie für einen kurzen Moment die Augen. Nur für einen kurzen Moment aus dieser Welt driften, befahl sie sich, und nicht an diese Zeit zurückdenken. Sekunden später öffnete sie ihre Augen wieder. Nichts war Wally mehr anzumerken. Und Gerda war sich nicht sicher, ob es diesen Glanz gegeben hatte. Litt sie an akutem Fieberwahn?

»Doch«, wiederholte Wally mit fester Stimme. »Es ist mir recht. Wenn ich mich um Marek kümmere, dann kann ich das auch für dich tun.«

»Ach, war er wieder hier?«, fragte sie herablassend.

Wally wusste, dass Gerda eifersüchtig auf Marek war, auch wenn sie das abstritt. Es ging Gerda nichts an, wann Marek bei ihr war.

»Du musst den Tee heiß trinken, sonst wirkt er nicht«, ermahnte sie Gerda. Wally tat, als hätte sie Gerdas Frage nicht gehört.

Gerda wollte etwas erwidern, ließ es aber bleiben, als sie Wallys unnachgiebigen Gesichtsausdruck registrierte. Gehorsam trank sie den Tee. Wally schenkte gleich darauf die Tasse noch einmal voll.

»Ich besorge dir aus der Apotheke Medikamente und, ja ...«, Wally wusste um Gerdas Spleen, »und, ja. Ich gehe in deine Lieblingsapotheke.«

Es gab näher gelegene Apotheken. Dennoch tat sie Gerda den Gefallen und außerdem war ihr Besuch nicht ganz so edelmütig, wie sie Gerda vormachte. Wally wollte sich nach diesem neuen Kommissar umsehen, von dem Marek gesprochen hatte. Sie war eben auch neugierig. Und sie musste noch zum Notar, in einer persönlichen Angelegenheit. Das musste sie niemandem auf die Nase binden. Es war einfach ihr Wunsch, dass sie eine unaufschiebbare Angelegenheit beendete, die für ihre spätere Zukunft wichtig war.

Nachdem Wally ihren Kaffee ausgetrunken und Gerda ins Gästezimmer verfrachtet hatte, überzeugte sie sich nochmals, dass Gerda im frisch bezogenen Bett lag. Sie hatte ihr extra eine Wärmflasche hineingelegt und ihr eine weitere Tasse Tee ans Bett gestellt. Außerdem legte sie eine Schallplatte mit Opernmusik auf. Wally hatte keine anderen Platten. Ihr verstorbener Mann hatte Opern geliebt. Sie weniger, aber sie konnte sich nicht von den Platten trennen. Sie wusste, dass Gerda ebenfalls Opern gern hörte. Leise schloss Wally die Gästezimmertür. Früher war es das Zimmer ihres Mannes gewesen, in das er sich zurückzog, wenn er seine Münzsammlung weiter katalogisierte. Nach seinem Tod hatte sie es komplett verändert. Fußbodenpaneele mit dunkler Optik, hellgraue Tapete, einen Kronleuchter, Gardinen, die den Fußboden berührten, ein Bett, in dem die Gäste wie Könige schliefen, einen Sekretär vom Antiquariat und Blumenaquarelle. Auch wenn selten jemand darin schlief. Marek hatte unten im Keller sein Reich.

Jetzt zog sie sich stadtfein an und holte das Fahrrad aus dem Schuppen. Dank Marek war es in einem tadellosen Zustand. Das Wetter hatte sich komplett gedreht. Ein leichter Wind wehte, aber es war trocken und die Temperaturen für einen beginnenden Frühlingstag angenehm.

Zwanzig Minuten später schloss Wally das Fahrrad an der Apotheke an. Sie war außer Puste, da sie gegen den Wind geradelt war. Wally zupfte ihre Baskenmütze zurecht und drehte sich zur Fensterscheibe, um ihr Äußeres zu überprüfen. Dann ließ sie einer Rollstuhlfahrerin, die die schiefe Ebene hochfuhr, den Vortritt. Die Eingangstür öffnete sich automatisch. Nach Wally betraten weitere Kunden die Markt-Apotheke. Einige Kunden standen vor ihr und Wally übte sich in Geduld. Sie schaute sich um. Sie hatte bereits von Marek und Gerda eine Menge über die Apotheke gehört. Nach dem letzten Weihnachtsadvent hatte auch etwas in der Lokalzeitung gestanden. Was war das gleich? Wally überlegte und jetzt fiel es ihr wieder ein. Die Apothekerin soll fast einem Verbrechen zum Opfer gefallen sein. Wally glaubte, sich erinnern zu können, dass dieser Kommissar Metz den Fall aufgeklärt hatte. Genauso wie den Giftmord an der Blumenhändlerin, davon war ebenfalls in der Presse zu lesen gewesen. Diese Artikel fanden sich in ihrer Sammlung, schätzte sie. Wally hatte ebenso einen kleinen Spleen. Wann immer es ging, sammelte sie interessante Zeitungsartikel. Sie schnitt sie aus und bewahrte sie in einer alten Zigarrenkiste auf. Es war egal, ob es politisch brisant war, ob es sich um Lokalpatrioten handelte oder Skurriles. Wenn die Zigarrenkiste überquoll, machte sie es sich gemütlich. Sie schenkte sich ein Glas schweren Bordeaux ein und dann nahm sie sich die Kiste vor. Sie las sich die aufgehobenen Artikel noch einmal durch, lachte darüber, schüttelte den Kopf oder dachte darüber nach. Am Ende jedoch zerknüllte sie die Artikel.

»Königskerze kann ich Ihnen empfehlen«, hörte Wally vorne am Verkaufstresen sagen. Die Kundin wiegte unentschieden den Kopf hin und her. »Königskerze ist ein probates Mittel gegen Bronchitis. Entzündungen der oberen Luftwege, Husten, Reizhusten, sogar Asthma lassen sich damit behandeln.«

Wally vermutete, dass sich das Kundengespräch in die Länge ziehen würde. Doch es blieb ihr nichts anderes übrig als abzuwarten, genau wie alle anderen Kunden in der Reihe.

»Frau Sander«, wurde die Frau mit dem Seitenzopf, die telefonierend eine kleine Treppe herunterkam, von einer ihrer Mitarbeiterinnen angesprochen. »Vorhin hat der Vertreter ...« Den Rest verstand Wally nicht. Doch Wallys Aufmerksamkeit war geweckt. Das war also Emilia Sander, Inhaberin der Markt-Apotheke. Wally sah, dass diese das Handy an ihre Schulter drückte und der Mitarbeiterin zuhörte. Die nächste Kundin schob wortlos das Rezept über den Tresen und wartete, dass man ihr die Medikamente in einer Papiertüte zurückgab.

»Willst du mich abholen?«, hörte Wally die Apothekerin fragen. Jetzt war sie vorgerückt und verstand jedes Wort. »Ich bin gleich fertig.« Nach dem kurzen Telefonat schob die Apothekerin das Handy in den Apothekenkittel. Sie bediente mit und endlich ging es zügig weiter. Doch der nächste Kunde war ebenso zögerlich wie die Vorgängerin. Wally zog die Stirn in Falten und wechselte von einem Bein auf das andere. Dann blickte sie auf ihre Uhr. So lange wollte sie nicht wegbleiben. Sie fragte sich, wie es Gerda ging. Sie musste noch einkaufen, schließlich stand Ostern vor der Tür. Wally wurde von einem Gespräch abgelenkt.

»... die haben da oben eine Leiche gefunden«, tuschelte jemand hinter ihr leise. Wally horchte auf. »Das war eine Überraschung.«

»Überraschung nennst du das?«, zischte eine andere Stimme. »Wissen die denn, wer es ist?«

»Nein, nur dass die Leiche männlich ist.«

Wally drehte sich um. Sie tat so, als erwarte sie jemanden und schaute auf die sich öffnende Eingangstür. Eine der Frauen, die hinter Wally stand, trug einen bunt gestrickten Poncho, sie hatte ein kleines Gesicht mit einem verbissenen Ausdruck. Ihre Jeans waren abgetragen und die Stiefel, die sie trug, hatten einen Besuch beim Schuster dringend nötig. Wally achtete auf solche Kleinigkeiten. Die andere Frau trug einen unechten Pelzmantel und hatte einen schwarzen Hut auf ihrem Kopf. Der kurze Blick genügte Wally. Diese Frauen waren ihr unbekannt. Erleichtert atmete sie aus. Sie lockerte ihre Glieder und streckte unbewusst den Rücken. Wenn man sie gefragt hätte, was sie dermaßen unter Spannung gesetzt hatte, hätte sie keine Antwort darauf geben können. Ihr Unterbewusstsein reagierte eben auf derartige Mitteilungen, wäre ihre Antwort gewesen.

»Womit kann ich Ihnen behilflich sein?«, fragte Frau Sander. Der nächste Kunde wurde bedient. Noch drei Kunden standen vor Wally.

»Du weißt doch, welche Quelle ich habe«, zischelte die eine leise hinter Wally. »Sie bringt mich um, wenn sie wüsste, dass ich plaudere.«

»Deine Schwägerin bringt garantiert niemanden um«, widersprach die im bunten Poncho. »Aber sie würde dir gehörig den Kopf waschen, wenn sie wüsste, dass du mir immer alles brühwarm von den Ausgrabungen erzählst.«

Wally drehte sich nochmals um.

»Ich bin unfreiwillig«, dabei grinste sie unverblümt, »Zeugin Ihres Gesprächs geworden. Wo ist denn eine Leiche gefunden worden?« Verschwörerisch legte sie den Finger auf den Mund. »Ich sag es auch nicht weiter.«

Die Verbissene schaute die Pelztragende an.

»Am Ochsenkopf.« Dann drehte sich die mit dem verbissenen Gesichtsausdruck demonstrativ um und rauschte aus der Apotheke. Die andere folgte ihr auf dem Fuße, nicht ohne schnippisch die Luft auszustoßen.

»Sie wünschen?« Wally war die nächste Kundin. Für den Moment entfiel ihr, was sie besorgen sollte.

»Anis«, stammelte sie. »Anissamen«, fiel es ihr rechtzeitig ein.

Frau Sander holte ein Tütchen. »Womit kann ich Ihnen noch helfen?« Emilia Sanders Stimme hatte einen angenehmen Klang. »Sie sind neu als Kundin?«

»Ähm, ja. Ich besorge etwas für eine Freundin. Diese ist hier Kundin.«
»Nun, dann kann ich das auf dem Kundenkonto Ihrer Freundin vermerken, wenn Sie mir den Namen verraten.«
»Verraten?« Wally klang irritiert. »Ach, so meinen Sie das.« Wally riss sich zusammen. »Gerda Manske.«

Emilia Sander trug die Medikamente ein und Wally bezahlte bar. Mit einer kleinen Papiertüte und schwirrendem Kopf wollte sie die Apotheke verlassen. An der Tür stieß sie mit einem sportlich aussehenden Mann zusammen. Dieser entschuldigte sich zwar höflich bei ihr, doch Augen hatte er nur für Emilia Sander, die zu ihm trat.

»Es tut mir leid, Chèrie, viel Zeit habe ich nicht.«

Wally hoffte, dass sie noch mehr zu hören bekam. Deshalb blieb sie in der Nähe der Tür stehen und tat, als schüttele sie einen Stein aus ihrem Schuh.

»Schade. Ich wollte mit dir Mittag essen.«

Wally vernahm, dass in Emilia Sanders Stimme Bedauern mitschwang.

»Es gibt Bewegung im Fall. Du weißt, was das heißt.«

Wally konnte sich an drei Fingern zusammenreimen, dass das der Kommissar war, der die Fälle in Quedlinburg gelöst hatte. Mehr konnte sie zu ihrem Leidwesen nicht mehr verstehen. Die Apothekerin ging mit dem Mann die kleine Treppe zu ihrem Büro hoch.

Noch immer etwas verstimmt, dass sie nichts von Interesse gehört hatte, kam Wally an ihrem Grundstück an. Sie machte die Gartentür auf und schob das Fahrrad bis zur Haustür. Sie schloss auf und hängte ihre Jacke an den Haken, zog ihre robusten Wanderschuhe aus und ordnete ihre Haare, die durch den Wind zerzaust waren. Wally warf einen Blick in den Spiegel, den sie noch aus der Zeit ihrer Mutter, Gott hab sie selig, hatte. Dann wusch sie sich ihre Hände. Fast zelebrierte sie diese kleine Sache. Hier und da erntete sie von ihren Sportfreundinnen Spott. Doch sie nahm es gelassen hin. Sie war allein auf der Welt, hatte niemanden mehr, der sich um sie kümmern würde, wenn sie krank war. Sie war in einem Alter, wo man eine Erkrankung nicht mehr leicht wegsteckte. Dann nahm sie die Papiertüte und ging ins Gästezimmer zu Gerda.

Gerda lag im Bett, wie sie sie verlassen hatte, und schnarchte laut. Fast hätte Wally losgelacht, doch sie riss sich zusammen. Dieser Moment war zu skurril. Sie hatte erwartet, dass Gerda mit fiebrig glänzenden Augen im Bett saß und sie bereits erwartete. Leise drehte sich Wally um und wollte auf Zehenspitzen aus dem Raum gehen.

»Warum gehst du?«, fragte Gerda unerwartet.

»Ich wollte dich weiterschlafen lassen.«

»Ich habe nicht geschlafen«, meinte Gerda, fast entrüstet.

Wally holte tief Luft, um dem entschieden zu widersprechen, doch sie ließ es bleiben. Gerda war krank und mit Kranken stritt man nicht. Also schluckte sie die Erwiderung hinunter.

»Ich habe alles bekommen. Gleich wird es dir besser gehen«, versprach sie. »Ich mache dir einen Tee.«

Nach einer Viertelstunde kam Wally mit frisch aufgebrühtem Tee, einem Teller mit beschmierten Käseschnittchen, Keksen und zwei Tassen, Servietten, einem Glas Wasser und den gekauften Tabletten wieder. Sie stellte das Tablett auf einem kleinen Tisch ab und gab Gerda zuerst das Medikament. Sie passte auf, dass sie es auch schluckte.

»Du bist ja hartnäckiger als manche Krankenschwester«, gab Gerda zu. Es war als eine Art Anerkennung gemeint.

»Ich habe das alles bei meinem Mann gelernt. Du weißt doch, wie das ist, wenn die Männer krank sind.«

Gerda nickte, auch sie hatte ihren Mann verloren. Trotzdem hatte sie nur Augen für den Teller mit den Käseschnitten. Wally nahm ihn und stellte diesen auf Gerdas Bettdecke. Sie selbst knabberte lustlos an einem der selbstgebackenen Kekse.

»Gerda.« Die Angesprochene blickte auf. »Sag mal, hast du etwas gehört von einer Leiche, die man auf dem Ochsenkopf gefunden haben soll?«

Gerda hörte unverzüglich mit Kauen auf.

»Jetzt erst hat es sich bis zu dir herumgesprochen?«

Gerda sah verdammt gesund aus in diesem Bett, dachte Wally in dem Moment. Marek hatte das auch nicht erwähnt, als er von seiner Flucht erzählte.

»Ich will die ganze Geschichte hören«, forderte Wally rigoros.

»Du hast es in der Apotheke gehört, stimmt's?«, reimte sich Gerda zusammen.

Wally nickte und zerbiss den Keks in zwei Hälften. »Und du?«

»Ich habe es neulich gehört, als ich bei der Fußpflege war.«

Wally konnte sich keine Fußpflege leisten. Sie bekam eine kleine Witwenrente, und ihre eigene Rente ging für die Kosten des Grundstücks drauf. Das, was sie sich erspart hatte, schmolz wie ein Butterberg in der Sonne. Aber sie wollte nicht undankbar mit ihrem Schicksal sein. Sie hatte ein Dach über dem Kopf, bestellte den Garten, wie es ihr gefiel. Der Garten warf einen Ertrag ab, mit dem sich gut leben ließ. Und Marek kam ab und an oder auch öfter, wenn sie ihn für schwere Arbeit brauchte. Außerdem war sie kerngesund. Sie konnte Fahrrad fahren und besaß ein Mofa. Brauchte sie ein Auto für den Urlaub, den sie sich alle zwei Jahre gönnte und einfach wegfuhr, leaste sie sich eins.

»Ich weiß«, sagte Gerda, »Haare färben und zur Fußpflege gehen, das passiert nicht oft in deiner Welt.« Für diese bissige Bemerkung erntete sie einen drohenden Blick. »War nicht so gemeint«, entschuldigte sich Gerda. »Ich bin oft unsensibel. Du lässt mich hier schlafen, bringst mir Medikamente und ich ...« Sie holte tief Luft. Gerda war nicht immer im Reinen mit sich. Im Stillen beneidete sie Wally für ihre Kraft, dass sie immer etwas zu tun hatte und keine Langeweile kannte. Sogar, dass Marek ihr die schweren Arbeiten abnahm, versetzte ihr einen eifersüchtigen Stich.

»Ist gut«, meinte Wally versöhnlich. »Erzähl mir von der Leiche.«

»Na, du kennst doch meine Fußpflegerin Irina, die hat es auch aus zweiter oder dritter Hand. Was die Kunden ihr eben erzählen.« Gerda war froh, dass Wally ihr die Bemerkung nicht länger übelnahm. Wally kannte Irina keineswegs, aber sie konnte sich lebhaft vorstellen, dass eine Geschichte ihren eigenen Weg geht. Am Ende war es anders. »Die Freundin einer Kundin ist die Ehefrau und ...«, verlor sich Gerda in Aufzählungen. »Und der Mann jedenfalls hat einen Freund und der ist bei den Ausgrabungen am Ochsenkopf dabei gewesen.« Gerda nahm sich einen Keks und trank einen Schluck Tee.

Was bedeutet schon ›dabei gewesen‹, dachte Wally.

»Die Ausgrabungen sollten am Montag fast abgeschlossen sein«, fuhr Gerda fort, »und einer der Archäologen hat etwas weiter als abgesteckt gebuddelt oder geschabt. Ich weiß ja auch nicht, warum man ein Studium macht, um alte Scherben zu finden. Aber jeder ist seines Glückes Schmied.«

Wally hörte nur mit halbem Ohr zu.

»Ja und dann wurde diese Leiche gefunden? Und wo genau hat keiner der Fußpflegerin gesagt?«, fragte Wally.

Gerda verneinte.

»Weißt du, wie sie aussah?«

»Wer?«

»Na, die Leiche!«, meinte Wally kopfschüttelnd.

»Nein. Ich habe keine Ahnung.«

»Also können wir feststellen, dass wir eigentlich gar nichts wissen«, meinte Wally sachlich. »Das Einzige, was gewiss ist, ist, dass eine Leiche gefunden wurde.«

Marek hob vor sich hinbrummelnd eine Plastikverpackung auf, in der sich vor Wochen noch ein Schokoriegel befunden hatte. Seine Laune war auf dem Tiefpunkt. Er fragte sich zum wievielten Male, warum die Leute nicht ihren Mist allein entsorgen konnten. Aber er wusste, niemand gab ihm auf diese Frage eine Antwort. Heute war Mittwoch und er war auf dem Ochsenkopf unterwegs. Ein Heimspiel für ihn.

Der Ochsenkopf ist eine sanfte Hügelkette, die sich südwärts erstreckt. Bewachsen mit Bäumen und Büschen. Auf den ausgetretenen Feldwegen, auf denen Ausflügler, Spaziergänger und Einheimische entlanggingen, kann man noch Vogelgezwitscher aller Art hören. Oft kreisen auch Milane in den Lüften.

Marek bog vom Burgwall nach links in einen Feldweg. Vor einigen Jahren soll dieser Weg zu einer Kirschplantage geführt haben, die bei Jugendlichen beliebt gewesen war. Nicht nur wegen der Kirschen. Die Kirschplantage verwilderte. Der Besitzer hatte immer weniger Interesse, weil es sich nicht rentierte, und verkaufte dieses 1,6 ha große Land. Der Sohn des neuen Besitzers überließ es dann 2009 den Pfadfindern. Den Müll, da konnte er nichts sagen, räumten die Pfadfinder immer weg. Aber andere, die sich herumtrieben oder wanderten, ließen die kleinen Schnapsflaschen einfach im Gras liegen oder stellten sie an einen der Steine, auf denen man sich ausruhen konnte.

Marek lief am Pfadfinderlager vorbei. Absichtlich machte er einen Bogen um die Ausgrabungsstätte. Er brummelte immer noch vor sich hin. Wenn er sich dort sehen ließ, dann hängten sie ihm doch noch etwas an.

Marek benutzte die Greifzange und schob die nicht verrottbare Kekspackung in seinen Plastiksack. Ein Stück weiter hing zitternd eine dünne Tüte an einem dornigen Busch. Marek schüttelte den Kopf. Er lief täglich ungefähr zwanzig Kilometer und traf auf mehr Müll als auf Menschen in der Natur.

Er ging weiter auf dem Ochsenkopf entlang in Richtung der Seweckenwarte. Ein recht einsamer Weg, auf dem vermeintlich wenig Müll zu finden war. Doch Marek wusste aus Erfahrung, dass man sich irren konnte. Schuld war auch der Wind, der den Müll vor sich hertrieb und nicht eher ruhte, bis dieser an Zweigen hängenblieb oder sich in den Bäumen verfing.

Im Sommer vor vier Jahren, als Marek hier in Quedlinburg angekommen war, hatte er sich einen komfortablen Unterstand in einer

Senke gebaut. Erst hatte er sie ausgeschachtet, dann verstärkt und sich schließlich eingerichtet. Spartanisch, zweckmäßig und dennoch hatte dieser Unterstand etwas Eigenes. Er gehörte ihm. Niemand machte ihm die Spanplatten aus dem Baumarkt, die grüngefleckten Armeezeltwände, seinen Schlafsack und den Propankocher streitig. In einem kleinen Erdloch hatte er einen Vorratskeller angelegt, der Dosenbohnen und Tütensuppen beherbergte. Nudeln, Reis oder Kartoffeln lagerten zwischen den Platten. Ein kleines Transistorradio leistete ihm nachts Gesellschaft. Aber oft machte er es nicht einmal an. Er hörte lieber den Nachtgeräuschen zu. Dem Igel und dessen Schnaufen, dem Uhu, den Fledermäusen oder den Amseln am frühen Morgen. Respekt hatte er nur vor den Wildschweinen. Deshalb war er vorsichtig mit den Resten und verstaute diese sicher. Ab und an bekam er ein Buch, entweder von Wally oder Opa Schulze. Außerdem konnte er immer in die Bibliothek gehen. Dort arbeitete Elsa, die drückte ein Auge zu, wenn er in der Bibliothek vorbeischaute. Nach zehn Jahren Notlösung sollte die Bibliothek wieder einmal umziehen. Vom Mummental ins Carl-Ritter-Haus. Aber so war es mit den Provisorien. Sie hielten am längsten. Elsa trauerte der Zeit nach, in der sich die Bibliothek in der Heiligen-Geist-Straße befunden hatte. Stets sagte sie zu Marek:»Da gab es einen Garten, verwunschen sah der aus, mit einem steinernen Springbrunnen. Durch die Fenster schauten wir Mitarbeiter in den Garten. Aber mit der Zeit verfiel er. Aus dem verwunschenen wurde ein vernachlässigter Garten und später wurde das Gebäude in ein Pflegeheim umgewandelt.«

Marek fand immer eine Ecke, aus der er den Müll einsammelte. Oder Elsa drückte ihm verstohlen den Fugenkratzer in die Hand, um dem ungebetenen Unkraut in den Rillen den Garaus zu machen. Im Winter, besonders bei Frostgraden, gestalteten sich seine Übernachtungen schwieriger. Regelmäßig suchte er dann Wally auf. Dort war er willkommen.

Er war seit den frühen Morgenstunden mit seinem alten Fahrrad mit Anhänger unterwegs. Im Winter stand es bei Wally im Schuppen, jederzeit abholbereit. Der Anhänger, dessen er sich auf einem Schrottplatz erbarmt hatte, tat seine Sache noch. Marek hatte ihn verkehrssicher gemacht und ein bisschen ordentlich. Manchmal stellte er sein Gefährt unter einen Baum und suchte die Umgebung ab, ehe er es sich wieder holte, den Müll verstaute und weiterfuhr.

Einen prall gefüllten Plastiksack hatte er bereits. Knappe neun Kilometer lagen hinter ihm. Die leeren Bier- oder Schnapsflaschen jeder Größe trug er in einem Rucksack auf dem Rücken, die machten auf dem Anhänger Krach und das mochte er nicht.

Er war auf dem Rückweg und freute sich auf einen Kaffee. Etwas Brot hatte er noch und Wurst. Außerdem hatte er von Wally reichlich Sandwiches bekommen, die noch übrig gewesen waren. Natürlich wusste Marek, dass Wally absichtlich mehr Schnitten für ihn machte, sodass er gezwungen war, die übrigen mitzunehmen.

Niemandem war er heute Morgen begegnet. Die Pfadfinder kamen erst am Wochenende. Zielstrebig ging Marek in Richtung seines Unterstandes.

Metz betrat am Nachmittag wieder das Büro. Mit Emilia hatte er eine Kleinigkeit gegessen. Jäger war noch nicht von der Kantine zurück.

Der Fall Luisa Stiller ging Metz zu Herzen. Er endete tragisch für alle Beteiligten, jeder verlor etwas, was nicht wiederzubringen war. An Metz und Jäger lag es jetzt, dass ihnen Eddy nicht durch die Lappen ging. Die Großfahndung war ausgegeben. Bisher noch ohne Erfolg. Eddy konnte untergetaucht sein oder sich dank der offenen Grenzen in Europa sonst irgendwo aufhalten.

Das Telefon klingelte und riss ihn aus seinen Gedanken.

»Metz«, sagte er knapp.

»Hauptkommissar, hier Dr. Wagner.«

»Können Sie mir etwas Genaueres sagen als vorgestern?«

»Meinen Sie das Skelett, das in der Gerichtsmedizin in Magdeburg liegt?« Metz wusste, dass Dr. Wagner einen eigenen Sinn für Humor hatte. Zum Leidwesen des Doktors teilte Metz diesen nicht.

»Exakt.« Metz gab sich Mühe, den vorwurfsvollen Tonfall zu unterdrücken.

»Genaueres zum jetzigen Augenblick zu sagen, ist schwierig«, fuhr Dr. Wagner fort. »Es gab durchaus Bedingungen, die ich hier anführen könnte, die die Identität erschweren.« Dr. Wagners Gedanken machten eine Abkürzung und kreisten um seine Frau. Erst heute Morgen hatte sie ernsthaft von ihm wissen wollen, wann er gedenkt, mit der Arbeit aufzuhören. Sie habe es satt, ihr übriges Leben lang nachts um den Schlaf gebracht zu werden. Er hörte Metz' Räuspern und konzentrierte sich aufs Wesentliche. »Der Verwesungsprozess ist von Witterung und der Lage der Leiche abhängig. Unwichtig ist der Tierfraß, der ist zu vernachlässigen.« Dr. Wagner liebte seine Arbeit. Er mochte die kniffligen Aufgabenstellungen, die ihm der Tod auferlegte.

»Und was genau können Sie uns zum Zustand des Skeletts mitteilen?«

Das war genau der Satz, den Dr. Wagner hören wollte.

»Wir haben hier einen blanken Schädel und die skelettierte Leiche eines Mannes.«

Für Metz keine Überraschung. Bereits am Fundort hatte er gesehen, dass die Oberschenkelknochen der Größe eines männlichen Körpers entsprachen.

»Todesursache?« Bei der Auffindesituation war klar, dass es sich um Mord handelte. Niemand begab sich in ein Grab und legte sich Fesseln an.

»Das hatte ich bereits am Montag vermutet. Erschossen.« Aus Dr. Wagners Mund klang das Wort simpel und lapidar.

»Was können Sie über den Schuss sagen?«

»Meiner Meinung ein versierter, erfahrener Schütze.«

»Woraus schließen Sie das?«, fragte Metz verblüfft.

»Ich glaube, sagen zu können, dass es ein sauberer Schuss war.« Metz hob gespannt die Augenbraue. »Der Schuss ging genau ins Herz.«

Ob die Patronenhülse gefunden wurde, musste er die Spurensicherung fragen.

»Welches Kaliber?«

»Kaliber 300 Win.Mag.«

Metz runzelte die Stirn.

»Eine Jagdwaffe?«

»Soweit mir bekannt ist.« Dr. Wagners Stimme tropfte vor Ironie. »Wahrscheinlich eine Repetierbüchse.«

Metz' Gedanken kreisten. Sie hatten sämtliche Schützenvereine und Waffenläden unter die Lupe zu nehmen.

»Wie lange lag der Mann in diesem Grab?«, fragte Metz, ohne auf Dr. Wagners Ironie einzugehen.

»Nun, das können wir noch nicht mit absoluter Sicherheit sagen. Zwischen vier bis fünf Jahre.«

»Konnten Sie das Alter des Mannes bestimmen?«

»Nun ja. Zur Tatzeit war das Opfer ungefähr Mitte sechzig und laut den speziellen Analysen, mit denen ich Sie nicht langweilen will, in bester körperlicher Verfassung.«

Dr. Wagners Redefluss kam zum Erliegen, doch Metz wusste aus Erfahrung, dass dieser wenigstens noch einen Trumpf im Ärmel hatte. Metz wartete geduldig ab und hatte sich nicht getäuscht.

»Ich habe in der Mundhöhle Fasern gefunden.«

»Was für Fasern?«

»Haben wir bereits ins Labor geschickt.«

Fasern in der Mundhöhle? Was sollte das bedeuten? Weber und Müller arbeiteten daran. Welcher Mann war bereits vor Jahren erschossen worden? Jäger musste die Vermisstenanzeigen durchgehen.

»Außerdem ...« Metz hörte zu. »Die Reste von einer Augenbinde und das, was von seiner Kleidung übrig ist, sind bereits bei der kriminaltechnischen Untersuchung. Aber ...«

»Sie haben noch etwas gefunden?«

»Reste eines Fettes.«

»Ich verstehe nicht.«

»Reste einer fettähnlichen Substanz.« Doktor Wagner genoss es, Metz auf die Folter zu spannen. »Haben Sie mich verstanden?«

»Natürlich.« Meinte der Gerichtsmediziner etwa Ohrenschmalz?, fragte sich Metz. »Zu Lebzeiten hatte das Opfer etwas in den Ohren und die Substanz war aus einem Fett«, fasste Metz zusammen.

»Die Untersuchungen sind noch nicht vollständig abgeschlossen. Aber nach dem Einsatz der Gaschromatographie und der dann anschließenden Massenspektrometrieanalyse kann ich sagen, dass es sich nicht um Ohrenschmalz handelt«, der Gerichtsmediziner machte eine kunstvolle Pause, »sondern um Bienenwachs.« Jetzt hatte er ihn. Dr. Wagner hörte, wie Metz die Luft tief einsog.

Seine Gedanken überschlugen sich. Wer macht Derartiges? Warum?

»Ich erwarte Ihren Bericht, Dr. Wagner.«

»Natürlich, Sie kennen mich.« Damit war das Gespräch beendet.

Metz war sich nicht sicher, ob Dr. Wagner ihm das in seiner eigenen Ironie gesagt hatte. Metz hielt den Telefonhörer noch in der Hand, als Jäger das Büro betrat.

Jäger trug Jeans und ein Sweatshirt darüber. Die Kapuzenjacke hängte er über seine Stuhllehne.

»Ich hole uns zwei Tassen Kaffee. Ist der Big Boss drin?« Jäger deutete mit dem Kopf in Richtung Petersens Zimmer. Metz verneinte.

Nach wenigen Minuten kam Jäger mit zwei Kaffeebechern aus dem Chefzimmer zurück und stellte auf Metz' Schreibtisch eine Tasse ab.

»Was gibt es Neues?«, fragte Jäger.

»Das wollte ich auch von Ihnen wissen.«

Dieser fuhr den Computer hoch und trank dabei vom Kaffee. »Großfahndung habe ich gestern ausgelöst. Interpol ist eingeschaltet.« Jäger gähnte. »Mehr konnte ich nicht tun.«

»Ordnen wir die Fakten.« Metz nahm die Information gelassen zur Kenntnis.

Das ließ sich Jäger nicht zweimal sagen. Er holte die Stellwand aus Petersens Büro. Jäger begann, die Fotos anzuheften. Metz ließ ihn gewähren.

»Wenn wir die Rückinformationen über den Fall Luisa Stiller erhalten, können wir die auf der Rückseite festpinnen. Weihen wir die Tafel mit dem Skelett vom Ochsenkopf ein?«, fragte Jäger. Er hatte die Worte auf einen Zettel geschrieben und pinnte ihn als Überschrift an. Er skizzierte ein Skelett auf ein blaues A4-Blatt und heftete es mittig unter die bereits angepinnte Überschrift. Dann wählte er eine andere Farbe aus und schrieb die Namen der Zeugen drauf, die das Skelett gefunden hatten: Professor Doktor Meersig und Frau Fiedler.

»Wie hieß der mit den dreckigen Jeans?«

»Bienert, Klaus.« Metz merkte sich bei jedem Fall die Namen der Zeugen. »Vergessen wir auch nicht Marek Winkler«, warf Metz ein. In dem Stadium der Ermittlungen konnten sie hemmungslos sein.

Jäger schrieb auch diesen Namen auf und pinnte ihn dazu.

»Die Pfadfinder, die seit Kurzem auf dem Ochsenkopf sind?«, fragte Jäger, ohne einen Blick von der Tafel zu nehmen.

»Nein, die würde ich rauslassen«, entschied Metz. »Zum Tatzeitpunkt gab es den Verein noch nicht. Wir können als Zeuge den Eigentümer, der das Grundstück zu verkaufen hatte, befragen. Doch das ist im Moment Zeitverschwendung.«

»Wann war überhaupt der Tatzeitpunkt?«, wollte Jäger wissen. Er hatte sich noch nicht vollständig in den Fall eingearbeitet.

»Dr. Wagner sagt vor vier bis fünf Jahren. Genaueres kommt später.«

»Ungefährer Tatzeitpunkt also zwischen 2005 und 2006«, murmelte Jäger, während er die Angabe aufschrieb. Die Jahreszahl heftete er unter die Überschrift. »Wissen wir etwas über das Opfer?«

»Männlich, körperlich in guter Verfassung. Sein genaues Alter wird noch ermittelt«, antwortete Metz. »Das Opfer wurde erschossen. Kümmern Sie sich bitte darum, ob die Patronenhülse gefunden wurde«, bat Metz.

»Mach ich und ich gehe auch die Vermisstenanzeigen durch. Was noch?«

»Die Auffindesituation.«

Jäger wand sich ab und kramte auf seinem ewig unaufgeräumten Schreibtisch herum. Nach kurzem Suchen zog er einen Briefumschlag hervor. Er öffnete ihn und holte einige vergrößerte Fotos heraus.

»Hanni und Nanni haben mir die gestern noch zukommen lassen.«

Metz beugte sich interessiert vor und blickte die Fotoserie durch, die am Tatort gemacht worden war.

»Chef, gestern, als ich die mir das erste Mal angeschaut habe, dachte ich, dass der Täter etwas damit ausdrücken wollte.«

Metz sah auf die Fotos, die er nebeneinander abgelegt hatte, und gab Jäger recht.

»Eine gewisse Endgültigkeit. Er schließt mit etwas ab. Meinen Sie das?« Metz wusste, dass Jäger eine effiziente Auffassungsgabe hatte.

»Genau. Aber ...«

Die Tür ging auf und Petersen schaute die Polizisten streng an.

»Denkt daran, euer Arbeitstag hat auch ein Ende.« Sein Blick fiel auf die Stellwand. »Euer Skelett hat es nicht eilig.« Er wollte sich wieder zurückziehen, als er die Fotos auf dem Schreibtisch sah. »Die Fotos vom Skelett?« Er trat näher heran.

Metz und Jäger nickten synchron.

»Dr. Wagner hat mich vorhin informiert, dass Reste einer fettähnlichen Substanz im Innenohr des Schädels gefunden wurde, was darauf hindeutet, dass ...«

»Dem Opfer irgendetwas ins Ohr gestopft wurde?«, fragte Jäger verblüfft.

»Wie das denn? Ich denke, es ist nur noch Knochenmasse übrig?«, mokierte sich Petersen. »Ohr ist ja nur Knorpel.«

»Der Doktor meint, es handelt sich um Bienenwachs.«

»Wachs?« Petersen schüttelte den Kopf. »Ist schon klar, ob zu Lebzeiten oder nicht?«, wollte Petersen wissen.

»So weit sind wir noch nicht. Die Untersuchungen dauern ihre Zeit. Die Damen der Spurensicherung geben ihr Bestes«, versicherte Metz und zwinkerte Jäger zu.

»Da bin ich mir sicher.« Auf Petersens Betreiben hatte er Frau Müller und Frau Weber in das hiesige Kommissariat bekommen. Doch Petersens Stimme klang, als ob er nicht bei der Sache war. Metz beobachtete, wie Petersen an seiner Krawatte herumnestelte, obwohl diese perfekt saß. Auf ihn machte sein Freund einen gehetzten Eindruck. Dauernd strich er sich über sein Jackett, als suche er etwas in seinen Taschen. Er rieb sich übers Kinn und nach wenigen

Augenblicken wiederholte er die Abfolge. Sein Gesicht wirkte grau und er war unrasiert.

»Wenn es etwas gibt, unterrichtet ihr mich.« An der Bürotür drehte er sich um und wandte sich an Metz: »Es bleibt doch dabei, dass ihr am Ostersonntag zum Essen kommt?«

»Emilia freut sich darauf, Adele kennenzulernen«, antwortete Metz und hob grüßend die Hand.

Petersen entfernte sich und schloss die Tür hinter sich.

Jäger sah Metz stirnrunzelnd an.

»Meiner Meinung nach ist der Big Boss schlecht drauf.« Jäger sprach es offen aus.

»Ist Ihnen nichts aufgefallen?«, wollte Metz wissen. Jäger blickte Metz zögernd an. »Überlegen Sie«, forderte ihn Metz auf.

»Sie meinen, es hat einen Grund?«

Metz sah, wie sich Jägers Blick nach innen richtete. Jäger zog unbewusst die rechte Unterlippe zwischen die Zähne. Jägers Gesicht leuchtete auf, als er begriff.

»Petersen hat mit dem Rauchen aufgehört?«

Metz nickte.

»Lassen wir ihm ein wenig Zeit, sich und seinen Körper daran zu gewöhnen.« Metz sprach aus eigener Erfahrung. Früher einmal, in seinem anderen Leben, wie er es für sich bezeichnete, in der Zeit vor seinem Burn-out, konnte er keinem Clope widerstehen. Oft war ein Glimmstängel auch für seine Tarnung nützlich, in Zeiten, als er undercover unterwegs war. Und es gab eine Zeit, als das Rauchen in der Gesellschaft nicht verpönt war. Dennoch genauso ungesund.

»Sie wollten mir einen Gedanken mitteilen?«

Jäger stierte auf die Fotos, die immer noch offen vor ihnen lagen.

»Das Opfer wurde erschossen. Von vorn?« Deutlich sah man auf den vergrößerten Fotos die Verletzungen der Rippen.

»Laut Dr. Wagner, ja. Eintritt der Kugel zwischen dem dritten und vierten Rippenbogen.«

»Der wusste, was er tat«, kommentierte Jäger.

»Wenn nicht sogar ein ausgezeichneter Schütze«, ergänzte Metz.

»Das Opfer liegt mit dem Rücken auf der Erde. Der Schuss kam von vorn. Von Angesicht zu Angesicht. Warum wird das Opfer dann noch gefesselt? Der Mann ist doch bereits tot«, bemerkte Jäger.

»Warum macht sich der Täter noch die Mühe damit? Fesseln wie einen ... Wie sagt man das auf Deutsch?«

»Meinen Sie ... Büßer?« Jäger klang unsicher. Er wusste nicht, worauf der Hauptkommissar hinaus wollte.

»Ja, das meinte ich. Wir wissen, dass dem Opfer etwas in die Ohren getan wurde. Bienenwachs. Sollte das Opfer also nichts mehr hören? Warum nicht?«

»Oder«, warf Jäger ein, »er hat nicht gehört.«

»Sie meinen, als er lebte?«

Jäger nickte.

»Das ist vorstellbar. Es gab auch Faserreste. In der Mundhöhle. Sind im Labor.«

Jäger und Metz sahen einander an. Jeder hatte den gleichen Gedanken.

»Wir suchen jemanden, der mit dem Opfer eine offene Rechnung hatte.«

Gründonnerstag

Emilia Sander stand seit drei Stunden am Tresen und bediente in der Offizin mit. Rechts und links flankiert durch ihre Mitarbeiterinnen Frau Grünberger und Frau Weiß. Rosa Bach machte die Bestellungen fertig, nahm Ware an und sorgte dafür, dass diese ausgepackt und verstaut wurde. Unterstützt wurde sie durch Blanka. Frau Mandel erledigte für die Damen der Apotheke private Besorgungen. Jede von ihnen hatte ihr einen voll geschriebenen Zettel gegeben.

»Danke noch einmal, Frau Sander, dass Sie Frau Mandel unsere Einkäufe machen lassen«, stellte Athena Grünberger fest. Sie sagte es in der festen Überzeugung, dass sie für alle Kollegen sprach.

»Ich habe es eingeplant, dann haben alle mehr Zeit. Frau Mandel muss sich heute nur darum kümmern.« Emilia Sander wusste aus eigener Erfahrung, dass es manchmal schwierig war, nach einem Arbeitstag von acht Stunden Besorgungen zu machen. Frau Mandel würde bald zurück sein.

Emilia trug keine Armbanduhr. Sie hatte ein untrügliches Gefühl, wie spät es war. Selten lag sie mehr als fünfzehn Minuten daneben. Auch wenn Emilia es für fair hielt, ihre Mitarbeiter an den Tagen vor den Feierlichkeiten, wie Ostern oder Weihnachten, zu unterstützen, war sie heute unruhig. Sie hatte noch diverse Bestellungen zu erledigen. Ein entscheidendes Telefongespräch mit einem Pharmavertreter musste geführt werden. Außerdem sollten alle Erste-Hilfe-Kästen für sämtliche Schulen und Kindergärten der Stadt bestückt sein. Nächste Woche holte der zuständige Kollege der Stadtverwaltung die letzten Kästen ab. Wenn ihre Mitarbeiter es nicht schafften, sie zu bestücken, musste sie selbst die verbliebenen zehn Behälter über die Osterfeiertage befüllen.

Emilia Sander bemerkte, dass Frau Weiß sie seltsam ansah. »Sie werden doch nicht denken, dass wir zulassen, dass Sie die Kästen allein packen? Blanka hat genaue Anweisungen und einen Musterkasten von mir bekommen. Sie arbeitet bereits daran«, meinte Frau Weiß entschieden. »Natürlich sind die Klemmpflaster und auch die Zahnrettungsboxen für die Schulen enthalten.«

»Sie haben meinen Gedanken erraten«, erwiderte Emilia aufrichtig, »danke. Ich hab schon überlegt, wann ich das schaffen sollte.«

»Sie sollten dennoch bei den Elternabenden mitteilen, dass sich solch eine Box im Erste-Hilfe-Kasten befindet. Nicht dass nur wir Apotheker und, wenn es hochkommt, die Schulsekretärin davon unterrichtet ist«, mahnte Frau Weiß.

»Hm«, machte Emilia. Ein Laut, den Emilia stets dann von sich gab, wenn sie das Gefühl bekam, auf ihr volles Tagespensum noch eine Schippe Arbeit obenauf zu bekommen. Dennoch gab sie Frau Weiß recht. Doch wann sollte sie das noch unterbringen? Noch bevor Frau Weiß etwas dazu äußerte, öffnete sich die Eingangstür. Frau Mandel betrat zusammen mit Hildegard Bär die Apotheke. Beide Damen tuschelten und lachten miteinander.

Frau Mandel hatte schwer zu tragen und ging durch den Eingang nach hinten zur Küche. Hildegard hingegen wartete geduldig, bis sie an der Reihe war, und wurde schlussendlich von Emilia bedient.

»Ich freue mich, dass Sie vorbeikommen. Sonst hätte ich Ihnen das Geld überwiesen.«

»Das weiß ich doch«, wehrte Hildegard ab. »Etwas anderes treibt mich um.«

»Was denn?«, wollte Emilia wissen. Dennoch wollte sie das erledigt haben und schob Hildegard das Geld über den Tresen.

Hildegard beugte sich vor und wisperte verschwörerisch:

»Sie wissen ja, quasi vor meiner Haustür hat sich doch der Mord abgespielt.«

Emilia nickte. Natürlich, Franck hatte es erzählt. Eine traurige Angelegenheit. Auch sie kannte die Mädchen. Aber um Neuigkeiten auszutauschen oder auch zu erhalten, musste sie interessiert wirken. Sie hob eine ihrer sorgfältig gezupften Brauen und forderte ihr Gegenüber damit minimalistisch auf, weiterzureden. Diese tat ihr den Gefallen und beugte sich erneut über den Verkaufstresen.

»Ich sammle doch täglich den Bärlauch«, sagte sie mit gesenkter Stimme. »Nur für meine Bedürfnisse«, fügte sie hinzu, weil sie Emilias Gesichtsausdruck bemerkte.

Emilia Sander kannte die Legende, die sich um den Bärlauch im Brühl rankte. Eine der Äbtissinnen aus früheren Jahrhunderten ließ Bärlauch anbauen, damit die nach Knoblauch duftende Pflanze verriet, ob die Nonnen Unzüchtiges taten, wenn sie außerhalb der Schlossmauern unterwegs waren.

»Den Bärlauch für das Pesto bekommen wir geliefert. Die Mengen, die ich verarbeite, da würde es bald keinen Bärlauch mehr im Brühl geben.« Entschieden schüttelte Hildegard den Kopf.

Sie kramte in ihrem Jutebeutel. Endlich fand sie, was sie gesucht hatte, und legte ein handliches und abgewetztes Notizbuch vor Emilia ab. Klein und schwarz lag es vor ihr. Die vielfach geknickte Außenseite war plastikbeschichtet. Emilia verstand nicht recht, was sie damit sollte.

»Ich hab es gefunden. Im Brühl. Am Dienstag, als ich unterwegs war. Es lag unter einem niedrigen Busch«, verriet Hildegard.

Langsam dämmerte es Emilia. Sie nahm einen Kugelschreiber zur Hand, drehte das Notizbuch vorsichtig zu sich herum und betrachtete es.

»Warum bringen Sie es denn nicht zur Polizei?«

Hildegard druckste etwas mit der Antwort. Sie beugte sich noch dichter zu Emilia.

»Na, ich hab es doch am Dienstag gefunden«, erklärte sie reumütig. »Was hätte ich denn für eine Erklärung, es heute erst vorbeizubringen?« Das konnte Emilia teilweise verstehen. »Ich weiß, dass Sie den Kommissar kennen, und bin mir sicher ...« Den Rest des Satzes ließ Hildegard offen.

Plötzlich gab es Tumult. Kindergeschrei, eine Frau, die aus der Reihe zu einem Kind eilte, das auf den Boden gefallen war und herzzerreißend schrie.

Das Kind war unglücklich vom Schaukelpferd gestürzt. Die Mutter hatte es bereits aufgehoben und sprach beruhigend auf ihre Tochter ein. Es war eher der Schreck als eine Verletzung.

»Moment, Frau Bär, ich muss mich erst um den Notfall kümmern.« Im Vorbeigehen griff Emilia nach einer Kleinigkeit im Regal.

»Natürlich«, beeilte sich Frau Bär zu sagen. Emilia Sander ging zur Mutter des kleinen Mädchens.

»Brauchen Sie einen Arzt?«

»Nein, danke.« Die Mutter strich dem weinenden Kind über die blonden Locken. Erschöpft und mit einem Nuckel im Mund schaute das Mädchen Emilia mit Tränen auf den Wangen an. Emilia holte aus ihrem Arbeitskittel einen kleinen Fuchs hervor und hielt ihn dem

Mädchen vor die Augen. Diese griff sofort danach und die Mutter und Emilia erfreuten sich am Lächeln des Kindes. Ein sitzender Fuchs mit freundlichem Gesicht, zum Greifen und mit Armen und Beinen aus verschiedenen Materialien. Emilia hatte die Füchse niedlich gefunden, als sie die Ware bestellt hatte, und sie erinnerte sich an einen Fuchs, den ihre Schwester ihr vor langer Zeit geschenkt hatte, als diese von einer Reise zurückgekommen war.

»Wenn Sie etwas brauchen, dann sagen Sie es«, bat die Apothekerin und ging zurück, um weiter zu bedienen. Das Mädchen war wie hypnotisiert von dem handlichen Fuchs.

»Kann man den auch bekommen?«, fragte prompt der nächste Kunde, der mit einem Rezept an den Tresen herantrat.

»Natürlich. Kostet 25,99 Euro«, meinte Frau Grünberger und fixierte den Mann mit der Goldrandbrille vor ihr.

Emilia musste sich ein Lächeln verkneifen. Sie hatte die Füchse bei einer Näherin aus Quedlinburg bestellt. Nur eine geringe Stückzahl. Als Trostspender und Gesundmacher für Kinder. Aber, wie es schien, vielleicht auch als Geschenk für Ostern.

Als Emilia wieder hinter den Tresen trat, sah sie, dass das kleine Notizbuch immer noch dort lag. Von Hildegard selbst war nichts mehr zu sehen. Still und heimlich hatte sie die Apotheke verlassen. Emilia zog eine Papiertüte aus einem Fach hervor und schubste mit dem Kugelschreiber das Notizbuch hinein. ›Nur keine Spuren verderben‹, hörte sie Franck sagen. Ab und an sprachen sie abends im Bett noch von ihren Erlebnissen und sie wusste, dass Franck es nicht ausstehen konnte, wenn Zeugen leichtsinnig Spuren verfälschten oder vernichteten. Natürlich war ihr bewusst, dass Hildegard ihr Übriges getan hatte. Emilia schnappte die Tüte.

»Ich komme gleich wieder«, raunte sie Frau Weiß zu. Im Büro griff sie zum Telefonhörer und wählte Francks Nummer. Kurz darauf hörte sie seine wohlklingende Stimme.

»Chérie? Was gibt es?«

»Ich habe ein Notizbuch bekommen. Kann das abgeholt werden?«

»Ein Notizbuch?« Emilia sah in Gedanken, wie Franck die Augenbrauen nach oben zog. »Hat das nicht Zeit bis heute Abend?«, fragte Franck zurück.

Emilia schalt sich eine Närrin.

»Entschuldige. Mir ist ein Notizbuch zugespielt worden, das im Brühl gefunden wurde. Die Finderin drückt sich davor, es euch zu bringen.«

»Du wolltest dich nicht mehr mit kriminalistischen Details beschäftigen, Chérie.« Franck sprach mit verhaltener Stimme.

»Das stimmt. Ich habe auch nichts gemacht, mir ist es einfach auf den Tresen gelegt worden«, beteuerte Emilia. Sie wusste, dass Franck sehr gelitten hatte, als ihr Freund, der Apotheker, nach ihrem Leben getrachtet hatte. Und er gab sich immer noch die Schuld. Wenn sie ihn darauf ansprach, wehrte er entschieden ab, aber so recht glaubte sie ihm nicht.

»Hast du es angefasst?« Francks kriminalistisches Gespür war geweckt. Ein potenzielles Beweisstück konnte er nicht einfach ignorieren.

»Nein. Ich habe es in eine Papiertüte verfrachtet. Keine Fingerabdrücke von mir.«

Franck war beeindruckt, doch ließ er es sich nicht anmerken. Schlimm genug, dass Emilia benutzt wurde.

»Du weißt, dass wir wissen müssen, wer es dir gebracht hat. Sonst können wir diese Person nicht ausschließen.«

»Ich weiß.«

»Ich schicke dir Jäger vorbei«, entschied Franck. »Er ist in zwanzig Minuten da. Je t'aime, mon amour.« Franck legte auf.

Emilia verließ ihr Büro, ging über den Hof und nahm die kleine Treppe mit zwei Schritten. Sie öffnete und schloss hinter sich die Tür zur Warenanlieferungszone. Bis Jäger da war, konnte sie sich davon überzeugen, wie Blanka mit den Erste-Hilfe-Kästen vorankam.

»Oh, das sollte eine Überraschung für Sie werden«, meinte Blanka eine Spur enttäuscht, als sie Emilia Sander vor sich stehen sah.

»Das ist es doch auch«, versicherte ihr Emilia und drückte die Schulter der jungen Frau. Blankas Make-up war unauffällig und der Duft ihres Parfüms unaufdringlich. Emilias Blick umfasste den vollgestellten Arbeitstisch, der stattliche drei Meter Länge und eine Breite von nicht weniger als anderthalb Metern maß.

»Geht die Arbeit voran?«, erkundigte sie sich. Emilia schätzte nicht nur Blankas gewissenhafte und ordentliche Arbeit, sondern auch ihre Auffassungsgabe.

»Noch vier Kästen.« Blanka schaute auf die vorliegende Liste.

Blanka war eine Quereinsteigerin und hatte sich bestens ins Team eingefügt. Für das Pharmaziestudium hatte sie eine Zulassung bekommen. Ab Oktober musste Emilia Sander wieder ohne Blanka auskommen. Keiner im Team konnte sich das gegenwärtig vorstellen.

»Frau Weiß hat mir eine Liste gemacht. Ich halte mich daran.«

»Ich zweifele keinesfalls«, meinte Frau Sander. »Aber Kontrolle ist eben besser.«

»Bei meiner Tante war das auch so«, entgegnete Blanka keineswegs unangenehm berührt. Frau Berger führte das Hotel am *Hoken* und Blanka sollte es nach ihrer Ausbildung übernehmen. Kategorisch hatte Blanka den Plan ihrer Tante abgelehnt. Sie hatte sich einen anderen Beruf in den Kopf gesetzt.

Beide Frauen drehten sich abrupt um, als ein Polizeifahrzeug in den Hof fuhr und kurz die Sirene aufheulte.

»Jäger!«, meinte Emilia und schaute im Hinausgehen auf die Uhr, die im Warenlager über der Tür hing. Neun Minuten.

Jäger war aus dem Fahrzeug gestiegen. Es war das erste Mal, dass Emilia ihn ohne Polizeiuniform sah. Jäger trug Jeans und eine leichte Jacke. Obwohl es frühlingshaft warm war, schien er zu frieren. Emilia bemerkte die Augenringe und fand, dass er viel zu schmal und dünn war.

»Guten Tag, Frau Sander. Der Chef meinte, Sie haben etwas für mich?« Jäger wies auf die Tüte in Emilias Hand. »Da ist es drin?«

»Ist auf meinem Tresen liegen geblieben.«

»Einfach so, stimmt's?«, scherzte Jäger. »Der Chef ist schon aus dem Häuschen.«

»Vielleicht ist es ja falscher Alarm und es steht nichts Wichtiges drin.« Später konnte sie immer noch sagen, wer es in der Apotheke liegen gelassen hat.

Jäger nahm die Tüte entgegen und hob die Hand zur Verabschiedung.

Das Notizbuch war von Jäger sofort zur Kriminaltechnik gebracht worden. Aber die Spuren waren eher dürftig, wie sich herausstellte.

Das zerfledderte und oft benutzte Notizbuch gehörte Marek Winkler. Frau Müller von der Kriminaltechnik hatte es aufgeschlagen und den Namenseintrag sofort gesichtet. Jäger erinnerte sich kurz daran, dass der behandschuhte Finger der rechten Hand darauf hinwies. Ihm war es peinlich. Er hätte nicht dämlich gefragt, wem das Buch gehört, sondern seine Frage anders formuliert.

»Sind noch weitere verwertbare oder bekannte Fingerabdrücke zu finden?«

Ein weiterer bohrender Blick Frau Müllers folgte, der klar ausdrückte, dass Jäger sich gedulden musste.

»Polizeiobermeister Jäger, so kann ich nicht arbeiten. Ihnen ist doch sicherlich bekannt, dass Frau Weber und ich zielstrebig sind, auch ohne, dass Sie herumstehen?«

Jäger nickte und fand sich in der Defensive. Er wusste nur zu gut, dass die Damen der Spurensicherung im Bundesland bekannt waren und manches Abwerbungsgespräch abgelehnt hatten. Frau Müller trug heute unter ihrem Laborkittel einen Rock. Neben ihrem Schreibtisch stand ein Paar hochhackige Schuhe und daneben eine Geschenktüte.

Frau Müller holte ihre kriminaltechnischen Utensilien aus dem Schrank. Sie nahm einen Pinsel aus Glasfasern und stäubte das Notizbuch vorn und hinten großflächig mit Magnetpulver ein. Akribisch setzte sie auf den Innenseiten des Notizbuches ihre Arbeit fort. Jäger kam es vor, als hätte sie ihn vergessen.

»Wenn Sie etwas haben ...?« Jäger bewegte sich von einem Bein aufs andere.

Frau Müller blickte auf und runzelte die Stirn.

»Die Fingerabdrücke, die sich auf und im Notizbuch befinden, habe ich mit einem Schnelltest sichtbar gemacht. Eine leichte Übung. Die Daten von Marek Winkler sind gespeichert. Außerdem ist er der Eigentümer des Heftes. Was mich nicht weiter verwundert. Derjenige benutzt es ja schließlich. Ich gebe die Daten dennoch in die Datenbank. Die anderen ...? Bringen Sie mir Vergleichswerte.«

»Welche anderen?«, fragte er verdattert.

»Der es gefunden hat zum Beispiel.«

Die Labortür fiel ins Schloss und Jäger sah nicht mehr das Kopfschütteln Frau Müllers und hörte auch nicht die Worte, die sie ihm nachrief.

Enttäuscht kam Jäger wieder zurück.

»Das war ein Einsatz für die Katz«, maulte er mehr zu sich als an Metz gewandt. »Das Notizbuch ist von Marek Winkler. Steht vorn auf der ersten Seite. Laut der Kriminaltechnik sollen wir für die anderen sichergestellten Fingerabdrücke Vergleichsproben bringen.«

Metz verstand Jägers Frust. Nicht jede Spur führte zu einem Ergebnis. Oft machte man sich verkehrte Hoffnungen. Je schneller das der Polizeiobermeister lernte, desto weniger wurde er enttäuscht. Metz notierte sich in Gedanken, dass er Emilia fragen sollte, von wem sie das Buch erhalten hatte. Und wo es gefunden worden war.

»Vermerken wir das dennoch auf der Stellwand«, entschied Metz. »Dann fahren wir zur Ausgrabungsstätte. Bevor die ihre Sachen endgültig zusammenpacken und wir uns an einen der neuen Ausgrabungsorte wenden müssen. Marek Winkler statten wir auch einen Besuch ab.«

Später, als beide im Auto saßen und Jäger in einem ungewohnt bedächtigen Fahrstil den Ochsenkopf ansteuerte, entspannte sich auch Metz. Wie überall auf der Welt gab es verschiedene Wege, um zu einem Ort zu gelangen. Diesmal fuhr Jäger von der Schillerstraße kommend, unterhalb des Münzenberges, die Kaiser-Otto-Straße entlang. Dann fuhr er in Richtung Moorberg, bog aber vorher in den Rambergsweg ein und nahm dann die Stresemannstraße, die irgendwann Johannishöfer Trift hieß. Bis zum Ochsenkopf. Metz kam die Strecke vor, als wenn man schneller zum Ziel gelangen könnte, aber er machte Jäger diesbezüglich keine Vorhaltungen. Unterhalb des Ochsenkopfes wurde geparkt. Den leichten Anstieg bis zur Berghöhe bewältigten Metz und Jäger im Stillen. Jeder war mit eigenen Gedanken beschäftigt.

Metz bezweifelte zwar, dass bei der Befragung etwas Entscheidendes herauskam, denn ihre Leiche war älter, als dass die Archäologen hier waren. Wie hatte es doch Jäger genannt? ›Das Skelett vom Ochsenkopf‹. Nun ja, alles brauchte einen Namen.

Metz wollte nichts unversucht lassen. Das gehörte zum Einmaleins der Kriminalisten. Das, was sie für den Durchbruch brauchten, war eine Theorie. Aus einer Vermutung, sei sie noch so vage, konnten sie eine Theorie entwickeln. Sie suchten nach einem losen Faden. Aber ohne dass sie wussten, wer das Opfer war, tappten sie im Dunkeln. Und die Ergebnisse der Gerichtsmedizin und der Kriminaltechnik dauerten noch an, bevor sie vollständig vorlagen.

Jäger grübelte genauso wie Metz. Metz merkte es daran, dass Jäger geräuschvoll hinter ihm her stiefelte und schon lange nichts mehr gesagt hatte.

»Wenn wir nichts finden, können wir zumindest Ostern in Ruhe feiern«, meinte Jäger unvermittelt.

»Haben Sie etwas vor?«

»Sie wissen doch, Tage, an denen nichts, aber auch wirklich nichts passiert ...«

»Sind nicht die schlechtesten«, vervollständigte Metz den Satz. »Ein Zitat Ihrer Oma.«

»Aus einem anderen Mund klingt der Satz gar nicht übel.«

Dann schwiegen beide. Erst als sie den Ochsenkopf erreicht hatten, durchbrach Metz die Stille:

»Denken Sie nicht, dass sich im Fall des Skeletts vom Ochsenkopf etwas bewegt?«, meinte Metz.

»Sie etwa? Nachdem die Leiche jahrelang hier gelegen hat?« Jäger stieß einen kleinen Pfiff aus. Er hatte durchaus vernommen, dass Metz bei seiner Formulierung des Falls geblieben war. »Diesmal bin ich mir nicht so sicher, dass wir den Fall schnell lösen können.«

»Schnell ist ja relativ. Aber wir werden ihn lösen.« Metz' Stimme hörte sich verpflichtend an.

Sie hatten die Ausgrabungsstätte erreicht. Auf den ersten Blick erspähten sie keine wesentliche Veränderung auf dem Areal. Die Kettenbagger standen still an der Seite. Zwei Archäologen liefen in ihrer Arbeitskleidung über die abgesteckten Felder. Sie trugen Sicherheitsschuhe, Arbeitshosen, eine Warnweste über ihrer wetterfesten Arbeitsjacke, die derben Handschuhe hatten sie in ihre hintere Hosentasche gesteckt. Bei jedem Schritt schwangen sie mit. Die beiden Männer gestikulierten heftig miteinander, dabei hielten sie Kladden in der Hand und liefen wie Tiger im Zoo hin und her. Metz sah ihre besorgten Minen bis zu seinem Standpunkt aus. Einer von ihnen war Prof. Dr. Meersig.

»Bereit, Jäger?«

»Jepp.«

Unversehens kam jemand aus dem Unterstand auf sie zu. Metz erkannte sie sofort an ihren bunten Gummistiefeln.

»Frau Fiedler.« Die Archäologin schenkte ihm ein gewinnendes Lächeln und gab ihnen die Hand. Sie hatte nicht vergessen, dass Metz am Tag des Auffindens der skelettierten Leiche mitfühlend mit ihr war.

»Wie geht es Ihnen?«

»Danke. Der Arzt hatte mir eine Beruhigungsspritze gegeben und am nächsten Tag sah die Welt wie gewohnt aus.« Sie warf Metz einen Blick zu, der besagte, dass der Kommissar doch nicht hier sei, um Fragen nach ihrem Wohlergehen zu stellen. »Wie kann ich helfen?«

Metz schaute auf das Ausgrabungsgelände.

»Sie sehen alle besorgt aus«, stellte er sachlich fest.

Frau Fiedler schob ihre runde Brille zurecht. Sie drehte sich um und sah ihren Kollegen zu, wie diese über das Areal liefen.

»Archäologen am Ende eines Projekts und am Ende mit sich selbst«, erklärte sie fast ein wenig übermütig. »Es ist immer das Gleiche. Eine Ausgrabung ist lange geplant und durchdacht. Aber am

Ende, wenn die Zeit abläuft, erfasst uns immer das Gefühl, wir haben alles in den Sand gesetzt.«

Metz kannte diese Art von Beklemmung.

»Ich kenne das Gefühl«, stimmte er ihr zu. Am Ende eines Kriminalfalls packte ihn stets das unvermeidliche Jagdfieber. Doch dann fragte er sie unvermittelt: »Um noch einmal auf das am Montag gefundene Opfer zu sprechen zu kommen. Ist Ihnen die letzten Tage dazu noch etwas eingefallen? Sie wissen, dass uns jede Kleinigkeit interessiert.«

Frau Fiedler sah auf ihre Gummistiefel und wippte unentschlossen hin und her.

»Nein, Herr Kommissar. Wie ich schon am Montag erzählt habe. Hundebesitzer, die immer hier entlangkommen. Jogger, die uns bereits grüßen, weil sie wie gewöhnlich ihre Runden drehen. Der Mann in den zerbeulten Hosen, der immer einen großen Bogen um uns macht. Ich glaube, der ist etwas menschenscheu.« Sie schüttelte resigniert den Kopf. »Haben Sie ihn gefunden?«

»Ja. Die Umwelt hat ihn scheu werden lassen«, erklärte Metz. Im Stillen hatte er ja gewusst, dass es unmöglich war, von den Archäologen fallrelevante Informationen zu erhalten. Dafür hatte die Leiche viel zu lange im weichen Waldboden gelegen. Er sollte sich eingestehen, dass er einen kalten Fall hatte. Wenn nicht der Gerichtsmediziner noch etwas dazu beitragen könnte oder die Damen der KTU, war er nur in der Lage, die vorhandenen Spuren zu sichern und sorgfältig verfasste Berichte abzugeben.

»Auf jeden Fall danke ich Ihnen.« Metz verabschiedete sich mit einem enttäuschten Gefühl.

Metz und Jäger hatten sich von der Ausgrabungsstelle entfernt und liefen auf der Bergkuppe in Richtung der Seweckenwarte weiter. Das Wetter war sonnig. Kein Wind regte sich. Die Temperaturen waren angenehm, sodass Metz seine Jacke auszog und über die Schulter warf. Ein Vogel mit gespaltenem Schwanz kreiste über ihnen. Beide Männer blickten auf, als er schrie. Sie blieben stehen und sahen dem Tier eine Weile zu. Danach herrschte wieder absolute Stille, nachdem der Vogel in die Tiefe gestürzt war und sich seine Beute geholt hatte.

»Wissen Sie, wo wir Marek Winkler finden?«, fragte Metz.

»Sie meinen, weil wir ihn dann wegen des Notizbuchs befragen können?«

»Ja.«

»Wir werden ihn suchen müssen. Er hat ja keine feste Wohnanschrift. Und zur Vernehmung hat er nur gesagt, er halte sich oft am Ochsenkopf auf.«

Metz ließ seinen Blick schweifen. Wenn er nicht wüsste, dass nur wenige Kilometer entfernt eine Stadt mit knapp dreißigtausend Einwohnern lag, glaubte er fast nicht, dass er hier in der weiten Umgebung war. In der Ferne konnten sie das Schloss von Quedlinburg sehen.

»Dann lassen Sie uns Marek Winkler suchen.«

Marek goss den frisch aufgebrühten Kaffee in eine angeschlagene Tasse und stellte sie auf eine umgedrehte Holzkiste, die ihm als Tisch diente. Die Zeltplane stand offen. Der Himmel war blau und man war versucht, das Wetter für Sommeranfang zu halten. Doch der Schein trog. Der Wind brachte eine kalte Spitze aus dem Osten mit. Allzu sorglos sollte man an diesem Gründonnerstag mit seiner Kleidung nicht sein.

Marek hatte eine Hose aus derbem Material an, wie jeden Tag. Er besaß drei davon. Wally wusch die Teile regelmäßig. Sein ausgeleiertes T-Shirt sah niemand unter dem wärmenden Pullover. Wally hatte ihm diesen im vorletzten Winter gestrickt. Der Pullover aus reiner Wolle hatte schon einiges aushalten müssen und Wally hatte bereits im Ellenbogenbereich Lederflicken eingearbeitet und manche Schadstelle ausgebessert. Aber das hatte für Marek nur nebensächliche Bedeutung. Er liebte diesen bunten Pullover, der aus Resten gestrickt war. Es war viele Jahre her, dass ihm jemand ein Geschenk gemacht hatte. Die festen Wanderschuhe, die er auch von Wally erhalten hatte, vervollständigten seine Kleidung. Wobei Wally mächtig sauer wäre, würde sie entdecken, dass er ein weiteres Paar Schuhe hatte, die er eigentlich in der Schuhsammlung abgeben sollte, doch selber behalten hatte. Sie waren ihm eine Nummer zu groß. Aber er hatte sich ein paar Einlagen gekauft und trug dicke Socken, da fiel es überhaupt nicht auf.

Marek trank genüsslich den Kaffee. Dann holte er die letzten Schnitten von Wally hervor und kaute bedächtig. Er atmete tief die frische Luft ein und fühlte sich selig. Hier war er frei. Und wenn er nicht die Tote am Montag gefunden hätte und sich kurzerhand auf der Polizeiwache wiedergefunden hätte, wäre er zufrieden mit sich und der Welt. Aber dem war nicht so. Die Welt um ihn und überhaupt war ganz und gar nicht perfekt. Das sah er immer auf seinen Touren. Egal, wie oft er die Runden machte und den Müll einsammelte, es musste doch mal eine Strecke sauber sein, ohne dass er sich bückte. Nein, wieder und immer wieder irrte er sich. Besonders schlimm war es nach den Festtagen, ob Weihnachten oder jetzt, wo Ostern begann.

Noch einmal nahm er einen Schluck Kaffee und griff nach einem Apfel. Er holte aus einer der vielen Taschen sein Messer und schnitt sich ein Viertel des Apfels ab. Er mochte diesen süßsäuerlichen Geschmack, wenn er Brot und Apfel im Mund miteinander zerkaute.

Donnerstags lief Marek seine Runde bis zum Rathaus und auf dem Rückweg ging er stets durch den Johannishain. Manchmal bekam er Wut, aber er wusste, dass Wut ihm nicht weiterhalf. Anscheinend half niemand diesen hirnlosen Jugendlichen, die sich am Fuße des Johannishains mülltechnisch austobten. Flaschen, Plastik aller Art, ob Sofas oder Fernsehgeräte, alles, was man irgendwo liegen lassen konnte, um es nicht selbst wegbringen zu müssen, landete im Johannishain. Dazu kamen überquellende Papierkörbe. Besonders ärgerlich fand Marek, dass sogar Müll im Johannisturm lag. Dieser Turm war der älteste Bismarckturm Sachsen-Anhalts. Er wurde einfach seiner Verwahrlosung preisgegeben. »Und was Jugendliche feiern nennen, ist eine Schande«, hatte Elsa aus der Bibliothek gemeint, die bei dem Thema leicht außer Fassung geriet. »Dabei könnte dieser Park einladend sein.«

Marek hatte Zeit und Muße und er interessierte sich für die Geschichte dieser Stadt. Elsa hatte ihm die Stadtchronik zum Lesen gegeben. Marek erinnerte sich, dass es ein stürmischer Novembertag gewesen war und man keinen Hund bei solch einem Wetter vor die Tür setzte. Und so musste wohl auch Elsa gedacht haben. Sie holte die Stadtchronik und ließ ihn an einem Tisch, den Bibliotheksbesucher schwer einsehen konnten, Platz nehmen. Vorher musste er sich die Hände waschen. Elsa bestand darauf. Seit dieser Zeit wusste er, dass der Park im 19. Jahrhundert als Landschaftspark angelegt worden war. Das Gelände gehörte einmal zum benachbarten Johannisstift. Ursprünglich befand sich der Friedhof des Johannisstifts dort. Noch heute steht der 1896 errichtete Quedlinburger Johannisturm, der in den DDR-Zeiten umbenannt wurde. Früher hieß diese Parkanlage Bismarckhain, jetzt Johannishain. Genau wie früher der Turm

Bismarckturm hieß. Jede Zeit bringt andere Namen, das hatte Marek lernen müssen. Der Park befindet sich am Fuße des Stadtteils Süderstadt auf dem Bleichberg. Wenn Marek sich recht erinnerte, gehörte die Anlage zum Quedlinburger Denkmalverzeichnis. Heutzutage trennte eine Straße den Park und den Johannisstift. Marek verstand nicht, warum man sich als Anwohner nicht wehrte. Zumindest den Müll gemeinsam einsammelte, das Gras mähte, mit einer Initiative wäre es leichter. Wenn man Präsenz zeigte, würde auf lange Sicht den Jugendlichen das Wasser abgegraben.

Man könnte in diesem Park auch sicher Konzerte abhalten. Marek sinnierte. Manches war für ihn leicht. Früher, als er in der Bank gearbeitet hatte und in einer gehobenen Position gewesen war, bekam man seinen Bonus ausgezahlt, wenn man ein Problemlöser war. Doch nun war alles anders. Mit einer Handbewegung wischte er die Gedanken an früher resolut beiseite.

Er beendete sein spätes Frühstück und holte sein Pfeifchen hervor. Nur ab und zu steckte er es an. Wally mochte nicht, wenn er bei ihr rauchte. Obwohl sie ihm die Pfeife gegeben hatte. Zusammen mit den Sachen ihres verstorbenen Mannes. Das musste ein Kenner gewesen sein, denn es war eine teure Pfeife, sogar mit verschnörkelten Initialen EO versehen. Marek war egal, dass es nicht seine waren. Offenbar wenig benutzt. Wally äußerte sich dazu nicht. Sie fand, es war ein Laster. Er zerrieb den Tabak zwischen Daumen und Zeigefinger und drückte ihn sacht in den Pfeifenkopf. Mit einem Stöckchen entzündete Marek den Tabak und sog das aufsteigende Aroma genüsslich ein. Es versöhnte ihn mit der Welt.

Paffend lehnte er sich entspannt zurück und betrachtete den Ausblick vor seiner Erdhöhle. Er hörte den Vögeln und ihren Rufen zu. Ein Eichhörnchen tobte ausgelassen am Baum empor und hatte keinen Blick für ihn übrig. Nach dem Genuss der Pfeife begann er, seine Frühstücksreste sorgsam wegzuräumen. In der freien Natur konnte man nicht alles einfach in den Kühlschrank legen. Es galt, die Lebensmittel zu verstauen, dass auch kleine Tiere wie Ameisen oder Fliegen keinen Nutzen daraus zogen. Marek wollte sich noch eine weitere Tasse Kaffee gönnen, als er Geräusche im Unterholz hörte. Er verhielt sich leise und wirkte angespannt. Stöberte man ihn hier auf, bedeutete es nichts Gutes. Aus mit der Ruhe, aus und vorbei. Bevor er sich in Quedlinburg niedergelassen hatte, hatte er verschiedene andere Gegenden ausprobiert, doch jedes Mal machten ihm entweder die Stadtväter oder organisierte Jungendbanden einen Strich durch die Rechnung.

Nach einer Schrecksekunde entspannte er sich. Er erkannte, wer sich den Weg durchs Unterholz gebahnt hatte.

Marek Winkler brummte vor sich hin, dass man nirgendwo seine Ruhe habe und einen die Bullen überall aufspürten. Metz und Jäger taten so, als ob sie nichts gehört hatten.

»Da machen Sie den Weg und wissen nicht mal, wo ich genau wohne?« Marek nötigte diese Verfahrensweise Respekt ab. Er lenkte ein. »Wollen Sie einen Kaffee?«

»Wenn es keine Umstände macht, gern.«

Marek Winkler besaß nur zwei Tassen aus Steingut, die auch noch angeschlagen waren. Er stand auf und spülte die eine Tasse aus. Dazu goss er aus einer Blechkanne etwas Wasser in eine kleine Plastikschüssel und wusch sie mit der Hand aus. Metz sah Jäger scharf an und wies ihn ohne Worte darauf hin, sich zurückzuhalten. Winkler drehte sich mit der noch nassen Tasse um und stellte sie neben die trockene, die er aus einer Art Bord genommen hatte. Jäger blickte auf die Holzkiste, in der Marek seinen bescheidenen Haushalt verstaute. Zwei Tassen, ein großer und ein kleiner Teller und ein Holzbrettchen. Als sich Marek Winkler bückte und den Deckel eines Emailletopfes öffnete, konnte Jäger nicht mehr an sich halten.

»Ist das etwa Ihr Kühlschrank?« Fassungslos starrte Jäger ihn an.

»Klar, junger Mann. Was dachten Sie denn, wie ich das hier draußen aushalte? Ein wenig innovativ muss man sein.« Nachdem er Kaffeepulver in die Tassen gegeben hatte, goss er das kochende Wasser aus dem Wasserkessel auf. Marek holte die letzten zusammengeklappten Schnitten erneut hervor und legte diese auf den Holztisch neben die Tassen. Zwei waren noch übrig.

»Sie glauben gar nicht, was für Schätze die Menschen wegwerfen. Den alten Emailletopf hier, mit den paar Roststellen, habe ich vor Jahren gefunden. Irgendwer hat vor der Haustür seinen Müll entsorgt. Ich habe ein wenig rumgestochert in dem Berg aus vermeintlichem Unrat und habe den Schatz gefunden.«

Marek Winkler sah Jäger an, dass gleich Widerspruch zu erwarten war. »Ich weiß, dass Sie mir gleich einen Paragraphen an den Kopf schleudern, in dem es heißt, dass ich das nicht darf. Scheiß drauf.« Jäger verkniff es sich, Marek Winkler darauf hinzuweisen, dass er gegen die Auflagen des Ordnungsamtes verstoßen hatte. Müll, der herrenlos auf der Straße lag, war nicht immer herrenlos. Wegen eines Emailletopfes waren sie nicht hier.

Marek Winkler schob die Tassen seinen Gästen zu und forderte sie auf, zuzulangen.

»Solche belegten Schnitten bekommen Sie nicht noch einmal, die sind von Wally.«

»Wer ist denn Wally?«, fragte Metz.

»Eine Freundin.« Mehr oder näher schien Marek Winkler nicht darauf einzugehen. Doch Metz irrte sich. Marek Winkler sprach weiter: »Wenn man ohne Wohnung ist, auf die Mildtätigkeit anderer angewiesen und auch keine Familie hat, die einen auffängt, dann sieht man die Welt mit anderen Augen. Glauben Sie mir. Es ist, als wenn Sie auf einer Fußgängerbrücke stehen und nach unten schauen. Die, die unten zu sehen sind und nach oben blicken, sehen etwas anderes als Sie selber. Es kommt immer auf den Blickwinkel und die jeweilige Lebenslage an.«

Jäger griff nach einer der Schnitten und dem Kaffee. Niemals hätte er gedacht, dass jemand, der freiwillig den Müll in einer Stadt einsammelt, philosophisch über die Welt redete.

Metz verzichtete auf das Sandwich. Er bevorzugte den Kaffee.

»Vermissen Sie nichts?«, wollte er wissen.

Marek Winkler schaute Metz verständnislos an. Er zuckte mit den Schultern.

»Ich hab ja nichts, was von Wert ist.« Er kratzte sich am Hals. Es folgte ein Blick zu Jäger. »Nach dem Spurt im Brühl, na ja, mein Notizbuch ist weg.«

»Es wurde gefunden.«

»Da bin ich aber froh. Es stehen für mich bedeutende Dinge drin.«

»Solange der Fall mit der Toten im Holländergraben nicht gelöst ist, behalten wir es.«

»Habe auch nichts anderes erwartet.« Winkler hielt den Kopf schräg. Metz sah die Zahnlücke, die Winkler bemüht war, nicht zu zeigen. Er griff nach der Pfeife. Sacht klopfte er den Pfeifenkopf aus.

»Sie hängen daran?« Metz' Blick fiel auf die Pfeife, die auf dem provisorischen Tisch lag.

»Es ist quasi mein Gedächtnis.« Marek grinste verlegen. Dabei gab er einen Blick frei auf bräunlich verfärbte Zähne.

»Wie das?«

»Ich habe es von meiner Freundin Wally bekommen. Es ist von 2002. Das war das Jahr, in dem ihr Mann starb. Sie konnte sich nicht von den Sachen trennen. Ich brauche es nicht wegen der Wochentage oder Feiertage. Nein, da stehen Telefonnummern und Anschriften drin.«

»Für Gefälligkeiten, die Sie dann einfordern?«

»Nein! Um Gottes willen. Was denken Sie denn von mir.«

»Warum denn dann?«

»Es stehen Einträge drin, die ich nicht vergessen möchte. Telefonnummern aus meinem früheren Leben, Geburtstage meiner Kinder. Eben alles Erinnerungen. Und auch Anschriften von Bekannten, bei denen ich mich melden kann, wenn das Wetter ungemütlich wird.«

Auf seinem Weg durch die Republik hatte er sich stets mit Gelegenheitsjobs über Wasser gehalten. Sein Glück war es, dass er handwerklich geschickt war. In seinem Haus in einem früheren Leben hatte er stets solche anfallenden Arbeiten erledigt. Er erhielt in den ländlichen Gebieten für seine handwerklichen Tätigkeiten eine Bleibe, ein Zimmer in einer Männerpension oder auch mal bei der Kirche. Die Jahreszeiten waren ihm egal, nur die Winter waren hart. Kellerfenster einsetzen, Löcher bohren, Schuppen ausräumen, Treppenhaus wischen. Er kannte eine kleine Gruppe von älteren Leuten, die seine Dienste gern annahmen. Alles unter der Hand! Dafür bekam er eine warme Mahlzeit, ein Gespräch. Mal etwas Geld. Er kam über die Runden, wenn er ehrlich war, ziemlich gut. Vom Staat bekam er die Arbeitslosenhilfe, Miete zahlte er nicht, er hatte keine Wohnung, er war obdachlos. Sein Revier war der Ochsenkopf, eigentlich die Kirschplantage, aber seit die Pimpfe da eingezogen waren, hatte er sich verkrümelt. Nicht dass es Ärger gegeben hätte, er mochte sie einfach nicht. Er hatte sich weiter in Richtung Seweckenwarte verzogen. Dort hatte er einen Unterschlupf ausgehoben. Armeezelt, gut getarnt.

»Ich habe die Geburtstage und Telefonnummern meiner Familie reingeschrieben«, wiederholte er, »damit ich sie bei mir habe. Es sind einige Jahre vergangen, seit ich sie das letzte Mal gesehen habe. Und es sind auch Adressen von ihnen drin. Falls ich mal schreibe. Verdammt noch mal. Das ist privat. Finden Sie nicht auch?«

»Wenn wir die Angaben überprüft haben und Ihre Aussage stimmt, bekommen Sie es wieder«, versprach Metz.

»Sie denken noch immer, ich hätte etwas mit dem Tod der jungen Frau zu tun? Stimmt's?«

»Nein.« Metz widersprach. »Wir sind uns sicher, dass Sie es bei Ihrem Versuch verloren haben, sich auszuweisen.«

In Jägers Augen war das höflich ausgedrückt.

»Sie meinen, als ich stiften gegangen bin?« Marek legte den Kopf erneut schief.

Metz und Jäger nickten einvernehmlich, wenn auch jeder aus einem anderen Grund.

Winkler strich sich übers Gesicht. Sie hörten die Bartstoppeln rascheln.

»Bei Kurt Köhler mache ich den Garten. Er ist ein alter Mann, der nicht mehr umgraben kann, und ich streiche seinen Bungalow, von innen und von außen, einmal im Jahr, wenn er will. Außerdem habe ich ihm eine Bewässerungsanlage für den Rasen gebaut. Den Rest macht der ältere Herr allein. Ich schaue ab dem Frühjahr einmal in der Woche bei ihm vorbei und bei den Gelegenheiten machen wir aus, wann oder was er braucht. Bei Gerrit Kling, die ist über achtzig, wische ich die Kellertreppe und die Bodentreppe und putze die Fenster. Regelmäßig, alle zwei Wochen. Immer mittwochs. Regnet es, ist es der Freitagvormittag oder es fällt für die Woche aus. Für Opa Schulze pflege ich das Grab der Frau. Er mag nicht mehr hingehen. Er hat gesagt, er komme ja bald dazu, dann würde die Wiedersehensfreude größer sein. Er gibt mir freie Hand und er hat mir einen Fotoapparat gegeben, damit ich immer alles fotografieren kann. Im Herbst helfe ich ihm in der Kleingartensiedlung ›Boxhornschanze‹ beim Umgraben, Holz machen und mache sämtliche Arbeitsgeräte für den Winterschlaf bereit. Am Abend kocht er für uns einen deftigen Eintopf auf einem Dreibein und es gibt herzliche Männergespräche.«

Hoffentlich übersteht Opa Schulze den Winter, dachte Marek, schließlich ist er über achtzig Jahre alt. Opa Schulze ließ ihn auch die eine oder andere Nacht in dem winzigen Bungalow schlafen, der Gartenvorstand sah es ungern.

»Bei meiner Freundin Wally hacke ich Holz«, fuhr er fort, »und beschneide die Hecke und die Obstbäume. Dafür darf ich in ihrem Keller schlafen, wenn es kalt ist. Sie gibt mir oft zu essen oder lädt mich nach getaner Arbeit zum Essen ein. Sie hat mir Klamotten von ihrem verstorbenen Mann geschenkt.« Marek Winkler hatte Metz' Blick bemerkt. »Die übrigens auch.« Er steckte die Pfeife in seine oberste Tasche.

»Das ist intensive Arbeit, möchte ich meinen«, stellte Metz anerkennend fest. Früher, als er selber noch rauchte, hatte er Pfeife probiert, aber er war zu jung, um dieser Art zu rauchen etwas abgewinnen zu können. Metz hatte gesehen, dass sie aus Ahornholz gefertigt und keine drittklassige Ausführung war. Wenn er sich nicht irrte, hatte er sogar zwei Buchstaben gesehen.

»Das sagen Sie!« Marek senkte den Kopf. »Aber die Gesellschaft honoriert es nicht.«

»Die Gesellschaft nicht, aber ich bin überzeugt, jeder Einzelne, dem Sie helfen, dankt es Ihnen.« Metz versuchte, dem Gespräch eine andere Wendung zu geben. »Sie wissen ja bereits, dass auf dem Ochsenkopf ein Skelett gefunden wurde.«

Marek Winkler nickte und wartete auf die Frage.

»Wir haben noch keine weiteren Erkenntnisse. Sagen Sie, seit wann sind Sie hier in Quedlinburg?«

Die Antwort Winklers kam prompt. Fast, als wenn er auf die Frage gewartet hätte:

»Seit 2009 sind die Pfadfinder hier auf dem Ochsenkopf. Ich war davor schon hier. Vier Jahre zuvor.«

»Also seit 2005«, klärte Jäger überflüssigerweise.

»Genauer wäre im Frühling 2005«, verbesserte Winkler.

»Ist Ihnen etwas Ungewöhnliches aufgefallen? Haben Sie jemanden bemerkt?«

Winkler sah Metz merkwürdig an. Dann schaute er an Metz vorbei, seinen Blick richtete er in der Ferne auf einen Fixpunkt.

»Sie meinen, ich sollte mich an etwas erinnern, was mein Gehirn niemals abgespeichert hat, da es zu dem Zeitpunkt nicht relevant war?«

»Viele Anhaltspunkte haben wir nicht«, gab er zu.

Marek Winkler schaute prüfend ins Gesicht von Metz und dann folgte ein ebenso intensiver Blick zu Jäger.

»Es tut mir leid. Ich habe momentan keine Ahnung, ob ich mich an irgendetwas oder irgendjemanden erinnere.«

»Dann werden wir Sie nicht länger behelligen.« Metz gab Marek Winkler die Hand. »Danke für den Kaffee.« Er hielt es für unangemessen, Geld zu hinterlassen. Aber er nahm sich vor, nachzudenken, wie er helfen konnte.

Jäger grüßte mit der erhobenen Hand und sie ließen Marek Winkler allein.

»Das war ja ein Schlag ins Kontor«, stellte Jäger anschließend missmutig fest.

»Das wollen wir nicht einfach sagen«, verbesserte ihn Metz. Jäger blickte ihn unverständlich an. »Wir haben ein kleines Samenkorn ins Gehirn Winklers projiziert. Dort wird es Wurzeln schlagen und sämtliche Datenbanken absuchen. Erst dann können wir sagen, ob unser Besuch etwas genützt hat.«

»Sie meinen, er hat ...?« Jäger wirkte sprachlos.

»Etwas gesehen? Ja. Der Meinung bin ich schon. Zugegeben, dass es eine vage Vermutung ist, aber wir haben eine Chance.«

»Chef, wenn Sie mich fragen würden, was ich vor vier Jahren zum Abendbrot hatte, müsste ich auch passen.«

Metz hielt amüsiert an. »Das glaube ich gern. Auch mein Hirn würde nichts Bedeutsames ausspucken. Aber es geht um die Umstände.«

Metz umrundete eine kleine Baumgruppe und ging jetzt vor Jäger. Sie stiegen den Hang zur Straße hinunter, wo sie in einiger Entfernung den Dienstwagen abgestellt hatten.

Metz wusste, dass es in Jäger arbeitete und er war auf seine Antwort neugierig.

Sie erreichten das Fahrzeug und Jäger haute mit der flachen Hand aufs Autodach.

»Sie meinen, Chef, wenn der Zeuge Winkler 2005 hierher gekommen ist und das Opfer im selben Jahr zu Tode gekommen ist, dann könnten sie sich auf dem Ochsenkopf über den Weg gelaufen sein.«

»Das war mein Gedanke. Winkler kam im Frühling 2005 nach Quedlinburg. Das genaue Datum bekommen wir im Einwohnermeldeamt. Das übernehmen Sie, Jäger.« Metz stieg ins Fahrzeug und schnallte sich an. »Für heute wurde uns der Obduktionsbericht versprochen. Wir werden Daten zum Vergleichen und Analysieren haben.«

Jäger startete den Wagen und fuhr in seiner üblichen Fahrweise zum Revierkommissariat.

»Ich mache heute Schluss. Sie denken auch an einen zeitigen Feierabend. Morgen ist Feiertag«, erklärte Metz und hob die Hand zum Gruß.

Der Polizeiobermeister ergab sich in sein Schicksal. Für ihn sprang zunächst eine ausgedehnte Mittagszeit heraus, auch wenn er erst ein Sandwich gegessen hatte, ließ er sich das nicht entgehen. In der Kantine gab es Kochklops mit Senfsoße und Kartoffeln. Als Nachtisch konnte Jäger aus einer Reihe von Köstlichkeiten auswählen: Grießbrei mit Beeren, verschiedene Quarkspeisen, Joghurt mit gerösteten Haferflocken, was bei Jäger zu einer angewiderten Grimasse führte, während die kleinen Kuchen mit Früchten und Schokoladenüberzug ihm wieder ein Lächeln entlockten. Bedauerlicherweise gab es keine rote Grütze mehr. Die Mittagszeit war bereits vorbei und daher herrschte kein Andrang in der Kantine und auch bei der Wahl der Sitzgelegenheit hatte Jäger freie Hand. Er wählte einen Tisch in der Kantine und setzte sich mit dem Rücken zum Fenster. Er wollte den Überblick behalten. Der Chef dachte sich das so einfach mit dem zeitigen Feierabend. Jägers Plan hingegen sah anderes vor. Er durfte keinesfalls vergessen, die Datenbanken wegen der Munition und der Waffe abzusuchen.

◦⟨๏⟩◦

Die Automatiktür der Apotheke öffnete sich für Metz und er trat ein. Er hörte noch, wie Emilia schallend lachte. Sie stand am Tresen und vor ihr stand ein älterer Herr, der Emilia einen Witz erzählt haben musste. Metz sah, dass sich die Apothekerin auf die Lippe beißen musste, um nicht wieder in Lachen auszubrechen.

»Nichts für ungut, junge Frau.«

Der ältere Herr drehte sich um. Da erst erkannte ihn Metz. Es war Herr Rundecker, der einmal in der Woche in die Apotheke kam.

»Junger Mann, ich räume das Feld. Die Dame gehört Ihnen.« Mit diesen Worten hob er grüßend die Hand und ging schnurstracks mit einer vollen Tüte aus der Apotheke.

Metz schaute ihm nach und wandte sich dann an Emilia:

»Junger Mann hat auch schon lange niemand mehr zu mir gesagt.«

»Lass uns nach hinten gehen. Du hast sicher noch nichts gegessen?«

»Nein. Aber viel lieber möchte ich von dir wissen, was Herr Rundecker gesagt hat, dass es dich derart zum Lachen bringt.«

Emilia sah ihn schelmisch an. »Vielleicht sag ich es dir heute Abend?«

»Warum erst heute Abend?«

Emilia ging auf die Frage nicht ein. Sie zog ihn mit sich in die Küche.

Er kannte Emilia und wusste, wann sie ihm etwas erzählen wollte und wann nicht. Das war definitiv nicht jetzt. In der Küche öffnete sie den Kühlschrank. Nach einigem Hin- und Herschieben fand sie, was sie gesucht hatte.

»Grüne Bohnensuppe mit Fleischbällchen. Magst du das?« Eine rhetorische Frage. Metz kam gar nicht dazu, zu antworten. »Und Schokopudding.«

»Was wollte denn Herr Rundecker?« Franck versuchte es noch einmal.

»Wegen der Sauerstofftherapie. Sonst kommt er jeden Freitag, aber morgen ist eben Feiertag.« Sie stellte den Topf auf den Herd und schaltete ihn an. »Deckst du den Tisch?«

Die grüne Bohnensuppe, zu der es frisches dunkles Brot gab, schmeckte hervorragend. Der Schokopudding war mit karamellisierten

Walnussstückchen zubereitet. Emilia goss etwas Vanillesoße darüber. Nach dem Essen räumten beide das Geschirr in die Spülmaschine.

»Lass uns einen Espresso trinken gehen«, meinte Franck und faltete die Leinenserviette ordentlich zusammen, um sie dann in die Küchenschublade zu legen.

»Erzählst du mir dann von deinem Fall?«, wollte Emilia wissen.

Franck kniff ein Auge zu und meinte mit etwas heiserer Stimme: »Wenn du mir erzählst, womit der alte Charmebolzen dich zum Lachen gebracht hat.«

Bevor Emilia antworten konnte, betrat Rosa die Küche und holte sich ein Eis aus dem Froster. Sogleich stieß sie einen entzückten Schrei aus.

»Ich hab mein Osterei gefunden!«

Emilia tat unbeteiligt, als sich Rosa überschwänglich bedankte.

»Was hast du denn in die Ostereier gepackt?«, fragte Franck, nachdem Rosa die Küche verlassen hatte.

»Putztücher.«

»Und darüber freuen sich deine Mitarbeiter derart?« Franck wollte es kaum glauben.

»Es sind Mikrofasertücher von bester Qualität«, verteidigte sich Emilia. Franck sagte nichts. Er wartete ab. »Außerdem Süßes für Ostern und einige Tütchen mit Quedlinburger Sommersamen, die für Balkon, Terrasse und Garten geeignet sind.«

Franck nickte verstehend. »Lass uns im *Weinberg* einen Espresso trinken.«

»Heute Abend nehmen wir uns mehr Zeit für uns«, entschied Emilia.

Kaum saßen sie an einem der Fensterplätze des italienischen Restaurants, erschien der Herr des Hauses persönlich und begrüßte sie herzlich.

»Commissario. Wie geht es Ihnen?«, fragte Signore Romano besorgt. »Lange haben wir Sie nicht mehr als Gäste begrüßen dürfen.«

»Signore, wir sind untröstlich.« Metz meinte es auch so. »Doch die Arbeit muss gemacht werden.«

Der Italiener mit seinen stets blankgeputzten und glänzenden Lackschuhen zog ein bekümmertes Gesicht.

»Immer diese Arbeit. Mamma Mia!« Dabei warf er theatralisch beide Arme nach oben. »Gino, mach zwei Espressi und leg bitte zwei Baci Perugina für Amore dazu.«

Für Emilia war es rätselhaft, wie Signore Romano genau wissen konnte, worauf sie gerade Appetit hatte.

Formvollendet verabschiedete er sich von ihrem Tisch. »Commissario, ich lade Sie und Ihre Dame«, eine leichte Verbeugung, »zu einem echten umbrischen Essen ein. Nach Ostern. Und zu Ciaramicola«, fügte er verschwörerisch dazu.

Gern nahmen sie die Einladung an.

»Was sind Bacis?«, fragte Emilia.

Franck setzte zu einer Erklärung an, doch Gino trat an den Tisch. Gino, ein Sohn der Romanos und fleißige Helfer im Restaurant, erschien mit einem Tablett. Er stellte die Espressi und die obligatorischen Wassergläser ab, außerdem hatte er für jeden Gast einen Miniteller, auf dem jeweils eine einzige Praline lag.

»Sie sind wie Küsse.« Gino zwinkerte mit dem rechten Auge Emilia zu. »Papa weiß immer, was gut ist für Amore.« Gino entfernte sich diskret.

Emilia ergriff mit zwei Fingern den Baci und biss zunächst vorsichtig hinein. Doch dann steckte sie den Rest in den Mund. Die Zunge bearbeitete den Baci auf eigene Weise. Dabei schloss sie die Augen und leckte genüsslich die Lippen ab. Langsam ließ sie es hinuntergleiten. Endlich öffnete Emilia die Augen und sah Franck an.

»Es gibt Dinge im Leben, die könnte ich immer tun.«

»Möchtest du meinen Baci auch essen?«, fragte Franck mit einem Lächeln um die Mundwinkel. In Wahrheit wollte er gern noch einmal zusehen, wie genussvoll Emilia mit dem Baci umging.

Emilia war nicht zimperlich und nahm Francks Angebot unverzüglich an.

»Diesen Genuss aus Nougat, Haselnüssen und dunkler Schokolade kann ich mir nicht entgehen lassen. Bestimmt stellt Signora Romano die selber her«, vermutete Emilia. »Was gibt es in deinem aktuellen Fall?« Sie blickte Franck herausfordernd an und leckte Zeigefinger und Daumen ab.

»Aktuell warten wir auf sämtliche Ergebnisse und wissen noch nichts«, fasste Franck kurz und knapp zusammen. Ihm reichte es völlig, den Espresso zu genießen.

»Das Notizbuch?«

Franck schüttelte den Kopf. »Nein, nichts Brauchbares. Haufen Adressen, alles Quedlinburger und aus der Umgebung. Sag du mir lieber, von wem du das Notizbuch bekommen hast.«

Francks Handy klingelte.

»Die Mittagspausen mit dir vergehen immer viel zu schnell.« Sie bot ihm ihre Wange. »Bis heute Abend. Wir machen es uns gemütlich.«

»Du bist mir noch eine Geschichte und eine Erklärung schuldig.«
Franck vergaß nichts. »Lass mich kochen.« Er strich Emilia sanft über
die Wange.

Hinter ihm schloss sich die Tür mit leichtem Bimmeln.

Metz wurde durch Jägers unvermuteten Anruf in seinen Fall
katapultiert.

Er benötigte für die Strecke bis zum Kommissariat nicht lange.
Eine Viertelstunde später betrat er das Büro.

»Der Obduktionsbericht ist da.« Jäger wies auf Metz' Schreibtisch.

Metz setzte sich und begann zu lesen. Für die nächsten zehn
Minuten war im Büro 202 nichts anderes zu hören als das Umblättern
der Seiten.

»Erweitern wir die Stellwand.« Metz schob den Bericht an Jäger
weiter.

Dieser überflog ihn und warf ihn dann auf den Tisch.

»Womit denn? Es steht nichts weiter drin, als dass der Mann vor fünf
bis sechs Jahren erschossen wurde«, antwortete Jäger verdrossen.
»Außerdem steht drin, dass das Alter doch nur eine Schätzung
sein kann. Plus minus fünf Jahre. Wenn ich die Vermisstenstatistik
durchackern soll, ist eine exakte Zeit von Bedeutung.«

Jäger hatte recht. Doch er wusste auch, dass der Doktor niemals
das kalendarische, sondern nur das biologische Alter errechnen
konnte. Auch die Knochendichtemessung am Oberschenkel war nicht
so genau, wie sich das die Kriminalisten wünschten.

»Und die Zähne hat er zur weiteren Begutachtung einem Odonto-
logen geschickt. Das kann alles noch ewig dauern«, fasste Jäger leicht
missgestimmt zusammen.

»Vergessen Sie nicht den Schusskanal.«

»Wenn das Opfer aufrecht gestanden hat, und wir gehen davon
aus, so ist der Täter genauso groß wie er.«

»Oder«, Metz machte eine Pause, »der Täter stand auf oder an
einer höheren Position.«

Jäger kratzte sich verlegen an der Nase.

»Das heißt, wenn wir diesen Platz finden, hätten wir zumindest den
Tatort?«

»Ja, aber das bedarf einiger Berechnungen und das Gelände muss
umfangreich dokumentiert werden. Bei Bedarf können wir Luftauf-
nahmen machen lassen. Aufwändig. Petersen und der Staatsanwalt
werden das nicht favorisieren«, fasste Metz zusammen. Es ertönte
ein Geräusch am Computer. Ein leises Ploppen erklang. »Ich habe

soeben eine Mail erhalten«, sagte Metz, um Jäger wieder versöhnlich zu stimmen. ›Eine Mail.‹ Metz wusste, dass er mit dieser Bemerkung Jägers Neugierde traf.

Jägers Gesicht erschien über dem Rand des Computers. »Lassen Sie mich raten, Chef. Wir sollen bei der Spurensicherung vorbeikommen?«

»Die haben etwas Interessantes.«

Jäger und Metz gingen die Treppen zum kriminaltechnischen Labor hinunter, das seinen Sitz im Keller des Revierkommissariats hatte. Heute gab es nicht den gewöhnlichen Anblick Hanni und Nanni in weißen Overalls. Beide schienen bester Laune zu sein und sahen unvermutet modisch gekleidet aus.

»Oh, la, la, la. Sie haben heute Abend noch etwas vor?«, vermutete Metz.

Beide Damen grinsten und machten den Blick frei auf die hinter ihnen stehende Sektflasche und zwei Gläser.

»Darf ich Ihnen ein Glas anbieten?«, fragte Frau Weber. »Auf meinen gestrigen Geburtstag.« Sie trug einen dunkelblauen Hosenanzug mit einer beigefarbenen Blüte an der linken Seite. Ihre langen Haare hatte sie zu einem kunstvollen Knoten zusammengesteckt. In den Ohrläppchen glitzerten kleine Steinchen. Das Make-up war dezent, Frau Weber war kaum wiederzuerkennen.

Metz lehnte dankend ab, aber Jäger nahm das Angebot an.

»Wir machen gleich Feierabend und haben einen Tisch bei ›Vasko‹ bestellt.«

»Wo bitte?« Metz' unverständliche Miene ließ Jäger erklären: »Gibt es nicht erst seit gestern in Quedlinburg. Ich glaube, den gab's vor der Wende.«

Die Damen der KTU nickten und stießen dann mit Jäger an.

»Das stimmt, man muss immer vorbestellen.«

»Ich will Sie nicht stören, aber ...« Metz drängte darauf, die Neuigkeit zu erfahren.

»Genau, wegen der interessanten Sache, die wir gefunden haben, sind Sie auch hier.« Frau Müller stellte ihr Sektglas ab. »Wir haben die Fasern, die der Gerichtsmediziner gefunden hatte, analysiert. Es handelt sich um ein Gemisch aus Alpakawolle und Kunstfaser.« Die Frauen schauten Metz und Jäger mit strahlenden Augen an.

»Was kann ich mit dieser Information anfangen?«

Frau Müller hatte bereits den Computer heruntergefahren und war mit einem leichten Mantel in der Hand zu Metz zurückgekehrt.

»Dieses Gemisch«, erklärte sie, »wird zum Stricken oder bei ähnlichen Handarbeiten benutzt. Vielleicht hatte Ihr Opfer einen selbstgestrickten Schal um? Nach der Tötung, als die Leiche bewegt wurde, um in diese Position gebracht zu werden, ist es durchaus möglich, dass einige Fasern in die Mundhöhle gelangt sind. Vielleicht auch noch zu Lebzeiten.«

Metz kannte das Gefühl noch aus der Kindheit. Der Wind konnte einem vereinzelte Fusseln in den Mund pusten.

»Anscheinend trug das Opfer gern gestrickte Schals.«

Ein Indiz, nicht mehr.

»Wir konnten auch die Farben bestimmen. Blau und weiß. Es handelt sich um Alpakawolle. Diese Fusseln sind mit Simplicol marineblau gefärbt worden.«

»Und Simplicol ist was?«, fragte Jäger.

»Eine reine Textilfarbe. In jeder Drogerie erhältlich.«

»Und weiß ist, nehme ich an, eher die Naturfarbe der Wolle?«

»Genau, das kann man nicht extra nachweisen. Es ist eben die Naturfarbe.«

Hanni und Nanni schienen heute auf Schabernack aus zu sein. Man musste ihnen alles einzeln entlocken.

»Fehlt noch eine Kleinigkeit, die Sie mir sagen wollten?«, hakte Metz nach.

»Wir haben nur noch den Hinweis, dass Allergiker diese Wolle häufig benutzen. Ob es sich bei Ihrem Opfer um einen Allergiker handelt, können wir nicht sagen. Steht aber alles im Bericht und ist bereits versendet«, meinte Frau Weber augenzwinkernd. »Wir wollten nur mit Ihnen anstoßen, Herr Metz«, gab sie zu. »Seit Sie hier arbeiten, werden wir gefordert und freuen uns, etwas anderes zu analysieren, als nur Fingerabdrücke von geklauten Fahrrädern, aufgebrochenen Briefkästen oder eingeschlagenen Fenstern zu nehmen.«

»Nun ja«, lenkte Metz ein, »des einen Freud ist des anderen Leid. Aber nun ab mit Ihnen, zum Essen.«

Metz und Jäger liefen die Treppen im Kommissariat hoch.

»Chef, was denken Sie, werden wir den Fall überhaupt knacken? Wenn wir es richtig betrachten, ist er ja eher ein Cold Case.«

Metz verzieh ihm die Anglizismen. Er selber versuchte stets, Worte in seiner Sprache zu finden. Sein Vater, ein Franzose aus der Dordogne, hatte ihm den Stolz auf seine Sprache mitgegeben. Seine Mutter hatte ihm die Freiheit gegeben, selber zu entscheiden, wann er in welcher Sprache reden wollte.

»Sie wissen selber, dass es die Schätzung über die Dunkelziffer gibt. Bis zu tausend Morde in Deutschland, die pro Jahr nicht entdeckt werden. Diese Dunkelziffer wird jährlich überprüft.« Metz zögerte und sah Jäger mit leicht schräg gelegtem Kopf an. »Es ist denkbar, zugegeben. Möglicherweise erst Jahre später, wenn sich die Untersuchungsmethoden verbessern oder verbessert haben.« Jäger hatte zwischenzeitlich das Büro 202 aufgeschlossen und beide saßen wieder an ihren Schreibtischen. »Wir Polizisten und Kriminalisten versuchen jeden Tag aufs Neue, unser Bestes zu geben. Doch manchmal sind wir machtlos. Das Entscheidende ist, dass die Machtlosigkeit nicht überhandnimmt!« Metz sah Jäger durchdringend an. »Lassen Sie uns die Informationen auf der Tafel vervollständigen. Dann ist Feierabend.«

Jäger trug auf der Stellwand die Informationen nach.

»Haben Sie Nachricht wegen Ihres flüchtigen Verdächtigen?«, wollte Metz wissen.

»Erinnern Sie mich bloß nicht daran.« Jäger winkte ab. »Interpol arbeitet dran. Eddy Klein ist auch nicht mehr in Frankreich. Das Letzte, was ich hörte, war von italienischer Seite. Er wurde in einem Zug gesichtet. Richtung Neapel. Als die italienischen Kollegen zugreifen wollten, hatte er sich abgesetzt und war bereits wieder unterwegs. Diesmal per Anhalter.« Jäger machte ein zerknirschtes Gesicht.

»Ich bin überzeugt, dass die Kollegen ihn festnehmen.« Metz unternahm den Versuch, Jäger zu ermutigen. Aber er wusste, wie es einen Polizisten oder Kriminalisten wurmte, nicht selber die Handschellen klicken zu hören, wenn man dicht dran war.

Jäger ging zum ersten Mal, seit sie zusammenarbeiteten, als Erster aus dem Büro in seine freien Tage. Metz blieb noch kurz. Er wollte die Gedanken sammeln und sie treiben lassen.

Er brauchte eine Theorie, irgendeine Vermutung. Das spätere Opfer ging spazieren. Ging ein Mann alleine spazieren? Auf dem Ochsenkopf? Metz glaubte nicht, dass das Opfer irgendwo anders getötet und dann bis zum Ochsenkopf transportiert worden war. Auch wenn der Tatort nicht der Fundort war, müssen diese beiden Orte nicht zwangsläufig weit auseinandergelegen haben. Ein präziser Schuss fiel, aus dem Hinterhalt, mitten ins Herz. Sie suchten einen sicheren, wenn nicht sogar einen sehr sicheren Schützen. Sie sollten sich in den Schützenvereinen umschauen. Zwischen 2005 und 2007. Das Projektil wurde nicht gefunden. Das konnte dafürsprechen, dass der Schütze das Projektil eingesammelt hatte oder es noch am Tatort lag und sie es noch nicht gefunden hatten. Hanni und Nanni und ein Metalldetektor fielen Franck Metz dazu ein. Der Ochsenkopf, das zerfallene Hemd, einem Büßergewand nicht unähnlich. Einen Knebel aus Wolle, entsprechende Fasern fanden sich in der Mundhöhle, die Fetzen einer Augenbinde. Außerdem hatte der Gerichtsmediziner Reste eines Pfropfens sichergestellt. Bienenwachs laut der Analyse. Diese hatte man dem Toten in die Ohren gestopft. Es wurden keine Papiere gefunden, keine Vermisstenanzeige aufgegeben. Das sprach dafür, dass das Opfer keine Familie, keine nahestehenden Verwandten hatte. Aber wie sah es mit Arbeitskollegen oder Chefs aus? Nach spätestens sechs Wochen Urlaub muss doch auffallen, dass ein Mensch nicht mehr auftaucht. Es lag an ihnen, der Kriminalpolizei, diese ungeklärten Fragen zu beantworten.

Metz notierte sich einiges in seinem grünen Claire-Fontaine-Heft, lehnte sich an und verschränkte die Arme über dem Kopf. Sie hatten keine Bekleidung gefunden, die sie der Zeitung oder dem Fernsehen zeigen konnten, und sie hatten auch keine Personenbeschreibung. Nichts. Ein nackter Toter wurde in der Erde verbuddelt und das Grab mit Steinen bedeckt. Hatte er es nicht verdient, ordentlich bestattet zu werden?, fragte sich Metz. Was waren die Beweggründe des Täters? Man sollte den Mann nie finden. In gewisser Weise war es ein Grab. Sehr einfach, aber es war ein Grab. Was hatte sich der Täter dabei gedacht? Welches Motiv sprach für diese Behandlung? Rache? Das Motiv der Rache war uralt. Aber nützte es etwas oder was passierte mit einem, wenn man sich gerächt hatte? Rache war ein gängiges Motiv. Es drückte die tiefe Verzweiflung aus und dass der Täter berechtigt oder unberechtigt meinte, die Staatsmacht und das Strafmaß könnten ihn nicht befriedigen.

Rache ist auch ein persönliches Motiv, dachte Metz und starrte weiter auf die Tafel. Was bedeutete, dass Opfer und Täter sich durchaus gekannt haben müssen. Anderenfalls würde es sich nicht um Rache handeln, fasste Metz zusammen. Seine Augen fokussierten einen Punkt auf der Tafel. Doch wer war das Skelett? Ohne die Identität des Toten kamen sie nicht weiter.

Metz rieb sich über sein Gesicht, er war müde. Er blickte auf die Uhr und erschrak. Er hatte Emilia ein Essen versprochen. Es war kurz nach 4 Uhr. Er musste sich beeilen. Auf dem Weg zum Ausgang begegnete ihm Hauptkommissar Reeh. Dieser hastete an ihm vorüber in die dritte Etage. Ein knapper Gruß, mehr war nicht drin. Metz verließ das Revierkommissariat. Das Wetter konnte nicht besser sein. Warm und sonnig, zumindest noch die nächsten drei Stunden, bis die Sonne von den Häusern verschluckt wurde und sich ein sanftes Abendrot ausbreitete.

Eine Idee hatte er noch nicht, aber er wusste, dass er Emilia mit dem Essen überraschen wollte. Er dachte kurz zurück, als er bei Frau Amarin gewohnt hatte und die gewünschten Lebensmittel nach einer Liste geliefert bekam. Auf diese praktische Hilfe konnte er nicht mehr zurückgreifen.

Zielgerichtet steuerte er den nächsten Supermarkt an. Er ging durch die Reihen der Lebensmittelregale. Frischer Knoblauch, Hühnerbrühe, Baguette, Edamer Käse, Ziegenfrischkäse und eine Dose Feigen wanderten in seinen Korb. Aus dem Weinregal nahm er einen Weißwein. Dann ging er an die Kasse. Drei Leute standen vor ihm, es sollte zügig vorangehen.

Erst hörte er derbes Lachen, dann johlende Rufe. Er wendete den Kopf, um genauer zu sehen. Jugendliche. Zwei Mädchen und eine Bohnenstange von Junge, die auf sich aufmerksam machten. Die Bohnenstange hatte lange Haare, trug Motorradklamotten und hatte lauter Pickel auf der Stirn. Eins der Mädchen, mit raspelkurzen blauen Haaren, hing an seinen Lippen und zog an seinem Gürtel, der mit Nieten geschmückt war. Das andere Mädchen trug eine zerrissene Feinstrumpfhose und Stiefel. Sie ging auf die andere Seite des Regals, anscheinend suchte sie etwas Spezielles. Die Bohnenstange und das Mädchen mit den blauen Haaren frotzelten und lachten laut. Machten derbe Witze. Die Kassiererin verzog genervt ihr Gesicht und schüttelte kurz den Kopf. Dann folgte noch ein Blick auf ihre Armbanduhr. Bald ist Feierabend, schien dieser zu sagen. Die Frau mit dem Kinderwagen, die vor Metz stand, sah überhaupt nicht auf. Sie war mit sich beschäftigt. Die Jugendlichen wurden immer aufgedrehter. Die Bohnenstange fingerte im Regal bei den Süßigkeiten herum. Dann tuschelte er mit der Blauhaarigen und schon flog eine Tüte Gummibären auf die andere Seite des Regals.

Die Gummibärentüte klatschte auf den Boden, direkt neben das andere Mädchen.

»Eh, spinnt ihr total!«, kam die Antwort. »Wenn ihr jemanden getroffen hättet!«

»Das ist doch nicht mein Problem!«, rief die Bohnenstange hämisch zurück. »Hätte ja nur fangen müssen!«

Offenbar fanden die zwei das dermaßen witzig, dass sie in schrilles Gelächter ausbrachen. Das andere Mädchen schien jetzt Gefallen an dem Ganzen zu finden. Sie warf kleine Tomatenmarkbüchsen auf die Gegenseite und freute sich über das Gejohle von Bohnenstange und Blauhaar. Die Bohnenstange griff nach einer Kekspackung. Er holte aus und warf sie zurück.

Metz atmete tief durch die Nase ein. Niemand vom Personal kam, nur eine weitere Verkäuferin blickte erschrocken um die Ecke und schaute besorgt auf ihre Kollegin an der Kasse. Anscheinend gab es kein Sicherheitspersonal. Die Bohnenstange griff nach einer Nudelpackung. Auf der Seite, wo das Mädchen in den zerrissenen Klamotten stand, kam ein älterer Mann mit Hut und Stock. Er trug auf einer schwarzen Armbinde drei gelbe Punkte. Sein Blindenstock schurrte über den Boden des Supermarktes.

Andere Kunden betraten den Supermarkt, sahen und hörten die außer Rand und Band geratenen Jugendlichen. Nur Kopf schütteln, weggucken, das Areal meiden oder großzügig umfahren, schien ihr Leitspruch zu sein.

Sorgenvoll ließ Metz die Jugendlichen nicht aus den Augen. Unvermittelt fiel ihm Shakespeare ein, der auch nach Jahrhunderten recht zu haben schien:

Ich wollt', es gäb' kein Alter zwischen 16 und 23, oder die jungen Leute würden's überschlafen; denn dazwischen gibt's nichts, als Jungfern Kinder machen, dem Alter Schabernack antun, stehlen und raufen.

Die Frau mit dem Kinderwagen vor Metz legte die Lebensmittel auf das Band.

Die Szenerie wurde immer bedrohlicher, immer ausufernder. Metz konnte nicht mehr warten.

Er ließ den Einkauf im Korb und schob sich an den Kunden, die jetzt hinter ihm standen, vorbei. Zielgerichtet steuerte er auf die Jugendlichen zu.

Die Bohnenstange war so damit beschäftigt, eine weitere Packung Kekse zu werfen, dass er nicht registrierte, dass Blauhaar ihn anstieß. Sie schaute Metz herausfordernd an. Noch bevor sie der Bohnenstange etwas sagen konnte, hörten alle Metz' Stimme, klar und deutlich:

»Leg die Kekspackung sofort wieder hin!«, befahl er. »Und räum alles wieder auf!«, wies Metz die Bohnenstange an. Der Ton war unmissverständlich. Seine blauen Augen überzog ein Eispanzer. Seine Schultern öffnete er weit.

Die Wirkung blieb nicht unerkannt. Bohnenstange zwinkerte kurz und nervös.

Im Supermarkt trat urplötzlich Stille ein. Jeder reckte nun den Kopf und schaute nach, was vor sich ging. In kurzer Zeit hatte sich, in einem respektablen Abstand, ein Kreis von Neugierigen gebildet.

»Eh, Alter, misch dich nicht ein!« Die Aufforderung kam von der Blauhaarigen, die Bohnenstange aufstacheln wollte. »Zieh jetzt nicht den Arsch ein!«, befahl sie dem Jungen.

Auch Blondie von der anderen Seite stand jetzt neben der Bohnenstange, unterstützend für alles, was jetzt kommen sollte.

»Ich sage es zum letzten Mal. Räumt hier auf.« Metz blieb stehen.

Blondie wollte ihn einschüchtern und verringerte ihren Abstand zu ihm. Sie stand Metz jetzt so dicht gegenüber, dass er ihre Augenfarbe erkannte. Er roch ihren Alkoholatem und er sah ungeputzte Zähne.

»Eh, was bist du denn für einer. Kannst uns gar nichts sagen.« Blondies Stimme.

Jetzt ging alles schnell. Bohnenstange ballte seine Faust. Blauhaar rief grölend:

»Schlag zu!«

Metz wich dem Schlag gekonnt aus und schubste Bohnenstange ins Regal zu Boden, der konnte sich nicht halten und krachte zusammen mit den Nudeln auf die Fliesen. Blondie riss zunächst die Augen auf und versuchte, Bohnenstange aus dem Regal zu befreien. Der nahm ihre Hilfe nicht an. Zwischen den beiden begann eine Rangelei. Blondie streckte die Hände aus, Bohnenstange stieß sie zurück und bekam zwischen den Nudelpackungen keinen festen Boden unter sich. Endlich stehend, hielt er sich seine rechte Schulter. Kläglich dreinblickend stand er den Kunden gegenüber. Die sich nähernde Polizeisirene hörte jeder im Supermarkt. Blauhaar verengte angriffslustig die Augen zu schmalen Schlitzen. Sie hatte keinen Blick übrig für das Gerangel hinter Metz.

Metz sah in ihrer Hand ein Messer aufschnappen.

Metz hasste Messerangriffe.

Später, als er es geplant hatte und mit einem Pflaster auf der linken Augenbraue, verstaute er in Emilias Wohnung den Einkauf und machte sich an die Vorbereitungen. Er schaute auf die Uhr. Ihm blieb nicht mehr viel Zeit. Eine Stunde, maximal zwei. Sofort setzte er die Hühnerbrühe mit Wurzelwerk und Estragon an. Als Vorspeise sollte es Ziegenkäse mit Feigen geben. Jetzt im Frühjahr gab es leider keine frischen Feigen, die aus der Dose mussten reichen, entschied Franck. Frischen Basilikum hatte Emilia erst gekauft, Thymian und Salbei standen auf ihrem Küchenfenster. Der köchelnden Brühe gab er den Knoblauch dazu. Nach kurzer Zeit verströmte die Brühe ihren aromatischen Duft. Den Weißwein hatte er in den Kühlschrank gelegt. Das Baguette schnitt er in Scheiben, röstete diese und bestreute sie mit Käse. Dann kamen sie in den Ofen zum Überbacken. Außerdem machte er noch vier Spiegeleier aus Wachteleiern, die er mitgebracht hatte. Später sollten diese auf den Brotscheiben liegen. Als er sie fertig hatte, innen noch mit einem flüssigen Kern, nahm er sie vom Herd und stellte sie beiseite. Er goss die Hühnerbrühe durchs Sieb und reduzierte sie mit Thymian und Salbei. Dann deckte er in der Küche den Tisch. Franck durchforstete Emilias CD-Sammlung und legte eine CD ein, von der er nur hoffen konnte, dass sie zu Emilias Lieblingsstücken gehörte.

Keine Sekunde zu früh war er mit seinen Vorbereitungen fertig. Er hörte, wie Emilia den Schlüssel benutzte.

»Das duftet ja herrlich nach Knoblauch und Kräutern!«, rief sie beim Eintreten von unten herauf.

Emilia schnupperte und wollte Franck in der Küche begrüßen. In der Hand trug sie einen schweren Korb, den sie sogleich absetzte, als sie Francks Gesicht sah. Ein schmales Pflaster zierte die eine Augenbraue.

»Was ist passiert?« Sie musterte Franck eingehend. »Vor nicht allzu langer Zeit warst du doch noch ganz?« Es war nicht das erste Mal, dass Emilia ihm diesen Satz sagte.

»Mir geht es gut, du kannst es glauben.« Ein schiefes Lächeln lag auf Francks Gesicht.

»Dann erzähl es mir.« Sie strich ihm zart über die Augenbraue und schüttelte den Kopf. »Das Essen kann warten und auch der Einkauf.«

»Ich bin bereit für eine Erklärung«, räumte Franck ein. »Doch meine Bedingung lautet: beim Essen. Sonst falle ich um. Die grüne Bohnensuppe war das Letzte, was ich heute gegessen habe.«

»Vorher mache ich dir dennoch etwas anderes drauf.« Emilia ließ sich nicht beirren.

Leise spielte die Musik. Franck hatte sich für Soul entschieden.

»Das ist doch nicht wichtig«, erwiderte Franck und wollte Emilia stoppen.

Es war zwecklos. Emilia zog eine der Schubladen auf. »Das fehlt noch. Meinen Mitarbeiterinnen sage ich stets, dass sie das Klemmpflaster benutzen und verkaufen sollen, sogar in den Erste-Hilfe-Kästen für die Schulen und Kindergärten packe ich es ein, und du hast nur ein ...« Sie fand gar kein Wort dafür.

»Normales«, half Franck aus.

»Genau, das meine ich.« Mit einem geübten Handgriff war diese Problematik gelöst. Nebenbei hatte sie sich überzeugt, dass es nur ein kleiner Schaden war, der bald heilen würde. »Wer hat es dir denn draufgemacht?«

»Eine Kassiererin aus dem Supermarkt.«

»Hier um die Ecke?« Franck nickte. »So so, die Kassiererin.« Emilia hob ihr Kinn und sah Franck auffordernd an. »Erzähl schon.«

Seufzend gab Franck nach. Schließlich war es für ihn nur eine alltägliche Sache, die jeden Tag und zu jeder Minute passieren konnte.

»Das war doch ein tätlicher Angriff? Ihr nennt das doch so?«, fragte Emilia. »Und was hast du mit Blondie gemacht?«

Franck zuckte mit der rechten Schulter und tat es ab.

»Ich hab nicht gewartet und bin zum Gegenangriff übergegangen«, erwiderte er seelenruhig. »Ich hab Blondie das Messer aus der Hand gewunden und ihr den Arm auf den Rücken gedreht.«

»Hoffentlich tat ihr das ordentlich weh.« Emilia nahm kein Blatt vor den Mund. Sie verbot sich den Gedanken, wenn ihm etwas passiert wäre.

Franck hingegen hüllte sich zu Emilias Kommentar in Schweigen. Er hatte die Frau an die kurz darauf eintreffenden Kollegen übergeben. Polizeikommissarin Sieder hatte die aufsässige Blondine vorläufig festgenommen. Blondie hatte sich das Handgelenk gerieben und ihm einen hasserfüllten Blick zugeworfen, als sie abgeführt worden war.

»Lass uns von etwas anderem reden«, meinte Franck leichthin. Er wollte die Schatten verscheuchen, die sich seiner zu bemächtigen drohten. »Du hast doch auch Hunger.« Franck wollte die Gedanken und Gefühle auf eine andere Ebene führen.

Längst hatte Emilia die Vorspeise in der Küche gesehen. Sie hatte Hunger und noch dazu eine Angelegenheit, die sich nicht verschieben oder absagen ließ.

»Du hast das alles so schön gemacht«, würdigte sie Franck. »Aber einer von uns muss noch fahren«, meinte sie und schob sich einen Happen Ziegenkäse mit einem Basilikumblatt und einer Scheibe Feige in den Mund.

Franck zog die Stirn in Falten. Es war, als hätte er es geahnt. Diese Frau steckte voller Überraschungen und ließ ihn kaum zum Atmen kommen.

»Willst du mir sagen, dass ich nach dem Essen noch fahren werde?«

»Franck, ich bin glücklich, dass du nicht ›musst‹ sagst.« Sie grinste ihn entwaffnend an. »Aber nur, wenn du keine Kopfschmerzen hast wegen der Rauferei.«

Sie roch nach Kräutern und Franck wusste nicht, ob es an ihrem Shampoo lag oder doch an den Gerüchen in der Apotheke.

»Ich fahre, aber nur, wenn du mir beim Essen erzählst, was der viel zu charmante Herr zu dir gesagt hat. Wie ich zu meiner kleinen Verletzung gekommen bin, erkläre ich dir später.«

»Okay. Wir müssen die Medikamente bis 22 Uhr abgeliefert haben.« Emilia schielte auf die Küchenuhr. »Ich habe es versprochen.«

Franck nickte und rückte den Teller mit dem Ziegenkäse näher an Emilia. Dann goss er für sie frisch gekühlten Wein ein und begann, die Suppenterrinen mit der heißen Knoblauchsuppe zu befüllen. Obenauf legte er die Scheibe Brot und darauf das Wachtelei. Emilia schaute sich die Fülle an, die sich vor ihr ausbreitete.

»Danke für alles«, sagte sie bescheiden.

Franck strich mit einer zärtlichen Geste über ihre Kinnlinie.

»Also«, ließ Franck nicht locker, »du wolltest mir etwas erzählen?«

»Wir haben über dies und das gesprochen. Über seine Familie. Nächste Woche kommt seine Tochter, um ihn zu besuchen. Sie will ihm ihre neue Partie vorstellen.«

»Deswegen kann man nicht so herzhaft lachen«, bohrte Franck nach.

Emilia erwischte sich selber dabei, wie sie wieder anfing zu lachen. »Er hat gesagt: ›Entweder hat er ein Grundstückle oder er kann ein Kunststückle.‹«

Franck grinste. »Darüber hast du so herzhaft gelacht?«

Emilia blickte ihn über den Ziegenkäse und die Feige hinweg an. »Ich musste dabei an dich denken«, gestand sie.

»An mich?« Emilia nickte und kaute. »Ich habe kein Grundstück ...«, wehrte Franck ab. »Ach ...« Es fiel ihm wie Schuppen von den Augen. »Das ist es ja.« Emilia musste lachen.

Egal, ob Versprechungen und Zugeständnisse ihre Tage ausfüllten, das war es, was ihm an Emilia gefiel. Franck fiel in ihr Lachen ein. Nachdem sie sich wieder beruhigt hatten, sagte er:

»Und das alles vor den Kunden und den Mitarbeitern. Emilia, wo soll uns das hinführen.«

Emilia lächelte ihn liebevoll an.

»Erzähl mir von deinem Tag und schenk mir bitte noch etwas Wein ein«, bat sie.

Franck tat ihr den Gefallen.

»Wer hat dir das Notizbuch zugesteckt?«, fragte er. Er nahm sich einen Nachschlag von der aromatischen Hühnerbrühe.

»Von Hildegard von Bingen. Sie hat das Büchlein einfach vor mir liegen gelassen. Was sollte ich anderes tun?«

»Wer ist Hildegard ...?«

»Hildegard Bär. Die mit dem Bärlauchpesto.«

Metz erinnerte sich sofort.

»Und warum wollte sie es nicht selber im Kommissariat abgeben?«

»Sie hatte es zwei Tage bei sich und keine Erklärung dafür, warum sie nicht eher kommt.«

Metz' Mimik zeigte Unverständnis. Aber er musste es hinnehmen. Er konnte es nicht ändern.

»Hildegard Bär hat sich der Behinderung der polizeilichen Ermittlungen schuldig gemacht. Dafür kann man angeklagt werden. Ich weiß nicht, ob der Frau das klar ist oder ...?«

»Bitte, Franck.« Emilia sah ihn an. Er konnte dem Blick der blaugrünen Augen nicht entkommen. Emilias Hand schob sich über den Tisch und berührte die seine. »Ich werde es Hildegard sagen. Was gibt es noch für Spuren?« Offensichtlich lenkte sie ab.

Metz schaute Emilia prüfend an. Dann entschied er sich.

»Es gibt kriminaltechnische Spuren, die besagen, dass unser Opfer zum Zeitpunkt des Todes Wollpartikel im Mund hatte. Die Farben konnten auch benannt werden.«

»Und?«

»Blau und naturfarben.«

»Habt ihr denn die Identität des Toten geklärt?«

»Wir brauchen noch den Zahnstatus. Sicher nach Ostern«, stellte er sachlich fest. »Es gibt keine Verlustanzeigen der letzten Jahre. Jäger ist dabei, die Datenbanken zu durchforsten. Aber alles braucht Zeit. Wenn der angegebene Todeszeitpunkt nicht genau errechnet werden kann, wird Jäger eine Menge zu tun haben.«

»Und ihr habt nichts?«

Franck schüttelte den Kopf und trank dann die Reste der Bouillon aus der Suppentasse. Emilia schien kurz abwesend.

»Wann, sagtest du, war das?«

»2005.«

»In dem Jahr hatte ich die Apotheke übernommen.« Emilia sinnierte. »Vielleicht war er ja mal hier, als Kunde meine ich.«

»Du kannst dir keine Namen merken«, erinnerte sie Franck sanft. »Wir wissen ja auch nicht, wie er ausgesehen hat. Wir arbeiten an der Identifizierung. Von Dr. Wagner habe ich dir erzählt. Egal, wie ich seinen Humor finde, er arbeitet fast verbissen daran, Ergebnisse zu bringen. Ich hoffe, nach Ostern den Befund über die forensische Zahnmedizin zu bekommen.«

»Du meinst den Zahnvergleich?« Emilia biss in die Schnitte mit dem Wachtelei.

Franck nickte. Er war mit seinem Essen fertig und schob die Schüssel von sich.

»Die DNA-Analyse liegt vor. Fingerabdrücke haben wir nicht. Und die Röntgenaufnahmen sind gemacht. Aber«, Franck schaute Emilia offen an, »ich weiß, dass keine Identifizierungsmethode zu einer absolut sicheren Personenzuordnung führt.«

»Das heißt, es ist niemals sicher auszuschließen, dass irgendwo auf der Welt nicht noch ein weiterer Mensch gelebt hat oder noch lebt, der dieselben Merkmale aufweist?«

»Du sagst es. Am Ende jeder Untersuchung steht die Identitätswahrscheinlichkeit, die sich der hundertprozentigen Sicherheit annähert.«

Emilia nickte verstehend. Auch sie hatte ihr Essen beendet.

»Möglich ist es natürlich, dass du den Mann gesehen hast. Schließlich hatte er vor seinem Tod ein Leben. Er war krank oder er hatte Bekannte oder Familie, irgendwo hat er gewohnt, irgendjemand kannte ihn. Doch wir brauchen noch die anderen Angaben, sonst fehlen uns weitere Ermittlungsansätze«, erklärte Franck.

»Und eine Gesichtsrekonstruktion?«, fragte Emilia interessiert.

»Ist teuer und zeitaufwändig. Wenn du satt bist, mein Herz, dann sollten wir uns auf den Weg machen«, sprach Metz mit sonderbar belegter Stimme und schaute Emilia dabei fest in die Augen, »damit wir hinterher noch ein paar Kunststückle machen können.«

Emilia bekam eine Gänsehaut.

»Dann los, bevor wir nicht mehr können.«

»An mir soll es nicht liegen.« Franck grinste sie doppeldeutig an. Er wollte an etwas anderes denken als an Tod. Er wollte an das Leben glauben.

Frau Weiß hatte für Emilia Sander am Nachmittag die verschließbare weiße Plastikkiste mit dem Logo der Markt-Apotheke bereitgestellt. Franck und Emilia zogen sich warme Jacken an. Um diese Uhrzeit hatte es sich merklich abgekühlt.

»Ich danke dir, dass du mitkommst.«

Franck drückte ihren Arm für einen Moment fester an sich.

Sie wollte es sich nicht eingestehen, aber ihr Gefühl stupste sie an und hielt ihr den Spiegel vors Gesicht. Doch Emilia bat dieses Gefühl, nicht jetzt eine Antwort von ihr zu wollen. Sie schloss das Tor der Apotheke auf und holte die Kiste. In dieser Zeit wendete Franck den Audi und passierte mit Vorsicht die Toreinfahrt. Emilia verschloss die Torflügel wieder und stieg dann ins Auto.

»Auf meiner Liste stehen nicht so viele Patienten, wie du befürchtest«, meinte sie gelassen. »Wir fangen mit Herrn Prein an.«

Franck fuhr los. Durch das abendliche Quedlinburg spazierten wenig Fußgänger. Der Wind hatte aufgefrischt. Es war ungemütlich auf den Straßen. Hinter den Fenstern der Häuser, überwiegend Fachwerkhäuser, brannte Licht.

Unsanft wurde Emilia ins Polster gedrückt. Überrascht blickte sie auf.

»Eine Katze ...« Die Katze, der Franck noch im Seitenspiegel nachsah, lief, ohne das Tempo zu verringern, die Straße in Richtung Markt weiter. Glück gehabt.

Emilia gab Franck Anweisungen, welche Straße er nehmen sollte. Zuerst in Richtung Halberstädter Straße und dann bog Franck in den Ziegelhohlweg ein. Rechts und links schienen Gärten zu sein. Hier und da erhaschte Franck kurze Blicke auf Gartenlauben, die kurz darauf von Hecken oder Bäumen verdeckt wurden. Es gab keine Straßenbeleuchtung. Die Gartenlauben waren zeitig im Frühjahr noch nicht bewohnt. Franck fuhr langsam, da die Schotterpiste nicht mehr hergab.

»Am Ende dieser Gartenanlage haben wir unser erstes Ziel erreicht«, erklärte Emilia. Es war stockfinster. Franck ließ Fahrzeugbelichtung und Motor an. Sie stiegen aus.

Emilia öffnete die Heckklappe. Sie entnahm der Box die Medikamente und die Taschenlampe. Dann gingen sie beide in Richtung des Hauses. Ein Hund bellte in der Ferne und ihre Schritte knirschten auf dem Kiesweg.

Emilia hielt den Lichtstrahl der Taschenlampe so, dass Franck die Klingel fand.

Er drückte auf das Klingeltableau. Und nichts passierte. Beide schauten sich an.

»Klingel noch mal«, entschied Emilia. Franck drückte wieder auf den Klingelknopf, diesmal länger. Sie hörten nichts.

»Das fehlt mir noch«, meinte Emilia. Das Haus blieb verrammelt und stumm.

»Was machst du, wenn niemand öffnet?«, wollte Franck wissen.

Einer Antwort wurde sie glücklicherweise enthoben. An der Giebelseite oben ging ein Fensterchen auf.

»Nicht so hurtig. Bin alt und krank.« Die Stimme klang krächzend. Emilia schwenkte die Taschenlampe die Hauswand hinauf. Das Fenster unterhalb des Daches gab den Blick frei auf einen alten Mann, auf dessen Kopf eine knallrote Mütze mit Bommel saß. Gerade ließ er ein Körbchen am Seil zu ihnen hinunter. »Sie kommen aber spät. Sie sind doch von der Apotheke?« Erst jetzt fiel es dem Mann ein, nachzufragen. Offensichtlich war er nicht in der Lage, die Treppe zu bewältigen.

Emilia nahm das Körbchen und packte die Medikamente hinein.

»Ja, wir sind von der Markt-Apotheke. Herr Prein, Sie wissen, wie Sie die Medikamente einnehmen müssen?«, fragte Emilia sicherheitshalber nach. Der Mann wurde von einem Hustenanfall gepackt. Er konnte nicht antworten. »Frau Weiß hat Ihnen alles auf die Schachteln geschrieben.« Emilia hoffte, dass er sie verstanden hatte.

Herr Prein nickte und hustete in die Nacht hinein. Dann zog er sich den Schal fester um den Hals und holte das Körbchen wieder hoch. Dabei krächzte er wieder, wobei er besser daran getan hätte, seine Stimme nicht zu bemühen. »Ja, ja. Wie immer.« Dann knallte er das Fensterchen oben zu und ließ Emilia und Franck sprachlos zurück.

»Was ist denn wie immer?«, fragte Franck.

Emilia knipste die Taschenlampe aus. Das Licht der Scheinwerfer reichte aus, ihnen den Weg zum Auto zu beleuchten.

»Er meint das Finanzielle. Darüber mache ich mir die wenigsten Sorgen.« Emilia zog ihre Augenbrauen zusammen. »Seine Tochter bezahlt die Rechnungen. Vielmehr mache ich mir über den allgemeinen Gesundheitszustand Sorgen. Der Mann lebt allein in diesem Fachwerkhaus. Er hat sein Zimmer unterm Dach und die Treppe macht ihm mit Sicherheit zu schaffen. Die einzige Verbindung zur Außenwelt ist das Körbchen.«

Sie stiegen wieder ins Auto und Franck fuhr aufmerksam rückwärts. Ein Wenden war unmöglich. Erst als sie den Ziegelhohlweg hinter sich gelassen hatten, wendete er und fuhr wieder auf die Halberstädter Straße.

»Wohin jetzt?«

»Zu Herrn Berthold.«

Emilia leitete Franck geschickt die nächtlichen Straßen Quedlinburgs entlang. Vorbei am Polizeirevier. Franck sah in einigen Fenstern seiner Dienststelle Licht. Er wusste, dass die Arbeit nie zu Ende war. Immer gab es etwas zu tun. Berichte schreiben, Vorbereitungen treffen für einen Einsatz. Franck richtete seine Aufmerksamkeit auf die Straße.

»Unternimmst du etwas wegen Herrn Prein?« Es gehörte zu Emilias Eigenschaften, sich um ihre Patienten zu kümmern. Franck hätte es verwundert, wenn sie sich keine Sorgen gemacht hätte.

»Ich werde mit der Tochter reden und auch mit meiner Fahrerin. Sie hätte mir längst mitteilen müssen, wie der Gesundheitszustand von Herrn Prein ist.« Emilia war nicht erfreut.

Eine Ampel stellte sich auf rot. Franck ließ den Audi ausrollen und blieb an der Haltelinie stehen. Er seufzte.

Emilia legte ihre Hand auf seinen Oberschenkel und schaute ihn an, aber er wich ihrem Blick aus. Er hatte ohnehin bemerkt, dass darin Besorgnis lag. Und das wollte er nicht. Er war wieder gesund, das hatten ihm die Ärzte bescheinigt. Seine Psychotherapeutin hatte mit ihm gearbeitet und war des Lobes voll gewesen. Er musste nur die Grundregeln beherzigen. Stress vermeiden. Genau das schien unvermeidlich zu sein. Er konnte einiges wegstecken, aber er musste auch andere Wege gehen. Ein Gedanke huschte durch sein Hirn, dessen Bedeutung er nicht erfassen konnte.

Franck hatte sein Burn-out überwunden, aber Emilia spürte, dass die Gefahr nicht gebannt war.

»Entschuldige bitte, dass ich dich mitschleife, anstatt dass du dich zu Hause ausruhst.«

»Damit ich mir allein einen Krimi anschaue?« Franck machte eine wegwischende Handbewegung. »Da bin ich froh, dass ich mit dir auf andere Gedanken komme.« Seine Geister verbannte er tief in sich.

Nach den verbliebenen unkompliziert verlaufenen Hausbesuchen fuhren sie zurück. Franck parkte den Audi bei der Apotheke, nachdem Emilia in der Essiggasse ausgestiegen war. Sie ließ in der Zwischenzeit ein heißes Bad ein. Auf einem Beistelltisch platzierte sie zwei Gläser Rotwein. Sie zog sich aus und ließ sich in das schäumende Wasser gleiten. Sie wartete auf Franck. Morgen war ein Feiertag und sie würden ausnahmsweise dem Wecker kein Untertan sein müssen.

Karfreitag

Wally schrie. Mit einem Ruck setzte sie sich auf. Sie hatte geträumt. Es war schon lange her, dass sie diesen Albtraum gehabt hatte, der stets gleich endete.

Sie träumte von ihrem verstorbenen Mann. Er hetzte in Todesangst über ein freies Feld. Hinter ihm her lief ein anderer Mann mit erhobenem Arm. Irgendetwas hielt er. Aber es war keine Pistole, das wusste sie. Immer, wenn sie im Traum an die Stelle kam, wo ihr Mann stolperte, in einen Graben fiel und der Verfolger sich näherte, wurde sie wach. Schweißgebadet. Nicht mehr fähig, wieder einzuschlafen. Ihr Herz raste und sie hatte unbändigen Durst. Wally fuhr sich mit den Händen über ihr Gesicht und wischte die Tränen weg.

Erst als sich ihr Herzschlag normalisierte, schlug sie ihre Decke zur Seite und stand auf. Kurz hielt sie sich am Stuhl neben ihrem Bett fest. Helle Lichtblitze zuckten vor ihren Augen. Verfluchter Blutdruck, immer zu niedrig. Immer dann, wenn sie es nicht erwartete. Sie hielt sich betont aufrecht und ließ diese Welle über sich ergehen. Ein Kaffee und ein stärkendes Frühstück sollten dieses Dilemma beheben. Danach kalt duschen. Sie musste sich zur Ordnung rufen.

Wally zog sich ihren leichten Morgenmantel über und ging in ihre Küche. Sie füllte den Wasserkessel und stellte ihn an. So früh am Morgen machte sie es elektrisch, später erst würde sie ihren alten Herd mit Holz und etwas Kohle bestücken und anmachen. Das gab eine mollige Wärme und sie kochte gern auf dem alten Ding.

Nach der kalten Dusche, die sie insgeheim verabscheute, zog sie sich an. In der bequemen Hose und dem wärmenden, selbst gestrickten Pullover sah sie anständig aus. Anständige Hausschuhe, wie ihre Mutter stets zu sagen pflegte, trug sie auch. Bei diesem

Gedanken an ihre Mutter lächelte sie. Sie war angehalten worden, dass immer alles anständig an ihr war. Die Haare, die Schuhe, die Kleidung, der Stil, die Aussprache, die Ausbildung. Einmal hatte die Mutter gemeint: »Wir sind doch anständige Schweine.« Sie hatte gelacht, doch Wally wusste, dass es ihrer Mutter ernst war damit. Und sie hielt sich ihr ganzes Leben daran, bis ihr Mann starb. Als Wally an dem Punkt ihrer Gedanken war, stand sie abrupt auf und machte das Radio an. Irgendein Sender, ohne viel Gequatsche, einfach nur Musik. Der Wasserkocher hatte sich bereits ausgestellt, aber die Temperatur reichte aus, um sich den löslichen Kaffee zu brühen und eine Teekanne mit ihrem Lieblingstee Earl Grey aufzugießen. Sie holte sich ein paar Himbeeren aus dem Tiefkühler. Sie hatte sie selber gepflückt und eingefroren. Letztes Jahr gab es eine reichliche Ernte. Sie angelte aus dem Kühlschrank Joghurt, Butter und Käse. Dann griff sie zur Wurstdose, doch stellte sie wieder zurück. Heute war Karfreitag, fiel ihr ein. In ihrer Familie verzichtete man an diesem Tag auf Wurst und Fleisch aller Art und Wally hielt sich daran. Sie hatte sich immer daran gehalten. Sie war anständig.

Nach dem Frühstück ging es ihr besser. Sie räumte alles weg, wusch das benutzte Geschirr nach altmodischer Art mit der Hand ab. Eine Spülmaschine besaß sie nicht, auch wenn Gerda ihr immer zuredete, sich eine auf Kredit zu kaufen. Diesen neumodischen Kram brauchte sie nicht und sie konnte es sich auch nicht leisten. Sie hatte ein Dach über dem Kopf, ohne Hypothekenbelastung. Ihren Garten bewirtschaftete sie ökologisch, so weit es eben ging. Sie war zufrieden. Nun ja, wenn man davon absah, dass ihr Mann ihr fehlte. Früher, vor seiner Krankheit, hatten sie Spaß am Leben gehabt, sie unternahmen regelmäßige Ausflüge oder besuchten Veranstaltungen. Da sie keine Kinder hatten, durch eine Laune der Natur, brauchten sie auch nur auf sich Rücksicht nehmen. Wally atmete geräuschvoll aus. Ja, das war einmal.

Wally machte Feuer im Herd, und als es anfing zu knacken und Wärme abzugeben, fühlte sie sich gut. Soeben wollte sie sich mit ihrem Strickzeug in den Ohrensessel, der am Fenster stand, setzen und weiter einige Vierecke stricken, die sich später zu einer Patchworkdecke zusammennähen ließen. Sie hatte sich für beige entschieden. Nichts Buntes, unaufdringlich, eben anständig. Sie lächelte.

Sie war dabei, sich einen weiteren großen Teepott zu kochen, als jemand an ihre Eingangstür hämmerte. Fast wäre ihr die Teekanne aus der Hand gefallen. Es gab nur einen, dem einfiel, dermaßen anzuklopfen. Ungehaltenen Schrittes ging sie zur Tür.

»Wally, mach auf, ich hab was Schweres!«, hörte sie von draußen. Schlagartig fiel ihr ein, dass Marek über Ostern zu Besuch kam.

»Komm rein.« Wally öffnete die Tür.

»Gib zu, du hast vergessen, dass ich dein Besuch bin«, stellte Marek fest.

Wally winkte einfach ab. Seit drei Jahren verbrachten beide gemeinsam die Feiertage. Sie erinnerte sich, dass sie Marek gebeten hatte, gemeinsam mit ihr die Feiertage zu verbringen, damit keiner von ihnen beiden allein war.

»Lass gut sein. Ich habe schlecht geträumt«, gab sie zu.

»Etwa wieder der alte Albtraum?« Marek hatte sich an ihr vorbeigeschoben und war schnurstracks in ihre Küche gegangen. Dort legte er das schwere Paket behutsam auf dem Küchentisch ab.

»Was ist da drin?« Wally beäugte es voller Neugier.

»Lammfleisch.« Marek sah Wally an, dass sie sich darüber freute.

Sie hatte eine Hand auf ihren Mund geschlagen und ihr Lächeln passte gar nicht mehr in ihre Hand. Seit Weihnachten hatte sie kein Festtagsessen mehr gehabt. Sie bevorzugte eher die einfache Küche des Mittelmeers, weil die Rezepte sie wegen der gewissen Raffinesse überzeugten. Außerdem waren sie oft einfach zu kochen. Zudem waren sie gut bekömmlich und schmeckten.

Seit Weihnachten hatte sie keinen Braten mehr zubereitet, geschweige denn gegessen. Doch sie wollte nicht lamentieren. Wally mochte die Zeit des Fastens, denn Weihnachten war ein Fest der Völlerei.

»Grüne Bohnen habe ich eingefroren«, hörte sie sich sagen. Unbewusst lief ihr das Wasser im Mund zusammen.

Marek hatte das Osterlamm nun vollständig ausgewickelt. Ein stattlicher Berg Fleisch lag vor ihnen. Zu viel für zwei Personen, das wusste er. Doch er war sich im Klaren darüber, dass Wally den Rest einfror und er auch in den Genuss kommen würde.

»Und Kartoffeln aus dem Garten. Ich habe noch welche von der letzten Ernte«, spann sie den Faden weiter.

»Eine Flasche Rotwein kann ich beisteuern«, erklärte Marek nebenbei.

»Französischen?«

Wally legte besonderen Wert auf diesen. Sie wusste nicht, warum, sie wusste nur, dass ihr dieser am besten schmeckte.

»Ich kenne dich.« Marek lächelte kurz und Wally sah sein nicht mehr vollständiges Gebiss. Dann wurde er wieder ernst. Marek verschwendete selten ein Lächeln.

»Von wem hast du es?«, wollte Wally wissen.

»Fleischermeister Nordström hatte ein Problem. Und ich habe es gelöst.«

Wally kannte den angesagten Fleischer, der in Gernrode ein gutgehendes Geschäft führte.

»Aha.« Mehr wollte sie nicht wissen. Diese Information reichte ihr aus. Marek musste ihr auch nicht mitteilen, wer ihm einen Gefallen schuldete. Wally packte das Lammfleisch wieder ein und schob es in den Kühlschrank. »Nachher lege ich es in Rotwein ein und am Sonntag kommt es in die Bratröhre. Mit viel Wurzelgemüse.« Sie freute sich darauf und auch, dass Marek ihr Gast war.

Gerda hatte unerwartet eine Einladung ihrer Kinder bekommen. Sie konnte dort nicht absagen. Wally hatte keine Einwände. Sie verschoben ihr gemeinsames Essen einfach. Und wenn Wally es richtig einteilte, würde es später auch noch für Gerda reichen.

»Was ist, färben wir jetzt die Eier?« Marek grinste Wally an. Er hatte in seinem Leben öfters Eier gefärbt. Als Kind mit seiner Mutter, als Ehemann mit seinen Kindern. Im Wald war es natürlich überflüssig. Hatte er Eier, machte er sich Spiegeleier.

Wally hatte in der Markt-Apotheke außerdem zwei kleine Säckchen mit der angepriesenen Eierfarbe mitgenommen. Sie holte die Beutelchen mit den Holzabschnitten aus dem Küchenschrank. Catuabarinde für Rot und Blauholz für die tiefen, dunkleren Töne. Für ein Gelb hatte sie selber Zwiebelschalen im Überfluss. Sie kramte auch noch Backpulver aus einer Blechdose hervor. Einige alte Töpfe, Putzlappen, Toilettenröllchen sowie Zitronensaft stellte sie bereit, bevor sie sich mit Marek ans Werk machte.

Franck erwachte aus einem tiefen und erholsamen Schlaf. Mit geschlossenen Lidern blieb er liegen. Er wollte noch nicht wach werden. Unerwartet hatte ihn Emilia mit einem Glas Rotwein, in der Badewanne liegend, erwartet und dann verführt. Mit Leichtigkeit erinnerte er sich an den gestrigen Abend.

Im Bad hatte es betörend nach Rosen geduftet. Wie eine Nymphe hatte Emilia ihre Hand aus dem Wasser gestreckt. Für einen Moment hatte er ihre Brüste gesehen, die sich sofort wieder in den

Schaumbergen einhüllten. Es hatte nicht mehr als des winkenden Zeigefingers als Einladung bedurft. Binnen Sekunden war er nackt in das heiße Wasser gestiegen und hatte sich Emilia gegenüber gesetzt. Sie hatte ihm ein Glas Rotwein gereicht und beide hatten einen Schluck davon getrunken, ohne den anderen aus den Augen zu lassen. Es war ein magischer Augenblick gewesen. Die Ruhe des Ortes, die Wärme des Bades, der Wein, Emilias Anblick. Die Atmosphäre, der passende Zeitpunkt, ein magischer Duft, ein gieriger Blick, der alles zu verschlingen drohte. Selten war es ihm vergönnt, den perfekten Moment zu erleben. Aber diesen Augenblick zählte er dazu. Er erinnerte sich, dass er das Glasgefäß mit den Rosenblättern neben den Rotweingläsern entdeckt hatte, das Emilia offen stehen hatte.

Emilia war seinem Blick gefolgt.

»Das habe ich von Hildegard von Bingen geschenkt bekommen.«

»Wofür?«

»Ich habe ihr und ihrem Mann dazu geraten, diese Gärtnerei zu eröffnen. Gegen jede Vernunft.«

»Mutig«, hatte er gemeint.

Emilia hatte kokett mit einer Schulter gezuckt.

»Irgendetwas hat mir gesagt, dass die beiden die Richtigen für die Gärtnerei sind. Mehr weiß ich auch nicht mehr. Es ist ein paar Jahre her. Aber sie haben niemals bereut, es versucht zu haben.«

»Und aus Dank ...«

»... bekomme ich frische Kräuter, frisches Gemüse, reifes Obst oder Blumen. Und dieses Dufterlebnis.« Emilia hatte auf das Glasgefäß geschaut. Es war zehn Zentimeter hoch, rund, in einem zarten Blauton gehalten, mit einer üppigen Gravur versehen und mit einem Glasdeckel fest verschließbar.

»Da hat sich jemand viel Mühe gemacht«, hatte er festgestellt, als er es in die Hand nahm. Auf dem erhabenen Dekor aus Metall erkannte Franck einen Rosenbusch.

Er hatte es sacht zurückgestellt und den Duft der Rosen eingeatmet, der ihn umhüllte. Emilia hatte Wein nachgegossen und sie hatten sich zurückgelehnt und dem sanften Gemurmel des Wassers zugehört, das ertönte, sobald sich einer von ihnen bewegte. Weit nach Mitternacht waren sie aus der Wanne gestiegen, erst als das Wasser abgekühlt war und sie beide für den Moment ihre Lust ausgelebt hatten. Ihr Sex war unvergleichlich gewesen. Franck hatte nicht zum ersten Mal gedacht, dass sie füreinander bestimmt waren. Wenigstens für den Rest ihres Lebens. Dann hatten sie sich in ihre Bademäntel gehüllt und waren ins Bett gegangen, um da weiterzumachen, wo sie vor kurzer Zeit aufgehört hatten.

An diesem Punkt seiner Erinnerung angekommen, tastete Metz neben sich. Erstaunt stellte er fest, dass er allein im Bett lag. Seit sie sich kannten und zusammen die Nächte verbrachten, war es das erste Mal, dass Franck länger geschlafen hatte als Emilia. Ohne Umstände warf er die Decke von sich, stand auf und zog sich den Bademantel über, bevor er das Schlafzimmer verließ.

»Guten Morgen«, begrüßte ihn Emilia, als Franck in der Küchentür erschien.

Sie sah trotz der frühen Stunde hinreißend aus. Die Haare hatte sie nach oben gesteckt. Ein paar Strähnen fielen jedoch heraus. Sie trug ein dunkelblaues Oberteil mit Strasssteinen und weiße Röhrenjeans. Dazu schmale, dunkelblaue Schuhe mit einem Blockabsatz und einer Schleife darauf. Kleine Perlen zierten ihre Ohren. Unverwechselbar der Duft nach Orange, Bergamotte, Yang-Yang, Sandelholz und Vanille. Es war sein Weihnachtsgeschenk gewesen. Mit einem Kuss auf die Stirn erwiderte Franck den Gruß. Er bemerkte, dass sie bereits alle Vorbereitungen zum Frühstücken getroffen hatte. Ein Körbchen mit frisch gefärbten Eiern stand auch auf dem Tisch und lud zum Zugreifen ein.

»Seit wann bist du denn wach?«, fragte Franck verwundert.

»Ein wenig eher als sonst«, antwortete sie, ohne näher darauf einzugehen. »Setz dich. Wir haben schließlich Feiertag.«

Das ließ sich Franck nicht zweimal sagen. Emilia goss ihnen frisch gebrühten Kaffee ein. Er schnitt Emilia ein Brötchen auf. Er selber nahm sich ein frisch gebackenes Croissant aus dem Brotkörbchen. Erst wenn er eine weitere Tasse Kaffee und das Croissant gegessen hatte, würde er sein Ei köpfen und pur genießen. Eine zweite Tasse Kaffee und ein Müsli, das er sich selbst zusammenstellte, würden sein Frühstück beenden. Die Zeitung lag neben ihm, doch er widerstand dem Impuls, sie zu sich zu ziehen und darin zu lesen. Es war die Zeitung vom Vortag. Er wusste, was darin stand. Gestern hatte er sie bereits überflogen.

Emilia genoss das Ei zum warmen Brötchen, auf dem die Butter dahinschmolz. Ein weiteres würde sie mit selbstgemachter Aprikosenmarmelade essen.

Versonnen knabberte sie an ihrem Brötchen und war gedanklich weit weg. Sie erinnerte sich, wie Franck ausgiebig das außergewöhnliche Glasgefäß mit dem bezaubernden Rosenduft bewundert hatte, dann hatte sie es verschlossen und Rotwein nachgeschenkt. Es war ihr nach dem anstrengenden Tag nur nach Entspannung zumute gewesen. Auch wenn sie darauf brannte, Franck nach seinem Fall auszufragen, war dies der Moment gewesen, den sie nur genießen wollte. Und Franck hatte ebenfalls die Entspannung gebraucht. Insgeheim machte sie sich Sorgen, wenn sie ihn in einem unbeobachteten Moment anschaute. Sie sah die Anstrengung, die es ihn kostete. Aber vielleicht bildete sie sich das nur ein. Ihre Gedanken drifteten ab zur Wanne und den Spielchen, die sie gespielt hatten. Emilia beglückwünschte sich dazu, die Entscheidung getroffen zu haben, sich die dreieckige Badewanne doch zu leisten. Die Art Kuss, mit der er sie verwöhnte, war eine Kunst. Einige Männer hatten sie geliebt und manche waren besser als andere, doch Franck übte eine Art Magie aus. Ihre Seelen waren aus ein und demselben Holz.

»Wo bist du denn mit deinen Gedanken?«, fragte sie Franck rücksichtsvoll und berührte Emilia am Arm.

Emilia wurde es heiß und sie fühlte sich ertappt.

»Du weißt. Manche Dinge im Leben, die könnte ich immer tun.«

Er wusste, wovon sie sprach. Ihm ging es ähnlich. Eine so leidenschaftliche Anziehung hatte er niemals vorher erlebt. Er musste sich räuspern.

»Ich weiß, wovon du sprichst, Chérie.« Seine Stimme hatte einen warmen Klang.

Emilia begann zu lachen. Ein warmes Lachen, das keineswegs ein Auslachen war.

»Weißt du, da bist du hier gestrandet und wir wissen beide nicht, was nach dieser Zeit wird. Was, wenn wir unsere Leidenschaften nicht beherrschen können? Was machen wir dann?«, fragte sie neckend, doch Franck hörte die Sorge, die in ihrer Stimme mitschwang.

Sie waren übereingekommen, nicht über die Monate zu reden, bis sich Franck entschieden hatte. Aber offensichtlich ging es nicht nur ihm so. Auch Emilia traf am Ende des Jahres eine Entscheidung. Und jede Entscheidung war voller Konsequenzen. Eigentlich wollte keiner von ihnen darüber reden. Eigentlich? Sollten sie es aussprechen und eine Entscheidung treffen? Es gab nur zwei Varianten.

»Warten wir noch mit der Entscheidung oder treffen wir sie jetzt?« Emilia war ihm zuvorgekommen.

Franck stellte die Müslischüssel ab. Sein intensiver Blick traf Emilia mit voller Wucht. Die Diskussion war eröffnet. Entweder hop oder top, dachte sie. Welche Antwort wird er mir geben? Doch sie wusste es bereits. Da war sie sich sicher. Doch Franck sah sie mit dem Blick an, der sie lähmte, in dem sie ertrank, dem sie nicht entrinnen konnte, der sie wärmte und dem sie gleichzeitig ausgeliefert war. Seit ihrer ersten Begegnung.

»Wir treffen sie jetzt.« Sein Blick blieb an ihr hängen. »Ich werde bleiben«, flüsterte er.

Jetzt hingen diese gesprochenen Worte über dem Frühstückstisch. Nun lag es an Emilia, sie mit offenen Ohren aufzufangen und mit dem Klang ihres Herzens zu beantworten.

Franck hatte sein Innerstes nach außen gekehrt und wartete geduldig ab. Er hatte seine Hand geöffnet, auf der Zuverlässigkeit, Liebe, Leidenschaft, Verständnis, Geduld, Kraft, Humor und noch viele andere Eigenschaften durcheinander lagen. Aber eines wusste er, auf seiner geöffneten Handfläche lag sein Herz.

Emilia stand auf und nahm Francks Hände in ihre. Ihr Blick hielt seinem Blick stand. Sie sagte nichts. Ein Kloß im Hals erstickte jeden Versuch. Dann schob sie sich quer auf seinen Schoß. Ein liebevolles Lächeln huschte über ihr Gesicht. Dann nahm sie Francks Gesicht in ihre Hände und küsste ihn.

Franck erwiderte den zarten Kuss.

Nach einer Ewigkeit löste sich Emilia von ihm und stand wieder auf, um an ihren Platz zu gehen. Franck hielt sie eine Sekunde an ihrer Hand zurück.

Jetzt war es an Emilia, sich zu räuspern. Die Entscheidung, dass Franck bleiben wolle, hatte längst nichts daran geändert, dass sie nicht wusste, was dann passierte. Aber das brauchte Emilia nicht. Sie wusste jetzt, dass er sich nicht trennen wollte. Wie auch immer ihr Leben ab dem ersten September aussehen würde, er würde hierbleiben, vielleicht für immer. Ihr Magen und ihr Gemüt beruhigten sich wieder.

»Soll ich uns noch einen Kaffee kochen?« Ihr eigener war kalt geworden.

Franck schüttelte den Kopf.

»Ich hole uns einen Champagner.«

Er stand auf und ging auf den Balkon. Gleich darauf kam er zurück und stellte die Flasche Champagner auf den Tisch. Sie erwies sich als bestens gekühlt, als Emilia sie berührte. Erstaunt schaute sie ihm nach, als er die zwei Kristallsektflöten mit Goldrand, die in der letzten Reihe ihres Wohnzimmerschranks standen, herausholte. Franck öffnete die Champagnerflasche und der Korken prallte an der Decke ab und fiel mit einem leichten Ploppen zu Boden. Prickelnder Champagner floss aus dem Flaschenhals. Erst jetzt erwachte sie aus ihrer Starre und hielt Franck die Gläser hin.

Sie prosteten sich zu und tranken voller Genuss.

Nach einiger Zeit fragte Emilia doch:

»Woher hast du gewusst?«

»Ich habe es nicht gewusst. Ich habe für den Besuch bei Petersen die Flasche gekauft und draußen aufbewahrt«, gestand Franck. »Ich kaufe eine neue.«

Jäger hatte einen freien Tag. Wenn er ehrlich zu sich war, konnte er damit nichts anfangen. Seit sechs Stunden lag er auf der Couch, der Kater neben ihm miaute, wenn Jäger aufhörte, ihn zu streicheln. Er starrte an die Decke des Wohnzimmers. Seine kleine Wohnung mit zwei Zimmern war spartanisch eingerichtet. Er hatte es bei der Einrichtung nach Zweckmäßigkeit und nicht nach Raffinesse oder ohne praktischen Nutzwert darauf ankommen lassen. Er hatte alles, was man brauchte. Eine kleine Küche, einen Geschirrschrank, ein Bord, auf dem die Gewürze, die er benötigte, ordentlich in einer Reihe standen. Eine Flachstrecke für den Fernseher, daneben seine Spielekonsole. Eine bequeme Couch, die ihm nicht nur einmal das Bett ersetzt hatte. Im angrenzenden Schlafbereich hatte er sich selbst einen geräumigen und ausreichenden Kleiderschrank gebaut, sogar mit Schiebetüren. Die dazugehörigen Erklärungen waren zwar schwierig zu lesen gewesen, aber es hatte in ihm den Drang ausgelöst, selber klarzukommen, ohne einen Handwerker von Ikea antanzen zu lassen. Am Ende war er mehr als zufrieden mit sich. Allerdings musste er jetzt doch das eine oder andere Hemd mehr kaufen, denn sein Chef wollte, dass er nicht mehr mit Polizeiuniform aufkreuzte.

Wieder miaute der Kater, aber diesmal setzte Jäger ihn auf dem Boden ab.

»Dreh' mal 'ne Zimmerrunde.« Jäger verschwand im Bad.

Als er wiederkam, hatte er geduscht und war rasiert. Jäger setzte sich in Jogginghose und T-Shirt an seine Spielekonsole und begann zu zocken. Früher hatte er nur gegen den Computer gespielt, aber irgendwann kam er dahinter, dass es doch eine gewisse

Berechenbarkeit gab. Also hatte er mit Pokern und FIFA begonnen. Jäger gegen den Rest der Welt. Manchmal gewann er, manchmal verlor er. Er hatte sich für Fußball entschieden und verlor jetzt die dritte Runde. Kopfschüttelnd beendete er das Spiel gegen Fabrizio, der aus Chile mit ihm spielte. Jäger war mit den Gedanken woanders. Der Kater schlich um seine Beine, verzog sich aber, als er merkte, dass Jäger ihn ignorierte, und legte sich unters Fenster, wo er die Sonnenstrahlen auf seinem Fell spürte.

Jäger beendete das Spiel, das er haushoch verloren hatte, und machte den Computer aus. Warum nur konnte er sich nicht konzentrieren? Seine Mutter würde ihn fragen, ob er denn schon gefrühstückt hatte. Und er müsste es verneinen. Also ging er zu seiner Küchenzeile und machte einen Kaffee. Verdrossen blickte er in ein leeres Brotfach. Nur ein kleiner knochenharter Kanten lag darin. Er öffnete den Kühlschrank: ein Joghurt und drei schwarze Bananen. Jäger verzog angewidert sein Gesicht. Heute war Karfreitag und kein Geschäft hatte offen. Es blieb nur die Tanke oder der Pizzaservice übrig. Betrübt warf er die Kühlschranktür zu und sah auf den Katzennapf, der zu seinen Füßen stand. Die Katze hatte alles, was nötig war. Einmal Nudeln konnte er sich noch kochen und Ketchup stand auch irgendwo auf dem Küchenbord. Er stöberte, bis er die Flasche fand. Nicht lecker, dachte er, doch bis morgen gehts. Er setzte den Topf mit Wasser auf und hatte noch so viel Salz übrig, wie er für die Nudeln brauchte.

Eine Stunde später lag er mit vollem Bauch auf der Couch und drehte seine Gedanken wieder hin und her. Er hatte den Hauptverdächtigen entkommen lassen. Wäre er nur seiner inneren Stimme gefolgt. Die hatte ihm gesagt, dass sich der Typ noch im Haus befunden hatte. Liebend gern hätte er ihn an die frische Luft gezerrt. Dennoch lag kein Haftbefehl vor und woher hätte er wissen können, dass Eddy der Täter war. Hätte, hätte, Fahrradkette, dachte Jäger zerknirscht. Zumal der Fall aussah, dass er leicht zu lösen war und der Täter seiner gerechten Strafe entgegensehen konnte. Nun holte Interpol die Kastanien für ihn aus dem Feuer. Für diesen Fall brauchte es keine Finesse. Es galt nur, die Spuren auszuwerten und durch eine saubere Indizienkette den Täter zu überführen. Der Fall Holländergraben war der erste Fall, den er allein lösen konnte. Aber er ließ den Verdächtigen abhauen. Luisa hätte man zu dem Zeitpunkt noch helfen können, wenn jemand Hilfe geholt hätte. Sie war gestorben, weil sie sich mit Eddy im Abteigarten treffen wollte. Die Telefonnachweise sollten ihm am Dienstag nach Ostern zur Verfügung stehen. Er nahm an, dass es zu einer Geldübergabe kommen sollte zwischen Luisa und Eddy, die gründlich schiefging. Veronika jedenfalls wusste nicht, dass Luisa mit dem Geld am vergangenen Sonntag nach Quedlinburg kommen wollte. Bernhard Stiller hat seine Frau und deren Plan nicht ernst genommen. Hat die Sechzigtausend locker gemacht und war im Stillen doch froh, dass sich seine Frau um diese ›Angelegenheit‹, wie er Veronika nannte, kümmerte. Noch nicht einmal begleitet hat er sie. Eddy hätte man Erpressung vorwerfen können, wenn Bernhard und Luisa Stiller zur Polizei gegangen wären.

Die Spurensicherung hatte genügend Material von den Schmuddelfilmchen sichergestellt. Unmöglich für Eddy, sich da rauszureden. Sie hatten Zeugen, Veronika, Marlene und die anderen Mädchen. Eddy war abgehauen, als sie oben ins Haus gekommen waren. Er hatte den Braten gerochen. Das Geld, das Luisa bei sich hatte, war verschwunden. Ebenso der blaue Ford. Jäger nagte an der Unterlippe. Was hatte Bernhard Stiller den Gerichtsmediziner Dr. Wagner gefragt? Ob Luisas Haarspange gefunden wurde? Dieser hatte verneint und ihn gebeten, die Haarspange zu beschreiben. Nun gab es eine Beschreibung und zudem ein Bild von der Spange. Es war Luisas Lieblingsspange und diese war so wertvoll, dass es darüber ein Zertifikat gab, das Bernhard Stiller ihnen hatte bereits zukommen lassen. Wenn man diese Spange finden würde.

Jäger stand nochmals von der Couch auf und machte sich einen weiteren Kaffee. Er konnte von diesem Getränk nicht genug bekommen. Ach, es lagen zu viele Wenns auf dem Weg bis zur lückenlosen Beweiskette, die er vorlegen wollte. Sein Kater hatte sich an ihn herangeschlichen und stupste ihn mit der Pfote an. Jäger wusste, dass er nun spielen sollte. Blitzschnell warf er einen zerknüllten Zettel, den er aus der Hosentasche gezogen hatte. Der Kater machte einen Satz auf die Couch und fing im Flug die Papierkugel.

Er legte sie vor dem Fenster ab. Jäger wusste, das war des Katers Spiel. Jäger holte die Kugel und ließ sie wieder fliegen. Der Kater fing sie und brachte die Papierkugel dahin, wo Jäger eben nicht stand. Dieses Spiel ging so lange, bis der Kater genug hatte und die Kugel desinteressiert liegen ließ. Während er warf und die immer nasser werdende Papierkugel aufhob, dachte Jäger wieder an die Arbeit.

Anders lag der Fall beim Chef. Wer war dieser Mann, den anscheinend niemand vermisste? Jäger hatte Stunden damit verbracht, die Vermisstendatenbanken durchzugehen. Er hatte in der Abteilung Diebstahl nachgefragt, ob ihm Polizeikommissarin Sieder, die wieder in den Dienst zurückgekehrt war, helfen konnte. Dienstgruppenleiter Petersen hatte keine Bedenken und Frau Sieder, die sich im letzten Winter bei der Verfolgung eines Ladendiebs einen Bänderriss zugezogen hatte, übernahm gern einen Teil dieser Aufgabe. Die Aufgabe, die Vermisstenliste durchzugehen, war kompliziert, weil jeder Erwachsene sich seinen Aufenthaltsort frei wählen kann. Er muss nicht der Familie mitteilen, wo dieser Ort ist. Vorausgesetzt, dass der Erwachsene im Vollbesitz seiner geistigen und körperlichen Kräfte ist und keine Gefahr für sein Leben vorliegt. Und das machte es eben schwierig, die Vermisstendatenbanken durchzuackern. Jäger wusste, dass nur akute Fälle, wie sie es nannten, in der Datei standen. Aber was, wenn niemand den Mann vermisste? Jäger überlegte. Wenn er keine Familie hat. Möglich, nicht jeder hat eine Familie. Als er starb, war er über sechzig Jahre alt. War er Rentner und ist ins Ausland gegangen? Renten werden ja auch ins Ausland gezahlt. Wenn er ins Ausland gegangen wäre, würde derjenige schlecht am Ochsenkopf ausgebuddelt werden, schalt sich Jäger für die Frage. Sie hatten ja noch nicht einmal Fingerabdrücke. Also wussten sie nicht, ob er jemals mit dem Gesetz in Konflikt geraten war. Jäger ermahnte sich im Stillen. Der Chef hätte jetzt die Frage gestellt: Ist das so? Dass nur die, die mit dem Gesetz in Konflikt kommen, in unserer Datei sind? Nein, beantwortete sich Jäger die Frage gleich selber. Denn viele Gauner und Ganoven sind meist mit Anzügen bekleidet und besitzen viel Geld im Hintergrund oder haben eine einflussreiche Familie, die schützend die Hand über das schwarze Schaf hält.

Der Kater hatte es satt, für ein weiteres Spiel auf Jäger zu warten, der gedankenverloren an der Küchenzeile stand. Das Tier hatte sich wieder auf seinen Schlafplatz an der Sonne verzogen.

Ob sie die Ergebnisse des Ontologen weiterbrachten, musste abgewartet werden. Die kamen erst nach Ostern. Jäger nahm die Tasse, in der der Kaffee bereits kalt war, und setzte sich auf die Couch. Jetzt konnte er nichts ändern oder machen. Alles lief und alles brauchte Zeit. Schicksalsergeben griff Jäger nach der Fernbedienung und begann zu zappen. Morgen musste er sich endlich um Vorräte kümmern und sich einige Hemden oder anständige Poloshirts kaufen. Und er hatte sich um die Datenbank wegen der Munition zu kümmern.

Samstag

Es war kurz nach Öffnung der Apotheke, als die Tür automatisch aufglitt. Ein Mann, Mitte fünfzig, klein und gedrungen, tappte herein. Sein Bauch sah aus, als hätte er einen Fußball verschluckt, dementsprechend saß die Hose unter der dicken Kugel. Der Mann wirkte kürzer, als er tatsächlich war. Ein grauer, schmaler Haarkranz umrandete die Glatze. Die linke Hand des Mannes war mit einem blutgetränkten Lappen umwickelt.

»Tach.« Er ignorierte die Kunden, die anstanden. Er ging an ihnen vorbei und legte seine blutende Hand auf die Offizin.

Frau Weiß trat einem Reflex folgend einen Schritt nach hinten. Ein Seitenblick auf Emilia Sander folgte, die ihre Kundin um Geduld bat.

»Zeigen Sie mal her.« Emilia wollte sich von der Größe der Wunde überzeugen, um dann besser reagieren zu können.

Der Mann wickelte den unappetitlichen Lappen ab, sofort begann die Wunde wieder zu bluten. Es tropfte auf den Verkaufstisch, lief über ein paar Papiertüten mit Krügerol, bis auf den Fußboden.

»Das sieht aber nicht gut aus«, murmelte Emilia Sander, als der Mann die blutige Hand aus dem Lappen befreit hatte. Einige der Kunden, die auf ihre Bedienung warteten, wichen bei dem Anblick zurück, obwohl sie es zunächst darauf ankommen ließen und enger zusammenrückten, um ja nichts zu verpassen. Andere Kunden schüttelten missbilligend den Kopf. »Warum gehen Sie denn nicht zum Arzt?« Emilia blickte ihn zweifelnd an. Zweifelnd wegen seines Geisteszustandes. Jedem, der sich diese Art von Wunde zuzieht, fällt der Gang zur Notaufnahme als Erstes ein – nicht die Apotheke.

»Was soll ich denn da?« Der Mann schaute sie unverständlich an. »Ich brauch nur was zum Desinfizieren«, wehrte er ab.

»Das ist aber nicht nur eine Sache zum Desinfizieren!« Emilia konnte es nicht fassen. Sie war weder entsetzt wegen der Wunde noch hatte sie Angst. Sie war wütend, weil der Mann einfach nicht einsehen wollte, dass es für ihn lebensgefährlich sein konnte. »Was haben Sie denn mit Ihrer Hand gemacht?«, fragte sie schroff nach, bemüht, ihre Wut unter Kontrolle zu halten.

»Mich hat en Hund jebissen!«, antwortete der Mann mit Dialekt.

»Sie sollten dringend einen Arzt aufsuchen! Der Hund kann Tollwut haben.« Emilias Stimme klang entschieden.

»Quatsch, Spritze. Früher jabs och keene Spritzen. Und der Hund hat keene Tollwut.«

»Woher wollen Sie das denn wissen?« Frau Sander stützte ihre Hände in die Hüften.

»Weil es meen Hund ist«, knurrte der Mann. »Der hatte nur schlechte Laune.«

In der Apotheke war es mucksmäuschenstill. In der Ferne klingelte mahnend ein Telefon. Jeder Kunde spitzte die Ohren und wollte wissen, wie es weiterging.

»Jemse was zum Desinfizieren, Fräulein!« Sein Ton wurde halsstarriger.

Emilia Sander gab sich geschlagen. War jemand so stur wie dieser Kunde, musste er mit den Konsequenzen auch leben. Sie nahm ein Fläschchen Jodtinktur aus dem Regal hinter sich und stellte es vor dem Mann ab.

»Drei Euro und achtundachtzig Cent. Es wird brennen.«

»Ejal.« Der Mann grapschte mit seiner blutverschmierten Hand nach der Verpackung. »Jod ist jut.« Er fingerte aus seiner Geldbörse einen Schein heraus, den er vor Emilia Sander ablegte.

»Ihr Wechselgeld.« Emilia Sander gab ihm das Restgeld zurück, ohne den blutverschmierten Geldschein zu berühren.

»Tach auch.« Der Mann verließ die Apotheke, ohne sich umzublicken. Das Wechselgeld hatte er eingesteckt.

Ein Raunen ging durch die Apotheke. Wie nach einem Starre-Zauber bewegten sich die Kunden wieder, Geräusche waren wieder zu hören, das Klappern von Geld, das Rascheln der Einkaufstüten. Emilia Sander atmete tief durch. Vor ihr war alles blutbesudelt. Bevor hier weitergearbeitet werden konnte, musste geputzt und desinfiziert werden. Sie blickte Frau Weiß vielsagend an.

»Unglaublich. Wenn ich das zu Hause erzähle, glaubt mir das niemand in der Familie.« Frau Weiß brachte das zum Ausdruck, was alle dachten. »Für die noch nicht einmal vier Euro werde ich eine Stunde brauchen, um diesen Platz zu desinfizieren und wieder in Ordnung zu bringen«, meinte sie kopfschüttelnd.

»Danke, Frau Weiß.« Emilia Sander hatte andere Aufgaben zu erledigen. Seit gefühlten Ewigkeiten klingelte das Telefon im Büro und auch ihr Handy hatte mehrmals auf sich aufmerksam gemacht.

Emilia Sander räumte im Büro ihren Schreibtisch auf. Heftete Belege und Quittungen weg, beendete Korrespondenzen mit den Pharmavertretern. Sie kam sogar dazu, das am Anfang der Woche begonnene Konzept des Qualitätsmanagements zu verbessern. Nach einem Blick auf die Uhr im Computer wusste sie, dass die Arbeitswoche zu Ende ging. Notdienst hatte die Markt-Apotheke erst in zwei Monaten wieder. Sie wollte wissen, wen es diesmal traf. Als sie den Namen der Apotheke las, staunte sie. Diese war ihr unbekannt.

Endlich fuhr sie den Computer herunter. Ordnete für die kommende Woche einige dünne Hefter und Faltblätter auf die linke Seite des Schreibtisches. Diese Arbeit hob sie sich für die nächste Woche auf. In den letzten Monaten hatte sie damit zu tun, wieder eine Linie in ihrer Tätigkeit zu finden. An der Tür warf sie einen Blick auf ihr Büro. Ihr Schreibtisch beherrschte den Raum. Unter den Fenstern war eine Flachstrecke voller Schubladen eingebaut. Zwei Sessel mit einem runden Tisch dienten bei Gesprächen mit Vertretern vor Ort für ein gewisses Flair. Die Wände waren rosa gestrichen. Wertschätzend fielen ihr die zwei Bilder ins Auge, die ihr ihre Freundin Tess zur Übernahme der Apotheke gemalt und als Geschenk übergeben hatte. Wie es sich gehört für diese Art Geschenk, waren die Bilder schlicht und elegant verpackt gewesen. Sie passten farblich und gestalterisch in das Büro einer Apothekerin. Tess hatte sich unter der Vielzahl von Arzneipflanzen für Odermennig und den Schlafmohn entschieden. Die eine war im Mittelalter eine mächtige Heilpflanze gewesen und die andere ist immer noch mächtig, nicht nur Leid und Kummer zu mindern, sondern erst Leid und Kummer zu bringen. Emilia Sander beendete ihre wöchentliche Arbeit dennoch mit einem nachdenklichen Gesichtsausdruck. Sie ging in die Offizin, um sich zu verabschieden.

»Danke von allen für unsere Ostereier. Hier haben wir unser Osterei für Sie.« Frau Weiß übergab ihr einen Blumenstrauß.

»Das ist doch ...«, stammelte sie gerührt. »Vielen Dank.« Emilia freute sich aufrichtig über den Blumenstrauß. »Ihnen allen ein fröhliches Osterfest«, wünschte sie, als Signora Romano in die Apotheke gehetzt kam.

Im Schlepptau hatte sie einen Mann, der sich die linke Hand hielt.
»Ich glaube, ich hab ein Déjà-vu«, murmelte Emilia.
Frau Weiß, die neben ihr stand, flüsterte leise:
»Können wir helfen?«
»Ciao, Emilia, gut, dass Sie da sind. Schauen Sie mal.«
Frau Weiß und Emilia Sander blickten gebannt auf die Hand des Mannes.
»Lorenzo Romano«, stellte sich der Mann selber vor. Er hatte eine angenehme dunkle Stimme, tiefdunkle Augen mit langen Wimpern und einen Drei-Tage-Bart. Die dunklen lockigen Haare waren zu einem Zopf gebunden. Er hatte eine Kochhose und ein schneeweißes T-Shirt an, das ein paar Blutflecken aufwies. Der Mann war höchstens Anfang dreißig.
Frau Weiß stieß Frau Sander leicht mit dem Ellenbogen an.
»Ah, dann wollen wir sehen, ob wir helfen können«, hatte Emilia ihre Sprache wiedergefunden.
Signora Romano setzte sich mit einem Fächer wedelnd in den Sessel.
»Mamma Mia, mein Junge, hoffentlich geht alles gut. Ohne dich schaffen wir das nicht«, klagte sie und warf ihrem Sohn einen Blick zu. Anscheinend gehörte sie zu den Frauen, die das Blut ihrer Kinder nicht sehen können.
»Ich wollte nur eine Flasche Wein aus dem Holzregal nehmen, da passierte es. Ein Holzsplitter hat sich unter meinen Daumen gesetzt.« Ein hilfesuchender Blick folgte. »Ein Glück, dass die Apotheke gegenüber ist und noch offen.«
Frau Weiß schloss die Apotheke ab. Lorenzo hatte recht. Es war 13 Uhr.
Emilia stellte ihre Hilfsmittel zurecht, die sie zu nutzen gedachte: verschieden große Pinzetten, zwei Kanülen, Desinfektionsmittel, Verbandsmaterial. Zunächst desinfizierte Emilia die Gerätschaften, ihre Hände und Lorenzos Daumen. Dann schaute sie ihn an.
»Es wird wehtun«, prophezeite sie Lorenzo. Dieser nickte nur. »Sie wollen nicht zum Arzt, der Ihnen eine Anästhesie machen kann?«
Lorenzo schüttelte den Kopf. Sein Adamsapfel hüpfte aufgeregt.
Emilia Sander nahm die kleinste Pinzette, die sie hatte finden können, setzte an und rutschte ab. Lorenzos sonnenverwöhntes Gesicht wurde fahl.
»Rosa, ich brauche Sie hier unten!«, rief sie zum Warenlager hinauf, in dem Rosa die letzten Handgriffe für diese Woche erledigte.

Emilia griff fester zu und auch tiefer, der Splitter war weit unter den Nagel getrieben und saß fest. Lorenzo wurde noch eine Spur weißer im Gesicht.

»Mamma Mia.« Lorenzos Mutter war keine Hilfe.

Frau Weiß hielt den Daumen fest und Rosa Bach ließ Lorenzo nicht aus den Augen. Wieder probierte es Emilia und wieder rutschte sie ab. Weder die Pinzette noch die Nähnadel, mit der sie es nun probiert hatte, halfen ihr weiter.

»Verflucht noch mal«, stieß Emilia hervor. »Wir probieren es noch einmal, dann weiß ich nicht weiter.«

Lorenzo keuchte. Trotzdem nickte er, Schweißtropfen standen auf seiner Stirn.

Emilia kramte in einer der vielen Schubladen herum. Endlich fand sie, was sie gesucht hatte: eine Schere und Klebestreifen.

»Wir bringen jetzt einen Klebestreifen auf den Splitter.«

Lorenzo starrte sie unverständlich an.

Emilia schnitt mit der Schere einen besseren Zugang, dann klebte sie den Klebestreifen an den kleinen Rest des Splitters, der tief eingedrungen war.

»Festhalten«, erhielten Frau Weiß und Rosa Bach die Order.

Mit einem Ruck riss Emilia den Klebestreifen ab, an dem baumelnd der Splitter hing.

Lorenzo verzog als Erster das Gesicht zu einem erleichternden Lächeln. Dann betrachtete und befühlte er seinen Daumen.

»Es ist immer gut, eine Apotheke in der Nähe zu haben«, sagte er sichtlich bewegt. »Ich lade Sie alle, also das gesamte Team, zu einer der besten Pizzen ein.«

Jetzt machte es auch bei Emilia klick. Lorenzo, der bei jeder Pizza ein ›O Sole mio‹ sang. Emilia nahm im Namen der Apotheke die Einladung an. Sie versorgte noch die Wunde und verband den Daumen.

»Wenn der Daumen dick und rot wird, unbedingt zur Notaufnahme gehen«, mahnte sie ihn, bevor Lorenzo mit seiner Mutter zurück an den Pizzaofen ging.

Ostersonntag

»Kommt rein.« Adele hatte die Tür geöffnet und nahm sie herzlich in Empfang.

Franck stellte die beiden Frauen vor. Petersen kam hinzu und half beim Ablegen der Garderobe.

Emilia überreichte Adele einen Blumenstrauß voller Tulpen und Freesien. Adele nahm ihn dankend an und zog Emilia gleich hinter sich her Richtung Wohnzimmer. Franck sah ihnen nach.

Emilia trug einen dunkelblauen, schmal geschnittenen Rock zu einer zart-lila Bluse mit blauen Streublümchen darauf. Ihre Haare hatte sie zu einem Zopf geflochten, der auf der rechten Schulter lag.

Petersen stieß Franck an.

»Gib mal her, was du da in den Händen hältst«, meinte Petersen. »Mann, dich hats ja ganz schön erwischt.«

Franck war es etwas unangenehm, von Petersen ertappt worden zu sein. Dieser nahm ihm den Korb ab, in dem die Pfefferminzsoße und der Minz-Grashopper standen, und brachte beides in die Küche. Petersen warf einen prüfenden Blick in die Bratenröhre. Er hatte es sich nicht nehmen lassen, selber den Braten zu beaufsichtigen.

Petersen wusste, dass eine Scheidung hinter Franck lag. Er konnte sich nicht mehr an ihren Namen erinnern, er wusste aber auch, dass sie sich geliebt hatten und dass die Arbeit der wirkliche Scheidungsgrund gewesen war. Petersen freute sich über Francks neue Liebe. Er hatte seine Adele und Glück gehabt, dessen war er sich bewusst. Zu oft und zu lange zu Einsätzen gerufen zu werden, kann ein Beziehungskiller sein. Ihm und Adele war das nicht passiert.

»Lassen wir die Damen nicht zu lange warten.« Mit diesen Worten schob Petersen Franck aus der Küche ins angrenzende Wohnzimmer.

In diesem hellen und großzügig geschnittenen Raum stand ein gedeckter Tisch, auf dem der mitgebrachte Blumenstrauß prangte. Die Frauen standen vor zwei Bildern und sprachen angeregt darüber.
»Setzt euch doch.« Adele drehte sich um und bat ihre Gäste, Platz zu nehmen. »Emilia und ich haben über die Bilder gesprochen.«
»Ich find sie klasse«, warf Petersen ein.
Franck hatte sich noch nicht hingesetzt. Er stand vor den beiden Bildern, die die gesamte Fläche der Wand einnahmen, und schaute sie voller Interesse an. Er verstand nicht viel von Kunst, das musste er zugeben. Doch diese Bilder passten zueinander und waren stimmig angeordnet.
»Der Einzige, der glaubt, ich sei eine Künstlerin, ist mein Mann.« In Adeles Blick lag leichter Spott.
Dennoch war Metz überrascht, solche Bilder im Petersens Wohnzimmer zu sehen. Adele zeichnete mit Wasserfarben. Ihre Aquarelle bestachen durch ihre lebendige Farbigkeit. Zwei Bilder, die sich ähnelten, hingen an der großen Wand. Es handelte sich um den Sommer und den Herbst, die Nuancen in der Farbgestaltung hatte Adele bestens herausgearbeitet.
»Mir gefallen deine Bilder, Adele«, erklärte Metz.
»Ihr seid leicht zu beeindrucken«, meinte Adele augenzwinkernd zu ihrem Mann. »Setzt euch«, forderte sie ihre Gäste erneut auf.
Nach dem zarten Lammbraten mit der mitgebrachten Pfefferminzsoße, den Kartoffeln und dem Schotengemüse lehnten sich alle nach hinten.
»Das war vortrefflich.«
Petersen stand in gespielter Manier auf und verbeugte sich vor seinem Publikum. So kannte ihn Franck. Immer zu einem Scherz oder Schabernack bereit. Dass er diese Woche schlecht gelaunt gewesen war, war wie weggewischt.
»Lust auf einen Absacker?« Petersen zog Emilia hinter sich her zur Küche. Sie sollte ihm wegen des Minz-Likörs zur Hand gehen. Sie ließ sich nicht zweimal bitten. Es blieb ihr auch nichts anderes übrig.
Adele und Franck blieben allein zurück.
»Ich habe gehört, dass du bei der Apothekerin wohnst?« Adele begann mit ihrem Fragenkatalog. Sie war es gewohnt, den Dingen auf den Grund zu gehen.
»Petersen hat geplaudert?«, erwiderte Franck mit einem leichten Seitenblick in Richtung Küche. »Vorher bei Frau Amarin und davor im Hotel *Hoken*.«

»Du hättest auch hier dein Zuhause gefunden«, stellte Adele fest und schaute Franck an.

Adeles Fragen waren immer offensiv gewesen. Als sie und Petersen sich kennenlernten, war sie eine quirlige und interessierte junge Frau mit leuchtend roten Haaren gewesen. Jetzt trug sie einen aparten Kurzhaarschnitt. Sie war so schlank wie früher. Damals war Petersen schnell gewesen und hatte Adele auserkoren und niemals gab es ein Zweifeln oder ein Hinterfragen, ob es die richtige Wahl gewesen war. Sie passten zueinander.

»Petersen hat mir von eurem großzügigen Angebot erzählt, aber ich brauchte Zeit für mich. Um mich einzugewöhnen. Ich sollte nichts überstürzen, meinte meine Therapeutin.« Franck lächelte entschuldigend. »Außerdem ist es eine Sache, einen Gast zwei Nächte zu haben oder für mehr als eine Woche. Ich wollte unserer Freundschaft nicht zu viel zumuten.«

»Ich verstehe dich«, meinte Adele, »aber du solltest wissen, dass wir für Freunde immer die Tür offen stehen haben werden.«

»Ich weiß es zu schätzen.«

»Wie geht es dir?« Forschend sah sie ihm in die Augen.

»Ohne Emilia wäre ich verloren«, gestand Franck.

»Hast du dich schon entschieden?« Adele blickte ihn direkt an.

Petersen kam mit dem Tablett zurück und enthob Franck einer Antwort. Emilia, die ihm in der Küche geholfen hatte, platzierte vor jedem den krönenden Abschluss des Essens.

»Auf ein erholsames Osterfest.« Sie hoben die Gläser und prosteten sich zu.

Adele drehte den Stiel des Likörglases zwischen ihren Fingern. Sie bedauerte, dass der Minz-Hopper ausgetrunken war. Sie sollte Emilia nach dem Rezept fragen, nahm sie sich vor. Doch noch mehr interessierte sie sich für das Skelett. Schon allein wegen ihrer niemals zu stillenden Neugier, was die Kulturgeschichte Quedlinburgs und Umgebung anging.

»Was macht dein Fall?«, fragte Adele Franck aus.

»Du hast vom Skelett gehört?«, vergewisserte sich Metz.

»Ja, ich höre so viel. In der Schule, von den Lehrern, den Eltern, den Schülern, wenn ich zum Malen gehe in unserem Arbeitskreis, von anderen Direktoren. Egal. In bin in verschiedenen Gremien, ich höre einfach so viel, dass das, was mir Petersen erzählt, manchmal ein alter Hut ist.« Adele musste lachen, als sie den Blick ihres Mannes sah.

Emilia hatte ihr Glas ebenfalls ausgetrunken, sie konnte sich ein Lächeln nur mit Mühe verkneifen. Ihr ging es ähnlich.

Petersens und Metz' Blick trafen sich für den Bruchteil einer Sekunde.

»Das Skelett«, begann Metz, »... nun ja, wir wissen immer noch nicht, wer es ist. Jäger arbeitet mit einer Kollegin an der Vermisstendatenbank. Die Auswertung der DNA-Spuren ist noch nicht abgeschlossen. Dr. Wagner wollte mich nicht langweilen mit den Möglichkeiten, wie das DNA-Material aus Knochen gewonnen wird. Ich hatte den Eindruck, dass es ein langer Vortrag geworden wäre.«

Petersen gluckste vor Lachen. Er mochte den Humor des Gerichtsmediziners und hatte so manche Flasche Rotwein mit ihm ausgetrunken.

»Daran hast du gutgetan«, bestätigte Petersen, »ist es von Bedeutung, steht es im Bericht, er ist gewissenhaft. Aber er liebt es eben, zu frotzeln.«

»Was macht ihr, wenn ihr die DNA habt?«, wollte Adele wissen.

»Mit den Angaben in den Datenbanken vergleichen und auf einen Treffer hoffen«, erklärte Metz.

»Lasst uns auf die gemütliche Couch setzen«, warf Adele ein. »Schenkst du uns vom Wein ein?«, bat sie ihren Mann.

Als es sich alle gemütlich gemacht hatten und jeder ein Glas Rotwein sein Eigen nannte, fragte Emilia:

»Werden die Daten auch europaweit verglichen?«

»Seit 1998 gibt es die zentral eingerichtete DNA-Datei. Seit 2006 werden begonnene Datensätze aus der deutschen Datei auch mit den nationalen Gen-Dateien von Österreich, Frankreich, Spanien, Belgien, den Niederlanden und Luxemburg ausgetauscht. Die EU beschloss 2008, den automatisierten Abgleich von DNA-Profilen zwischen allen siebenundzwanzig EU-Staaten zu ermöglichen. Aber das hat meines Wissens nach noch nicht geklappt«, beantwortete Petersen souverän die Frage.

»Woran liegt es?« Adele stellte ihr Glas auf dem Couchtisch ab und griff nach einem der Parmesancracker.

Adele hat gute Fragen, dachte Franck. Wenn sie nicht Kulturgeschichte studiert hätte, wäre sie im Journalismus auch gut angekommen.

»Verantwortlich sind technische und organisatorische Probleme. Das habe ich zumindest in der Fachzeitschrift lesen können«, sprang Metz ein. »Ein vollautomatisiertes Netzwerk gibt es bis jetzt nur zwischen der deutschen DNA-Analyse-Datei und den Dateien von Österreich, Spanien, Frankreich, Niederlande, Luxemburg und Slowenien. Mit Millionen von Spurensätzen. Eine Datenmenge, die immer weiter zunimmt.« Auch Franck holte sich einen Cracker und fuhr dann fort: »Man muss sich das nur vorstellen, es ist eine riesige Datenmenge. Allein in Deutschland werden monatlich rund achttausendzweihundert Profile neu erfasst. Ist ein Fall abgeschlossen, werden diese Profile auch wieder aus der Datenbank gelöscht.«

»Und es kann sein, dass ihr etwas sucht, was gar nicht in den Datenbanken ist?«, warf Emilia ein.

Beide Männer nickten.

»Vielleicht hilft uns der Zahnvergleich weiter. Es gibt niemanden in Deutschland, der nicht beim Zahnarzt war. Man muss nur suchen und alle Daten sorgsam zusammentragen.«

Für eine Weile kehrte Ruhe ein, wenn man vom gelegentlichen Geräusch der zerkrachenden Cracker absah. Jeder war mit seinen Gedanken beschäftigt.

Kurze Zeit später redeten sie ausgelassen über Mode, Kindererziehung, Reisen und Fußball. Petersen schenkte nach und holte eine Käseplatte aus der Küche. Francks Augen leuchteten auf. Er mochte Käse. Der Käseteller war mit den üblichen Weintrauben, aber auch mit karamellisierten Walnusshälften, Granatapfelkernen und gerösteten Pinienkernen üppig belegt. Keiner von ihnen ließ sich das Geschmackserlebnis entgehen. Die Stimmung wurde mit jedem Glas ausgelassener. Unvermittelt tippte sich Adele an den Kopf.

»Bevor ich es vergesse. Petersen hat mir erzählt, du wolltest wissen, warum der *Hoken* diesen Namen hat?«

Franck erinnerte sich daran, dass er das hatte verlauten lassen, aber im Traum wäre er jetzt nicht darauf gekommen, dass Adele daran dachte.

»Das Wort stammt aus dem Altdeutschen. Dort, wo jetzt der *Hoken* ist, ist früher im Mittelalter ein Marktplatz gewesen, wo die Marktfrauen ihre Ware verhökerten.«

»So einfach ist die Bedeutung?« Emilia war hellwach.

»Manches ist ganz einfach«, antwortete Adele mystisch.

»Hast du vielleicht noch einen Tipp wegen des Skeletts vom Ochsenkopf?« Metz benutzte Jägers Namensgebung.

Adele sah in die Runde und lachte.

»Ihr seht alle aus, als erwartet ihr, dass ich das Kaninchen aus dem Hut zaubere.«

»Schade, es wäre so einfach«, meinte Metz und stimmte mit einem befreienden Lachen ein.

Nach einigen Stunden verabschiedeten sich Emilia und Franck. Ihre Gastgeber ließen es sich nicht nehmen, sie zur Tür zu begleiten.

»Kommt gut nach Hause!«, rief ihnen Petersen hinterher. Franck hakte Emilia unter, die eine leichte Schlagseite hatte. »Ihr habt morgen frei, denkt daran!«

»Den Tag werden wir auch brauchen«, meinte Franck amüsiert, als er Emilias Kopf auf seiner Schulter spürte. Hinter sich hörte er das Zuklappen von Petersens Eingangstür.

»Franck«, hauchte sie, »ich habe einen Schwips.«

»Ich weiß, Chérie.« Franck hakte Emilia fester unter und beide gingen so zügig, wie Emilia das mit ihren Schuhen und ihrem Schwips möglich war, nach Hause.

Donnerstag

»Chef, wir haben eine Spur.« Triumph lag in Jägers Stimme.

Metz traf die Information völlig unerwartet. Die letzten achtundvierzig Stunden waren mit unermüdlicher Arbeit gefüllt gewesen. Bei der Suche in der Statistik nach Vermissten, die für ihren Fall relevant waren, ging es nicht voran. Trotz der Hilfe der Kollegin Sieber hatten sie keinen Punkt auf ihrer Seite. Bisher. Das hatte sich offensichtlich geändert.

»Bin auf dem Weg«, antwortete Metz und klappte sein Handy zu.

Nach der Dusche machte er sich für den Dienst fertig. Blaue Jeans, hellblaues Hemd, er liebte diese Farbe. In Emilias Küche stellte er sich sein Müsli zusammen. Er verzichtete auf den Kaffee, im Revierkommissariat gab es immer welchen. Im Stehen löffelte er das Müsli und war doch gar nicht bei seinem Essen. Leicht begann sein Magen zu ziehen, es kribbelte ihm unter der Haut. Metz war viel zu aufgeregt, um sein Frühstück zu genießen, und Jäger hatte nicht viel gesagt. War der Odontologe zu einem Ergebnis gekommen und sie konnten endlich gezielt weitersuchen? Dr. Dr. Friedrichs hatte beim letzten Anruf keine Hoffnung gemacht, dass die Ergebnisse bald vorliegen würden, zu viel hatte er zu tun. Und die Analysen dauerten die entsprechende Zeit. Hatte es doch genutzt, dass Ahrens, der wieder aus dem Urlaub zurück war, interveniert hatte? Letztendlich war es egal. Metz ergriff seine Lederjacke, zog die Schuhe an und schloss Emilias Wohnung ab.

Keine zwanzig Minuten später grüßte er Keiler und nahm zwei Stufen auf einmal ins Büro.

»Morgen, Jäger.« Metz begrüßte ihn. »Ist Petersen informiert?«

Jäger schüttelte den Kopf. Er hatte nur kurz vom Computerbildschirm aufgeschaut. Jäger trug ein hellgrünes Sweatshirt mit einem Zugband im Schalkragen.

»Die Analyse von der forensischen Zahnmedizin liegt auf dem Schreibtisch.« Jäger stand auf und ging zu Petersens Büro.

Metz vertiefte sich in der Lektüre. Kurze Zeit später setzte Jäger den Kaffeebecher vor ihm ab. Gedankenverloren griff er danach. Nach einem Schluck widmete er sich weiter der Analyse.

»Der Odontologe Dr. Dr. Friedrich hat jetzt bestätigt, dass unser Opfer zum Todeszeitpunkt achtundsechzig Jahre plus minus fünf Jahre war. Genauer ist es nicht eingrenzbar. Der Grad der Abnutzung der Backenzähne, sogenannte Retzius-Streifen, erklärt es«, fasste Metz zusammen. »Der Odontologe hat einen Abdruck aus den verbliebenen Zähnen und dem Kieferknochen erstellt und gleich an die kassenzahnärztliche Vereinigung geschickt.«

Jäger biss sich auf die Lippe, dann schaute er Metz mit aufleuchtenden Augen an.

»Das heißt, die vergleichen den Kieferabdruck und die Röntgenbilder mit ihren Unterlagen und geben uns Bescheid, wer der Zahnarzt war«, schlussfolgerte Jäger.

Metz wirkte nachdenklich, als er antwortete.

»Richtig. Ahrens hat die bundeskassenzahnärztliche Vereinigung in Berlin angerufen und denen einen richterlichen Beschluss zukommen lassen. Die starten einen Aufruf mittels der zahnärztlichen Fachzeitschrift an die Zahnärzte. Jetzt werden die Röntgenbilder unseres Skeletts vom Ochsenkopf von den Zahnärzten geprüft. Diese gehen ihre Patientendaten durch, und falls sie es einem Patienten zuordnen, wird die zahnärztliche Vereinigung informiert. Auch der Gebissabdruck wird dieser Prozedur unterworfen. Und dann haben wir bald einen Namen.«

»Das dauert aber«, stellte Jäger missmutig fest.

»Ja, das dauert etwas. Wobei ich optimistisch bin, weil ich vermute, dass unser Toter hier aus der Umgebung stammt.«

»Was sagt Ihnen das?«

»Intuition, Erfahrung, guter Riecher, suchen Sie sich etwas aus.« Metz schien nicht mehr darüber sprechen zu wollen. »Wir haben genügend Arbeit, die wir erledigen müssen. Beenden wir angefangene Vorgänge für die Staatsanwaltschaft. Wer aus einem Weizen einen Kuchen haben will, muss das Mahlen abwarten.«

Jäger hob den Zeigefinger.

»Das hört sich nach Ihrem Lieblingsdichter an.«

»Sehr gut aufgepasst«, lobte ihn Metz und grinste in sich hinein.

»Oder ... damit Ahrens sieht, dass eine Hand die andere wäscht«, gab Jäger zurück.

»Genau.«

Metz nahm die zwei Seiten der Analyse nochmals zur Hand.

»Hier steht dennoch etwas Interessantes.« Jäger wartete, dass Metz weitersprach. »Der Herr Friedrichs hat seine Doktortitel nicht umsonst.«

»Und?« Jäger starrte Metz gebannt an.

»Er teilt uns mit, dass unser Skelett vom Ochsenkopf zu Lebzeiten Pfeife geraucht und anscheinend Handarbeiten gemacht hat.«

»Handarbeiten?«, echote Jäger und blickte Metz perplex an.

Metz las nochmals im Bericht nach. Er runzelte die Stirn.

»Eindeutig. Es gibt eine Abnutzung der vorderen Schneidezähne. Die weist darauf hin, dass unser Toter Bindfäden durchgebissen hat.«

»Ein Pfeifenraucher, der zu seinen Lebzeiten Handarbeiten gemacht hat. Der zum Zeitpunkt seines Todes etwa achtundsechzig Jahre alt war und in guter körperlicher Verfassung. Und den niemand, wie es scheint, vermisst. Der mit einem präzisen Schuss getötet wurde.« Jäger stand auf und konkretisierte an der Tafel. »Der keine Beerdigung verdient hatte und wie ein Büßer in einem Gewand mit verbundenen Augen, an Armen und Beinen festgebunden, im Niemandsland verrotten sollte«, fasste Jäger gekonnt zusammen.

»Nicht zu vergessen die Substanz, die Dr. Wagner an den Gehörknöchelchen gefunden hat«, setzte Metz fort.

Beide Männer starrten auf die Tafel, jeder war mit seinen Gedanken beschäftigt, bis Metz seine Schultern bewegte.

»Es bleibt die Geduld, die wir haben müssen. Wie sieht es eigentlich mit Eddy Klein aus?«, wollte Metz wissen.

Jäger wandte keinen Blick von der Tafel.

»Interpol hat mir mitgeteilt, dass er auf einer Yacht ist. Schippert jetzt gemütlich übers Mittelmeer. Die Italiener kamen zu spät. Der Typ hatte sich bereits in internationale Gewässer abgesetzt.« Jäger machte ein zerknirschtes Gesicht und winkte ab, als er Metz anschaute.

»Was denn für eine Yacht?«

»Seine eigene. Man muss sich das mal vorstellen. So ein schmieriger Typ besitzt eine eigene Yacht.« Jäger presste seine Kieferknochen zusammen. »Alles von dem Schotter, den die Mädchen angeschafft haben.«

»Was hat die Spurensicherung aus dem sichergestellten Filmmaterial gefunden«? Metz wollte, dass sich Jäger beruhigte und wieder einen klaren Kopf bekam. Jeder Polizist musste damit klarkommen, dass es diese Art von Mensch gab. Es war wichtig, dass sie als Polizisten auf der anderen Seite standen und Recht und Gesetz verteidigten. Ein ewiger Kampf zwischen Gut und Böse, zwischen hell und dunkel. Und sie mussten auch mit der Möglichkeit leben, dass sich die Grenzen verwischten.

»Hanni und Nanni haben mir wortlos ihre Berichte zukommen lassen«, presste Jäger leise hervor. Das war nicht ihre Art, wusste Metz. »In der Kantine bin ich angesprochen worden, weil sich Hanni und Nanni fürchterlich über einen Kerl aufgeregt haben. Ob ich wüsste, wen die beiden denn meinten.« Jäger fuhr sich über die Haarstoppeln auf seinem rasierten Kopf. »Und ich lass so einen Dreckskerl laufen.«

Metz spürte Jägers aufsteigende Wut. Er kannte diese Emotionen nur zu gut. Wut war immer ein Antreiber. Sie hatte Kräfte in ihm freigesetzt, die ihm die Energie gaben, bis spätabends zu arbeiten. Er hatte gelernt, dass die Wut auch eine Überbringerin kreativer Ideen sein konnte. Sie hatte Metz nicht nur einmal dazu gezwungen, nach anderen Lösungen für ein Problem zu suchen, die vorher nicht in Betracht gezogen worden waren. Widerspruch machte produktiv. Doch zu viel war eben zu viel. Es hatte ihm auf lange Dauer die Scheidung und das Burn-out eingebracht.

»Die Yacht lag gewartet und betankt im Hafen von Messina. Er hatte von Rom die E45 genommen.«

»Das ist eine Mautstraße«, wusste Metz.

»Genau. Die Kollegen waren immer zu spät dran. Eddy fuhr per Anhalter und bei jeder Raststätte wechselte er das Auto.« Jägers Wut schien verraucht.

»Jäger, wir müssen das Thema wechseln. Wir haben noch Schreibarbeit. Sie wissen, wenn wir eine Stunde draußen sind, sitzen wir mindestens drei Stunden an unseren Berichten.« Metz rückte die Tastatur zurück und wollte mit dem Schreiben beginnen, als sein Blick auf Jäger fiel, der immer noch gedankenverloren vor der Tafel stand. »Jäger, auf Dinge, die nicht mehr zu ändern sind, muss auch kein Blick mehr zurückfallen. Was getan ist, ist getan und bleibt's.«

Jäger erwachte aus seiner Erstarrung und drehte sich zu seinem Chef um.

»So, wie Sie das sagen, ist es bestimmt wieder englische Literatur?«

»Ertappt.« Metz hob beide Hände von der Tastatur. »Lassen Sie uns arbeiten, auch die anderen Fälle brauchen einen Abschluss.«

Metz und Jäger arbeiteten bis Dienstschluss. Niemand unterbrach oder störte sie. Am Ende des Arbeitstages waren eine Anzahl von Vorgängen erledigt und konnten Petersen und dem Staatsanwalt vorgelegt werden.

ॐ

»Ich kann es nicht fassen!« Mit Schwung beförderte sie die Zeitung auf den Küchentisch.

»Was denn, Cherie?« Franck schielte auf die ›Mitteldeutsche Zeitung‹, die in Emilias Händen arg derangiert aussah.

»Hier.« Emilia blätterte hastig die Zeitungsseiten um, bis sie fand, was sie suchte. Metz sah der Zeitung an, dass sie zum Weiterlesen nicht mehr zu gebrauchen war. Emilia hatte sie offensichtlich einige Male aufgeschlagen. »Frau Mandel legt mir jeden Morgen die Zeitung in mein Büro. Meine Mitarbeiterinnen haben gewusst, dass ich mich aufrege, und hatten mir die Zeitung aus fadenscheinigen Gründen nicht zum Lesen gegeben. Sie haben wohl alle gedacht, dass ich es nicht merke.«

»Deine Mitarbeiterinnen ...« Metz versuchte zu vermitteln.

»Jeder sagte etwas anderes«, unterbrach sie ihn. »Noch keine Zeitung gekommen, steht nichts Wichtiges drin, Zeitung entsorgt.«

»Deine Mitarbeiterinnen ...« Franck setzte noch mal an. Er drehte sich auf dem Stuhl und fing Emilias Blick ein. »Deine Mitarbeiterinnen wollten dich schützen«, vermutete er. »Möchtest du dich nicht erst einmal setzen und mir alles erzählen?«, fragte er sanft und griff nach ihrer Hand. »Ich mache uns einen Tee«, entschied er.

»Lass mich erst ins Bad gehen und Hände waschen.« So impulsiv, wie Emilia explodiert war, beruhigte sie sich im Handumdrehen wieder.

»Doch keinen Tee?« Dankbar schaute sie Franck an, denn als sie aus dem Bad kam, stand ein Glas Weißwein auf dem Tisch, daneben ein Teller mit Nüssen. »In Apothekerkreisen heißt es oft: Entweder wird man zum Alkoholiker oder verrückt.«

Franck wusste, dass Emilia frisch in der Pfanne geröstete Nüsse aller Art gern aß, mit einem Hauch von Salz.

»Du weißt immer, was mir guttut«, meinte Emilia leicht, nachdem sie sich Franck gegenüber gesetzt hatte. Sie nahm sich einige Nüsse, die sie bedächtig kaute.

»Erzähl«, forderte sie Franck auf.

Emilia atmete durch.

»Du weißt doch noch, die 1a-Apotheke?«

Franck nickte. Wie sollte er das je vergessen? Der Apotheker, ein alter Bekannter von Emilia, hatte sich als Mörder entpuppt und es in seinem Wahn auch auf sie abgesehen.

»Ja, was ist damit?«, fragte er mit belegter Stimme.

»Die Apotheke hat einen anderen Namen und natürlich einen anderen Besitzer. Herr ...« Sie stoppte. Emilia konnte sich keine Namen merken. »Ach, das spielt ja keine Rolle. Aber ...«

»Was willst du mir sagen?«

»Der weigert sich doch glatt, homöopathische Mittel ins Sichtregal zu legen. Der sagt, er wünscht Ehrlichkeit.« Emilia verdrehte die Augen.

Franck zog die Augenbauen zusammen. Momentan konnte er den Gedankengängen Emilias nicht folgen.

»Es soll keine evidenten Untersuchungsmöglichkeiten geben, das ist sein Standpunkt, sagt er.« Emilias Stimme überschlug sich. Ihr Gesicht war bleich vor Zorn. Franck hätte doch lieber einen beruhigenden Tee kochen sollen. »Ich widerspreche dem. Es ist eine Chance. Bei Krankheiten sollte man jede Chance nutzen.«

»Hast du ein Beispiel?«, fragte Metz. »Nur für mich, damit ich es besser verstehen kann«, fügte er hinzu.

Emilia überlegte.

»Ich hab einen befreundeten Apotheker. Jeremie heißt er. Wir haben zusammen studiert. Er arbeitet in Berlin, hat eine eigene Apotheke. Seine Tochter leidet an Bulimie. Leider. Er ist untröstlich. Er hat alles probiert, von Arzt zu Arzt. Auch die Psychologen haben probiert. Ich habe ihm empfohlen, seiner Tochter homöopathische Mittel zu geben. Jeremie lachte und meinte, wenn das funktioniere, würde er mich ins nobelste Hotel Berlins für ein Wochenende mit Kultur und Essen und dem ganzen Drumherum einladen.«

»Und, warst du schon essen?«, wollte Metz wissen.

Emilia grinste.

»Ich hab mir die Belohnung noch nicht abgeholt, sagen wir es so.«

Franck schaute demonstrativ auf die Armbanduhr.

»Übrigens, Chérie, du hast genau vierzig Minuten. Wir gehen essen.«

»Oh, heute ist ...?« Emilia hatte die Einladung von Signore Romano vergessen.

»Donnerstag und wir sind zum Abendessen eingeladen«, vollendete Franck den Satz.

Sofort ließ sie das kaum berührte Weinglas stehen. Auf dem Weg ins Bad versicherte sie:

»Gib mir zwanzig Minuten Zeit.«

Fast pünktlich trafen sie im ›Weinberg‹ ein. Franck hatte den einzigen Anzug an, den er besaß. Der Anzug war im englischen Style, mit grauen und zart-blauen Karostreifen mit engen Hosenbeinen. Dazu trug er seine blauen Lederschuhe, die er liebte und leider viel zu selten anzog. Das Hemd hatte dezente blau-weiße kleine Karos. Die Krawatte war rot-orange gestreift. Franck öffnete die Tür zum Restaurant. Sofort nahm sie die gemütliche Atmosphäre gefangen. Die Tische mit den weißen Decken und den Silberleuchtern, den Gläsern, in denen der Rotwein funkelte. Der Duft nach warmem, frisch gebackenem Brot, nach Knoblauch, nach Käse, Spaghetti, Salami mit Fenchelsamen. Franck sah aus den Augenwinkeln, wie Emilia den Duft einsog.

Der Herr des ›Weinbergs‹, Signore Romano, half Emilia aus dem Mantel. Er führte sie zu ihrem abseits reservierten Tisch, der an einem der Fenster stand. Franck konnte keinen Blick von Emilia lassen. Er wusste, dass er nicht der Einzige war, dem es so erging. Emilia trug ein strahlend rotes Jersey-Kleid mit U-Bootausschnitt. Die Ärmel waren halblang und mit einem Aufschlag ausgestattet. Das tailliert geschnittene Kleid war an der rechten Seite gerafft und bot dadurch eine attraktive Silhouette. Der Reißverschluss befand sich auf der Rückseite des Kleides und zog sich bis zum Po hinunter. Jeder der Anwesenden warf zumindest einen Blick auf Emilias Kleid.

»Mamma Mia«, sagte Signore Romano mit einem bewundernden Blick auf Emilia, als er wieder an den Tisch trat und die Karten brachte.

Emilia hatte ihre Haare straff nach oben genommen und mit einer Unzahl von Haarklemmen festgesteckt. Sie wusste, dass diese unsichtbar waren. Als Hingucker hatte sie sich für eine viereckige, mit kleinen Perlen besetzte Haarspange entschieden, die sie an ihrer rechten Kopfseite im Haar verankert hatte. Dieses teure Schmuckstück hatte sie von ihrer Romreise mitgebracht.

»Der Wein, Commissario.« Signore Romano brachte eine Flasche seines besten Weines und zwei Gläser. Er schenkte Franck ein. Nach einem Schluck gab dieser mit einer entsprechenden Geste zu verstehen, dass Signore Romano einschenken könne. »Vielen Dank noch einmal, dass Sie meinem Sohn geholfen haben«, bedankte sich der Chef des italienischen Restaurants bei Emilia.

»Das ist doch kein Problem. Hauptsache ist, der Daumen funktioniert und es gab keine Entzündung.«

In diesem Moment ging die Küchentür auf und es erklang eine Sequenz von »Oh Sole mio«. Alle drei mussten lachen.

»Wieder eine Pizza«, stöhnte Lorenzos Vater. »Ich rate Ihnen heute zu Fettuccine mit schwarzen Trüffeln. Ich habe den schwarzen Tartufo negra pregiato geliefert bekommen.« Der Herr des ›Weinbergs‹ hielt seine Finger vor den Mund. »Delicato.«

»Einverstanden und als Vorspeise nehmen wir die Linsen mit Tomaten.«

»Eine ausgezeichnete Wahl«, bestätigte Signore Romano und nahm die Karten wieder an sich. Unter einer angedeuteten Verbeugung ging er, um andere Gäste zu begrüßen oder zu verabschieden.

»Du siehst bezaubernd aus, Cherie.« Er konnte den Blick noch immer nicht abwenden.

»Danke.« Emilia zwinkerte ihm zu. »Dito. Worauf wollen wir anstoßen?«, fragte sie kokett. Die Kerzenlichter spiegelten sich in ihren Augen wieder.

»Auf die Liebe.« Franck trank einen kleinen Schluck. »Und darauf, dass wir den Durchbruch im Fall des Skeletts haben.«

»Erzähl«, forderte ihn Emilia auf.

Franck blickte sie aufmerksam an. Für ihn war es Balsam für seine Seele, dass sich jemand außerhalb seines Arbeitskreises für ihn und seine Probleme mit viel Enthusiasmus interessierte. Er gab dem nach und berichtete von seinem Tag. Spätestens als das Essen serviert wurde, gehörte die ungeteilte Aufmerksamkeit den Köstlichkeiten der umbrischen Küche. Eine Spezialität, die es in Umbrien nur zu Ostern gibt, war das Dessert. Signore Romano bot seinen Gästen diesen Nachtisch das erste Mal an.

»Probieren Sie die Ciaramicola.« Der Herr des ›Weinbergs‹ wurde weggerufen, ohne ihnen eine weitere Erklärung zu geben.

Emilia und Franck blickten erstaunt auf das, was vor ihnen lag. Es war ein Kringel, einem Donut nicht unähnlich. Auf dem Kringel war eine Baiserschicht, auf der viele kleine bunte Kügelchen lagen und dem Kuchen ein fröhliches Aussehen gaben.

»Sieht sehr gut aus.«

»Sehr üppig«, ließ Franck vernehmen.

Emilia blickte ihn erstaunt an. Franck hatte kein Figurproblem. Er war zwar nicht mager und sie konnte nicht auf seinen Rippen eine Tonleiter spielen, doch er war schlank und muskulös. Jetzt sah sie, wie sich ein Lächeln auf seine Lippen stahl. Und ein Zwinkern blieb nicht aus.

Mit der Kuchengabel zerteilten sie ihre Ciaramicola. Emilias Augen weiteten sich, als sie den ersten Happen kaute.

»Ist das köstlich. Wonach schmeckt das nur?«

Wie aufs Stichwort erschien Signore Romano. Er hatte einige Gäste verabschiedet und schloss hinter ihnen ab. Es war nach 23 Uhr und die verbliebenen Gäste konnten es sich bis Mitternacht gemütlich machen.

»Signore, was ist das für ein Aroma?« Emilia hatte eine Spur der weichen Baisermasse an ihrer Oberlippe kleben.

»Das ist ein Hefeteig, der mit Schmalz zubereitet wird und in einer mit Schmalz ...« Er nahm seine Hände zu Hilfe und malte in der Luft eine Form.

»Kuchenform«, half Emilia aus.

»Grazie. Ein Hefeteig mit Schmalz anstatt mit Butter, mit abgeriebener Zitronenschale.« Emilia nickte jede Zutat ab, die sie geschmeckt hatte. »Und dann mit dem Speziallikör vermengen. Bis der Teig glatt ist. Formen wie ein Donut, nur größer, Mamma Mia.« Mit ihm ging das italienische Temperament durch. »Dreißig bis vierzig Minuten im vorgeheizten Ofen backen.«

»Die Baisermasse?«

»Wenn die Ciaramicola fertig gebacken ist, dann bitte, Seniora, muss der Ofen aus sein und Sie können sie mit dem Baiser bestreichen. Mit den Zuckerstreuseln bestreuen und im warmen Ofen lassen, bis der Überzug leicht fest wird.«

»Aber etwas verschweigen Sie.«

»Was denn?«

»Die Geheimzutat.« Emilia wollte es wissen.

Was er preisgegeben hatte, war ein in Schmalz gebackener und übergroßer Donut mit weicher Baisermasse. Warum der Teig rötlich war und welches Aroma er hatte, das hatte er verschwiegen.

»Oh, fast habe ich es vergessen. Zwei Gläschen Alchermes.« Er machte eine winzige Geste und rieb sich die Hände.

»Was ist das?«, fragte Metz.

»Alchermes ist ein Likör, typisch für Umbrien. Vanille, Kardamom, Koriander, Rosenwasser, Orangenschalen, Zimt, Gewürznelken,

Anisblüte. Alkohol und Zucker dürfen nicht fehlen.« Signore Romano grinste. »Und den Farbstoff gibt eine besondere Art der Schildläuse aus dem Mittelmeerraum ab.«

»Unechtes Karmin«, warf Emilia ein. »Heute stellt man es für die Getränke synthetisch her«, ergänzte sie, als sie Francks Blick sah.

»So ist es.« Signore Romano hielt den Kopf leicht geneigt und wippte auf den Zehenspitzen. »Rötet auch den Campari.«

Franck Metz war fasziniert, verwundert, ein wenig angeekelt. Wie viel Mühe, Können und Wissen die Menschheit für das Essen und Trinken verwendeten!

Signore Romano verabschiedete sich mit einer Verbeugung und gab Gino ein Zeichen, dass dieser die Rechnung an den Tisch bringen sollte. Franck beglich die Rechnung mit einem angemessenen Trinkgeld. Am Eingang half er Emilia in den Mantel. Noch bevor sie das Restaurant verließen, kam Lorenzo aus der Küche geeilt. In der Hand hielt er eine Tüte. Diese übergab er Emilia und zeigte ihr den Daumen, dem man nichts mehr ansah.

Emilia wollte die Tüte nicht annehmen, doch Lorenzo ließ das nicht zu. Unentwegt schüttelte er den lockigen Kopf.

Schlussendlich nahm Franck die Tüte entgegen und schob Emilia aus dem Restaurant.

Montag

Das vergangene Wochenende war regnerisch zu Ende gegangen. Entgegen den Empfehlungen des Wetterberichts – dieser hatte anderes vermutet und vorausgesagt.

Walpurga Offenbach lag seit einer Stunde wach in ihrem Bett. Heute Morgen mochte sie sich nicht bewegen. Sie fand einfach nicht die Kraft dazu. Wenn sie überlegte, war auch die letzte Woche nur mit Arbeit und vielen kleinen Tätigkeiten vergangen. Gerda war wieder auf dem Posten und wollte am Nachmittag zum Kaffee vorbeischauen. Sie hatte zwar angeboten, einen Kuchen mitzubringen, doch Wally hatte abgelehnt. Viel zu gern backte sie. Es waren immer einfache Kuchen, ohne viel Gewese oder ›Chichi‹, wie ihre Mutter es oft genannt hatte. Es gab einfachen Butterkuchen oder Streuselkuchen, manchmal mit Früchten oder Pudding dazwischen.

Marek war am Wochenende auch hiergeblieben. Doch heute schien es ihn wieder hinauszuziehen. So etwas Unvernünftiges. Sie hatte ihn gehört, als er die Tür zugemacht und sein altes Fahrrad aus dem Schuppen geholt hatte. In den Wintermonaten stellte er es bei ihr unter. Die offene Schuppentür hatte der Wind nach hinten geschlagen. Dadurch war sie wach geworden. Ihr verstorbener Mann hatte die Schuppentür auch an so manchen Tagen offengelassen und der Wind hatte sie zugeschlagen. Wally schüttelte den Kopf. Wenn sie den Kuchen fertigbekommen wollte, dann musste sie aufstehen.

Langsam schob sie die Decke zu den Füßen und stand auf. Sie schwankte etwas und verfluchte ihren zu niedrigen Blutdruck. Nach der ausgiebigen Morgentoilette zog sie sich an und ging in die Küche.

Sie schaltete den Wasserkocher an und brühte sich einen Kaffee ohne Filter. Dann nahm sie sich ein Brötchen und eine Scheibe

Schwarzbrot, holte die Butter und die selbstgemachte Quittenmarmelade. An ihrem Platz mit Blick auf den Garten frühstückte sie voller Genuss. Diese Woche sollte sie sich auch um ihre persönlichen Dinge kümmern und zu Dr. Weihrich fahren, damit die Angelegenheit endlich geregelt werden konnte. Es fehlte nur noch ihre Unterschrift. Sie wollte keine Verzögerung mehr. Nachher würde sie den Herd anmachen und sich gemütlich in ihren Ohrensessel setzen und ihrer Leidenschaft, dem Stricken, nachgehen. In dieser Zeit würde der Apfelkuchen, für den sie sich entschieden hatte, backen können.

Marek hasste den Regen, besonders, wenn er mit dem Fahrrad und seinem Anhänger unterwegs war. Er war froh, die halbhohen Stiefel sein Eigen nennen zu können. Trotz des Mistwetters blieben seine Füße trocken. Mareks Gedanken wanderten zu Wally. Die Stiefel hatten ihrem Mann gehört.

Er schien eine gute Seele gewesen zu sein. Wally sprach noch immer von ihm, nach so langer Zeit. Aber Marek machte sich Sorgen, weil Wally diese Albträume hatte. Seit Kurzem wohl wieder öfter. Immer, wenn er sie bat, zum Arzt zu gehen, schüttelte sie den Kopf und wechselte das Thema.

Marek stellte an der Midgard-Gärtnerei sein Fahrrad ab und prompt kam Hildegard Bär aus ihrem Laden heraus. Sie trug eine flache Holzkiste voll mit Bärlauch und steuerte auf ihren Minivan zu.

»Morgen, Marek«, begrüßte sie ihn, »bist du so nett«, bat sie ihn mit einer Kinnbewegung zum Auto hin. Gegenüber des Brühls hatte Hildegard ihre Gärtnerei und montags war dies Mareks Route. So ergab es sich zwangsläufig, dass man sich kannte. Manchmal hatte Hildegard etwas für Marek zu tun. Öfters gab sie ihm Gemüse und Obst mit, das sie entbehren konnte.

Marek öffnete die Heckklappe und nahm Hildegard die Holzkiste ab. In ihrem Van türmten sich bereits die anderen Waren, bereit zur Auslieferung.

»Wieder Montag?« Marek stand etwas unentschlossen da. Der Regen wurde immer stärker.

»Willst reingehen und mit mir einen Kaffee trinken?«

»Muss noch im Brühl nach dem Rechten sehen und dann auf dem Münzenberg.«

»Bei dem Wetter!« Hildegard zeigte ihm einen Vogel. »Mach das Auto zu und komm.« Sie drehte sich um und ging in ihren Laden, die Tür ließ sie offen.

Marek folgte ihr noch immer brummig, aber er wusste, dass sie recht hatte.

Er nahm in ihrem gemütlichen Hofladen Platz und beobachtete Hildegards geschäftiges Treiben. Sie machte den Kaffee mit Zeit, einer Filtertüte und viel Erfahrung. Eine Prise Salz und eine Messerspitze Kakao fügte sie dem Kaffeepulver hinzu, bevor sie das Wasser aufgoss. Der Regen platschte nur so an die Fensterscheiben, durch die man den Parkplatz der Gärtnerei sehen konnte. Dass dahinter der Abteigarten lag und bei freundlichem Wetter viele Besucher anzog und sich auch für die Quedlinburger wieder eine ansprechende Möglichkeit bot, spazieren zu gehen, konnte man heute nur erahnen. Alles lag hinter einem grauen Schleier verborgen. Selbst der Blick aufs Quedlinburger Schloss wirkte eher trostlos.

Marek schaute auf die Produkte. Wildkräuter, verschiedenfarbige Rüben, Honig, Käsesorten aus der Umgebung, Kürbisse in verschiedenen Farben und Formen.

»Viele Kürbisse haben wir nicht mehr. Das sind eher unsere Reste. Wir haben alles verkauft«, sagte Hildegard, als sie Mareks Blick bemerkte. »Das Geschäft muss laufen.«

»Du sagst es.« Hildegard nahm zwei Tassen aus dem offenen Bord und öffnete eine Tüte mit Keksen. »Magst du?«, fragte sie und wartete dennoch Mareks Antwort nicht ab. »Die haben wir auch selbst gebacken.«

»Ich habe nichts anderes erwartet.« Marek nahm sich einen Kakaokeks. Vorsichtig schob er ihn in den Mund und prüfte erst, ob er schadlos abbeißen konnte. Seit er einige Zähne bei einer Schlägerei verloren hatte, musste er vorsichtig sein. »Ich titsche sie besser in den Kaffee«, meinte er.

Hildegard lächelte unergründlich und biss für Mareks Geschmack etwas zu geräuschvoll von ihrem Keks ab. Aber Hildegard war in Gedanken. Marek merkte es, als sie viel zu lange in ihrer Kaffeetasse herumrührte.

»Der Kaffee wird kalt.«

Erschrocken und irritiert hörte Hildegard sofort damit auf.

»Ich glaube, ich habe einen Fehler gemacht.«

»Wie kommst du denn darauf?« Marek schaute Hildegard Bär neugierig an.

»Na, vor zwei Wochen ist doch die Frau hier gleich nebenan zu Tode gekommen.« Marek wusste nicht, was Hildegard jetzt von ihm erwartete. »Und du bist durch den Brühl gerannt?«

»Ja«, bemerkte Marek tonlos. Er wusste noch genau, wie es sich angefühlt hatte, von dem Polizisten auf den Boden geworfen zu werden.

Hildegard griff nach einem weiteren Keks. Wie es schien, brauchte sie Zeit, um das zu sagen, was zu sagen war. Marek hatte das Gefühl, in der Gärtnerei gefangen zu sein.

»Ich habe keinen blassen Schimmer, was du mir sagen willst!« Marek hob angespannt die Augenbrauen.

»Ich habe etwas gefunden, was dir gehört.«

Was sollte denn Hildegard gefunden haben? Alles, was er besaß, trug er am Körper. Und im Erdloch, in dem er hauste und das jetzt wahrscheinlich abgesoffen war, hatte er nichts, was er nicht wieder besorgen konnte.

»Dein Tagebuch«, sprach sie mit heiserer Stimme.

Er wollte keinen Keks mehr. Jetzt hatte Marek doch einen Kloß im Hals. Dachte Hildegard etwa, er hätte etwas mit dem Tod der jungen Frau zu tun?

»Denkst du etwa ...?«

Hildegard hob abwehrend die Hand.

»Nein, nein. Du verstehst mich falsch.«

Marek schüttelte den Kopf. Wie konnte man das missverstehen?, fragte er sich. Marek war im Begriff aufzustehen, als Hildegard einsah, dass sie weiterreden sollte.

»Ich habe dein Notizbuch gefunden.« Mareks Stirn zog sich zusammen. »Kannst du mir verzeihen, dass ich es dir nicht gleich gebracht habe?«, fragte Hildegard mit weinerlicher Stimme. Marek schwieg. »Ich habe das Buch stattdessen in die Markt-Apotheke gebracht«, erklärte Hildegard gepresst.

»Wieso das denn? Warum nicht zur Polizei?« Schließlich hatten sie es doch bekommen, die beiden Ermittler waren doch bei ihm gewesen. Marek war verwirrt.

Hildegard rutschte unruhig auf ihrem Schemel hin und her.

»Willst du noch einen Kaffee?«

»Nein«, antwortete Marek, »ich will eine Antwort.«

»Ich habe mich nicht getraut, weil ich das Notizbuch erst zwei Tage später abgegeben habe. Ich habe es unter einem Busch gefunden, als ich Bärlauch holte. Ich habe es aufgeschlagen und deinen Namen darin stehen sehen.« Dann hatte sie es wieder zugeklappt und eingesteckt.

Sie konnte sich nicht vorstellen, dass Marek irgendetwas mit dem Tod der jungen Frau zu tun hatte. Aber das Buch brannte ihr fast ein Loch in die Tasche. Sie musste es loswerden. Deswegen hatte sie zwei Nächte nicht geschlafen. Da hatte ihr auch kein Tee mit Lavendel geholfen.

»Ich habe dich am Montag wegrennen sehen. Und ich wollte nicht bei der Polizei sagen müssen, dass ich Beweismittel zurückgehalten habe.«

»Du hast doch gedacht, dass ich der jungen Frau etwas getan habe ...« Marek war fassungslos. Er atmete tief durch. So war das in seinem Leben schon oft gewesen. Die Leute waren froh, einen Sündenbock zu haben. Sie mussten weniger nachdenken, konnten von ihrer Schuld ablenken.

»Wie kam das Notizbuch dann zur Polizei?«, fragte er. »Von denen hab ich es nämlich bereits zurückbekommen.«

»Ich wusste, dass Frau Sander, die Inhaberin der Markt-Apotheke ... Also dass ihr Freund bei der Polizei arbeitet.«

Marek zog noch einmal seine Stirn in Falten.

»Etwa der Hauptkommissar Metz?«

Hildegard war nur noch fähig zu nicken. Dann holte sie ein Taschentuch aus der Hosentasche und schnäuzte hinein. Verstohlen wischte sie eine Träne aus den Augen.

»Ich habe nicht gewusst, was ich dir mit dem Verdacht antue.«

Marek atmete hörbar aus.

»Ich habe sie gefunden und die Polizei angerufen. Ich habe ihre Leiche als Erster gesehen und ich hatte auch Angst, dass man mich für ihren Mörder halten könnte. Eine irrationale Angst. Ich habe kein Motiv, ich kenne sie nicht einmal. Keine Spuren von ihr haben sich auf mir oder an mir befunden. Und doch bin ich weggerannt, wie ein Schuldiger«, räumte Marek ein.

Hildegard schob ihre Hand über den Tisch und ergriff Mareks.

»Nimmst du meine Entschuldigung an oder nicht?«

Das war die Hildegard, die er kannte. Marek erwiderte den Handgriff.

Gerda klingelte Sturm, bis sie Wallys Schritte hörte. Erst dann ließ sie die Klingel los.

»Was hast du es denn so eilig?« Wally hatte sich beeilt, um endlich diesen Klingelterror zu unterbinden.

»Ich wollte mir nicht noch mal eine Erkältung einfangen«, erklärte Gerda, als Wally sie reingelassen hatte. »Schau, ich bin völlig durchnässt.«

»Hast du denn keinen Schirm?« Wally schaute ihre Freundin vorwurfsvoll an. Manchmal übertrieb sie ein wenig.

Vor einer Stunde hatte der Regen nachgelassen und es nieselte nur noch. Gerda ignorierte Wallys Kommentar und ging an ihr vorbei ins Wohnzimmer. Amüsiert sah Wally ihr nach. Sie kannte Gerdas Hang zur Theatralik, er machte sie liebenswert, fand Wally.

Als die Frauen nach einiger Zeit den letzten Rest des schwarzen Tees in ihren Tassen hatten und der Apfelkuchen zur Hälfte aufgegessen war, blickten sie einträglich aus dem Wohnzimmerfenster. Wallys Mann hatte ihr diesen Wunsch erfüllt. Damals, in den Achtzigern, war es unüblich gewesen, sich solche Fenster einbauen zu lassen. Zu aufwändig und zu teuer, meinten die Handwerker des Betriebs. Aber Wally hatte sich nicht beirren lassen, bis die ortsansässige Glaswerkstätte diese Fenster einbaute. Niemals hatte sie diese Geldausgabe bereut. Vor dem Fenster stand ein Kirschbaum. Im Frühling war er prachtvoll anzusehen, schattenspendend im Sommer und im Herbst zerrupft vom Wind. Blickten die Frauen zum Horizont, schauten sie auf den Harz. Jetzt, nach dem Regen, traten die Konturen schärfer hervor. Gerdas Blick fiel auf den Ochsenkopf. Bald sollte hier eine Umgehungsstraße gebaut werden.

»Weißt du, ich kann mir das gar nicht vorstellen. Eine Brücke für die Autos und wir sollen dennoch auf dem Ochsenkopf weiter spazieren gehen können?« Gerda war hier geboren und aufgewachsen. »Und was das alles kostet.« Sie wirkte betrübt.

»Die Vollendung der Ortsumfahrung Quedlinburg bis zu den Anschlüssen nach Neinstedt und Bad Suderode wird sicher einige Millionen Euro kosten. Doch es hat auch sein Gutes.«

»Ach, was denn?«, ereiferte sich Gerda.

»Du weißt doch auch, wie sich der Verkehr dauernd durch Quedlinburg zieht, am Bahnhof entlang. Immer alles dicht. Bis man da die Straße überqueren kann. Und der Gestank.«

Gerda überlegte eine kurze Weile. Sie ging nicht häufig in die Stadt. Wally hingegen war mobil und öfter im Ort unterwegs.

»Da hast du recht. Für unsere Stadt wird es besser. Aber ich kann es mir eben nicht vorstellen.«

»Es wird sicher noch Jahre dauern. In der Bibliothek, wo ich manchmal Kindern etwas vorlese, habe ich gehört, dass von den rund fünf Millionen bereits eine Million ausgegeben wurde«, sinnierte Wally, ohne den Blick von der Aussicht abzuwenden.

»Wofür denn?«

»Für Vorarbeiten, schließlich musste auch an die Kampfmittelbeseitigung gedacht werden.« Gerda verschlug es dermaßen die Sprache, dass Wally lachen musste. »Mensch, Gerda, du bist hier geboren, ich bin die Zugereiste«, meinte Wally belustigt. »Ich hole uns einen Eierlikör.«

»Selbstgemacht?«

Wally nahm die Flasche aus dem Kühlschrank und zwei Gläser mit ausladender Öffnung. Kleine Sternchen verzierten das ansonsten einfache Glas. Dick und schwer kam der Eierlikör aus der Flasche und breitete sich im Glas aus.

»Prost.«

Gerda und Wally hoben die Gläschen. Nach dem ersten Schluck stellte Gerda das Glas ab und leckte sich über die Lippen.

»Früher war Quarmbeck der größte Standort sowjetischer Streitkräfte im Umkreis von Halberstadt. Bis zur Räumung. Und das war, wenn ich es recht in Erinnerung habe, 1993.« Gerda drehte ihr jetzt leeres Eierlikörglas in der Hand. »Du hast recht, ich hatte es fast vergessen.« Sie sah nachdenklich aus. »Wie viele Jahre ist das jetzt schon wieder her? Und was alles geräumt wurde, wollen wir zwei nicht wissen.« Gerdas Blick war seltsam leer, als sie Wally ansah.

Wally schüttelte den Kopf. Sie hatte erst vor Kurzem in der Zeitung gelesen, was geräumt wurde, und hätte es nicht wiederholen können.

»Gib dein Glas her«, sagte sie stattdessen.

Das ließ sich Gerda nicht zweimal sagen. Wally legte noch ein paar Holzscheite nach. Durch das große Fenster schauten sie sich gemeinsam den Sonnenuntergang an.

Gerda stellte ihr Glas auf dem vor ihnen stehenden Couchtisch ab.

»Was für ein Wetter wird es morgen geben?«

»Meinst du die Bauernregeln?« Wally schüttelte den Kopf. Dass Gerda sich das nicht merken konnte, verwunderte sie. »Der Morgen grau, der Abend rot, ist ein guter Wetterbot.«

»Ich bring das immer durcheinander.«

»Ist einfach«, beteuerte Wally. »Abendrot, Schönwetterbot – das Gegenstück: Morgenrot, schlecht Wetter droht.« Dabei blickte sie gedankenverloren aus dem Fenster, als wenn sie überhaupt nicht Gerda meinte.

Gerda fiel es wieder ein.

»Der Emil hat das auch immer vergessen.«

Wally nickte. Ihr Mann brachte die Bauernregeln stets durcheinander.

»Wie lange ist das denn jetzt her, dass er nicht mehr da ist?«

Wally seufzte.

»Acht Jahre«, meinte sie fast mechanisch. Wie oft hatten sie draußen unter dem Kirschbaum auf der Bank gesessen? Abends, bei einem einfachen Essen und einem leichten Weißwein. Eigentlich viel zu selten. Immer war es die Arbeit, die ihn davon abhielt, sich zu erholen und die Welt sich einfach weiterdrehen zu lassen.

Gerda seufzte nun auch hörbar. Sie wusste, was sie losgetreten hatte. Erinnerungen. Auch sie hatte ihren Mann verloren.

»Wie lange kennen wir uns?« Gerda wollte Wally aus ihrer Starre holen. Und sie wollte noch einen Eierlikör.

Der Himmel hatte sich verdunkelt und verschluckte das letzte Abendrotlicht.

»Acht Jahre.« Wally hauchte die Worte tonlos aus ihrer Kehle. Sie erwachte aus ihrer Starre. Mühevoll stand sie auf und zog die Leinenvorhänge vor die Fenster. »Warum fragst du?« Sie schenkte noch einmal die Gläser voll und stellte dann die Flasche zurück in den Kühlschrank.

»Wir haben uns beim Sport getroffen. Damals war ich ziemlich krank.«

»Das warst du.«

»Heute ist das alles wie weggezaubert. Als ob ich nichts gehabt hätte.«

»Na, weggezaubert ist falsch. Du hast dich gewandelt. Du hast einige Dinge anders gemacht. Besser.«

»Bei meiner Hausärztin bin ich auch bestens aufgehoben.«

»Das freut mich«, sagte Wally mit einem entrückten Gesichtsausdruck.

»Geht es dir nicht gut?«, fragte Gerda besorgt.

»Doch, doch«, wehrte Wally ab. »Mir geht's gut. Wir machen Abendbrot. Da kannst du mir helfen und die Kräuter kleinschneiden.«

Wally schaltete das Radio ein. Leise lief die Musik im Hintergrund. Aus dem Kühlschrank holte sie den Magerquark. Oregano, Melisse, Kerbel, Basilikum, Schnittlauch und Petersilie standen auf ihrer Fensterbank.

»Du weißt ja, wo du alles findest.« Wally ließ Gerda für eine kurze Zeit allein.

Gerda hatte schon öfter einen Kräuterquark bei Wally gemacht. Es gefiel ihr, wie Wally alles arrangierte. An jedem der Töpfe war ein Holzspieß mit dem Namen des entsprechenden Krautes angebracht. Gerda bedurfte keiner Hilfe. Sie nahm die Schere, schnitt von den Kräutern ab und wiegte sie klein. Dann verrührte sie in der Porzellanschüssel den Magerquark mit etwas Selters, die sie vom Arbeitstisch nahm. Es stand immer eine Flasche Selters auf dem Tisch, jederzeit zum Greifen bereit. Etwas Salz und weißen Pfeffer, dazu kamen die Kräuter und ein kleiner Schuss Olivenöl.

»Ich decke den Tisch«, bot sich Gerda an, als Wally wieder ihre Wohnküche betrat. »Sag mal, willst du nicht mal andere Topflappen stricken?« Gerdas Blick fiel auf den Strickkorb.

»Warum?«, fragte Wally gelassen.

»Immer das Gleiche, ist ja wie eine Manie.«

»So lange ich noch Wolle habe, verstricke ich die.« Wally zuckte gleichgültig mit den Schultern.

»Deine anderen Arbeiten gefallen mir viel besser.«

»Danke. Aber lass uns essen.«

Brot, Käse, Wurst und der Kräuterquark standen auf dem Tisch bereit. Dazu ein einfacher Blattsalat. Wally hatte eine Flasche Roséwein aus dem Keller geholt.

Donnerstag

Kaum hatte Emilia Sander die Eingangstür geöffnet und die Kunden eingelassen, erwartete sie Ungemach. Frau Mandel kam aufgebracht zu ihrer Chefin. Emilia sah es ihrer Mitarbeiterin sofort an.

»Frau Sander, das glauben Sie jetzt nicht. Das ist eine bodenlose Gemeinheit. Das können Sie sich gar nicht vorstellen.«

Die Kunden im Verkaufsraum reckten ihre Hälse. Nicht nur, um den Zeitstrahl der Apotheke, der auf die Wand gemalt worden war, zu bewundern, nein, auch um die Worte zu verstehen. Doch Emilia Sander gab ihnen keine Gelegenheit, mehr darüber zu erfahren. Sie zog Frau Mandel mit in ihr Büro.

»Setzen Sie sich. Sie sind ja völlig aufgelöst. Denken Sie an Ihr Herz.« Frau Mandel hatte erst im letzten Jahr einen Herzinfarkt erlitten. »Sonst bekomme ich Ärger mit Ihrem Sohn.« Emilia mahnte sie eindringlich. Für alle Mitarbeiterinnen in der Apotheke war das ein Schock gewesen und Frau Mandel war einige Zeit ausgefallen. Gott sei Dank war es ein leichter Infarkt gewesen. »Wir diskutieren Ihren Herzinfarkt nicht weg.«

»Sie haben ja recht.« Frau Mandel nickte und versuchte, durchzuatmen.

»Jetzt erzählen Sie mir, was vorgefallen ist.«

»Meine Nachbarin, Frau Prahl, klingelte heute Morgen bei mir. Ich öffnete die Tür und sehe, dass sie ein blaues Auge hat. Ich denke, sie ist hingefallen, schließlich ist sie achtzig Jahre alt und ihr Mann liegt zurzeit im Krankenhaus.« Emilia nickte. »Deswegen bringe ich ihr ja auch die Medikamente mit.« Frau Mandel hatte Mühe, weiterzuerzählen. »Ich frage sie nach dem Auge, ob sie etwas dafür brauche, und da fing sie so bitterlich zu weinen an, dass ich sie mit in meine Wohnung genommen habe.«

»Das haben Sie richtig gemacht«, pflichtete ihr Emilia bei.

Deswegen war Frau Mandel also später als sonst in der Apotheke angekommen. Emilia hatte darüber kein Wort verloren, weil es dessen nicht bedurfte. Frau Mandel ging ihrer Arbeit nach, ohne dass sie an die Öffnungszeiten der Apotheke gebunden wäre.

»Und da erzählt sie mir«, Frau Mandel schnappte nach Luft, »sie sagt, dass man sie gestern Abend im Hausflur überfallen habe.«

Emilia schlug sich vor Besorgnis eine Hand vor den Mund und machte ein bestürztes Gesicht. Sie hätte alles vermutet, aber nicht so eine Geschichte. Jetzt musste sie selbst durchatmen.

»Sie haben Sie doch nach der Polizei gefragt? Ob sie Anzeige erstattet hat oder hat sie den Angreifer erkennen können?«

»Das habe ich getan. Aber Frau Prahl hat nur den Kopf geschüttelt und immer nur gesagt, wenn ihr Mann das wüsste.«

Emilia schossen die Gedanken durch den Kopf.

»Frau Mandel, Sie gehen jetzt in die Küche und machen uns allen einen Tee. Nehmen Sie bitte den Verveine-Tee und die große Kanne dazu. Er steht im Labor.«

Frau Mandel wusste, wo ihn die Chefin hingestellt hatte.

»Den Ihnen Herr Metz geschenkt hat?« Lieber fragte sie nach, nicht dass Herr Metz etwas dagegen hätte, diesen Tee für die Allgemeinheit zu verschwenden.

»Seien Sie unbesorgt. Herr Metz hat mir so viel davon geschenkt, dass ich gern abgeben kann.«

Franck hatte ihn sich von seiner Großmutter aus der Dordogne schicken lassen. Mit vielen Grüßen, hatte die Großmutter ausrichten lassen. Franck hatte ein sorgloses Lächeln im Gesicht gehabt, als er das Päckchen geöffnet und den Brief vorgelesen hatte.

Frau Mandel hüstelte verlegen und holte Emilia in die Gegenwart zurück.

»Um alles andere kümmere ich mich«, versprach Emilia Sander.

Als Frau Mandel das Büro verlassen hatte, saß Emilia nicht lange untätig am Schreibtisch. Sie rief Franck an und bat ihn, zu helfen.

»Was sagst du? Ein Überfall?«

»Franck, die Dame ist achtzig Jahre alt, ihr Ehemann ist im Krankenhaus, wenn auch nur vorübergehend.« Sie nannte ihm die Adresse und hörte einen kurzen Wortwechsel.

»Jäger sagt, das sei in der Süderstadt?«

»Das stimmt. Es ist ein vierstöckiges Haus. Das Ehepaar Prahl wohnt im obersten Stock.«

»Bis heute Abend.« Seine Stimme hatte ein sattes Timbre. »Je t'aime, mon amour.«

Emilia legte als Erste auf. Das war ihr Ritual. Sie wusste, dass die Angelegenheit in den richtigen Händen lag, auch wenn es in diesem Fall nicht um einen Mord ging. Franck wusste, was zu tun war.

»Jäger, wir haben Arbeit.«

Metz klopfte an Petersen Dienstzimmer und trat ein.

Jäger sperrte in der Zeit den Bildschirm und steckte die Dienstwaffe ein. Dann verließ er das Büro, um den Dienstwagen vorzufahren. Er wusste, dass Metz das von ihm erwartete.

Heute war das Wetter frühlingshaft, fast sommerlich. Blauer Himmel, soweit Jägers Blick reichte. Einige wenige weiße Schäfchenwolken trieben sich am sonst makellosen Himmel herum. Die Bäume der Schillerstraße warteten nur auf ein geheimes Zeichen, damit die Blatttriebe hervorquollen und die Blüten aufsprangen. Es roch förmlich nach Frühling. Letzte Woche noch war es windig, regnerisch und kalt gewesen. Diese Woche hatte sich das Wetter seit dem langen Regentag vom Montag erholt.

Metz öffnete die Beifahrertür und setzte sich neben Jäger, der ihn erwartungsvoll anschaute.

»Petersen ist nicht erfreut, aber wir können ausnahmsweise einer älteren Dame den Weg zum Revier abnehmen und auch den Jungs vom Einbruch.«

Die Kollegen aus der Abteilung Diebstahl taten immer so, als ob sie der Nabel der Welt waren. Polizeiobermeister Jäger startete grinsend das Fahrzeug. Nach wenigen Kilometern hielten sie vor der benannten Adresse. Sie stiegen aus dem Wagen und Jäger drückte die Fernbedienung des Autoschlüssels. Metz hatte am Eingang bereits das Klingelschild gefunden.

»Ja, wer ist da?«, fragte eine dünne zittrige Stimme.

»Wir sind von der Polizei, bitte öffnen Sie die Tür.«

»Das kann ja jeder sagen«, vernahmen die Polizisten den Einwand.

»Da haben Sie recht. Machen Sie die Eingangstür auf und halten Sie Ihre Wohnungstür geschlossen. Wir zeigen Ihnen unsere Ausweise.«

Der Türsummer erklang und Metz und Jäger liefen die Treppe zur vierten Etage hoch. Während Jäger auf das Klingelschild drückte, sah sich Metz um. Hier gab es noch eine weitere Wohnung. Wie Emilia ihm mitgeteilt hatte, wohnte Frau Mandel auf der gleichen Etage.

»Zeigen Sie mir Ihre Ausweise«, hörten sie die Stimme.

Metz und Jäger hoben die Ausweise, und nachdem Frau Prahl hinreichend durch den Spion geschaut hatte, öffnete sie die Tür, doch eine Sicherheitskette war vorgelegt.

»Geben Sie her«, verlangte sie. Beiden Männern blieb nichts anderes übrig, als dem Folge zu leisten. Dann wurde die Tür zugeschlagen. Ratlos sahen sich die Polizisten an. Nach einigen Minuten wurde die Tür geöffnet und sie wurden hereingebeten. »Ich habe auf dem Revier angerufen«, sagte Frau Prahl, als sie die Ausweise zurückgab. Das schien ihr Erklärung genug zu sein.

»Vorbildlich!«

»Aber das hat mir gestern nichts genutzt.«

Das Veilchen an ihrem linken Auge war nicht zu übersehen. Frau Prahls weiße Haare waren in eine Dauerwelle gelegt. Ihre Brille hatte sie auf den Kopf geschoben. Sie trug eine Bluse mit Blümchen und Stehkragen, von dem ein Samtband baumelte. Ihr karierter Rock ging etwas über ihr Knie. Die Beine steckten in einer wollenen Strumpfhose und ihre Hausschuhe waren mit Kaninchenfell umsäumt.

»Bitte setzen Sie sich«, forderte sie Frau Prahl auf.

»Es tut uns leid, dass Sie überfallen wurden. Waren Sie bei einem Arzt?«

Die ältere Dame machte eine abwehrende Handbewegung.

»Ich habe es gekühlt. Alles andere bringt die Zeit.«

Metz versuchte, sie zu überreden, einen Augenarzt zu konsultieren.

»Junger Mann, seit gestern verspüre ich kein Interesse, überhaupt rauszugehen. Alles Verbrecher. Wenn ich meinen Mann im Krankenhaus morgen besuchen werde, dann macht der sich solche Sorgen, dass er gleich entlassen werden will. Das kann ich nicht zulassen. Er regt sich furchtbar darüber auf. Meint, es wäre nicht passiert, wenn er nicht im Krankenhaus gelegen hätte.« Frau Prahl hatte sich in Rage geredet.

Metz zog sein Claire-Fontain-Heft hervor und suchte eine unbeschriebene Seite. Jäger hatte den Laptop dabei und war schreibbereit.

»Versuchen Sie so genau wie möglich, den Überfall zu schildern.«

»Gestern Abend. Ich habe meinen Mann im Krankenhaus besucht, das habe ich ja schon gesagt. Es war bereits dunkel. Ich habe meinen

Schlüssel aus dem Mantel geholt, habe unten aufgeschlossen. Bin reingegangen, habe Licht im Treppenhaus gemacht und bin bis in die vierte Etage gegangen. Das ist in unserem Alter beschwerlicher, als Sie sich das denken. Wir werden uns nach etwas anderem umsehen. Wenn mein Mann aus dem Krankenhaus kommt, meine ich.«

»Und dann?« Metz hörte zu und versuchte, der Zeugin Halt zu geben.

»Den Schlüssel habe ich in die Wohnungstür gesteckt und aufgeschlossen. Ich bin reingegangen und ich weiß auch nicht, dann habe ich einen Schubs gemerkt. Nicht doll, aber ich bin hingefallen. Mehr aus Überraschung. Die Tür wurde zugemacht und zwei Männer standen über mir.«

»Wie sahen die aus?«

»Wie Sie.«

Metz schluckte und Jäger hörte auf zu schreiben.

»Können Sie mir die Männer beschreiben?«, fragte er anders.

»Wie Sie«, wiederholte Frau Prahl.

»Haben Sie einen Geruch bemerkt?«

»Zigaretten.«

»Keine Zigarren?«

»Zigaretten, da bin ich mir sicher.«

»Haben die etwas gesagt? Versuchen Sie, sich zu erinnern.«

»Der eine, eine ältere Stimme, hat gesagt, ich solle ruhig bleiben und sagen, wo das Bargeld sei. Ich habe aber keins. Da hatte ich die Faust im Gesicht«, antwortete Frau Prahl mit weinerlicher Stimme.

»Jäger, holen Sie bitte ein Glas Wasser aus der Küche.« Metz wandte sich an Frau Prahl: »Haben Sie eine Freundin oder Kinder? Möchten Sie, dass wir jemanden anrufen?«

Doch die ältere Frau wehrte entschieden die Angebote ab.

Jäger stellte ein Glas Wasser vor Frau Prahl ab.

»Bitte.«

»Danke, junger Mann.«

»Können Sie sich an etwas Weiteres erinnern? Denken Sie in Ruhe nach.«

Die ältere Dame schüttelte nach einer Weile den Kopf.

Metz wandte sich an Jäger:

»Rufen Sie die Spurensicherung an. Ich bleibe so lange. Sie fahren Frau Prahl bitte ins Krankenhaus. Lassen Sie sich nicht wegschicken. Wenn Frau Prahl nichts von ›Grünem Star‹ sagt, dann machen Sie das. Das ist ein Befehl.«

Jäger rief die Spurensicherung an, klappte seinen Laptop zusammen und stand auf, um Frau Prahl zu begleiten.

»Aber das ist nicht nötig«, widersprach sie, doch Metz ließ sich nicht beirren. Er erbat die Schlüssel und versprach, auf die Wohnung ein Auge zu haben. Als Frau Prahl bemerkte, dass es keinen Zweck hatte, erhob sie sich und zog sich die Schuhe an. Sie warf sich den Mantel über, griff nach ihrem Hut und dem Tuch.

»Vergessen Sie nicht die Krankenkassenkarte«, erinnerte Metz.

»Jäger!«, rief er seinen Kollegen zurück und schaute ihn ernst an. »Sie denken daran ...«

Jäger tippte sich an die Stirn, als wenn er strammstehen würde.

»Rasen ausgeschlossen!«

Metz klopfte ihm verstehend auf die Schulter. Als Jäger und Frau Prahl in gemäßigtem Tempo in Richtung Quedlinburger Innenstadt davongefahren waren, blieb Metz still in der Wohnung stehen.

Frau Prahl hatte ihm den Schlüsselkasten gezeigt. Gleich neben der Wohnungstür. Er stellte sich die gestrige Situation vor. Frau Prahl sah man ihre achtzig Jahre körperlich nicht an. Sie war gut angezogen. Hatten die Diebe darauf spekuliert? Sie kam ohne Begleitung vom Besuch ihres Mannes. Wussten das die Diebe? Warteten sie auf ihr Opfer im Haus? Heute konnte man sich viel zu leicht Zutritt verschaffen. Dann wohnte sie in der obersten Etage. Metz schielte aus dem kleinen Türspion. Die Treppe war nicht einsehbar. Es war ein Leichtes, sich anzuschleichen. Die Täter hatten auf Überrumplung gesetzt und gewonnen.

Metz streifte sich seine Plastikhandschuhe über und betastete die Türkette. Sie war nicht defekt. Ob Frau Prahl sie gestern davor hatte? Metz notierte sich die Fragen in seinem Heft. Die Diebe waren mit dem Portemonnaie, in dem fünfzig Euro gewesen waren, abgehauen. Die waren auf schnelles Geld aus. Frau Prahl hatte Glück, nicht mehr im Portemonnaie gehabt zu haben. Ihr Mann besaß die Geldkarte und die war mit ihm im Krankenhaus. Wertvollen Schmuck besaß sie nicht. Noch niemals in ihrem Leben. Modeschmuck tat es auch. Noch nicht einmal einen goldenen Ehering, das hatte sie ausgesagt. Waren die Diebe gestört worden? Metz musste die Hausbewohner befragen und in den Keller wollte er auch. Doch zuerst sollten Hanni und Nanni die Spuren von den Kellertüren und von den Türklinken nehmen. Diebe waren meist Wiederholungstäter. Vielleicht hatten sie sie im System. Ein älterer und ein jüngerer Mann. Nur fünfzig Euro, das reichte ja noch nicht einmal für Sprit? Oder sie waren Ortsansässige? Auch da reichte die Beute nicht lange. Dass sie der alten Dame dermaßen zugesetzt hatten, setzte eine gewisse Brutalität und Schonungslosigkeit voraus. Und dass sie das nicht zum ersten Mal gemacht hatten. Hatte Hauptkommissar Lemprecht einen aktuellen Fall? Er sollte mit den Kollegen sprechen.

Bevor sich Metz weiter hineindenken konnte, fuhr der weiße Sprinter der KTU vor. Frau Müller und Frau Weber stiegen aus. Sie hatten bereits ihre weißen Anzüge an und schauten am Wohnblock hinauf, wo Metz ein Fenster geöffnet hatte und ihnen ein Zeichen gab.

»Wir fangen mit der Eingangstür hier draußen an.« Frau Weber zog sich ihre Kapuze über den Kopf und öffnete den Koffer der Spurensicherung.

Metz machte eine eindeutige Geste mit dem Daumen. Dann betätigte er den Türsummer und ließ Frau Müller hochkommen. Kurz erklärte er ihr die Situation und bat sie, genügend Material zu sammeln. Vielleicht ergab sich eine wertvolle Spurenlage.

»Ich bin im Keller!«, rief er Frau Müller zu und lief die Treppe hinunter. Frau Weber war bereits mit der Aufnahme der Fingerabdrücke am Klingeltableau und der Eingangstür fertig. Nachdem die Spuren gesichert waren, öffnete Metz die Kellertür. Sie war unverschlossen. Er leuchtete mit der Taschenlampe hinein. Es waren hier nur fünf schmale Kellerboxen untergebracht. Auf der anderen Seite war eine größere Parzelle abgeteilt. Hier liefen die Strom-Zähler und zwei Fahrräder älterer Bauart lehnten an der Wand. Sie waren angeschlossen. Frau Weber nahm die Fingerabdrücke vom Lichtschalter, dann erhellte das trübe Licht von zwei Glühbirnen die Umgebung.

Metz ging von Keller zu Keller. Alle waren abgeschlossen. Überall linste Metz durch die metallenen Gitterstäbe. Kartons, Regale, leere Bilderrahmen, stoffbezogene Koffer, Stehlampen mit defekten Glasschirmen. Nichts, was sich für Diebe lohnen würde, stellte Metz fest. Eine innere Stimme zwang ihn, weiterzugehen. Auf der gegenüberliegenden Seite war eine weitere Kellertür, diese führte bestimmt in den Nachbareingang, mutmaßte Metz. Er öffnete die Tür. Metz blickte auf ein heilloses Durcheinander. Sämtliche Kellertüren waren aufgebrochen, der Inhalt herausgerissen, zertreten und zerstört. Metz entdeckte zwei provisorische Schlafplätze. Diese waren hinter einer Kellertür verborgen, auf denen Lumpen lagen.

»An Spuren wird es uns nicht mangeln«, meinte Frau Weber trocken, mit Blick auf Milchkartons, leere Bierflaschen und angebrochene Kekspackungen.

Metz ging weiter, um in den nächsten Kellergang zu gelangen. Doch die Tür war verschlossen.

»Sie haben zu tun«, wandte sich Metz an Frau Weber. »Ich werde mich um die Hausbewohner kümmern.«

Er verließ den Keller und lief die Treppe hoch zur ersten Wohnung ins Hochparterre. Auf dem Namensschild stand ›Schulze‹. Er klingelte und wartete. Nichts passierte. Niemand öffnete die Tür. Metz musste einsehen, dass niemand zu Hause war. Er klingelte gegenüber. ›Egon Wetter‹ stand auf den Klingelschild. Doch auch hier regte sich nichts.

Unverrichteter Dinge nahm Metz die wenigen Treppenstufen und klingelte in der nächsten Etage. Nach geraumer Zeit, Metz hatte es fast aufgegeben und wollte schon am nächsten Klingelschild läuten, vernahm er leise schlurfende Schritte. Er klingelte noch einmal. Kurz.

»Ja doch«, antwortete eine dünne Stimme von drinnen. Metz hörte die Kette, die eingelegt wurde, und die Tür öffnete sich einen Spalt.

»Was wollnse denn um diese Uhrzeit?«

»Hauptkommissar Metz von der Quedlinburger Polizei.« Er hielt dem Mann mit der dünnen Stimme den Ausweis entgegen und ließ sich seine Verwunderung nicht anmerken. Es war kurz vor der Mittagszeit.

»Na, dann kommse mal rein.« Die Tür wurde umständlich geöffnet. Der Mann war von schmaler Statur und hatte dünnes Haar. Metz schätzte sein Alter auf über achtzig Jahre. Er lief ins Wohnzimmer voraus und erwartete offensichtlich, dass Metz die Tür schloss und ihm folgte.

Das Wohnzimmer bestach, anders als bei Frau Prahl, durch seine Unordnung. Ein viereckiger Tisch mit vier Stühlen stand unmittelbar am Eingang. Er war voller Zeitungen und Reklameheftchen. Im Zimmer roch es nach verbrauchter Luft und nach Medikamenten. Metz' Blick fiel auf ein kleines rundes Tischchen, das mit Medikamenten belegt war. Dazwischen eine Vase mit Blumen, die tapfer gegen den niedrigen Wasserstand kämpften.

»Herr Krüger, die Polizei ermittelt wegen eines Überfalls auf Frau Prahl.« Metz stand im Raum, denn der Hausherr hatte ihm keinen Sitzplatz angeboten. »Ist Ihnen etwas oder jemand aufgefallen? Eine Person oder mehrere, die nicht hierher gehören?«

Herr Krüger starrte Metz unverwandt an. Metz fragte sich, ob er die Frage wiederholen sollte. Doch dann gab sich Herr Krüger einen Ruck.

»Setzen Sie sich mal auf den Stuhl.« Herrn Krügers Worte klangen jetzt wie ein Befehl. Metz zog einen Stuhl heran und setzte sich dem alten Mann gegenüber. »Sie sagen, es gab einen Überfall?«, fragte er.

Metz deutete ein Nicken an. »Auf die alte Frau Prahl?« Metz äußerte sich nicht dazu. Eigenartig, dieser Mann sprach von dem Alter, als wenn er selbst kein alter Mann wäre. »Und die kamen aus dem Keller?« »Wir ermitteln noch. Sagen Sie, unter Ihnen wohnen doch die Schulzes und Egon Wetter?« Metz hatte die Namen in sein Claire-Fontaine-Heft geschrieben und schaute kurz darauf.

Herr Krüger winkte ab. Jetzt sah Metz, dass er ein Hörgerät trug.

»Da hamse sich umsonst bemüht.« Ein schwerer Hustenanfall unterbrach ihn. Es dauerte einige Zeit, bis er diesen überwunden hatte. »Ein Vermächtnis aus meiner Jugend«, sagte er erklärend.

Metz sah nirgendwo einen Aschenbecher oder Zigarettenschachteln. Endlich bekam der Zeuge wieder Luft und konnte weitersprechen.

»Rauchen Sie?«

»Nicht mehr, ich habe vor einigen Jahren aufgehört.«

»Da hamse recht daran getan. Meine verstorbene Frau hat auch immer dagegen gewettert, aber ich konnte nicht hören. Es ist eben ein Laster.«

Wieder winkte er ab und räusperte sich. Metz hörte den Schleim, der in seinen Bronchien alles verkleisterte.

»Egon Wetter und Hilde und Hans Schulze, die fahren immer über die Wintermonate nach Spanien. Die ham mit den Kindern zusammen eine kleine Datsche. Die machen sich das schön dort. Wenn der Winter rum ist, kommse wieder.«

Metz notierte es sich gewissenhaft.

»Hamse schon die Frau Manske neben mir befragt?«

Metz verneinte. Er brauchte von allen Mietern Fingerabdrücke. Es gehörte zum Repertoire eines Kriminalisten.

»Ist Ihnen etwas Ungewöhnliches aufgefallen? Haben Sie etwas Ungewöhnliches gehört?«

»Hamse das gesehen?« Krüger wies auf sein Hörgerät. »Das stelle ich nach der Tagesschau ab und geh in mein Bett. Nach den Tabletten, die ich einnehmen muss, bleibt einem gar nichts anderes übrig. Ich schlafe wie ein junger Mann.«

Metz notierte sich auch, dass er mit der Hausverwaltung sprechen wollte, denn die alten Leute waren nicht in der Lage, sich selber um das Aufräumen der Keller zu kümmern.

»Wie geht es denn Frau Prahl?«, fragte Herr Krüger, sichtlich bemüht.

»Sie hat ein blaues Auge und fürchtet sich.«

»Ach ja, ihr Mann ist ja im Krankenhaus. Den hamse vor ner guten Woche abgeholt.«

»Wann war das denn genau?«

»Gründonnerstag.« Die Antwort kam prompt.

»Die Haustür wird immer abgeschlossen?«, wollte Metz wissen.

»Ja, da sind wir sehr eigen. Wir alle. Die Frau Manske ist die Jüngste von uns Alten. Die geht immer runter und schließt ab. Ist sie mal über Nacht nicht da, dann sagt sie mir Bescheid oder dem Herrn Prahl.«

»Und die Mieter im Nebeneingang?«

»Das weiß ich nicht genau.« Ein weiterer Hustenanfall. Herr Krüger griff nach einem Fläschchen auf dem Tisch, öffnete es und ließ ein paar Tropfen in seinen Mund fallen. Metz bezweifelte, dass er die verschriebene Dosis zu sich nahm. Er hatte genug von diesem Zeugen erfahren. Er bat ihn noch, dass er seine Fingerabdrücke abgeben möge und Herr Krüger nickte und schloss die Tür hinter ihm.

Metz klingelte bei der Mieterin auf der gleichen Ebene. Niemand öffnete ihm. Manske stand auf dem Namensschild. Bei den beiden Mietparteien darüber ließ man ihn zwar eintreten, aber die Damen, die in den Wohnungen lebten, hatten niemanden gesehen oder gehört.

Metz ging die Treppe hinunter und wollte nachsehen, wie weit Hanni und Nanni waren. Doch er schalt sich gleich für den Gedanken. Hanni und Nanni. Für ihn waren es Frau Müller und Frau Weber. Metz lief die Treppe hinunter, als ihm zwei ältere Frauen entgegenkamen.

»Was will denn die Polizei hier?«, fragte die eine die andere, die dabei war, ihren Wohnungsschlüssel aus der Manteltasche zu holen. Sie stand vor der Tür, an der Metz vorhin vergebens geklingelt hatte. Er holte den Polizeiausweis aus seiner Jackentasche.

»Hauptkommissar Metz von der Quedlinburger Polizei. Wir untersuchen einen Überfall und einen Kellereinbruch in Ihrem Haus und im Nebenhaus.« Metz steckte den Ausweis weg.

»Ist etwas passiert?« Beide Frauen schauten sich sorgenvoll an.

»Ja, das ist es. Können wir drin miteinander sprechen?«

»Gerda, ich will dich nicht stören. Wir sehen uns dann beim Sport?« Die dynamisch wirkende Frau in Jeans, einer Jacke aus Wildleder und einem kecken Hut auf dem Kopf wollte sich verabschieden.

»Das tut mir leid«, mischte sich Metz ein. »Ich würde auch gern mit Ihnen sprechen.« Frau Manske zuckte mit einer Schulter. Ihr war es offenbar egal. Ihrer Freundin, vermutete Metz, kam die Angelegenheit eher ungelegen. Wie Zahnschmerzen. Doch Metz nahm darauf keine Rücksicht.

Frau Manskes Wohnung war penibel sauber und wie eine Puppenstube eingerichtet. Sie hängte ihre Jacken und Mäntel in den Garderobenschrank und bat beide in das Wohnzimmer. Dort gab es eine gemütliche Sitzecke und Hauptkommissar Metz setzte sich, nachdem die Frauen Platz genommen hatten.

»Zunächst möchte ich wissen, mit wem ich denn spreche.«

»Ich bin Gerda Manske. Und das ist meine Freundin Wally Offenbach.«

Auf Metz wirkte Wally nervös. Sie zupfte sich ein Taschentuch aus ihrem Ärmel und wischte sich die Nase. Metz fand die Geste übertrieben und geziert. Aber vielleicht wollte sie nur ihre Verlegenheit überdecken.

»Walpurga ist mein vollständiger Name, alle nennen mich nur Wally«, berichtigte sie mit leiser Stimme.

»Was ist denn passiert?«, wollte Gerda Manske wissen.

Metz wiederholte, was er den anderen Mietern vor ihnen ebenso berichtet hatte. Gerda und Wally machten ein entsetztes Gesicht.

»Sie schließen immer die Eingangstür unten zu?«

Gerda reckte ihre Schultern und saß kerzengerade. Metz fand sie nun geziert. Als ob ihr die Frage nicht passte.

»Das wissen Sie sicher von Herrn Krüger, dass ich diese Aufgabe, die wir allerdings alle einstimmig besprochen haben, auch ausführe. Bin ich mal nicht da über Nacht, weil ich bei meiner Freundin schlafe«, ein Seitenblick auf Wally folgte, »rufe ich Herrn Krüger oder Herrn Prahl an.« Frau Manske war pikiert.

»Ich muss mir Aussagen oder Äußerungen bestätigen lassen.« Metz blieb beharrlich. »Herr Krüger hat in keiner Weise angedeutet, dass die Hausgemeinschaft sich nicht auf Sie verlassen kann. Im Gegenteil. Aber wenn wir diese Einbrüche aufklären wollen, brauchen wir die Hilfe der gesamten Hausgemeinschaft. In diesem Fall sind Sie die ersten Zeugen.«

»Na gut«, räumte Gerda Manske ein.

»Waren Sie gestern Abend hier zu Hause?«

»Gestern war ich zu Hause, aber am Montag habe ich bei Wally geschlafen.«

»Also am 12. April?« Metz notierte es sich. »Sie bestätigen das, Frau Offenbach?«

»Ja. Wir waren zum Kaffeetrinken verabredet. Wir verbrachten den Abend zusammen und Gerda ist über Nacht geblieben. Ich habe Platz und die Möglichkeit dazu.«

»Gab es in den letzten Wochen Tage, an denen Sie nicht abgeschlossen haben?«

Gerda überlegte.

»Als du Fieber hattest?«, gab Wally zu bedenken.

»Wann war das?«

»Kurz vor Ostern.«

»Ich habe aber Herrn Krüger angerufen. Das heißt, Wally hat angerufen.«

Wally Offenbach bestätigte die Aussage mit einem Nicken.

»Haben Sie jemanden im Haus gesehen, der nicht hierher gehört?«

Sie schüttelte den Kopf.

»Momentan ist das alles. Es wird gleich jemand von der Spurensicherung kommen und Ihre Fingerabdrücke nehmen. Auch von Ihnen, Frau Offenbach.«

»Aber warum denn das?«, fragte Gerda. »Sie besucht mich doch selten. Sie hat gewiss nichts damit zu tun.«

»Gerda, sie machen nur ihre Arbeit«, warf Wally ein.

»Um Sie vom Täterkreis auszuschließen, müssen wir Vergleichsproben nehmen.«

Gerda stand auf, um dem Hauptkommissar seine Jacke zu geben. Metz hatte die Hand auf der Klinke, da fiel ihr doch noch etwas ein.

»Kurz vor Ostern war hier jemand im Haus. Der kam aus dem Keller.«

»Sie haben ihn gesehen?«

»Ja. Ich lief die Treppe hinunter, schaute nach der Post im Briefkasten. Ich stand und las mir die Post durch, wollte sie nicht mit nach oben nehmen. Ich sortiere immer gleich unten aus. Plötzlich höre ich einen Schlüssel im Keller. Denke noch, dass das einer der Nachbarn ist, der die Kellertreppe hochkommt. Es war einer von der Ablesefirma.«

»Können Sie ihn beschreiben?«

Gerda nickte.

»So groß wie Sie. Vielleicht auch Ihr Alter. Nicht so durchtrainiert wie Sie, der hatte etwas Bauchansatz. Hatte eine Montur an, da stand der Name der Firma drauf. Weiß nicht mehr. Aber wenn Sie jetzt runtergehen, hängt im Schaukasten die Benachrichtigung, dass bald abgelesen wird.«

Metz verzichtete auf das Niederschreiben, er merkte sich, was Frau Manske erzählte.

»Können Sie sich an noch etwas erinnern?«

»Er war überrascht, als er mich da stehen sah. Wenn Sie mich jetzt danach fragen ... Er murmelte einen guten Tag und knallte die Tür zu.«

»Er hatte einen Schlüssel, sagen Sie.«

Gerda nickte.

»Draußen vor der Tür telefonierte er kurz, dann ging er weg. Ich habe das durch die Scheibe gesehen.«

»War noch etwas auffällig an ihm? Ein Bart, eine Brille, Aussprache?«

»Er roch nicht so gut wie Sie.«

Metz hob überrascht seine Augenbrauen.

»Na ja. Ist doch heute so, dass jeder zumindest einen anonymen Geruch haben müsste, weil jeder Wasser und Seife hat.« Gerda fasste sich. »Er roch nach Schweiß, und es war früh am Morgen.« Übergangslos fragte Gerda Manske: »Wie sieht es denn im Keller aus? Kann ich da wieder rein?«

»Wenn alle Spuren aufgenommen sind, können Sie wieder rein. Aber ich werde mit der Hausverwaltung sprechen müssen. Ich will Ihnen nichts vormachen, es sieht verwüstet aus. Jeder Keller. Stellen Sie eine Liste zusammen, was sich alles im Keller befunden hat. Wegen der Versicherung.«

Gerda hob erschrocken ihre Hand an den Mund. Wally war aufgestanden und schaute besorgt in den Flur.

»Wenn Ihnen noch etwas einfällt, melden Sie sich beim Revierkommissariat.« Metz verabschiedete sich und verließ die Wohnung.

Er traf die Damen der Spurensicherung, die mit dem Beladen ihres Fahrzeugs beschäftigt waren.

»Nehmen Sie bitte die Fingerabdrücke von Frau Manske und deren Freundin, die sie besucht.«

Frau Müller nahm ihren kleinen transportablen Koffer auf.

»Wann kann ich mit Ergebnissen rechnen?«

»So schnell wir können.« Frau Müllers Antwort blieb undurchlässig.

Draußen vor der Haustür traf er mit Jäger zusammen.

»Chef, Befehl ausgeführt. Frau Prahl beim Augenarzt abgegeben. Er lässt ausrichten, dass es gut war, sie herzuschicken. Schon allein, weil sie bewusstlos gewesen ist.«

»Lassen Sie uns noch bei der Hausverwaltung vorsprechen und dann ab ins Büro. Wir haben eine Menge Arbeit.«

Freitag

Metz hielt es nicht mehr im Bett aus. Leise schlich er sich um 4 Uhr morgens hinaus. Nur allzu gern würde er sich an ihren Rücken kuscheln und den Takt ihrer Atmung zu seinem werden lassen, als ohne Hemd und Hose in der offenen Schlafzimmertür zu stehen. Sacht hatte er die Tür aufgeklinkt, um Emilias Schlaf nicht zu stören.

Jetzt drehte sie sich im Bett um. Franck sah, wie ihre Hand auf der leeren Bettseite nach ihm suchte.

»Musst du los?«, murmelte sie mit schlaftrunkener Stimme.

»Dein Schlaf ist doch tief und fest, wie du immer behauptest«, entgegnete Franck amüsiert.

»Mit dir kann ich besser schlafen«, entgegnete Emilia.

Franck konnte sich eines Lächelns nicht erwehren. Ihm ging es genauso.

»Ma chérie, ich brauche einen klaren Kopf.« Und Zeit, sagte er sich. Er wollte die Fakten durchgehen. Er brauchte die Ruhe.

Emilia drehte ihre geöffnete Hand als Gruß in den Raum. Franck konnte es nur erkennen, weil das Licht der Straßenlaterne sacht ins Schlafzimmer fiel. Er wusste, dass Emilia bereits wieder in die Tiefen ihres Schlafes gefallen war, als die Hand kraftlos auf die leere Seite des Bettes fiel. Franck ging ins Bad. Nach zwanzig Minuten war er mit allem fertig. Leise schloss er die Eingangstür ab. Den kurzen Weg zum Kommissariat ging er zügig. Im Eingangsbereich wunderte sich der Kollege zwar, ihn zeitig zu sehen, aber er ließ keine Bemerkung darüber fallen.

Metz setzte sich an seinen Schreibtisch und schaute sich das Schema an, das Jäger und er gestern bis in den späten Abend angefertigt hatten. Sie hatten sich eine zweite Tafel aus Petersens Büro geholt. Jäger hatte ein Haus skizziert und mit den Namen der Bewohner beschriftet. Es gab die Fotos der aufgebrochenen Keller zu sehen. Die Fotos waren vergrößert, auch die Lagerstatt der vermeintlichen Einbrecher hing an der Tafel. Noch gestern am Nachmittag hatten sie jemanden von der Hausverwaltung sprechen können. Weiterhin hatte Metz erreicht, dass der Wohnungseigentümer versprochen hatte, die Mieter unbürokratisch bei den Aufräumarbeiten zu unterstützen. Eine entsprechende Notiz hatte er sich gemacht. Nächste Woche wollte er bei den Mietern nachfragen, ob sich der Vermieter an sein Versprechen gehalten hatte. Herr Jensen von der Wohnungsbaugesellschaft hatte bestätigt, dass die Informationen an die Mieter rausgegeben werden, wann die Ablesung stattfindet. Und welche Firma damit beauftragt wird. Im Allgemeinen war es immer die gleiche Firma. Den Namen der Firma hatte Jäger aufgeschrieben und angepinnt: D&S Energy System. Noch am selben Tag hatte er sich zusammen mit Jäger einen Überblick verschafft. Die Firma hatte ihren Sitz in einem überdimensionalen geräumigen und modernen Bauwagen. Der Chef der Firma hatte sich umgänglich gegeben. Metz und Jäger hatten den Bauwagen nicht ohne die Unterlagen verlassen, die Metz von ihm forderte. Die Liste der Angestellten und deren Einsatzorte. Jäger hatte den gestrigen Abend durchgearbeitet. Davon zeugten der E-Mail-Verkehr, die Berichte und deren Zusammenfassung. Metz las alles gewissenhaft durch.

Am 01.04.2010 war Gründonnerstag gewesen. Die Firma hatte an diesem Tag die Informationen aushängen lassen. Ablesen wollte man nach Ostern, am 08.04.2010. Eine Woche lag dazwischen. Hatten die Täter nachgemachte Schlüssel? Laut der Spurensicherung mussten die Täter Schlüssel benutzt haben. Es gab keine Beschädigungen am Schloss. Frau Manske hatte indirekt bestätigt, dass sie einen der vermeintlichen Täter mit einem Schlüssel aus dem Keller kommen sah. Es waren zwei Täter, da war sich Metz sicher. Dies wurde zum einen durch Frau Prahls Aussage bestätigt und zum anderen durch die Spurenlage, da zwei Schlafstätten gefunden worden waren. Zwei verschiedene DNA, das hatte ihm Frau Müller bestätigt. Jäger war nicht der Einzige, der Überstunden machte.

Metz' Blick fiel auf die andere Tafel. Das Skelett vom Ochsenkopf. Er war ein geduldiger Ermittler, aber er machte sich wenig Hoffnung, dass er den Fall lösen könnte. Und wenn, dann reichte seine Zeit als Kommissar vermutlich nicht mehr aus. Metz starrte von einer Tafel auf die andere. Es war einfach noch zu früh, um das zu sehen, was offensichtlich verborgen blieb. Metz kräuselte die Stirn. Er musste frühstücken, bevor er sich auf Ermittlungen stürzte. Außerdem ging ihm

Marek Winkler nicht aus dem Kopf. Metz hielt ihn auf eine sonderbare Weise mit den Fällen verbunden, ohne dass er sich dessen bewusst war. Er half, ohne eine greifbare Gegenleistung zu bekommen. Er war mit diesem Leben zufrieden. Aber auch dieser Mann wurde immer älter. Wollte man dann in einem Erdloch hausen? Metz horchte in sich hinein. Ein Gedanke kam ihm. Fast nicht greifbar, doch am Ende des Gedankens glitt ein zartes Lächeln über seine Mundwinkel.

Das Telefon schrillte. Staatsanwalt Ahrens wollte wissen, wie weit sie mit ihren Fällen waren. Metz vertröstete ihn auf später.

Petersen schloss sein Büro auf und setzte sich mit zwei Espressi Metz gegenüber. Sein Blick fiel auf die Zusammenstellung an der Tafel. Jäger betrat das Zimmer und warf eine Tüte vom Bäcker auf seinen Schreibtisch. Der verführerische Duft nach warmen Croissants stieg auf. Metz wurde schmerzlich bewusst, dass sich sein Hunger meldete.

»Männer, ich lass euch mal machen. Ich verlasse mich auf euch.« Petersen nahm seine Espressotasse mit in sein Büro. »Ich kläre das mit Ahrens«, meinte er gutgelaunt und aufgeräumt. Kaum hatte er die Tür hinter sich zugemacht, riss Jäger die Tüte auf.

»Hab auch was für Sie mitgebracht, Chef.«

Metz nahm das Angebot dankend an.

»Wir haben die DNA der beiden.«

Jäger schob sich den Rest des Croissants in den Mund.

»Und, haben wir einen Treffer?«

»Ja.«

»Und das sagen Sie mir erst jetzt?« Jäger fuhr den Computer hoch. Als er das Polizeiprofil öffnete und die Daten abglich, wurde seine Miene immer zorniger.

»Scheiße, verdammt.«

Metz hob den Blick.

»Ist etwas nicht in Ordnung?«

»Und ob etwas nicht in Ordnung ist.«

»Erklären Sie das?« Metz wurde ungeduldig. Und wenn er ungeduldig wurde, änderte sich das strahlende Blau seiner Augen in einen eisblauen stechenden Blick, dem man sich nicht gern aussetzte.

Jäger wuselte sich durchs Haar. Dann schaute er ärgerlich blickend Metz an.

»Da muss ich etwas ausholen.« Metz sah ihn erwartungsvoll an.

»Sie haben ja einige Zeit bei Frau Amarin gewohnt«, begann Jäger.

»Sie kennt mich, weil ich ihr einmal geholfen habe.«

»Ehrenhaft, Jäger. Aber was hat das mit den Ermittlungen zu tun?«
Metz ließ Jäger nicht aus den Augen.

»Ich war seit drei Monaten Polizeimeisteranwärter. Hatte dienstfrei
und in der Stadt etwas zu erledigen. Plötzlich sah ich dreihundert Meter
vor mir, wie eine Frau ein Fahrrad schob und es an einem Geschäft
anschließen wollte. Ihre Handtasche hatte sie über der einen Schulter.
Sie griff nach dem Einkauf in ihrem Korb und plötzlich ging alles flott.«

Metz wusste immer noch nicht, was Jäger ihm mitteilen wollte.
Doch er hörte zu, ohne eine Zwischenfrage zu stellen. Später wäre
immer noch Zeit dafür.

»Ein junger Kerl war schlendernd hinter dem Fahrrad aufgetaucht
und riss der Frau die Handtasche von der Schulter, weil er dachte, sie
konzentrierte sich eher auf den Einkauf und das Fahrrad. Aber er hatte
nicht mit der Schlagkräftigkeit der Frau gerechnet. Ich war im Laufen und
kam an, als der Mann vor mir wie ein gefällter Baum zu Boden ging.«

Nun hob Metz doch die Augenbrauen.

»Was war passiert?«

»Die Frau hatte vorher Avocados gekauft.«

»Wie soll ich das verstehen?«

»In einer einzigen fließenden Bewegung hatte sie dem Mann
mit den Avocados in der Tasche eine deftige Beule verpasst.« Jäger
schaute Metz von unten an. »Sie waren noch hart.«

Metz musste lachen, herzhaft und lang.

»Die Frau, von der Sie sprechen, ist Frau Amarin?«, fragte er, als
er wieder zu Atem kam.

Jäger bestätigte.

»Es kam zu keiner Anzeige, von keiner Seite«, ergänzte Jäger.

Metz gluckste noch eine Weile. Es war ein befreiendes Lachen
gewesen.

»Wenn ich mir Ihre Miene anschaue, vermute ich, dass es der war,
der die Avocados um die Ohren geschlagen bekam?«

»Ja. Laut des polizeiinternen Computersystems ist sein Name
Hasso Lehmann. Seit drei Monaten wieder draußen. Soll ich Ihnen
sagen, wo der arbeitet?«

»Bei der Wohnungsbaugesellschaft?«

Jäger nickte.

»Wir statten Herrn Lehmann einen Besuch ab.«

❦

Kaum war es 9 Uhr, telefonierte Jäger mit Herrn Jensen. Dieser war zwar erstaunt, dass sie Herrn Lehmann befragen wollten, doch er gab ihnen die Information, wo dieser eingesetzt war.

»In der Süderstadt«, gab Jäger zu verstehen. »In der Maxim-Gorki-Straße«, berichtete er.

Metz und Jäger fuhren zur angegebenen Adresse und es dauerte auch nicht lange, bis sie Herrn Lehmann gegenüberstanden. Lehmann hielt in der einen Hand einen Schlüsselbund, in der anderen Hand einen Eimer. Er war hochgewachsen und hager. Durch seine langen ungepflegten Haare lugten die Segelohren. Metz wies sich aus. Beim Anblick Jägers, der keine Uniform trug, ratterte es in Lehmanns Gehirn. Metz konnte es beobachten.

»Ich habe nichts getan.« Er hatte Jäger erkannt und sich gleich in Verteidigungsposition begeben.

»Haben Sie ein schlechtes Gewissen oder warum behaupten Sie das von sich?« Metz stellte die Frage und eine gewisse Schärfe lag in seinen Worten.

Lehmann steckte den Schlüsselbund in die Hosentasche und stellte den Eimer ab. Offensichtlich gehörte er zum Reinigungspersonal für die Hausverwaltung. Seine Bewegungen waren fahrig, er wirkte unsicher und warf immer wieder einen Blick auf Jäger, der ungerührt neben Metz stand und keinen Blick von Lehmann nahm.

Metz wusste laut der Informationen aus dem Polizeirechner, dass Lehmann keine dreißig Jahre alt war. Er wirkte aber älter. Er hatte ein eckiges Gesicht und braune Augen. Nervös blickte er ständig zwischen Metz und Jäger hin und her. Der Bart um das Kinn wuchs nicht gleichmäßig. Er trug eine blaue Arbeitsmontur mit einem dazugehörenden Käppi.

»Weiß nicht.«

»Wir ermitteln in einer Einbruchserie und wir haben Ihre Fingerabdrücke gefunden.«

»Bin erst vor drei Monaten raus. Und hab mir nichts zuschulden-kommen lassen«, erwiderte er.

»Wo waren Sie am Mittwochabend?«

»Weiß nicht.« Er stellte sich dümmer, als er war.

Metz wusste, dass die meisten Verbrecher auf Zeit bauten.

»Wo waren Sie am Mittwoch, den 14.04.2010?«

»Ach so.« Er kratzte sich am Kopf. »Ich glaub, zu Hause.«

»Sie glauben? Wir können Sie auch mit aufs Revierkommissariat nehmen!« Metz' Stimme wurde noch schneidender.

»Nee, is nich nötig.« Lehmann schüttelte den Kopf.

»Gibt es Zeugen?«

Lehmann verneinte. Laut der Hintergrundrecherche war er unverheiratet, hatte keine engen Verwandten in Quedlinburg wohnen. Er galt eher als Einzelgänger. Sein letzter Einbruch lag zwei Jahre zurück. Dafür hatte er die letzten sechs Monate abgesessen. Im Gefängnis hatte er an einem resozialen Konzept teilgenommen und hatte eine gute Führung vorzuweisen. Sein Arbeitgeber wusste von seinem Lebenslauf und gab ihm eine Chance.

»Herr Lehmann, Sie haben von der Gesellschaft eine Chance bekommen. Warum werfen Sie die einfach weg?«

»Das tue ich doch gar nicht.«

Metz schaute ihn scharf an.

»Sie haben für den Mittwoch kein Alibi. Eine ältere Dame ist brutal in ihrer Wohnung überfallen worden und Ihre Fingerabdrücke sind auf diversen Gegenständen im Keller dieses Hauseingangs gefunden worden. Sie arbeiten genau für den Arbeitgeber, der die Ablesungen in dem Haus durchführt, in dem die Einbrüche stattfanden, und Sie besitzen Schlüssel.«

»Aber das können Sie mir nicht anhängen. Nur, nur ...«

»Warum nicht? Lauter Indizien, die gegen Sie sprechen. Den Staatsanwalt wird es freuen.« Metz provozierte mit Absicht.

»Stopp, warten Sie mal.« Nervös kaute er auf der Unterlippe. Unablässig wippte er mit den Füßen. »Wo haben Sie denn meine Fingerabdrücke gefunden?«

Jäger legte die Fotos der Milch- und Saftkartons vor ihm hin.

»Auch auf den Keks-, Wurst- und Käseverpackungen und den Schlafsäcken.«

Lehmann öffnete den Mund, ohne dass ein einziger Ton herauskam.

»Ich hab, ich hab denen gesagt ...«, meinte er kleinlaut.

»Was haben Sie gesagt und wem haben Sie es gesagt?«

»Im Knast habe ich mich angefreundet. Mit zwei Typen. Sie wissen, man braucht Freunde im Knast.« Metz nickte. »Die wollten nur 'ne kleine Gefälligkeit, als sie draußen waren.«

»Welche denn?«

»Ich sollte denen was einkaufen. Na, Saft, Milch, Bier und was sie mir gesagt haben. Zwei Schlafsäcke. Sie haben gesagt, sie wollen ein paar Tage in einer ruhigen Ecke bleiben, bis sie was Festes hätten.«

»Wie heißen die Freunde denn?«

»Das sind keine Freunde«, zischte Lehmann. »Ich will mit denen nichts mehr zu tun haben. Allein ist besser.«

Blieb noch die Schlüsselfrage.

»Hatten die beiden Gelegenheit, Ihre Schlüssel nachzumachen?«
Lehmann überlegte.

»Sie hatten mich nach Arbeitsschluss abgefangen. Vor drei Wochen. Sagten, sie wollten mit mir ein Bier trinken. Zu Hause. Und dann haben sie noch 'ne Flasche Korn hingestellt.«

»Die Schlüssel sind doch sicher nach Arbeitsschluss abzugeben?«

»Ja. Na ja, aber die wenigsten machen das. Nehmen sie mit nach Hause. Manchmal ist der Chef ja schon weg und das Büro zu, deswegen, na, er drückt ein Auge zu.«

Metz erlebte es öfter, dass aufgestellte Regeln durch persönliche Faktoren ausgehebelt wurden. Für Verbrecher war es ein Leichtes, an die gewünschten Informationen zu kommen.

»Was passierte dann?«

»Na, ich hab nicht viel vertragen. Kam ja auch erst aus dem Knast. Zu essen hatte ich nichts im Haus, weil die beiden mich einfach überrumpelt haben. Ich war total zu. Weiß noch nicht mal, wie ich ins Bett kam. Am nächsten Morgen werde ich mit einem Brummschädel wach. Die beiden sind weg. Lag nur ein Zettel auf dem Tisch, dass ich an die Verabredung denken solle. Ich hatte ihnen versprochen, dass sie sich ihr Zeug zwei Tage später abholen können.«

»Wie heißen denn die beiden Männer?« Metz ließ Lehmann nicht aus den Augen.

»Hinz und Kunz«, sagte der kleinlaut und schaute wie ein begossener Pudel.

Metz entließ ihn mit der Order, sich zu melden, wenn er etwas von den beiden hörte. Lehmann versprach es zwar, doch Metz und Jäger war klar, dass sich diese Typen nicht mehr bei Lehmann melden würden.

»Fassen wir zusammen. Lehmann lässt sich von den Typen ... Wie waren die Namen?«

»Hinz und Kunz. Genannt auch: ›Die Dreckigen‹.«

Metz blickte überrascht auf.

»Weil sie die Tatorte immer dreckig hinterlassen. Die Liste der Überfälle und Einbrüche ist lang. Die Richter waren wie immer zu milde. Das sind Berufsverbrecher. Und gewieft sind sie auch noch. Hinz hat die Vaterrolle übernommen. Bringt dem jungen Kunz alles bei. Und der kennt sich mit den modernen Kommunikationsmethoden aus. Als sie das letzte Mal geschnappt wurden, war das nur Zufall. Die führen sich passabel im Gefängnis, passen auf sich auf und täuschen alle.«

Jäger hatte alle Informationen parat. Metz wusste nicht, wann Jäger das alles recherchiert hatte.

»Wir denken also, wir sind hinter Hinz und Kunz her. Die haben sich Nachschlüssel gemacht. Ließen sich Lebensmittel und Decken von dem nichtsahnenden Lehmann besorgen. Mit seinen Fingerabdrücken drauf. Blaue Arbeitskleidung gibt es zu kaufen. Ob das Logo der authentischen Firma drauf ist, darum schert sich doch niemand. Sieht offiziell genug aus. Dann haben sie sich einen Hauseingang ausgesucht. Mit ein wenig Observation erkennt man leicht, dass dort nur ältere Leute wohnen.«

»Dann der Krankentransport von Herrn Prahl. Dadurch konnten sie wissen, dass Frau Prahl allein ist und ganz oben wohnt. Frau Mandel geht noch arbeiten, die ist auch aus dem Haus.«

»Jäger, finden Sie heraus, wo man diese Arbeitskleidung kaufen kann, und zeigen Sie Fotos der beiden. Vielleicht erinnert sich ein Verkäufer. Das ist jetzt drei Wochen her. Da könnten wir Glück haben.«

»Ich erledige das heute Nachmittag. Was werden die zwei jetzt vorhaben?«

»Wir müssten sie auf frischer Tat erwischen. Fahren wir ins Büro. Wir haben eine Menge zu tun.« Metz schaute auf die Uhr.

Die Ermittler erreichten nach kurzer Fahrt wieder das Büro. Noch bevor sie sich um ihre Analysen und deren Auswertung kümmern konnten, klingelte das Telefon. Metz nahm ab.

»Ein weiterer Fingerabdruck im System?« Metz hob und senkte die Augenbrauen, während Jäger ihn anstarrte. »Schicken Sie mir die Analyse per Mail.« Metz legte auf und sah Jäger vielversprechend an. »Alle Fingerabdrücke der Bewohner der betroffenen Hauseingänge wurden verglichen. Eine Person war bereits im System.«

Das war eine Überraschung.

»Und wer?«

»Die Freundin von Frau Manske. Walpurga Offenbach.«

»Und bei welcher Sache hatten wir die im System?«

»Einbruch.«

»Chef?«

»Ja.«

»Sie glauben jetzt nicht, dass eine Frau in diesem Alter Einbrüche begeht?«

»Nein, das denke ich nicht.« Metz schüttelte vehement den Kopf. »Uns schwirren zu viele lose Wollfäden herum.«

»Bindfäden heißt das.«

Metz stutzte, dann gab er Jäger recht. Er wusste nicht recht, wie es zu diesem Versprecher gekommen war.

»Lassen Sie uns Mittagessen gehen.«

In der Kantine gab es panierten Fisch. Metz wählte noch zwei Gemüsesorten aus. Auf Salzkartoffeln aus Kantinen verzichtete er seit jeher. Auch auf diese Art der Soßen. Er kannte es nicht anders. Lange Zeit hatte er schon nicht mehr an seine Eltern gedacht. Beide waren seit einigen Jahren tot. Die Großeltern mütterlicherseits ebenfalls. Er hatte aber noch die Großeltern väterlicherseits. Und er wollte verdammt sein, wenn er sie nicht noch dieses Jahr besuchen würde. Ein befreiender Gedanke. Ein Teil einer Last fiel unbewusst von ihm ab. Und auch seine beiden Töchter würde er wieder in sein Leben holen. Er hatte mit seiner geschiedenen Frau die Vereinbarung getroffen, dass er wieder zu sich finden sollte. Seiner geschiedenen Frau würde er Emilia vorstellen und er wusste jetzt schon, dass sich die Frauen verstehen würden. Es gab kein Gerangel um Territorien. Sie waren alle erwachsen und jeder kam mit sich und seinem Leben klar.

Nach dem Mittagessen begannen sie ihr Schema zu verfeinern und Berichte zu schreiben. Das war der langweilige Teil ihrer Arbeit. Im Büro hörte man nur das Klacken der Tastaturen.

Sie arbeiteten konzentriert, bis Metz den Feierabend verkündete.

»Stopp, Jäger. Es ist Freitag und wir haben genug erledigt. Es ist Feierabend.«

Sie mussten ohnehin warten. Warten auf die Akten, warten auf die Ergebnisse. Sie brauchten Geduld. Sie hatten ihre Berichte geschrieben, sie bei Petersen abgegeben. Ahrens hatte sich noch kurz nach Mittag in ihrem Büro sehen lassen. Immer noch sichtlich erholt nach den wenigen Tagen Urlaub über Ostern. Er hatte Farbe im Gesicht bekommen. Wenig später war der Staatsanwalt zufrieden knurrend aus dem Büro spaziert.

Die Automatiktür der Markt-Apotheke öffnete sich. Frau Weiß hob grüßend die Hand, als Metz eintrat. Dann galt ihre Aufmerksamkeit wieder dem Kunden, der vor ihr stand. Franck Metz nahm die kleine Treppe zum Büro und klopfte an.

»Komm rein«, hörte er Emilia sagen.

Franck hatte darauf bestanden, dass Emilia sich ein neuartiges Sicherheitssystem leistete. Warensicherung, Videoüberwachung,

Einbruchmeldetechnik, Zutrittskontrolle, das vollständige Konzept. Franck war sogar so weit gegangen, dass er den Schutznebel für Emilia bezahlt hatte. Sie hatte sich dagegen verwahrt und es für überflüssig gehalten. Doch der Mordanschlag hatte nicht nur auf Emilia, sondern auch auf ihre Mitarbeiterinnen psychische Auswirkungen gehabt. Sie sollten alle sicher sein. Nun musste auch er mit der Konsequenz leben, dass Emilia ihn beim Betreten der Apotheke früher sah als er sie.

Emilia sah hinreißend aus. Die Haare waren hochgesteckt, sie duftete nach Freesien und Rosen. Das kurze und figurbetonte, ärmellose schwarze Kleid hatte am Dekolleté eine schmale Öffnung. Eine hautfarbene Strumpfhose und hochhackige schwarze Schuhe vervollständigten ihr Outfit.

»Du hast es nicht vergessen?«, fragte Emilia soeben. »Oder doch?«

»Was denn?« Er wollte den Blick nicht von ihr wenden.

»Wir haben für heute eine Einladung. 18 Uhr beginnt es.« Emilia schaute auf die Uhr. »Du hast noch eine Stunde.«

Franck hatte es vergessen. Die Arbeit hatte wieder jeden persönlichen Gedanken ausgelöscht. Emilia war eine der Ehrenvorsitzenden für benachteiligte Kinder. Die Kinder hatten ein Programm vorbereitet, um sich bei ihren Geldgebern zu bedanken. Dieser Termin stand seit einem Jahr fest und Emilia wurde in Begleitung erwartet. So stand es auf der Einladung. Und Feierabend gab es auch für ihn.

»Wenn wir uns nicht kennengelernt hätten. Wen würdest du mitnehmen?« Die Antwort interessierte Franck brennend. Prüfend sah er ihr ins Gesicht. Emilia erwiderte kokett den Blick. Sie hatte viele Bekannte, die sie fragen konnte. Aus der Schulzeit, vom Studium, Apothekerkollegen, aus den Tanzkursen oder Sporttypen, die sie noch von ihrer aktiven Zeit vom Karatesport kannte.

»Meinen Vater.«

Franck glaubte ihr kein Wort, doch er fand die Antwort charmant.

Jäger hatte die Anweisung seines Chefs vernommen, doch er hatte keine Lust, ins Wochenende zu starten. Es war Freitag und das Wetter war ungewöhnlich warm. Er hatte sich mit zwei Freunden verabredet. Es wurmte ihn noch immer, dass er Eddy nicht gleich festgenommen hatte.

Auch wenn er zu diesem Zeitpunkt keine ausreichenden Beweise hatte, geschweige denn einen richterlichen Beschluss oder dass irgendeine Gefahr in Verzug gewesen wäre. Eddy hatte nur Glück gehabt. Interpol hatte auch keine weiteren Erkenntnisse und die italienischen Kollegen hatten ihn auf Sizilien verloren. Aus den Augen, aus dem Sinn. Aber nicht für Jäger. Seine Kumpels schüttelten den Kopf, wenn er ihnen von seinen Sorgen erzählte. Die hatten auch welche, aber andere. Haus gebaut und Kredit, Ehefrau und Kleinkinder. Jäger sah ein, dass jeder Mensch in seiner Welt lebte, mit seinen Ängsten und Sorgen und Nöten. Und dennoch. Er hatte sich den Beruf ausgesucht.

Jäger fuhr den Computer herunter, legte die Waffe in den Waffenschrank und schloss ab. Petersen war bereits im Feierabend. Diejenigen, die jetzt noch Dienst hatten, waren die Streifenpolizisten, die im ewigen Kreislauf ihre Pflicht abackerten.

Er schloss das Büro ab und lief die Treppe hinunter. Im Vorübergehen traf er Reeh, der sich mit einem Plakat abmühte. Jäger half ihm, es an der Wand zu befestigen.

»Unser Bärlauch in Gefahr?« Jäger wies mit dem gereckten Kinn darauf und grinste.

»Der Naturbund der Stadt hat sich die Mühe gemacht und ein Plakat entworfen. Soll wohl dramatisch sein.« Polizeihauptkommissar Reeh verdrehte die Augen.

»Dass der Bärlauch gestohlen wird?« Ungläubig und fast mitleidig sah er auf Reeh.

Der holte tief Luft und sah Jäger scharf an.

»Glaub es ruhig. Ihr da oben habt ja nur mit den wichtigen Fällen zu tun. ›Skelett vom Ochsenkopf‹ sag ich nur.«

Jäger kratzte sich kurz über den Kopf. Noch vor einem halben Jahr war er wie Reeh ein Polizist gewesen, der sich um die Kleinigkeiten der Bürger kümmerte, die für den Bürger keinesfalls Kleinigkeiten waren. Immer hingen Schicksale daran.

»Los, erzähl. Vielleicht können wir trotzdem helfen«, bot Jäger an.

»Seit Anfang März kann jeder wieder Bärlauch sammeln.«

Jäger wusste es, seitdem er Marek Winkler durch den Brühl gejagt hatte.

»Diesmal ist der Bärlauch zeitiger dran als sonst. Muss wohl mit dem Wetter und dem ganzen Klimachaos zu tun haben. Da gibt es Stellen, die regelrecht abgemäht und sogar Pflanzen ausgegraben worden sind. Wir haben schon mit den Anwohnern geredet, ob sie etwas beobachtet hätten, aber Fehlanzeige. Auch die Hundebesitzer

bemerken nur am nächsten Tag, dass es wieder neue Stellen gibt.«
Reehs Blick wirkte besorgt. »Die beim Naturbund machen sich Sorgen.
Sie sagen, dass jede Entnahme von Pflanzen und Bäumen in einem
geschützten Park verboten ist.«

Jäger wusste so gut wie Reeh, dass die gewerbsmäßige Entnahme
von Bärlauch aus dem Brühl eine Ordnungswidrigkeit darstellte.

»Und ein Bußgeld von bis zu fünfundzwanzigtausend Euro ist ja
kein Pappenstiel«, meinte Reeh mit hoffnungsloser Stimme.

»Werde die Augen offen halten.« Jäger klopfte Reeh auf die Schulter. »Versprochen.«

Reeh nickte und hatte doch wenig Hoffnung. Trotzdem hob er die
Hand zum Gruß.

Kaum hatte Jäger das Revierkommissariat verlassen, meldete sich
sein Hunger. Zu Hause waren der Kühlschrank und auch der Eisschrank
gefüllt. Ein Wochenende, wo er nur mit Nudeln und Tomatenketchup
zufrieden sein musste, sollte ihm nicht noch einmal passieren. Er hatte
sich sogar ein Kochbuch gekauft. »Einfach, überschaubar, machbar«,
hatte er der Buchverkäuferin im Buchladen an der Steinbrücke gesagt.
Sie hatte aus dem breit gefächerten Sortiment nur ein einziges Buch
ausgewählt: »Wenn Männer kochen«. Zuerst hatte Jäger die Stirn
gerunzelt, dann hatte er es gekauft.

Die Blätter der Bäume, die die Schillerstraße säumten, entfalteten
ihre hellgrünen Blätter und die Knospen sprangen auf. Jäger atmete
kräftig durch. Der Bärlauch ging ihm nicht aus dem Kopf. Womit man
doch Schaden anrichten konnte. Gewerbsmäßige Nutzung, da muss
es ja Abnehmer geben, sonst würde man sich nicht darauf einlassen.
Das Bußgeld betrug nicht nur ein paar hundert Euro, das war saftig,
hielt Jäger dagegen. Es klingelte hinter ihm und reflexartig sprang er
zur Seite. Ein Fahrradfahrer. Auf dem Fußweg und auf der falschen
Seite. Durch Jägers Blutbahn rauschte dermaßen viel Adrenalin, dass
er dem Fahrradfahrer hinterher sprintete. Er überholte ihn kurz vor der
Ampel an der Weststraße, wo die Straße bergauf ging. Noch bevor
der Sünder wieder in die Pedale trat, legte sich Jägers Hand auf den
Lenker.

»Ehh, was fällt dir denn ein?« Ein mürrischer Blick traf Jäger.

Der hielt ihm seinen Polizeiausweis vor die Nase, woraufhin der
Blick des Fahrradfahrers ein anderer wurde.

»Können wir uns nicht anders einigen?«

»Einigen? Wie meinen Sie denn das?« Jäger schaute ihn eindringlich an.

»Na ja. Weiß nicht. Muss ich jetzt was bezahlen oder schicken Sie mir die Anzeige zu?«, wand sich der Mann.

»Zunächst einmal gibt es keine Anzeige, sondern einen Zahlschein. Gedulden Sie sich, ich überprüfe zunächst Ihre Personalien.« Jäger machte eine auffordernde Geste und der Mann kramte seinen Ausweis aus dem Portemonnaie.

»Herr Ungar, wieso fahren Sie verbotenerweise auf dem Gehweg?«

»Ich will da vorne nach links abbiegen und habe es als Abkürzung gesehen. Ich hab Sie zu spät gesehen, es tut mir leid, ich mach es beim nächsten Mal anders und vor allem besser.«

»Herr Ungar, ich verwarne Sie mündlich. Sehe ich Sie allerdings noch mal auf dem Fußweg, bezahlen Sie wegen eines vorsätzlichen Verstoßes das Doppelte. Schönen Tag Ihnen noch ...«

Jäger tippte sich an die imaginäre Mütze und ließ den Fahrradfahrer ziehen. Nicht ohne ihm nachzublicken und darauf zu achten, dass er die entsprechende Fahrseite nahm. Jäger schüttelte dennoch den Kopf. Immer die gleichen Ausreden, er kannte sie alle. Für den heutigen Tag war Jäger zufrieden. Ein Lächeln lag auf seinem Gesicht. Er mochte es, wenn Recht und Gesetz eingehalten wurden. Auch in den banalen Dingen. Bis zur Süderstadt war es ein kurzer Spaziergang und Metz hatte recht. Dieser tat ihm ganz gut.

Jäger schloss die Wohnungstür auf und wurde bereits von seinem Kater erwartet. Nachdem er sich seiner Jacke entledigt hatte, nahm er ihn hoch und trat auf den Balkon. Dort setzte er sich auf den Korbsessel und begann, den Kater ausgiebig zu kraulen. Der Kater schnurrte und Jäger dachte an gar nichts. Er hatte noch zwei Stunden, bis er sich mit den Kumpels traf.

»Bis zum nächsten Mal.« Jäger verabschiedete sich mit Handschlag von seinen Freunden.

Sie waren zunächst im ›Wordgarten‹ essen gewesen. Maik hatte darauf bestanden und Plätze für sie drei reserviert. Es gab etwas zu feiern, hatte er gesagt. Jäger kannte die zwei bereits aus Kindergartenzeiten. Maik, Hannes und er waren auch in der Schulzeit unzertrennlich gewesen. Mal hatten sie ein lockeres Verhältnis, mal trafen sie sich jede Woche.

Maik hatte recht gehabt, es gab einen Grund zum Feiern. Er hatte seine Meisterprüfung bestanden und konnte seinen Traum verwirklichen und sich selbstständig machen. Demnächst wollte er die alten Türen in Quedlinburg aufarbeiten. Maik war Tischler mit Leib und Seele. Vertraglich war er eingestiegen bei dem alten Mann, der sich um die Fachwerktüren von Quedlinburg seit mehr als zwanzig Jahren kümmerte, dem Herrn der Türen, wie er liebevoll genannt wurde. Maik hatte einen Glanz in seinen Augen gehabt, den Jäger bisher nur gesehen hatte, als Maik ihnen berichtet hatte, dass er Vater werden würde. Maik hatte das Essen komplett bezahlt. Danach waren sie noch etwas weitergezogen. In eine gemütliche Kneipe, wo Whisky ausgeschenkt wurde. Zwei Runden, die Hannes und Jäger übernommen hatten. Dann war Schluss. Jeder von ihnen hatte genug und morgen wieder etwas vor.

»Bleibt sauber!«, rief Jäger den beiden hinterher, die sich langsam und etwas schwankend auf den Heimweg machten. Sie wohnten nicht weit von hier. Ein Taxi lohnte sich nicht.

Jäger atmete tief durch und streckte sich. Sein Heimweg war ein längerer. Doch er wollte seinen Kopf freibekommen und nahm einen Umweg in Kauf. Er lief durch den nächtlichen ›Wordgarten‹. Am Schiffbleek wollte Jäger sich nach links wenden und über die Brücke gehen, weiter den Gernröder Weg entlang bis zur Süderstadt. Doch er blieb unvermutet stehen und schaute einem Lieferwagen nach, der in die Einbahnstraße falsch herum einbog und dann das Licht ausschaltete.

Jägers Interesse war geweckt. Er wechselte auf die Brühlstraße und verfolgte das Auto, das langsam fuhr. Jäger achtete darauf, dass er in Deckung blieb und nicht in den Bereich des Außenspiegels kam. Der dunkle Transporter fuhr am Platz des Friedens, einem kleinen Knotenpunkt, vorbei. Immer weiter auf der Brühlstraße. Ab dem Platz des Friedens war es keine Einbahnstraße mehr. Ortsfremde, fragte sich Jäger? Laut des Kennzeichens nicht. Der Lieferwagen fuhr weiter in Richtung Ortsausgang. Jäger sagte sich, dass er noch fünf Minuten mitlaufen würde. Das Kennzeichen hatte er sich gemerkt. Unvermutet stoppte das Fahrzeug. Zwei dunkel gekleidete Männer stiegen aus, blickten sich um. Der eine machte ein Handzeichen. Jäger schaffte es rechtzeitig, sich in einen Hauseingang zu drücken. Der überhängende Efeu verbarg ihn. Der Schmächtigere der beiden stopfte sich etwas in seine Hosentaschen. Jäger sah im nächtlichen Mondlicht das Aufblitzen einer Messerklinge und murmelte ein unanständiges Wort.

Jetzt huschten beide über die Straße. Hinein in den Brühl. Jäger blieb nichts anderes übrig, als die beleuchtete Straße zu überqueren, hoffend, dass er unbemerkt blieb. Er schien Glück zu haben. Ein parkendes Auto und die eingezäunte Ruine eines heruntergekommenen Gebäudes kamen ihm dabei zu Hilfe. Jäger hatte zwischen zwei Büschen Deckung gesucht. Er hockte dort und strengte seine Augen an. Der Mond brach völlig durch die Wolkendecke. Die Männer schnitten keine zwanzig Meter vor ihm den Bärlauch ab. Mit einer kleinen Hacke gruben sie einzelne Pflanzenknollen aus dem weichen Boden. Das alles ging zügig und geräuschlos vonstatten. Sie warfen die abgeschnittenen Pflanzenteile in einen dunklen Sack und arbeiteten sich still und leise voran. Jeder von ihnen hatte eine Stirnlampe aufgesetzt, mit wenig Lux, nur für die punktuelle Arbeit. Jäger hatte die Diebe der Bärlauchpflanzen vor sich. Hatte er doch selber das Plakat aufgehängt und sich im Stillen amüsiert. Fast hatte er es nicht geglaubt, dass es einen regelrechten Klau von Bärlauch gab. Und doch hatte Reeh recht, als er ihm erzählte, dass in den vergangenen Wochen zwei Leute gesichtet worden wären mit blauen Müllsäcken, die den Bärlauch ernteten. Mit Sichel oder Sense sollen die Leute »bewaffnet« gewesen sein. Erwischt wurde bisher noch keiner. Das wird wohl jetzt anders werden, dachte Jäger grimmig. Und noch etwas ging ihm durch den Kopf, als er die Diebe nicht aus den Augen ließ. Es war noch keine zwei Wochen her, da hatte er wegen Marek Winkler den Brühl durchrennen müssen. Die zwei schaffte er nicht ohne Verstärkung. Bewaffnet waren sie außerdem. Jäger holte umgehend sein Handy aus der Jacke und rief im Revierkommissariat an. Keiler verstand sofort, was ihm Jäger leise zuflüsterte. Er würde Reeh und Rücken schicken.

»Ohne Sirene«, ermahnte ihn Jäger. »Informiere auch Metz. Treffpunkt für Reehrükken ist die Schäferbrücke. Von da aus sollen sie auf uns zukommen. Hauptkommissar Metz soll bis zur Ruine kommen, ohne Auto.«

Jäger wartete und verharrte. Er wusste nicht, wie lange die Diebestour gehen sollte, was die beiden für eine Order hatten. Aber wenn eine bestimmte Menge erreicht war, würden sie abhauen. Da hatte er das Nachsehen. Aber sich mit zwei bewaffneten Ganoven anzulegen, wäre eine Dummheit. Er blieb in Deckung und beobachtete weiter. Er konnte sich nicht allzu weit wegbewegen, da er auf Metz wartete und dieser sich noch nicht mit allen Schleichwegen auskannte, zumindest vermutete Jäger genau das.

Metz hatte einen wunderbaren Abend hinter sich. Er war mit Emilia zu der Veranstaltung gegangen, die bis Mitternacht angedauert hatte. Es hatte ein Büffet und Wein gegeben, so lange man wollte und konnte. Emilia hatte immer einen anderen Gesprächspartner neben und vor sich gehabt. Metz war mittlerweile in Quedlinburg fast genauso bekannt wie Emilia und auch er hatte über wechselnde Themen mit den Anwesenden debattiert.

Arm in Arm verließen sie Punkt Mitternacht die Veranstaltung. Franck trug den Beutel mit ihren Schuhen. Emilia lief jetzt in ihren Stiefeln.

Der Mond brach durch die Wolkendecke. Franck entdeckte die Korona um den Himmelskörper.

»Es wird noch einmal durch und durch kalt«, meinte Emilia, als sie seinen Blick bemerkte.

»Du hast recht. Ein Tief nähert sich und bringt viel Regen.« Franck hatte es in den Nachrichten gehört.

»Oder Schnee. Im Harz oder hier im Vorharz hatten wir öfters mal nach Ostern Schnee oder auch zu Ostern«, erklärte sie.

Franck schaute Emilia von der Seite an. Ein glücklicher und zufriedener Ausdruck lag auf ihrem Gesicht. Er brauchte nicht zu fragen, ob ihr die Veranstaltung gefallen hatte. Franck drehte Emilia zu sich und beugte sein Gesicht zu ihr, um sie zu küssen. Sie hatte in ihrem Kleid mehr als reizvoll ausgesehen.

Emilia öffnete leicht ihre Lippen und schloss die Augen. Viel zu gern ließ sie sich von Franck küssen.

Er hielt sie in den Armen und Emilia fasste ihn um die Taille und zog ihn noch näher an sich heran.

Da ertönte aus Francks Manteltasche das Handy. Franck und Emilia ließen sich nicht stören. Aber das Handy auch nicht.

Franck langte mit der rechten Hand in die Tasche und warf einen kurzen Blick aufs Display.

»Ich muss rangehen. Der Dienst.« Emilia blieb dicht an ihn geschmiegt stehen.

»Ich höre.«

Emilia spürte an Francks Körpersprache, dass es sich um etwas Ernstes handelte. Sie ließ los und schaute ihn besorgt an. Während des Telefonats verfinsterte sich Francks Miene.

»Verstanden.« Endlich beendete er das Telefonat.
»Was ist los?«
»Jäger braucht meine Hilfe.« Prüfend schaute er Emilia an. »Er liegt im Brühl auf Lauer und wartet auf Verstärkung. Zwei Diebe klauen Bärlauch, sagte mir Keiler.«
Emilia zog ihre Augenbrauen zusammen.
»Die richten spürbaren Schaden an. Hildegard hat sich deswegen schon beklagt. Wo ist denn Jäger? Der Brühl ist weitläufig.«
»Unweit einer Ruine.«
»Dann komm, ich weiß, wo das ist und ich kenne eine Abkürzung.« Emilia griff nach Francks Hand und zog ihn mit sich. Seinen Protest, dass es eine Polizeiaktion sei und er nicht möchte, dass sie sich in Gefahr begibt, verflog. Emilia reagierte nicht. »Du bist bei mir und ich bring dich nur hin. Jäger braucht dich. Und die Stadt braucht den Bärlauch.« Emilia wischte Francks Einwand einfach weg. Sie drehte sich um einhundertachtzig Grad und lief los. Franck blieb nichts anderes übrig, als ihr zu folgen. Er hatte ein Faible für Emilias Tatendrang. Doch keineswegs wollte er sie in Gefahr wissen.

Beide liefen zurück zum ›Schlossberg‹, in dem sie vor wenigen Minuten gefeiert hatten.

»Gib mir deine Hand«, forderte er sie auf. Sie lief schneller, als er erwartet hatte. Emilia drängte Franck beim Laufen nach rechts in die Mühlenstraße. So gelangten sie auf die Kaiser-Otto-Straße. Von dort ging es in östlicher Richtung weiter. Emilias Stiefelabsätze klackten auf dem Pflaster der Stadt. Jetzt liefen sie nach links in die Billungstraße. Am Ende dieser Straße stoppte Emilia ihren Lauf und gab Francks Hand frei.

»Gleich ist diese Straße zu Ende und wir kommen dann auf die Brühlstraße.« Sie zeigte nach vorn. »Die müssen wir überqueren und dann sieht man das marode verfallene Gebäude, das Jäger meint.«

»Ich sende Jäger eine SMS.« Franck tippte auf sein Handy. »Und du bleibst hier.« Ein mahnender Blick traf Emilia.

Emilia wusste, dass es ab hier eine unsichtbare Grenze zwischen ihr und Franck gab. Keinesfalls wollte sie in ein unkontrolliertes Gerangel um Bärlauch geraten.

Metz hastete die Straße weiter und verfluchte den Mantel, den er heute Abend trug. Er hinderte ihn an seiner Bewegungsfreiheit. Jetzt war er an der Brühlstraße. Eine der wenigen Straßenlaternen beleuchtete nicht nur die Straße. Metz zog sich zurück, um eine geeignetere Stelle zu finden, um die Straße zu überqueren. Er lief einige Meter westwärts auf der Brühlstraße und huschte dann hinüber. Das baufällige Haus gab ihm Deckung.

Er umrundete es und war nun in völliger Dunkelheit. Die Wolkendecke hatte sich wieder geschlossen. Metz ließ seine Augen sich an die Dunkelheit gewöhnen. Ein Auto fuhr auf der Brühlstraße mit hoher Geschwindigkeit entlang. Eine Eule oder ein Käuzchen schrie, sie waren auf Jagd. Zweige knackten, der Wind frischte auf. Eine Hand legte sich auf Metz' Schulter. Fast hätte er aufgeschrien.

»Jäger!« Metz' Herz raste.

»Sie sind da vorn.« Jäger stand einen Schritt hinter Metz und wies mit ausgestrecktem Arm nach vorn. Metz sah die zwei dennoch nicht, die sich am Bärlauch bedienten.

»Verstärkung angefordert?«

»Jepp. Reehrükken kommen von der Schäferbrücke. Wir nehmen sie in die Zange. Mal sehen, wer wen vor sich her treibt.«

Metz und Jäger bewegten sich gemeinsam nach vorn. Jäger übernahm die Spitze, da er den Brühl kannte. Leise schlichen die Polizisten durch den dunklen Park. Die Wolkendecke riss wieder auf. Metz sah die Diebe ungefähr dreißig Meter vor ihnen. Metz und Jäger verbargen sich geschickt hinter einem ausladenden Busch. Sie beobachteten, wie der Schmächtigere stehen blieb und sich umschaute.

Hatte er etwas gesehen oder gehört? Metz und Jäger rührten sich keinen Millimeter. Sie sahen, wie der größere der Männer, der Metz' Statur hatte, nach den Säcken griff und deren Fülle prüfte. Er schien mit der Ausbeute zufrieden zu sein. Mit einem Knoten machte er die Säcke zu und pfiff leise. Der andere war immer noch beschäftigt, die Gegend abzusuchen. Doch der Pfiff des Chefs ließ ihn umkehren. Er ging die wenigen Meter zurück und nahm den anderen Plastiksack mit der Diebesbeute. Gemessenen Schrittes verließen sie die von ihnen zugesetzte Stelle, die ein beträchtliches Ausmaß hatte. Die Männer wollten den Transporter erreichen. Ihre Stirnlampen hatten sie ausgeschaltet. Zielstrebig liefen sie durch den Brühl. Jäger und Metz schauten sich an. Von Reehrükken, die sich von der anderen Seite heranpirschen sollten, fehlte jede Spur.

»Sie den jungen, ich nehme den Chef«, entschied Metz im Bruchteil einer Sekunde.

Jäger sprintete wie ein Jagdhund an Metz vorbei. Weder Rücksicht nehmend auf die nächtliche Stille, auf den Dieb vor sich noch auf den Bärlauch. Jäger raste den Dieben hinterher und nahm den jüngeren Mann in seinen Fokus.

Metz, der eine Sekunde später als Jäger losrannte, nahm den anderen Mann aufs Korn.

Das Überraschungsmoment lag aufseiten der Polizei. Metz war gut in Form und bereits warm gelaufen, kurzerhand warf er den Dieb auf die Erde, hockte sich auf ihn und stellte fest, dass er keine Handschellen dabei hatte. Er hasste solche Aktionen. Kurz entschlossen zerrte er sich den Gürtel aus der Hose und band die Hände fest zusammen. Dann rollte er den Mann auf den Rücken.

»Polizei, Sie sind vorläufig festgenommen«, knurrte er den noch immer stummen Dieb an.

Geschickt durchsuchte Metz die Hosentasche und stellte das Messer mit der gebogenen Klinge sicher. Jetzt hatte er die Gelegenheit, sich nach Jäger umzuschauen. Wo war er nur? Er lauschte und hörte Kampfgeräusche, sah aber weder Jäger noch den anderen.

Metz stand auf und lief den Geräuschen nach. Da sah er Jäger mit dem anderen Mann ringen. Beide keuchten. Jäger hatte den Arm, der das Messer hielt, fest im Griff, aber er bekam den wendigen Mann nicht auf den Boden. Dieser gebärdete sich wie eine Schlange. Metz sprang hinzu und entwendete dem anderen das Messer. Der war perplex, sodass Jäger den Moment nutzte und ihn zu Boden warf.

Wie aus dem Nichts tauchten außer Atem Reeh und Rükken auf. Polizeikommissar Reeh reichte Jäger die Handschellen.

»Wir haben eher mit euch gerechnet«, meinte Jäger trocken.

Reeh lächelte gequält.

»Glauben wir, aber ohne Benzin fährt nix.« Rükken hob entschuldigend beide Hände.

»Ihr kümmert euch auch um den anderen.« Das war keine Frage, sondern ein Befehl. Rükken leuchtete den Boden ab, bis der Lichtkegel an einem liegenden Mann hängenblieb. Er nickte verstehend. »Und nehmt auch die beiden Plastiksäcke mit. Beweismaterial. Morgen früh bitte Frau Müller und Frau Weber verständigen, die mögen noch Fotos machen. Und der Transporter, den nehmt ihr euch vor.«

Reeh und Rükken hoben die Hand zum Gruß an ihre Polizeimützen.

»Morgen früh ist auch gut.« Die Erleichterung war Reeh und Rükken anzumerken.

Jetzt nahm Metz seinen Kollegen in Augenschein. Eine Platzwunde an der linken Augenbraue, eine blutige Lippe und wahrscheinlich etliche blaue Flecken.

»Sie gehen morgen zum Arzt!« Auch das war keine Bitte.

»Morgen ist Samstag, Chef. So schlimm ist es nicht«, wandte Jäger ein und machte ein bittendes Gesicht.

Metz verstand Jägers Situation durchaus. Doch er hatte als Chef Jäger gegenüber eine Sorgfaltspflicht, er war im Begriff, diese zu ignorieren. Metz biss sich auf die Lippe.

»Wir gehen Frau Sander abholen«, entschied er.

»Deshalb waren Sie so schnell hier«, stellte dieser überrascht fest und verzog sein Gesicht anerkennend.

Metz und Jäger traten aus dem Brühl heraus. Emilia stand in der Nähe der verfallenen Gaststätte und winkte sie zu einem Taxi mit geöffneten Türen und laufendem Motor.

»Bitte zur Markt-Apotheke«, wies sie den Taxifahrer an.

Metz ließ sich erleichtert in das Polster sinken und war zufrieden über Emilias Umsichtigkeit.

In der Apotheke verarztete sie gekonnt Jägers aufgesprungene Augenbraue und die verletzten Handknöchel. Später rief sie ihm ein Taxi und ließ keine Widerworte gelten. Zudem drückte sie ihm eine Box mit üppigen Resten des Mittagessens ihrer Mitarbeiterinnen wortlos in die Hand. Es waren Spaghetti mit Bolognese, die Signora Romano gekocht und in der Apotheke abgegeben hatte. Sie schien das mütterliche Bedürfnis zu haben, sich um die Damen der Apotheke zu kümmern. Emilia hatte gesehen, dass Jägers Augen aufleuchteten. Sie lächelte in sich hinein.

Später dann, als Metz sich zu Hause im Spiegel betrachtete, entdeckte er im Gesicht mehrere Kratzer, die von den Büschen im Park herrührten. Nach dem Duschen und als er frische Sachen anhatte, war er zu keinem klaren Gedanken mehr fähig. Noch vor einer Stunde hatte er sich auf Emilias Körper gefreut, aber jetzt sehnte er sich nur nach Schlaf. Emilia löschte das Licht in der Essiggasse.

»Schlaf gut«, flüsterte sie und gab ihm einen Kuss auf die Wange.

Kaum hatte er diese Worte gehört, fiel Franck in einen festen Schlaf.

Dienstag

Metz sah von der vor ihm liegenden Akte auf, als Jäger das Büro an diesem regnerischen und kühlen Morgen betrat.

»Morgen, Chef.« Jäger hängte den Parka über die Lehne seines Bürostuhls. Er trug eine schwarze Jeans und ein T-Shirt mit der Aufschrift: ›Der frühe Vogel kann mich mal.‹

Müde ließ er sich auf den Stuhl fallen und fuhr den Computer hoch. Nach der Schlägerei vom letzten Samstag sah er immer noch mitgenommen aus. Ein blaugrünes Veilchen, das sich langsam zu einem orangegelben veränderte, prangte am Jochbein. Die Oberlippe war auch noch geschwollen. Sicher hatte Jäger nicht intensiv genug gekühlt, wie Emilia es ihm aufgetragen hatte. Jägers Augenringe sagten Metz genug.

Metz war absichtlich zeitig im Büro. Er saß wie auf heißen Kohlen. Die Unruhe war fast greifbar. Und er wettete, dass es Jäger genauso erging.

Seit einer Stunde brütete Metz über der Akte des Skeletts vom Ochsenkopf. Dienstgruppenleiter Petersen war noch nicht im Büro. 6 Uhr morgens war nicht seine Zeit.

Jäger sichtete lustlos die eingegangenen E-Mails. Sie durften auch nicht die anderen Fälle vergessen, die mit viel Schreibarbeiten aufwarteten. Es gab mehr zu tun als ihre zwei persönlichen Fälle. Nicht nur Petersen wollte Resultate sehen, auch Staatsanwalt Ahrens erkundigte sich nach dem Stand der Ermittlungen geringfügiger Delikte.

Es war kurz vor 8 Uhr, als Jäger der Geduldsfaden riss.

»Chef, ich mache uns jetzt Kaffee.«

Metz wusste, dass Jäger noch nicht gefrühstückt hatte.

»Gehen Sie in die Kantine und holen sich Ihr Frühstück. Ich mache uns den Kaffee«, entschied Metz. »Bringen Sie mir bitte zwei Spiegeleier mit.«

Jäger ließ sich das nicht zweimal sagen. Er verschwand mit dem Geld, das Metz ihm auf den Schreibtisch gelegt hatte.

Nach wenigen Minuten war Jäger mit einem Tablett zurück. Darauf standen Brot und Butter, Käse, Wurst und zwei abgedeckte Teller mit je zwei Spiegeleiern.

Jäger hatte ein besonderes Verhältnis zur Kantine. Metz hatte es aufgegeben, sich zu wundern. Er hatte sich um den Kaffee gekümmert. Als sie einträglich frühstückten, steckte Petersen den Kopf durch die Tür.

»Morgen, Männer. Wie sieht es mit eurem Skelett aus? Seid ihr weiter? Ihr wisst doch ...« Metz und Jäger nickten. Sie wussten, dass ihrem Vorgesetzten die anderen Vorgesetzten im Nacken saßen, doch es machte eine Heidenarbeit, die Daten einzugeben. »Ich will euch nicht stören. Ihr macht das schon.«

Eine Stunde später ertönte in Metz' Computer das Signal einer eingehenden E-Mail. Jäger schaute von Neugier erfüllt hinüber.

»Drücken Sie die Daumen«, forderte ihn Metz auf. Sie wollten einfach einen Durchbruch erzielen. Jäger umrundete den Schreibtisch seines Vorgesetzten. Er stand hinter Metz, als dieser gebannt auf die Mitteilung der kassenzahnärztlichen Vereinigung starrte. »Das Eingreifen Ahrens hat sich ausgezahlt«, schlussfolgerte Metz. »Die Zahnarztpraxis, die uns interessiert, liegt auf dem Münzenberg. Eine Frau Doktor Schneider soll diese leiten. Dann lassen Sie uns dort weiter ermitteln.«

Das ließ sich Jäger ebenso nicht zweimal sagen. Besonders diese Art der Hintergrundrecherche gab ihm Futter für seine Seele. Nicht das Absuchen und Vergleichen der Datenbanken oder Berichte schreiben. Flugs sperrte er den Computer, griff nach dem Parka und verließ als Erster das Büro.

Metz ordnete ebenfalls seinen Schreibtisch, verschloss die Schubladen und steckte die Waffe ins Holster.

Der Himmel sah bleifarben aus und es regnete immer noch. Dünne Tropfen, die eher Regenfäden glichen, wurden vom Scheibenwischer sanft zur Seite gewischt. Auf den Straßen war um diese Uhrzeit wenig Verkehr. Der Berufsverkehr war durch und wer nicht raus musste, ließ es vermutlich. Das war ein Tag, um es sich zu Hause gemütlich zu machen.

»Münzenberg? Was wissen Sie darüber?« Metz wollte sich einen Überblick verschaffen.

»Im 16. Jahrhundert«, erklärte Jäger, »ja, ich glaube nicht, dass ich falsch liege. Also eine der vielen Äbtissinnen erlaubte den Armen die

Besiedlung des Münzenberges. Die Quedlinburger waren nicht sehr erbaut über die neue Nachbarschaft. Lange Zeit war ›Münzenberger‹ ein Schimpfwort. Angeblich sollen die Münzenberger Neugeborene zum Fenster hinausgehalten und den frisch gebackenen Vätern gesagt haben: ›Alles, was de siehst, is denne, derfst dich nur net fade lasse!‹ (Alles, was du siehst, ist deins, darfst dich nur nicht erwischen lassen!) Sogar einen eigenen Wortschatz hatten sie.«

»Sie waren also nicht willkommen und haben ihr Süppchen allein gekocht?«

»Sie passten nicht ins Raster, waren zu arm.« Jäger hatte unterhalb des Berges gehalten. »Der Münzenberg liegt westlich der Quedlinburger Altstadt. Wir werden nach oben laufen, das ist leichter, als sich oben einen Parkplatz zu suchen.«

Sie stiegen aus. Jäger klemmte sich seinen Laptop unter den Arm und schloss den Dienstwagen ab. Beide gingen die gewundenen Wege des Münzenberges nach oben. Metz vertraute darauf, dass Jäger wusste, was er tat.

»Viele Fachwerkhäuser«, meinte Jäger.

»Sicherlich hat es oft gebrannt, so eng wie die stehen?«, vermutete Metz. Er sah die schmalen Häuser und den Liebreiz, den die Bewohner diesen zuteil kommen ließen. Schade, dass der Regen es ihm verdarb, genauer hinzuschauen. Aber er würde ein Glas Wein und ein Abendessen auf dem Münzenberg einnehmen. Zusammen mit Emilia.

»Ja, oft. Es gibt hier auch keine Straßennamen. Nur Hausnummern.«

Sie waren nach oben gelaufen und trotz des Regens bot sich ihnen ein weiter Ausblick über Quedlinburg und das Harzer Vorland. Jäger, der seine Kapuze hochgeschlagen hatte und in seinem Parka vor dem Regen geschützt war, bog in die zweite Straße von oben ein. Das erste Haus dieser Straße war die Zahnarztpraxis von Frau Dr. Schneider. Sie war in einem kleinen Haus mit windschiefem Dach untergebracht.

Metz und Jäger traten ein. Der Warteraum war überraschend groß und bot Platz für zehn Patienten. Einige wenige saßen still im Wartebereich. Zwei lasen, einer hielt sich seine Wange. Eine Frau mit Kind griff nach einer der bunten Zeitungen, die auf dem Tisch ausgebreitet lagen. Am Tresen telefonierte eine Zahnarzthelferin, während eine weitere sich um die Belange der Patienten kümmerte. An den Wänden hingen einige Bilder, die Metz nicht in einer Arztpraxis vermutet hätte. Es waren keine billigen Drucke, die man in Einrichtungscentern kaufen konnte. Diese Bilder drückten etwas Spezielles aus. Doch Metz konnte sich nicht weiter in die Bilder hineinversetzen.

»Sie haben einen Termin?«, fragte die freundliche Mitarbeiterin und schaute die Männer an.

Metz schüttelte den Kopf, zog den Polizeiausweis aus der Tasche und zeigte ihn diskret.

»Wir sind in einer anderen Angelegenheit hier.« Metz steckte den Ausweis wieder weg. »Wir möchten mit Frau Doktor Schneider sprechen.«

»Frau Doktor ist in einer Operation.«

»Dauert es lange?«

»Eine Stunde wird es dauern«, mischte sich die andere Kollegin ein. »Worum geht es denn?«

»Leider kann ich das nur mit Frau Doktor besprechen.«

»Wollen Sie bleiben ...?«

»Danke, wir sind in einer Stunde wieder zurück.« Metz drehte sich um, doch es fiel ihm noch etwas ein. »Wo kann man hier einen Kaffee trinken gehen?«

»Im Café am Münzenberg. In der vierten Generation haben die das Café schon.«

Eine Stunde später empfing sie Frau Dr. Schneider mit einem strahlendweißen Lächeln in ihrem Büro. Sie war schlank, um die sechzig Jahre alt und trug eine Brille mit einem zarten Metallgestell. Unter ihrem offenen Arztkittel trug sie einen Wollpullover mit V-Ausschnitt, dazu eine blaue Jeans. Ihr Lächeln war herzlich und zeigte viele kleine Falten um die Augen und ihren Mund. Auf ein Make-up legte sie keinen Wert.

»Womit kann ich den Herren behilflich sein?« Sie war selbstbewusst genug, um gleich zum Thema zu kommen.

Metz überreichte Frau Schneider das Schreiben der kassenzahnärztlichen Vereinigung und die Röntgenbilder des Skeletts vom Ochsenkopf.

»Wir benötigen dringend den Namen des Patienten.«

»Sie vermuten, dass er tot ist?« Frau Doktor blickte über ihre Brille und erkannte, dass es ernst gemeint war. »Moni«, bat sie eine ihrer Helferinnen, »komm mal, du musst mir eine Arbeit abnehmen.« Sie legte den Telefonhörer wieder auf. »Wir suchen Ihnen die Daten raus und lassen Sie Ihnen zukommen«, wandte sie sich an ihre Besucher. Freundlich, aber bestimmt.

»Danke, das ist sehr in unserem Interesse.«

Metz schob sein Kärtchen über Frau Dr. Schneiders makellos sauberen Schreibtisch.

Zusammen verließen sie die Praxis. Schweigend fuhren sie die kurze Strecke zum Revierkommissariat zurück. Jeder hing seinen Gedanken nach.

Zwei Stunden später rief Frau Dr. Schneider an.

»Die entsprechenden Röntgenbilder wurden von mir verglichen. Und ich ...« Papier raschelte.

Metz verkrampfte die Hand am Telefonhörer. Jäger blickte über den Rand des Computers. Der Blick aus seinen grauen Augen blieb auf Metz gerichtet.

»Ah, entschuldigen Sie bitte, Hauptkommissar Metz«, endlich sprach Frau Doktor wieder. »Meine Zahnarztgehilfin hat mir noch etwas gesagt. Ähm, wie soll ich das ausdrücken ... Sie kannte den Patienten.«

»Und wer ist der Patient?« Nur mit Mühe unterdrückte Metz seine Aufregung.

»Es ist Dr. Eduard Ostenbaum.« Wieder hatte sie den Hörer abgelegt und Metz hörte sie etwas flüstern. »Schwester Monika wird nach Dienstschluss zu Ihnen kommen. Welches Zimmer?«

»202.«

Sie hatte einfach aufgelegt. Metz starrte den Telefonhörer fassungslos an.

»Suchen Sie den Dienstschluss der Arztpraxis heraus. Dazu alle Hintergrundinformationen, die wir über einen Dr. Eduard Ostenbaum finden. Suchen Sie alle gängigen Datenbanken ab. Ich möchte nachher so viel wissen, wie es geht.«

Jäger bearbeitete die Tastatur.

»14 Uhr ist Ende der Arbeitszeit.«

»Wird ein langer Arbeitstag werden«, prophezeite Metz.

Doch Jäger war bereits abgetaucht in die Tiefen der Polizeiarbeit. Metz dachte zum wiederholten Mal, dass er in Jäger mehr sah als nur einen Polizeiobermeister. Mit der richtigen Ausbildung hatte er das Zeug zu einem Ermittler, der nicht locker ließ, bis er die Täter hatte. Mit etwas Wehmut dachte Metz an sich als jungen Mann. Wünschte er Jäger wirklich all die schrecklichen Dinge, die er selber im Laufe seiner Dienstjahre gesehen und erlebt hatte? Wirklich? Aber was hatte Jäger vor nicht allzu langer Zeit gesagt: Wir sind die Guten? Ja, das waren sie.

Metz wollte die verbleibende Zeit nutzen, den Bericht über die Ergreifung der beiden Diebe, Einbrecher und den Überfall auf Frau Prahl zu Ende zu bringen. Herr Prahl war aus dem Krankenhaus entlassen worden. Frau Prahls Auge ging es wieder gut. Jäger hatte sich erkundigt. Die Wohnungsbaugesellschaft hatte ihr Versprechen erfüllt und den Mietern des Eingangs geholfen, ihre Keller wieder zu benutzen. Außerdem wurde nicht mehr so leichtsinnig mit den Schlüsseln verfahren. Es gab Änderungen im Arbeitsprozess. Der junge Mann, der sich den Schlüssel hatte abnehmen lassen, war nicht entlassen worden. Aber er musste mit anderen Sanktionen rechnen.

Als Jäger und Metz am Montag zum Dienst gekommen waren, hatte der Staatsanwalt sie schon erwartet, um ihnen wegen der schnellen Aufklärung des Überfalls und des Bärlauch-Diebstahls zu danken. Ahrends selbst hatte lobende Worte für ihren selbstlosen Einsatz gefunden. Wobei er die Blessuren in Jägers Gesicht gründlich in Augenschein genommen hatte. »Eine Krankschreibung haben Sie abgelehnt?« Jäger hatte wortlos bejaht. »Sie haben sich offenbar als Team gefunden. Petersen hatte recht.« Mit diesen Worten und einem Blick, der nicht genau aussagte, ob er es ernst meinte, hatte er sie entlassen. Das sollte wohl ein Lob gewesen sein, darauf hatten sich Metz und Jäger später in ihrem Büro geeinigt.

Das Telefon klingelte, Metz nahm ab.

»Die Zahnarzthelferin ist auf dem Weg.«

Zaghaft klopfte es an der Tür und ein kräftiges »Herein!« folgte.

»Guten Tag. Nehmen Sie bitte Platz, Frau ...?«

»Monika Wallner.«

»Was möchten Sie uns mitteilen?«

»Dr. Ostenbaum ist mir persönlich bekannt gewesen.« Dabei verzog sie ihr Gesicht. »Als Sie heute Morgen bei uns waren und ich die Abgleiche durchgeführt habe, hat Frau Doktor das Ergebnis natürlich nochmals kontrolliert«, versicherte sie und schaute unsicher in die Gesichter der Männer. »Vor acht Jahren habe ich in der Praxis von Dr. Ostenbaum als Sprechstundenhilfe gearbeitet. Ich habe ein Praktikum bei ihm gemacht.«

Jäger fühlte sich etwas unangenehm berührt. Er war selber unentschlossen, ob er studieren wollte, wie es ihm seine Mutter immer nahelegte, oder ob er ein Streifenpolizist blieb.

»Ich habe versucht, mich dort einzuarbeiten. Außer mir hat nur eine damals ältere Helferin gearbeitet. Aber irgendwie ...« Sie suchte nach Worten.

Jäger stand auf und füllte ein Glas Wasser aus seiner Wasserflasche ab und schob es vor Frau Wallner.

»Danke.« Sie trank nur einen kleinen Schluck. Mehr aus Höflichkeit. »Nach einem Jahr habe ich mir eine andere Stelle gesucht. Bei Frau Dr. Schneider bin ich gut aufgehoben.«

»Warum hat es Ihnen denn nicht gefallen?«

»Er war ein Schwein.«

Jäger starrte Frau Wallner an. Laut seiner Recherche war Dr. Ostenbaum ein Vorbild in jeder Hinsicht gewesen. Stets hatte er sich für die Belange der Patienten eingesetzt, er war ein souveräner Mediziner, fungierte oft bei Tagungen als Sprecher. Die Ärztekammer hatte keinerlei Anzeichen oder einen Schatten seiner makellos sauberen Weste gefunden. Er war nicht verheiratet und hatte keine Kinder. Er besaß in Gernrode ein kleines Haus, nicht übertrieben extravagant, und das hatte er vor fünf Jahren verkauft. An wen, diese Information vom Grundbuchamt stand noch aus. Auch die Anfrage an die Banken. Im Meldeamt hatte er angefragt und sofort die Antwort erhalten, dass er ausgewandert sein soll. Die Abmeldung in die Schweiz erfolgte am 31. Oktober 2005. Wahrscheinlich wollte er seinen Lebensabend dort verbringen. Geld hatte er ja durch den Hausverkauf und sicher auch noch einiges Erspartes. Jäger war über diesen Mann, der das Skelett von Quedlinburg sein sollte, bestens im Bilde. Nichts deutete darauf hin, dass er ein Schwein sein sollte.

»Erklären Sie es uns.« Metz bat sie mit weicher Stimme, denn er hatte bemerkt, dass es der Zeugin schwerfiel, weiterzusprechen.

»Honigsüß war er zu den Patienten, aber er hat sie nicht gut behandelt.«

»Inwiefern?«

»Er hat sie abhängig gemacht.«

Eine Weile hörte man die Fliege summen, die sich beim Lüften ins Büro verirrt hatte. Diese Mitteilung saß.

»Womit?«

»Arzneimittel.« Monika Wallner hatte es endlich ausgesprochen. Dieses Wort, was sie eigentlich überhaupt nicht glauben wollte. Sie war mit dem Wissen groß geworden: ›Wenn ich krank bin, gehe ich zum Doktor und der macht mich wieder gesund.‹ Zumindest war das die Version ihrer Mutter. Dass nicht immer alles so glimpflich abging, wurde immer offensichtlicher, je älter sie wurde. Aber sie hatte angenommen, dass die Ärzte dennoch ihr Möglichstes tun. Ihr absolut Möglichstes. Wozu gab es denn den hippokratischen Eid? Deshalb wollte sie einen Beruf haben, wo sie den Patienten hilfreich zur Seite stehen konnte. Ärztin war ausgeschlossen. Das wollte sie nicht, und die schulischen Leistungen waren nicht ausreichend dafür, aber für einen pflegenden und heilenden Beruf schien sie gemacht zu sein. Sie hatte nie Zweifel gehabt, bis sie Dr. Ostenbaum traf. Er war nett und freundlich, in der Mehrzahl hatte er ältere und sehr viele ganz alte und auch alleinstehende Patienten betreut. Viele bedurften auch des Hausbesuchs. Mit Freude begab sich Dr. Ostenbaum auf Hausbesuche und kam oft mit einem strahlenden Lächeln und bester Laune zurück.

»Anfangs dachte ich mir nichts dabei. Doch dann ...« Wieder wanderte ihr Blick in die Ferne. »Manche Akten wurden weggeschlossen, da konnte ich nichts einsortieren. Das machte immer die ältere Kollegin. Und sie blieb auch nach Feierabend. Zu Anfang dachte ich, die haben ein Verhältnis. Ich hab mich geirrt, das war ein Arbeitsverhältnis.«

»Machte Sie das nicht neugierig?«, stellte Metz die Frage.

Monika Wallner bejahte diesen Sachverhalt.

»Haben Sie etwas gegen die Neugier gemacht?«

»Ein einziges Mal habe ich am Wochenende gearbeitet und niemand war da. Ich wusste, wo die Kollegin den Schlüssel versteckt.«

»Was haben Sie herausgefunden?«

»Dass die Medikamentationen überdurchschnittlich gegeben wurden. Und damit wollte ich nichts zu tun haben. Zwei Wochen später habe ich gekündigt.« Das war Antwort genug. »Die meisten Leute glaubten an den Doktor. Wem es nicht in dieser Praxis gefiel, der ging eben zu einem anderen Arzt.«

»Haben Sie Anzeige gestellt, der Ärztekammer berichtet?«, wollte er wissen.

Langsam schüttelte Monika Wallner den Kopf. Sie wusste, dass auch sie die Patienten allein gelassen hatte. Sie hatte nicht für sie gekämpft, sich nicht eingesetzt, aus Angst, als Nestbeschmutzer in keiner Praxis mehr eingestellt zu werden. Metz wusste, dass es ein ewiger Kreislauf war.

»Er hat den Patienten immer nur Medikamente verschrieben, zu viel und zu lange. Niemals einen anderen Heilansatz begonnen. Die Patienten fühlten sich gut aufgehoben, sie bekamen immer einen Termin, waren schnell wieder draußen. Sie mussten nichts weiter tun, als die Tabletten einzunehmen.«

Jägers Magen knurrte laut und vernehmlich. Jäger schenkte sich aus der Wasserflasche ein und trank. Metz ignorierte dieses Geräusch.

»Gab es keine Beschwerden, von Angehörigen zum Beispiel? Gab es jemals einen Vorfall, an den Sie sich erinnern, der anders war? Oder einen Vermerk in den Akten?«

»Nein.« Sie war ganz leise und es schien, als ob sie immer kleiner auf dem Platz vor seinem Schreibtisch wurde. Da hob sie die Hand. »Doch. Kurz bevor ich gekündigt habe, gab es eine Ehefrau. Die hat sich beschwert.«

»Fällt Ihnen noch der Name ein?«

Die Zeugin überlegte.

»Nein, tut mir leid. Deren Mann war Patient, das weiß ich noch und dass sie weinend aus dem Ärztezimmer kam.«

»Hatte das Folgen für Dr. Ostenbaum?«

Frau Wallner schüttelte den Kopf.

»Nicht, dass ich wüsste.«

»Gab es einen Vermerk darüber?«

»Nein. Ich hatte der Frau gesagt, sie könne sich an die Ärztekammer wenden.«

»Wissen Sie, ob sie das getan hat?«

Kopfschütteln.

»Vielen Dank, Frau Wallner. Sie haben uns weitergeholfen. Wenn Ihnen noch etwas einfällt, dann melden Sie sich bei uns.«

Wie ein geprügelter Hund stand Frau Wallner auf. Sie wusste, dass sie damals nicht richtig gehandelt hatte.

Metz verstand die Frau nur zu gut. Es war immer schwer, für jemanden einzutreten. Ein steter Kreislauf von Schuld. Klar und deutlich hörte Metz den einen Satz, der das ganze Ausmaß verdeutlichte:

Nicht durch die Schuld der Sterne, lieber Brutus,
durch eigne Schuld nur sind wir Schwächlinge.

Vor Jahren hatte er, damals noch mit seiner geschiedenen Frau, Tickets für das meisterhaft inszenierte Drama Julius Cäsar erstanden.

»Chef.« Jäger hielt seine Hand auf den Magen. Er hatte Hunger.

»Holen Sie für sich etwas zu essen. Ich gehe zwischenzeitlich in die Markt-Apotheke.«

Geschwind griff Jäger sich seinen Parka. Hinter ihm klappte die Bürotür.

Nach dieser Befragung stellte sich ihr ganzer Ansatz infrage. Hatten sie überhaupt einen?, fragte sich Metz gleich darauf. Auch er musste etwas essen. Mit einem leeren Bauch zu arbeiten, ergab wenig Sinn.

Emilia hatte alle Hände voll zu tun in der Apotheke. Frau Grünberger und Frau Weiß waren ausgefallen. Beide zur gleichen Zeit. Bei Frau Grünberger hatte sich die heftige Erkältung auf die Stimmbänder gelegt. Nur ein Krächzen kam aus ihrem Mund. Frau Weiß hatte eine Angina und lag mit vierzig Grad Fieber im Bett.

Dennoch lächelte Emilia, als Franck die Apotheke betrat und sie ihn sah, wie er sich in die Reihe der Wartenden stellte. Sie machte ein Handzeichen, um ihm zu sagen, dass er vorkommen oder ins Büro gehen konnte. Metz verneinte.

»Bitte doch, Frau Senger. Ihr Wechselgeld. Gute Besserung. Und Sie holen das Rezept für Ihren Mann ab«, wandte sie sich einer Kundin zu. »Bitte und grüßen Sie Ihren Mann.« Emilia schob die Papiertüte mit ihrem Apothekenlogo über den Verkaufstisch. Noch zehn Kunden standen zwischen ihnen. Endlich war Franck an der Reihe.

»Ma Chérie, du brauchst noch jemanden in der Apotheke.«

Emilia raunte leise:

»Ich weiß. Im Kühlschrank ist Suppe und wir haben Reis mit Hühnchencurry. Wirklich empfehlenswert. Von der roten Grütze mit Vanillesoße nimmst du bitte etwas für Robin mit.«

»Wem soll ich etwas mitnehmen?« Metz runzelte die Stirn.

»Na, Jäger.«

Metz schüttelte den Kopf.

»Ach so. Dir sagt er seinen Vornamen, nachdem du ihn verarztet hast. Ich musste erst die Daten im Polizeisystem bemühen.«

Emilia hob mit unschuldiger Miene ihre Schultern.

»Ich muss dich etwas Wichtiges fragen.«

»Jetzt?«, raunte sie ihm zu. Hinter Metz standen Kunden, die unruhig von einem Bein aufs andere traten.

»Kennst du einen Dr. Ostenbaum?«

»Ja, kannte ich. Als ich die Apotheke übernommen habe, kamen Kunden mit Rezepten von ihm. Aber das war nur kurz. Der hat seine Praxis aufgegeben und ist in Ruhestand gegangen.«

»Was waren das für Rezepte, kannst du dich erinnern?«

»Viele Bluthochdruckpatienten.«

Emilia hatte, was Rezepte, Pflanzen und chemische Verbindungen betraf, ein begnadetes Gedächtnis.

»Danke.« Metz zog sie über den Verkaufstisch und drückte ihr einen Kuss auf die Lippen. Dieser hätte noch ewig dauern können, aber Emilia machte sich mit einer mahnenden Handbewegung an Francks Brust frei.

Das Skelett vom Ochsenkopf

»Das muss wahre Liebe sein«, meinte ein älterer Mann. Als Metz an ihm vorbeiging, lüftete er grüßend seinen Hut. Metz schob sich durch die Menschenreihe.

Frau Mandel hantierte in der Küche. Sie sah Metz' Hunger an. »Setzen Sie sich.« Zuerst füllte sie ihm die noch heiße Suppe in eine Schale. »Rote-Linsen-Suppe«, erklärte sie beiläufig und war bereits wieder damit beschäftigt, die Spülmaschine auszuräumen.

Metz beobachtete sie beim Löffeln der Suppe. Frau Mandel war in einem Alter, wo einem alles leicht von der Hand ging, sie hatte eine Vielzahl von Locken und viele Lachfalten im Gesicht. Sie war mit blauen Jeans, die in halbhohen Stiefeln steckten, und einem schwarzen Rollkragenpullover bekleidet. Darüber trug sie den Apothekenkittel, den sie vorne nicht geschlossen hatte.

Die Suppe war köstlich. Metz schmeckte Kokosnussmilch heraus. Frau Mandel strich eben eine Notiz durch auf einem Zettel, der am Kühlschrank mit einem quietschbunten Magneten in Schräglage hing.

»Haben Sie die selbst gekocht?«, wollte er wissen und erntete das Wippen vieler kleiner Locken.

Im rechten Moment war das Hühnchencurry mit Reis heiß und Metz nahm sich dankbar der Mahlzeit an. Die rote Grütze ließ er sich für Jäger in zwei Tupperbüchsen einfüllen. Wie schaffte es Emilia nur, das Vertrauen der Menschen im Handumdrehen zu gewinnen? Manchmal machte ihn das sprachlos. Aber er liebte diese Eigenschaft an ihr. Sie war ein liebenswerter Mensch. Und für sein Herz der Balsam, der ihn weitermachen ließ, der ihn hoffen ließ.

Nachdem sich Metz gestärkt hatte, dankte er Frau Mandel, die gerade aus dem Labor kam und ein Tablett mit Apothekenflaschen trug, das sichtlich zu schwer beladen war. Metz sprang hinzu und nahm ihr das Tablett ab.

»Da haben Sie sich aber zu viel zugemutet.« In seiner Stimme schwang leichter Tadel. Er wusste von Emilia, dass Frau Mandel vor einigen Monaten einen Herzinfarkt gehabt hatte.

»Das war nur ein leichter«, meinte sie und winkte ab. Sie wusste, worauf Metz anspielte.

»Damit sollte man nicht scherzen«, mahnte er aufrichtig.

»Sie sehen es doch selber.« Sie wies mit dem Kinn nach vorn. »Die Chefin arbeitet, bis sie selber noch mal umfällt. Wir brauchen noch eine Apothekerin. Wir haben das schon oft gesagt. Wenn Frau Weiß und Frau Grünberger zusammen ausfallen, so wie gerade ...« Sie ließ das Satzende offen. »Die Chefin muss heute Abend noch

Rezepte bedrucken, taxieren und auf Fehler kontrollieren«, fuhr Frau Mandel fort. »Und glauben Sie mir, sie hat früher schon bis in die Nacht arbeiten können.« Frau Mandel schüttelte leicht den Kopf. Franck Metz wusste, wie sie das meinte. »Sie schreibt ja noch Genehmigungen für Hilfsmittel, für Inhaliergeräte, Kompressionsstrümpfe oder Trinknahrung.« Wenn Emilia heute Abend heimkam, wurden noch E-Mails beantwortet oder sie tätigte Überweisungen, das kannte Franck Metz schon.

Frau Mandel sah Metz an.

»Und Sie haben ja auch alle Hände voll zu tun. Weiß gar nicht, was plötzlich in die Menschen gefahren ist. Aber danke, dass Sie diese dreisten Verbrecher geschnappt haben, die die alte Frau Prahl dermaßen zugerichtet haben. Dafür koche ich Ihnen auch immer gern etwas Gutes. Und dem jungen Mann nehmen Sie auch den Rest vom Hühnchencurry mit.«

Metz' Einwand ließ sie nicht gelten. Mit einer Papiertüte, in der sich nun drei Tupperbüchsen befanden, trat Metz den Rückweg an.

Im Revierkommissariat angekommen begab er sich sogleich ins Büro. Jäger stand bereits an der Tafel und vermerkte neue Daten.

»Wir haben den Namen unseres Opfers. Lassen Sie uns die Fakten ordnen und entwickeln wir ein Schema. Wir suchen ein Muster. Wir suchen auch die Richtung, in die wir den Verdacht lenken. Lassen Sie uns das vorliegende Material bis ins Detail beleuchten. Von verschiedenen Seiten.«

Jäger nickte. Er hatte bereits die Fotos des Skeletts anders geordnet. Die Fotos waren in der Mitte angeheftet. Strahlenförmig hatte er die Erkenntnisse der Spurensicherung und der Gerichtsmedizin angebracht.

Metz saß an seinem Schreibtisch und blickte auf die Tafel.

»Wir wissen jetzt, dass unser Opfer Dr. Ostenbaum ist. Vor fünf Jahren wurde er erschossen.«

»Was machen die Angaben wegen der Munition?« Jäger hatte den Auftrag vor Wochen erhalten.

»Liegt vor.« Jäger war dabei, eine Information anzupinnen. »Repetiergewehr. Großer Waffenschein nötig. Alle Schützenvereine in der Umgebung abtelefoniert und per E-Mail die Antworten erhalten. Es ist kein Einbruch der letzten zehn Jahre vorgekommen. Keine Waffen, egal, ob mit kleinem oder großem Waffenschein, egal, ob Jagdwaffe oder Sportwaffe, wurden entwendet.«

Metz schürzte seine Lippen und strich sich über seinen Bart.

»Man hat ihn ausgezogen oder er hat sich ausgezogen? Ich meine, es macht keinen Sinn, wenn das Opfer sich selbst das Grab schaufelt«, vermutete Metz. »Wir haben uns den Ort angeschaut. Wenn man dort um Hilfe schreit, trägt die Stimme weit. Es hätte jemanden aufmerksam machen müssen. Sie haben die Gartenbesitzer ja alle befragt, die dort ihr Laube haben?« Metz' Frage war rhetorisch.

»Das hat nichts ergeben, einige Pächter sind zudem verstorben.« Jäger starrte an die Tafel. »Macht man es nicht aus Verzweiflung oder weil man hofft, dass der Mörder noch gestört wird von einem vorbeikommenden Gassigeher?«

»Faktor Zeitgewinnung?« Metz nickte. »Jeder hofft bis zur allerletzten Sekunde. Doch hier denke ich das nicht. Der Täter musste schnell handeln, eben weil er keinem Hundebesitzer in die Quere kommen wollte.«

»Warum hat er es getan? Und wieso hat er die Leiche drapiert?«

»Diese Pflöcke, diese Fettschicht an der Stelle, wo einstmals die Ohren waren, die Fusseln im Rachenbereich, das Bekleidungsstück, das einem Büßergewand ähnelt. Nichts weiter wurde gefunden. Kein Schmuck, keine Uhr, nichts, was auf eine Person hindeutete. Auch nicht die Patronenhülse.«

»Wie ausgelöscht.«

›Ausgelöscht‹, das Wort hing schwer in der Luft.

»Sie sind mit der Hintergrundrecherche über Dr. Ostenbaum fertig?«

»1935 in Halberstadt geboren. Medizinstudium in Halle/Saale absolviert. Keine Ehefrau. Keine Kinder, soweit ich recherchiert hab. In Gernrode führte er zwanzig Jahre die Praxis für Allgemeinmedizin. Seine Mitarbeiterin war Uta Paulsen. Diese ist vor zwei Jahren in Rente gegangen und vor einem halben Jahr verstorben.«

»Schade«, meinte Metz. »Hat jemand die Praxis übernommen?«

»Ein Dr. Ullrich.«

»Wir brauchen die Informationen, ob er die Patienten von Dr. Ostenbaum übernommen hat. Wo werden die Akten aufbewahrt? Rufen Sie die Ärztekammer an.«

Jäger notierte es sich. Er hatte rote Wangen und das lag nicht nur am Essen aus der Kantine und auch nicht an der Aussicht auf die rote Grütze. Längst hatte er in die Papiertüte gelinst.

»Wer kannte denn den Menschen Dr. Ostenbaum? Wir fahren morgen zu den Besitzern des Hauses, die es ihm abgekauft haben«, legte Metz fest. »Außerdem brauchen wir dringend die Patientendaten. Ich werde mit Ahrens sprechen. Wir sehen uns dann morgen früh. Es ist Zeit für den Feierabend.«

Emilia schloss nach 21 Uhr ihre Wohnungstür auf. Franck hatte sie bereits gehört und half ihr aus dem leichten Trenchcoat, den sie am Morgen, trotz des Regens, angezogen hatte. Sie zog ihre Pumps aus und massierte sich kurz den rechten Fuß.

»Schmerzen?«, fragte Franck mit besorgter Stimme.

Emilia war nur noch fähig zu nicken.

»Ich habe Tee gekocht.«

»Wirklich?«

Franck blickte sie an. War es Ironie oder meinte sie es ernst?

»Nach Wein ist mir heute nicht«, ergänzte Emilia, als sie Francks hochgezogene Augenbraue und den spöttisch verzogenen Mundwinkel sah.

»Hast du etwas zu essen gemacht?« Emilia wusste, dass auch Franck einen langen und ebenso anstrengenden Tag gehabt hatte. »Sonst bestelle ich uns etwas ...«

Emilias erster Weg führte sie ins Bad, gründlich wusch sie sich die Hände. Sie konnte es nicht ausstehen, nach Hause zu kommen und dieses Ritual nicht durchzuführen. Erst dann hatte sie Feierabend.

In der Küche hatte Franck den Tisch gedeckt. Sie sah es mit Freuden. In der Mitte des Tisches standen mehrere kleine Schälchen mit Antipasti, Mozzarella mit Basilikumpesto, frischer Chicoreesalat mit Granatapfelkernen und Birnen und getoastete Bauernbrotscheiben mit Käse und einem Rührei. Emilia sah Franck dankbar und hungrig an, als sie fertig war, diesen reich gedeckten Tisch zu bewundern.

»Lass uns essen und dann ist mir nach Bett.«

»Bett?«, fragte Emilia. Heute war sie total abgearbeitet und sehnte sich nach Ruhe und dem Einkuscheln neben Franck. Sie wusste, dass sie binnen weniger Momente eingeschlafen sein würde.

»Das wird uns beiden guttun.« Francks Stimme klang entschieden.

Später, als sie beide aneinandergekuschelt im Bett lagen und der Stille des Zimmers lauschten, dauerte es nur wenige Momente und sie waren eingeschlafen. Den letzten Gedanken, den Franck hatte, konnte er nicht mehr aussprechen. Der Schlaf nahm ihn mit und deponierte ihn an einem sicheren Ort.

Mittwoch

Am nächsten Morgen wachte Metz wie üblich zuerst auf. Emilia lag bis zur Nasenspitze eingehüllt unter ihrer Decke eng an seiner Seite. Ihre leisen Schlafgeräusche störten ihn nicht. Er hob den Arm, um auf seine Uhr zu schauen. 5.30 Uhr. Eine halbe Stunde blieb ihm, bis der Wecker klingeln würde. Zeit, um seine Gedanken zu ordnen.

Als er Emilia gestern Nachmittag nach Dr. Ostenbaum gefragt hatte, war ihr der Arzt relativ unbekannt. Soweit sie sich erinnerte, hatten wenig Patienten Rezepte bei ihr eingelöst. Außerdem hatte Emilia erst zu diesem Zeitraum, also 2005, die Apotheke übernommen. Mittlerweile war viel Zeit verstrichen, sodass man sich nicht mehr erinnern konnte. Konnte er sich erinnern, was vor fünf Jahren war? Er erinnerte sich ungern an diese Zeit, sein Burn-out hatte sich angebahnt. Von dieser Krankheit hatte er sich fast das Leben aus der Hand nehmen lassen. Das durfte ihm nicht noch einmal passieren. Aber die Zeit hier in Quedlinburg hatte dennoch Spuren in ihm hinterlassen. Franck streichelte Emilia. Er hatte sich bereits für Quedlinburg entschieden. Doch er hatte sich noch nicht entschieden, ob er seinen Beruf weiterhin ausüben wollte. Er konnte darauf keine Antwort geben. Noch hatte er einige Monate für diese Entscheidung.

Das Skelett vom Ochsenkopf bewegte ihn dennoch. Welcher Kriminalist lässt sich einen derartigen Fall entgehen? Er konnte Petersen und Ahrens recht geben und sich mit den Ermittlungen Zeit lassen, erst die noch offenen Fälle bearbeiten, die Berichte schreiben, und, wie Ahrens meinte, keine Ressourcen verschwenden. Sicherlich hatte er auch die menschliche Ressource gemeint. Der Jagdmodus in ihm war jedoch anderer Meinung.

Er suchte einen Mörder, der eine Botschaft ausgedrückt hatte. Der vielleicht nur einmal getötet hatte. Vielleicht eine Verzweiflungstat. Jäger hatte in der Datenbank nichts finden können, was vergleichbar wäre. Ein Mitten-ins-Herz-Erschossener, ein Anblick, der darauf schließen ließ, jemand müsse für etwas büßen. Von vorn. Von Angesicht zu Angesicht. Das war die Aussage, dessen, dass das Opfer ohne Schmuck, ohne Bekleidung, mit ehemals verbundenen Augen, mit Wachs in den Ohren und mit einem Knebel, der aus Wolle war, achtlos vergraben worden war. Oder für jemanden? Metz war wie elektrisiert und sein Herz begann zu rasen. Was hatte er eben gedacht? Für jemanden? Eine nahe stehende Person des Mörders. Ein Kind? Ein Mann oder eine Frau? Franck spürte, wie sein Blutdruck anstieg. Die Bettdecke von sich werfend, stand er leise auf.

Emilia sollte noch weiterschlafen. Nach dem Bad machte er sich in der Küche einen frisch aufgebrühten Kaffee. Er stöberte im Brotschrank und fand ein Croissant vom Vortag. Franck blickte es zweifelnd an, ob es noch für den ersten Frühstückshappen tauglich war. Gar nicht davon überzeugt, tauchte er dennoch die Spitze in seinen Kaffeepott. Er mochte es, wenn sich das Aroma des Buttercroissants mit dem des Kaffees vermischte.

So gedankenverloren fand ihn Emilia in der Küche sitzend. Grübelnd starrte er vor sich hin. Sie brauchte ihn nicht zu fragen, sie sah es einfach. Zärtlich strich sie ihm über den Rücken. »Guten Morgen. Dein laufender Fall?« Sie sah ihn an. Auch sie achtete darauf, dass Franck sich nicht zu sehr in einen Fall verbiss. Doch sie kannte es ja von sich. Dinge, die erledigt werden müssen, müssen erledigt werden. »Geht dir Dr. Ostenbaum nicht aus dem Kopf?« Emilia sah die Pfütze des Kaffees, in der aufgelöste Croissantkrümel schwammen. Für sie war das keine Option. Bitte beides getrennt.

Metz strich sich über sein Gesicht. Er hörte die Bartstoppeln knistern. Die bauchige Tasse stand, bis auf einen kleinen Schluck, leer vor ihm.

»Ich hatte einen Gedanken, den ich nicht verlieren durfte.«

»Und?« Metz hob den Kopf. »Du hast ihn noch?«

»Wen?«

»Den Gedanken.«

»Ja. Setz dich.« Emilia tat ihm den Gefallen. »Wie lange hebt ihr die Rezepte auf?«

Emilia sah ihn kurz an. Sofort erschienen die Herstellungsprotokolle, die Rezepte von Betäubungsmitteln oder die Jahresabschlüsse vor ihrem geistigen Auge. Viele Dokumente durften erst nach fünf oder zehn Jahren vernichtet werden. Es gab sogar eine Aufbewahrungsfrist von dreißig bis vierzig Jahren. Und auch wenn die Apotheke verkauft oder geschlossen wurde, mussten die Unterlagen aufgehoben werden. Dokumente zu Betäubungsmitteln müssen drei Jahre aufbewahrt werden. Alle Ein- und Ausgänge von Betäubungsmitteln, der Lieferschein, Vernichtungserklärungen und die Patientenkartei bei der Einnahme solcher Mittel. Ein Großteil der Aufzeichnungen wird fünf Jahre aufgehoben. Für Dokumente aus Rezeptur, Defektur und Labor wie Herstellungs- und Prüfprotokolle sowie die Prüfprotokolle der Fertigarzneimittel und apothekenpflichtigen Medizinprodukte galt die vollständige Aufbewahrung mindestens ein Jahr nach Ablauf des Verfallsdatums, jedoch nicht weniger als fünf Jahre. Das Giftbuch muss fünf Jahre nach dem letzten Eintrag verwahrt werden. Das Gefahrstoffverzeichnis ist stets zu aktualisieren. Es rückte der Termin heran, dass sie ihre Mitarbeiter einmal im Jahr von Gefahrstoffen unterweisen musste. Aber all das wollte Franck nicht wissen.

»Was soll ich tun?«, fragte Emilia prüfend.

»Kannst du die Rezepte heraussuchen, die die Kunden von Dr. Ostenbaum bei dir eingereicht haben?«

»Du weißt, was du von mir verlangst?« Ihre Stimme hatte einen gewissen Unterton. Eigentlich durfte sie dies nicht einfach so machen. »Bekomme ich da nicht so etwas wie ...« Emilia fiel das Passende nicht ein.

»Einen richterlichen Beschluss?« Francks Blick war leicht irritiert, dann lächelte er. »Bekommst du.«

»Aber ich soll schon mal suchen? Richtig?« Emilia klang amüsiert. Erleichtert atmete Metz auf.

»Ja, mein Herz, ich weiß auch, es ist viel verlangt. Jetzt, wo ihr nur zu zweit seid. Aber ...«

Emilia machte eine wegwerfende Handbewegung.

»Heute kommt Blanka zur Unterstützung.«

Metz kannte Blanka seit dem Weihnachtsadvent. Er wusste, dass sich jeder in der Apotheke auf sie verlassen konnte und dass sie eine wertvolle Hilfe war.

»Wenn ich etwas finde oder Blanka, dann lassen wir es dich gleich wissen.« Emilia stand auf. »Dann los, finden wir das, was wir suchen.«

Nach dem kurzen gemeinsamen Frühstück ging Metz zum Polizeirevier und Emilia lief das kurze Stück zur Apotheke.

Als Metz das Büro betrat, sah er Jäger bereits am Bildschirm sitzen und arbeiten. Neben ihm stand ein Teller, auf dem noch ein halbes Brötchen mit Schinken lag. Allem Anschein nach hatte er sich bereits Frühstück aus der Kantine besorgt.

»Morgen, Chef.« Jäger kaute und schluckte.

»Guten Morgen. Gibt es etwas, was ich sofort hören möchte?«

Jäger zog die Schultern bis zu den Ohren und streckte sich dann. Ein Gähnen konnte er nicht unterdrücken.

»Habe gestern Abend noch die Daten von Dr. Ostenbaum in das System eingegeben. Es hat sich noch nichts ergeben. Niemand scheint ihn zu vermissen.«

Metz wusste, wie jeder Polizist oder Kriminalist, dass die Dateneingabe von vermissten Personen in das Fahndungs- und Auskunftssystem der Polizei bundesweit und länderübergreifend war. In diese Datei werden die Daten sämtlicher in Deutschland gemeldeter Personen eingespeist. Alle aktuellen Vermisstenfälle, alle unbekannten Leichen oder auch nicht identifizierte hilflose Personen. Sowie die dem Bundeskriminalamt gemeldeten ausländischen Fälle. Auch das Bundeskriminalamt und sämtliche Landeskriminalämter haben Zugriff darauf. Ziel dieser Datenbank ist es, durch einen rechnergestützten Vergleich über die Beschreibung der Person und deren Umstände Zusammenhänge zwischen vermissten Personen und unbekannten Leichen, aber auch nicht identifizierten hilflosen Personen zu erkennen.

»Niemand. Es gibt auch nichts Vergleichbares.« Jäger gähnte noch einmal herzhaft. Dann stand er auf, öffnete das Fenster und machte Kniebeugen. »Übrigens, Chef, ich habe gestern Abend noch die neuen Besitzer des Hauses kontaktiert.«

»Und?«

»Es gibt keine Informationen über den ehemaligen Besitzer. Das Haus wurde verkauft. Über einen Notar, eine saubere Sache. Sie selber haben diesen Doktor niemals zu Gesicht bekommen und das Haus wurde besenrein übergeben, rief die Ehefrau ins Telefon. Ein Schlag ins Kontor. Aber den Namen des Notars habe ich.«

»Dann rufen Sie bitte dort an«, bat ihn Metz, »und fragen ihn nach den Umständen. Ich nehme mir solange die Patientendaten vor«, verkündete Metz. »Es muss etwas geben. Emilia sucht die Rezepte heraus. Vielleicht finden wir darüber einige Patienten, die uns etwas über den Herrn Doktor sagen können.«

Vier Stunden später, Metz und Jäger wollten eine Pause machen, klingelte das Telefon. Metz nahm den Hörer ab und hörte Emilia aufmerksam zu.

Zweimal sah ihn Jäger nicken und dann machte sich Metz einige Notizen in sein Heft. Er dankte und legte auf.

»Wir machen jetzt eine ausgedehnte Pause und dann habe ich zwei Adressen von ehemaligen Patienten des Doktors. Die besuchen wir im Anschluss.«

»Wir haben einen Treffer.« Jäger hatte ein rotes Gesicht, als er bei Petersen die Tür aufriss. Metz war nach dem Kantinenbesuch der Spontaneinladung von Petersen gefolgt. »Sorry, aber ...«

Metz und Petersen schoben ihre Stühle zurück und unterbrachen ihr angeregtes Gespräch.

»Habe ich euch doch gleich gesagt«, verkündete Petersen, der genau wie Metz am Computerbildschirm klebte.

»Das will noch lange nichts heißen«, entgegnete Metz. Er wollte sich nicht festlegen oder sich verfrüht auf einen Verdächtigen einschießen.

»Ladet ihn vor und vernehmt ihn«, entschied Petersen. »Ich bin bei Ahrens und kümmere mich um den richterlichen Beschluss.« Dann stapfte er zurück in sein Büro. Metz und Jäger blickten sich vielsagend an.

»Sie haben es gehört, Jäger. Laden Sie Marek Winkler vor.«

»Chef, glauben Sie das wirklich?«

»Nein«, gab Metz unumwunden zu, »aber wir haben nun einmal in unserer Fingerabdruckdatei die Abdrücke von Marek Winkler. Doch zunächst fahren wir zu den zwei Adressen.«

Metz nannte Jäger die erste Adresse. Als Jäger in der Adelheidstraße den Dienstwagen parkte und beide Männer ausstiegen, kam die Sonne heraus, die sich an diesem Tag zum ersten Mal zeigte. Metz drückte auf den Klingelknopf.

Unerwartet schnell wurde die Tür aufgemacht. Eine Frau im geblümten Kleid mit Wollsocken an den Füßen und Kopfhörern auf den Schultern öffnete ihnen. Verdutzt schaute sie die Männer an. Offensichtlich hatte sie jemanden anderen erwartet. Bevor die junge Frau die Tür zuknallen konnte, zeigte Metz ihr den Dienstausweis und stellte sich und Jäger vor. Die zusammengezogenen Augenbrauen glätteten sich und wichen einem ängstlich-nervösen Gesichtsausdruck.

»Was wollen Sie denn von meinem Opa?«, fragte sie fast aufgebracht.

»Wir haben nur ein paar Nachfragen wegen eines Arztes, bei dem er vor einigen Jahren in Behandlung war«, beschwichtigte Metz sie.

»Etwa den Ostenbaum?«

»Ja, es geht um Dr. Ostenbaum«, bestätigte Metz.

Die Frau verzog verächtlich ihren Mund.

»Wenns denn sein muss. Aber Opa ist nicht gut auf den zu sprechen«, prophezeite sie den Polizisten und leitete sie ins Krankenzimmer weiter.

»Was wollen Sie von mir? Wegen dem Arzt wollen Sie mich sprechen, diesem Nichtsnutz in Weiß, diesem Gott im weißen Kittel?«

Jäger schaute sich um, ob er einen Platz für sich und seinen Laptop in Anspruch nehmen konnte. Schlussendlich schob er einen Haufen Wäsche, der auf dem einzigen Sessel lag, beiseite und setzte sich. Metz blieb vor dem Bett stehen, in dem Herr Heinrich lag und an einen Monitor und einen Haufen Gerätschaften angeschlossen war. Metz wusste, dass der Mann erst sechzig Jahre alt war, doch vor ihm lag ein alter Greis. Die Augen waren tief in den Höhlen eingesunken, faltig, gelbliche Gesichtshaut. Zerbrechliche Knochen, die auf einem weißen Betttuch lagen. Herr Heinrich versuchte, sich aufzuraffen, als er hörte, dass es um Dr. Ostenbaum ging.

»Junger Mann, schauen Sie mich richtig an. Zu verdanken habe ich das Dr. Ostenbaum. Ich kam zu ihm in Behandlung, nur weil ich hohen Blutdruck hatte. Er hat mich über Jahre mit so vielen Medikamenten abgefertigt, mit mehr als der Höchstdosis, und immer gute Worte übriggehabt. Einem Scharlatan bin ich auf den Leim gegangen. Hätte ich auf meine Frau und meine Tochter gehört. Dann wären die beiden auch noch am Leben.«

Metz vermied es, die Aussagen in sein Claire-Fontaine-Heft zu schreiben, das hätte ihm der kranke Mann als Unhöflichkeit auslegen können. Es reichte, wenn Jäger seine Aussagen mitschrieb.

»Meine Frau hat sich um ihr Leben gegrämt. Sie ist gestorben, weil sie es nicht mehr ertragen konnte, wie ich leide. Und meine Tochter hat der auch auf dem Gewissen.«

»Opa, das mit Mutti hat er nicht zu verantworten, Mutti hatte einen Autounfall.«

»Doch, hat er auch. Wenn ich nicht bettlägerig, deine Oma nicht gestorben wäre, dann wäre deine Mutter nicht durch den Wind gewesen, dann hätte sie mich nicht ins Krankenhaus bringen müssen, an dem Abend, als sie nach Hause fuhr.«

»Mutter ist ein Angetrunkener reingefahren. Sie war sofort tot«, berichtigte die Frau mit den Wollsocken an den Füßen. Betrübt hielt sie den Blick nach unten gerichtet. »Aber sonst hat Opa recht«, betonte sie.

»Können Sie uns etwas über das Leben oder die Angewohnheiten von Dr. Ostenbaum sagen?«

Herr Heinrich schaute die Polizisten eine Weile an. Seine braunen Augen glühten förmlich in den tiefen Höhlen und der gelblichen Haut. »Pfuhh.« Er starrte zur Decke.

»Wir haben ein Skelett gefunden. Nach den zahnärztlichen Befunden handelt es sich um Dr. Ostenbaum.«

»Wie ist er denn zum Skelett geworden?« Metz sah das Frohlocken in Heinrichs Augen. Metz nahm es ihm nicht übel. Wenn man seine Familie verlor, sei es auch nur durch eine Verkettung von unglücklichen Umständen, suchte man nach einem Schuldigen.

»Hat ihn wohl jemand kalt gemacht?« Es kam ein Geräusch, das ein Lachen sein sollte.

»Er ist ermordet worden und wir suchen nach dem Mörder«, erwiderte Metz.

»Wie lange ist er denn schon tot?«

»Seit 2005.«

Herr Heinrich überlegte.

»Da ging es mir bereits drei Jahre lang hundsmiserabel. War dann im Krankenhaus und kam nicht mehr auf lange Sicht raus. War ich mal draußen, bestanden die Ärzte auf einen anderen Arzt. Vielleicht haben die es ja gewusst und eine Krähe hackt der anderen Krähe kein Auge aus.« Ein Husten kam gequält aus seinen Lungen. Lautes Rasseln stieg aus der Kehle des todkranken Mannes. »Na, ging mir jedenfalls durch den Kopf.«

»Können Sie uns sagen, ob Dr. Ostenbaum etwas Ungewöhnliches anhatte, haben Sie das mal bemerkt, bei einem Hausbesuch oder wenn der Doktor später in die Praxis kam?«

»Warum fragen Sie denn nicht die Angestellten?«

»Die Personen sind entweder tot oder kannten den Doktor nicht lange genug.«

Eine Weile war Ruhe. Herr Heinrich überlegte.

»Ach, Sie meinen Schwester Monika?«

Metz nickte.

»Ja, die hat das nur ein paar Monate ausgehalten. Als ich noch Zähne hatte, war ich mal auf ihrer anderen Arbeitsstelle. Da kann sie zufrieden sein.«

Metz erhob sich und Jäger tat es ihm gleich.

»Bevor ich es vergesse, als es mir noch gut ging, habe ich den Doktor mal auf dem Ochsenkopf gesehen, er ging spazieren. Damals wusste ich nicht, dass mich seine Medikamente in diese beschissene Lage bringen. Mir ging es ja gut. Wir haben ein wenig geredet. Über dies und das. Da hat er mir gesagt, dass er oft auf dem Ochsenkopf spazieren geht.«

»Hatte er eine Marotte?«

»Marotte?«

»Können Sie sich an etwas erinnern?«

»Jeder wusste, er trug gern einen Hut, einen besonderen. Ohne Mantel hab ich ihn nie gesehen. Im Sommer war es ein leichter. Weiß nicht, ob Ihnen das hilft. Ach, meine Frau, als sie noch lebte, hat sie ihm aus einer besonderen Wolle einen Schal gestrickt. Er scheint ihn gern getragen zu haben. Als ich ihn traf, hatte er ihn um.«

Metz und Jäger schauten sich für den Bruchteil einer Sekunde an.

»Ich denke, wir verabschieden uns jetzt.«

»Halt. Ich will noch wissen, wie er denn gestorben ist«, forderte Herr Heinrich.

»Er wurde erschossen. Mitten ins Herz.«

Die Enkeltochter brachte die Besucher zur Tür. Hinter Metz und Jäger drückte sie die schwere Tür ins Schloss.

Die zweite Adresse, die sie anfuhren, war das Pflegeheim am Word. Doch die Schwester, die sie zu Frau Brandel brachte, war sich sicher, dass sie keine Antwort erhalten würden. Dennoch durften Metz und Jäger in Frau Brandels Zimmer eintreten.

Beim Anblick der Heimbewohnerin wurde Metz und Jäger klar, dass sie von Frau Brandel niemals eine gerichtsverwertbare Aussage erhalten würden. Mit stumpfem Blick an die Zimmerdecke gerichtet, weilte Frau Brandels Geist nicht mehr auf dieser Welt. Unverrichteter Dinge verließen sie das Pflegeheim im Herzen Quedlinburgs.

Danach fuhren sie das Notariat in Thale an. Doch Dr. Neidel hatte keine Informationen für sie. Dr. Ostenbaum hatte sein Grundstück verkauft und seinen Wegzug in die Schweiz kurz erwähnt. Daran konnte sich der Notar erinnern. Er wusste auch, dass seine langjährige Mitarbeiterin, die vor einem halben Jahr verstorbene und langjährige Arzthelferin, eine ordentliche Abfindung erhalten hatte.

»Sackgasse«, meinte Metz, als sie wieder im Auto saßen.

Kurze Zeit später im Büro machten sich Metz und Jäger an die Durchsicht der Patientendaten, die sie von der Ärztekammer erhalten hatten.

Emilia Sander hatte Wort gehalten. Die Namen derer, die von Dr. Ostenbaum in der Markt-Apotheke die Rezepte eingelöst hatten, hatte sie ihnen durch Blanka zukommen lassen.

Die beiden Ermittler lasen und blätterten. Als sie für den heutigen Tag die Arbeit und Suche einstellen wollten, weil ihr Acht-Stunden-Tag seit zwei Stunden beendet war, gab Jäger ein Handzeichen.

»Marek Winkler war ebenfalls Patient.«

»Da wir ihn vorladen, befragen wir ihn diesbezüglich. Ich glaube nicht, dass Marek Winkler es war.« Metz streckte sich. Sein Rücken schmerzte vom langen Sitzen. Er sehnte sich nach seiner morgendlichen Joggingrunde. Er sollte diesen Sport wieder für sich entdecken. »Der hat kein Motiv.«

»Aber er war doch auch Patient.«

»Es muss sich um eine längere Krankheit beziehungsweise um eine längere Medikamenteneinnahme handeln. Und das über Jahre hinweg. Nicht zu vergessen mit erhöhter Medikamentengabe«, kam Metz' Einwand.

»Da Marek Winkler keine feste Anschrift hat, bekommt er die Post zu Frau ...« Jäger kramte auf seinem Schreibtisch herum. »Wo hab ich das nur? Ach ja. Frau Walpurga Offenbach. Dorthin bekommt er die Post.«

»Wally Offenbach?« Metz zögerte. »Die hab ich doch in den Ermittlungen ...« Metz suchte in den Ermittlungsberichten.

»Die Einbruchserie«, fasste Jäger zusammen. »Wir haben die Fingerabdrücke abgenommen.«

»Stimmt.« Metz blieb eigenartig gelähmt. »Beim Lesen der verkauften Rezepte von Frau Sander gab es einen Emil Offenbach.« Er blätterte in der vor ihm liegenden Akte. »Wo hab ich die Kopie nur?« Endlich fand er sie.

Wie in Trance stand er auf und ging an die Tafel. Dort nahm er den Stift und schrieb unter das Bild des Opfers den Namen Emil Offenbach.

Beide Männer starrten die Tafel an. Jeder versuchte, schlau daraus zu werden.

»Jäger, das kann kein Zufall sein.« Metz schaute auf die Uhr. Es war kurz vor 18 Uhr. »Geben Sie mir bitte die Telefonnummer von Frau Monika Wallner.«

Jäger kritzelte die Zahlen auf ein Blatt Papier. Metz wählte die Nummer und schaltete den Lautsprecher ein. Nach einem kurzen Rufzeichen hob Frau Wallner ab.

»Ja bitte?« Frau Wallners Stimme kam zaghaft.

»Hauptkommissar Metz hier. Sie erinnerten sich an die weinende Frau, die wegrannte, als Sie bei Dr. Ostenbaum arbeiteten.« Metz sah nicht, dass Frau Wallner nickte. »Überlegen Sie bitte genau. Kann es sein, dass es ein Herr Offenbach war, der Patient war?«

Frau Wallner meinte nach einer Weile, die Metz wie eine Ewigkeit vorkam:

»Emil Offenbach, so hieß der Patient.«

»Danke, Frau Wallner.« Metz legte auf.

»Das heißt ...«, begann Jäger aufgeregt.

»Dass sich ein Motiv abzeichnet«, beendete Metz den Satz. »Ich denke, es ist Rache.«

»Können wir den Mörder überführen?« Jäger hatte vor lauter Aufregung rote Wangen. Doch die Frage galt eher der Indizienkette.

»Oder die Mörderin«, wandte Metz ein. »Wir brauchen den Auslöser.«

Jäger machte ein unverständliches Gesicht.

»2010 ist heute«, erklärte Metz. »Dr. Ostenbaum wurde 2005 erschossen. Emil Offenbach ist vor acht Jahren gestorben.« Metz schlug die vor ihm liegende Akte zu. Ohnehin hatte er alle fallrelevanten Informationen im Kopf. »Was auch immer passierte, sie hat sich für ihren Mann Emil gerächt, aber der Auslöser fehlt noch. Wir brauchen die Hintergrundrecherche über Wally Offenbach. Aber nicht mehr heute, Jäger.«

Jäger zog ein Gesicht, aber offensichtlich gab er nach. Es war keine Gefahr in Verzug. Sie waren der Auflösung näher gekommen. Metz bestand auf die Pause.

Donnerstag

Metz betrat am nächsten Morgen gegen 8 Uhr das Büro. Jäger saß wie erwartet am Computer und hatte mit der Recherche über Walpurga Offenbach bereits begonnen.

»Eher eine unscheinbare Person«, begann Jäger.

»Wer?«

»Walpurga Offenbach ist siebzig Jahre alt, verwitwet, keine Kinder mit Emil Offenbach, sie bewohnt das Grundstück am Mastenweg. Sie kennen es.« Verwundert hob Metz den Kopf und sah Jäger verständnislos an. »Das ist das Grundstück genau auf dem Feld am Mastenweg!«, erklärte Jäger. »Sie war vierzig Jahre verheiratet. Das Haus hat einen Garten von tausend Quadratmetern.« Metz wusste, dass solch ein Garten Arbeit macht. »Marek Winkler hat sie als seine Freundin beschrieben. Offensichtlich meint er es auch so. Marek Winkler kommt bei Frau Offenbach unter. Zumindest, wenn es schlechtes Wetter und kalt ist.«

»Was sonst?«

Jäger hob und senkte die Schultern.

»Nichts. Sie wohnt seit Jahren dort. Mittlerweile ist sie Rentnerin. Lebt von einer kleinen Rente. Ich habe nicht mehr ausgraben können.«

Metz atmete durch.

»Wir wollten mit Marek Winkler sprechen. Wenn wir Glück haben, ist Frau Offenbach zugänglich und lässt uns in ihr Haus.«

Metz und Jäger hatten nichts in der Hand, um sie mit einem Mord in Verbindung zu bringen.

Mit einem mulmigen und unguten Gefühl fuhr Jäger in gemäßigtem Tempo durch Quedlinburg. Nach einer Fahrt über holpriges Pflaster bog er in einen Feldweg ein. Jäger fürchtete um den Dienstwagen, denn die schlammigen Wege waren eingefahren und schmal. Die Möglichkeit zu parken, gab es nicht. Metz entschied, dass sie unterhalb des Ochsenkopfs parkten und dann den Fußweg zurückliefen.

Metz klingelte.

Nichts passierte. Metz drückte die Gartenpforte herunter und die Tür sprang auf. Sie gingen einen Weg von fünfzig Metern und erreichten das Wohnhaus. Metz drückte noch einmal auf die Klingel.

Nach kurzem Läuten wurde die Tür geöffnet – von Marek Winkler. Allem Anschein nach wollte er gerade hinaus. Er schaute sie unverständlich an.

»Hoppla. Was wollen Sie denn hier?«

Metz fasste sich zuerst.

»Wir wollten Frau Offenbach sprechen. Und Sie ebenfalls.«

Marek Winkler gab den Weg frei.

»Wally, du hast Besuch!«, rief er in den Flur hinein.

»Wer denn?«, kam ihre Stimme aus der weit hinten liegenden Küche.

»Kommen Sie mal rein«, sagte er zu Metz und Jäger. »Machen Sie die Tür zu, es wird ja drinnen nicht von allein warm.«

Marek Winkler ging vor den beiden Ermittlern in die Küche.

Der Flur war mit Bildern rechts und links behangen. Schnappschüsse. Familienfotos. Metz warf interessiert einen Blick darauf. Ihn interessierten Fotos von jeher. Sie verrieten etwas über den Fotografen und auch über den Fotografierten, über die Gelegenheiten, über Familienbande, den Entstehungszeitpunkt. Als Marek an der Küchentür angekommen war, drehte er sich kurz um und zwang Metz damit, stehen zu bleiben. Metz stieß Jäger an und wies ihn auf ein Foto hin, auf dem Frau Offenbach einen Pokal entgegennahm. Hinter ihr war der Name des Schützenvereins zu erkennen. Jäger nickte verstehend. Marek öffnete die Küchentür und Metz sah ein Foto, was ihn die Stirn runzeln ließ.

»Die wollen uns beide sprechen.«

»Hmm?« Wally werkelte am Herd herum und legte noch ein Holzscheit auf. Dann sah sie auf. »Setzen Sie sich.« Ihrer Stimme fehlte der nötige Biss. »Was führt Sie zu mir?« Walpurga Offenbach trug Jeans und einen bunten selbstgestrickten Pullover. Ihre silbernen Haare hatte sie hochgesteckt. An den Füßen trug sie bequeme und warme Schafwollsocken. Ihr Gesicht war von vielen kleinen Falten übersät. Sie sah müde und übernächtigt aus. Sie bemühte sich krampfhaft um eine Freundlichkeit, die sie nicht ausstrahlte. Ihr Gesicht war aschfahl.

»Geht es dir nicht gut?«, fragte Marek und sah Wally mitfühlend an.

Wally machte eine wegwerfende Handbewegung.

Metz brauchte sich nicht vorzustellen, alleinig Jäger, der Walpurga Offenbach das erste Mal sah.

Metz setzte sich auf einen der Stühle und gab Jäger ein Zeichen, es ihm gleichzutun. An einen Küchenschrank gelehnt, blieb Marek Winkler stehen. Es sah aus, als ob der Schrank ihn stützte. Wally fühlte sich in ihrer eigenen Küche fehl am Platz. Ihr war unwohl. Endlich setzte auch sie sich, bevor ihre Knie nachgaben. In der Luft hing ein Schatten der Vergangenheit. Ihrer Vergangenheit.

Metz spürte die Atmosphäre. Er hatte es nicht eilig, die Frage zu beantworten. Er wandte sich an Marek.

»Wir ermitteln in einem Tötungsdelikt. Dem Skelett vom Ochsenkopf.« Marek Winkler nickte bedächtig. »Sie waren Patient bei Dr. Ostenbaum?«

Wally ließ stoßweise Luft aus ihren Lungen.

»Ja, das war ich«, gab Marek zu. »Nur einmal. Bin nicht oft krank. Danach hatte der Doktor alles verkauft. Eines schönen Tages bekam ich eine heftige Bronchitis. Die hatte ich mir eingefangen. Oben auf dem Ochsenkopf. Kaum hatte ich mich da oben häuslich eingerichtet.«

»Wann war denn das?«

Marek kratzte sich am Kopf.

»2005. Im Herbst. Wenn ich mich recht erinnere.«

Metz hatte die Daten aus den Patientenunterlagen herausgelesen.

»Aber Ihr verstorbener Ehemann, Frau Offenbach, der war länger bei Dr. Ostenbaum in Behandlung?« Es war mehr eine Feststellung als eine Frage. Wally Offenbach nickte. »Sie waren nicht mit der Behandlung des Doktors einverstanden?« Wally schüttelte den Kopf. »Wann ist Ihr Mann verstorben?«

»2002.«

»Sie haben wegen der Behandlung eine Beschwerde losgeschickt? Stimmt das?« Wally blieb stumm. »Die ist nicht bearbeitet und beantwortet worden?«, fragte Metz sanft nach.

»Später erst habe ich erfahren, dass die niemals abgeschickt worden war.« Endlich antwortete Wally.

»Hast du deshalb Albträume?«, fragte Marek anteilnehmend.

Wieder blieb Wally stumm. Ihr Blick fiel auf den Korb mit ihren Stricksachen. Heute wäre ein Tag, um wieder zu stricken. Der Garten war fürs Erste bestellt, Tomaten- und Gurkenpflanzen hatte sie im

Schuppenfenster angesät und es waren die ersten zarten grünen Pflanzen zu sehen. Das Haus war sauber und sie hatte auch keine Schneideraufträge abzuarbeiten. Alles erledigt. Sie wollte es sich gemütlich machen. Wally seufzte.

Metz war ihrem Blick gefolgt und blieb ebenfalls am Strickkorb hängen. Er stand auf und ging darauf zu. Mit einer Hand fasste er hinein und hob die Reste eines Schals hervor, der einmal blau-weiß gewesen war. Prüfend schaute er Wally an.

»Frau Offenbach, wir haben den Verdacht, dass Sie Dr. Ostenbaum erschossen haben.«

»Wie kommen Sie denn auf diese absurde Idee!«, empörte sich Marek sofort.

Erst als er Wallys Stimme vernahm, erstarb sein Protest.

»Lass sein, Marek. Einmal muss es heraus.« Sie schaute den Ermittler an. »Herr Metz, Sie haben recht. In dem Moment, wo das Skelett gefunden wurde und ich Sie in der Markt-Apotheke gesehen habe, wusste ich, dass Sie es herausbekommen.«

»Wally, hör auf, etwas zu sagen, was du später bereuen wirst.« Marek trat ritterlich an ihre Seite. Doch Wally strich über seine Hand, die auf ihrer Schulter lag.

»Marek. Ich kann nicht mehr. Seit fünf Jahren liegt die Schuld auf meiner Seele. Vielleicht hätte ich es vergessen können, aber seit die Ausgrabungen im letzten Herbst begonnen haben, habe ich es befürchtet. Tag für Tag. Nacht für Nacht. Ich bin eine Frau, die ihr Leben hatte. Ein gutes. Jetzt muss ich dafür geradestehen, was ich getan habe.«

Marek wollte ihren Einwand nicht gelten lassen. Wally blieb jedoch dabei.

»Marek, hör einfach zu, wie ich zur Mörderin wurde.« Wally faltete ihre Hände und blickte Metz fest in die Augen. »Jetzt bin ich siebzig Jahre. Mit fünfundsechzig bin ich zur Mörderin geworden. Mein ganzes Leben, das ich mit Emil teilte, war ich glücklich verheiratet gewesen. Doch als ich zur Mörderin wurde, war ich bereits Witwe.«

Walpurga war mit ihrer Mutter aus Sachsen in den Harz gezogen. Ihre Mutter hatte sich viel Mühe gegeben, ihren sächsischen Dialekt abzulegen. Ihren Vater hatte sie nie kennengelernt. Keine Geschwister. Als ihre Mutter starb, hatte sie Emil gerade kennengelernt. Mutters Blinddarm war geplatzt und die Ärzte hatten versagt, zumindest sah Wally es so. Wie ihre Mutter es wollte, brachte Wally eine anständige Lehre hinter sich. Sie war Schneiderin geworden. »Kann man immer gebrauchen«, hatte Mutter zu Lebzeiten gesagt. Und recht behalten. Aber mit eigenen Kindern wäre es dennoch etwas anderes gewesen. Nach ihrer Lehre hatte sie Emil geheiratet. Sie besaßen ein großes Grundstück, genau auf dem Feld am Mastenweg. Es war einsam und sie war lange allein, wenn ihr Mann zur Arbeit war.

Emil besaß früher einen Knicker. Oft hatte er auf Scheiben geschossen. Und es ihr gezeigt. Später, nach der Wende, hatte sich Emil im Schützenverein angemeldet. Er war ein versierter Schütze gewesen. Sportwaffen und Jagdwaffen waren ein Hobby von ihm gewesen. Er hatte seine Frau öfter gebeten, sich ebenfalls anzumelden und mitzukommen. Wally hatte nachgegeben. Und sie war eine sichere Schützin gewesen. Zahlreiche Auszeichnungen, Pokale und Fotos zeugten davon. Ihr Mann hatte es mit Besorgnis gesehen, bis sie diesen Sport einstellte. Auf jedem Rummel, auf dem sie auftauchte, schoss sie die Kuscheltiere in Massen. Ihrem Mann war es peinlich gewesen. Sie hatte die Stofftiere dann verschenkt an die Kinder, die ihr begegnet waren. Wally war aus dem Schützenverein ausgetreten. Nie wieder hatte sie eine Waffe angefasst, bis zu dem verhängnisvollen Tag.

»Es war gut, dass der Herrgott gewusst hat, warum wir ein kinderloses Paar geblieben sind. Die Schande, den Kindern gestehen zu müssen, dass ich eine rasende Wut hatte, die nicht gestillt werden konnte, ist unerträglich. Aber wenn wir Kinder gehabt hätten, vielleicht hätte ich es dann eher verschmerzen können.«

Wally seufzte. Kein Rascheln, kein Stöhnen, nur das Knacken des Feuers im Herd war zu hören.

»Es gab keine Affären, keinen Streit. Wir hatten uns und unser Haus mit einem Garten von eintausend Quadratmetern. Der wollte bewirtschaftet werden. Emil war Beamter in der Finanzbehörde in Magdeburg und pendelte täglich diese Strecke. Viel Stress und Hektik, viele Kollegen, die krank waren oder wurden. Immer mehr Arbeit kam auf seine Schultern. Früher, als er noch in Quedlinburg arbeitete, lief mein Mann jeden Tag diese Strecke. Wir waren gut situiert, dass wir uns ein Auto leisteten. Jahrelang versuchte ich, ihn zur Vernunft zu bringen und auf sich zu achten. Er hatte ein unregelmäßig schlagendes Herz von einem grippalen Infekt zurückbehalten. Das wurde damals nicht erkannt und weiterbehandelt. Es brachte ihm Medikamente ein, deren Namen ich nicht einmal aussprechen konnte. Als Mahnung lagen sie morgens in einer Pillenschachtel auf dem Frühstückstisch. Tapfer und nach der Anweisung seines Arztes nahm er sie ein und begab sich immer wieder zur Durchsicht, wie er es liebevoll nannte. Tinnitus und Magenbeschwerden kamen hinzu. Auch vertrug Emil bestimmte Lebensmittel nicht mehr. Milch und Tomatensoßen, auch der Darm hing durch. Wenn ich fragte, bekam ich immer die gleiche Antwort: ›Du bist kein Arzt, der wird das Richtige schon machen.‹ Grenzenloses Vertrauen in die Fähigkeiten von Dr. Ostenbaum, praktischer Arzt. Ich wünschte und hoffte, dass er recht hatte. Aber die Abende, die wir zusammen im Garten saßen, wurden seltener. Wieder wurde ein Kollege oder Mitarbeiter abgezogen aus seiner Abteilung. Ich sah Emil an, dass er fertig war.«

Wally schluckte. Sie erinnerte sich lebhaft an Emils einstmals schöne Augen. Blass und fad hatte seine Haut ausgesehen. Emil war drei Jahre älter als sie, aber sie hatten Pläne, was sie machen wollten, wenn sie beide in Rente gingen. Verreisen, es sich schön machen, ins Theater gehen, den Garten gemeinsam bearbeiten. Aber der Gesundheitszustand ihres Mannes ließ befürchten, dass aus den gemeinsamen Plänen nichts werden würde. Sie selber war keine Studierte und sie wusste, dass sie sich nicht das Recht herausnehmen konnte, besserwisserisch zu agieren oder dauernd herumzunörgeln, nur weil sie nicht so viel Vertrauen in die Götter in Weiß hatte. Was sollte sie schon dagegen tun können? Wally resignierte.

Sie nahm Änderungsaufträge ihrer Kunden entgegen. Sie hatte sich ein kleines Atelier im Haus eingerichtet. Es brachte ihr Ablenkung und ein geringes Entgelt. Sie war Hausfrau. An zwei Tagen der Woche half sie in der Bibliothek aus. Früher, als es die alte herrliche Bibliothek an der Pölkenstraße noch gegeben hatte, machte sie ihre Arbeit wahnsinnig gern. In der Bibliothek begann sie zu schmökern und ihre Liebe zu Büchern zu entdecken. Sie schleppte mit dem Fahrrad einen Stapel nach dem anderen nach Hause und las, wo sie ging und stand. Da ihr Mann immer erst am Abend nach Hause kam, hatte sie begonnen, zu bohren, zu hämmern und sie konnte malern, sogar mauern hatte sie gelernt. Ihr Mann verdiente gut. Aber sein Gesundheitszustand verschlechterte sich, der Darm war genauso faul wie der Träger. Laut verschiedener Studien, die sie las, war es so, dass ein Mensch, der sich nicht täglich in ausreichendem Maße bewegt, einfach krank wird. Sie überredete ihn, Sport zu machen. Das war nicht von langer Dauer. Sie versuchte, das Essen umzustellen, aber das brachte ihr kein Wohlwollen ein. Ihr Mann konnte sich nicht von seinen liebgewordenen Essgewohnheiten trennen. Sie war müde und konnte nicht verstehen, dass sie selber alles probieren wollte, um nicht in der Zwickmühle Krankheit – Medikament – neue Krankheit zu enden, aber er nicht. Zumindest, wenn es eine Wahl gab. Dank der Lektüre, die sie in der Bibliothek fand und auslieh, war sie der Meinung, dass sie richtig lag. Man konnte gegen Altersdiabetes, die ihr Mann bekommen hatte, angehen. Im Bett lief absolut nichts mehr und sie fühlte sich vernachlässigt. Fast wäre es ihr lieber gewesen, er hätte eine Affäre gehabt, da müsste sie nicht auf diese Art um ihn bangen. Sie neigte zu leichtem Übergewicht, das sie geschickt kaschieren konnte durch die selbstgenähte Kleidung, viele Stücke entwarf sie selber. Von sich sagte sie, sie sei nur etwas zu klein geraten. Sie war eigensinnig und auch egoistisch, warf er ihr vor. Sie dachte nachts darüber nach, während er neben ihr schlief und es ihr vorkam, als wenn er in einem anderen Zimmer wäre. In ihr reifte der Plan, seinen Arzt Dr. Ostenbaum aufzusuchen. Sie hatte sich darauf vorbereitet, sich eine Liste der Fragen, ihre Beobachtungen und Wünsche zusammengestellt und einen Termin gemacht, ohne Wissen ihres Mannes.

»Aufgeregt erklärte ich dem Arzt, worum es mir ging. Gemeinsam für meinen Mann einen Weg zu finden, damit auf lange Sicht weniger Medikamente benötigt werden und er zu neuem Schwung und Elan kommt. Mit allem hatte ich gerechnet. Mit Skepsis, Sorgenfalten, einem Lachanfall. Aber es war die blanke Gleichgültigkeit. Ich erkannte, dass es Dr. Ostenbaum gar nicht um den Patienten ging, sondern nur um die Bindung Arzt-Patient, ohne dass der Patient gesund werden sollte. Immer in Abhängigkeit der Medikamente und damit des Geldes. Das Geld vom Doktor. Er hörte nicht zu, er sah sie nicht an, er war vertieft und blickte auf den Bildschirm, wo er in der Krankenakte meines Mannes las und den Kopf schüttelte. Er sehe keine Veranlassung, seinem Patienten etwas aufzuzwingen, was dieser selber vielleicht nicht wolle und den mahnenden Zeigefinger zu erheben. ›Vielleicht aber doch, wenn es von Ihnen kommt‹, warf ich ein. Er sei nicht davon überzeugt, die Studien fielen jedes Mal anders aus. Er sei kompetent und noch niemals sei ihm in seiner praktizierenden Zeit eine Ehefrau untergekommen, die seine Kompetenz dermaßen infrage stelle. Er bat mich zu gehen und er würde es sich vorbehalten, meinen Mann darüber in Kenntnis zu setzen. Ich hatte alles auf eine Karte gesetzt. Und verloren. Ich fühlte mich beschämt, herabgesetzt und tief im Inneren getroffen. Ich musste es ertragen, Emil leiden zu sehen und das Schicksal entscheiden zu lassen.«

Wally wusste, dass sie damals mit tränenüberströmtem Gesicht und gesenktem Kopf an der Anmeldung vorbeigeschlichen war. Sie hatte die anderen Patienten nicht bemerkt. Schwester Monika hatte sie gefragt, ob sie ein Taxi bestellen solle. Sie hatte verneint und einen langen Weg, einen Umweg, gewählt und sich am Schloss in ein Café gesetzt. Für ein Stück Käsekuchen, einen Espresso und einen Weinbrand. Langsam war sie aus ihrer Starre wieder aufgetaucht und endlos erschöpft. Sie war nach Hause geschlichen und hatte den Arzt gewähren lassen.

»Kurz darauf starb Emil an einem Herzinfarkt. Wir hatten eine Schiffsreise gebucht und wollten die Anzahlung tätigen. Gemeinsam. Ab jetzt im Rentenalter. An seinem Schreibtisch ist er zusammengesackt. Sein Kollege, der mit ihm das Büro teilte, war Kaffee holen und kam zu spät.« Wally weinte und zog ein Taschentuch aus der Hosentasche.

Sie stand allein da. Die Reise stornierte sie. Sie hielt sich über Wasser mit der Witwenrente und ihren Nebenverdiensten. Der Garten warf genügend Gemüse und Obst ab, das sie konservierte und einfror. Aber sie war allein. Keine Verwandten, keine Kinder, keine Freunde. Ja, sie hätte sich selber welche suchen sollen, aber das hatte sie versäumt. Endlich ging sie in einen Sportclub und fand eine Freundin.

»Eigentlich hatte ich alles verdrängt, als mir meine Freundin mitteilte, sie habe Gicht und müsse nun ein ziemlich teures Medikament nehmen.«

»Ihre Freundin ist Gerda Manske?«, fragte Metz nach.

Wally schniefte und nickte.

»Versuch es doch, bat ich sie. Du kannst das doch mit deinem Arzt bereden. Wochen später beichtete sie mir, dass sie das Medikament nicht vertrage und ihr die Haare ausgingen. Wir waren beim Umkleiden, und nebenbei erzählte sie mir, dass Dr. Ostenbaum viel von den Tabletten hielte und nicht verstünde, warum ihr die Haare ausgingen.«

Metz stand auf und füllte Wally ein Glas Wasser ein.

»Das war der Moment, wo Sie sich entschieden haben?«

Wally stürzte das Gas Wasser in einem Zug hinunter.

»Ja. Ich holte das Sportgewehr aus dem Keller.«

»Ich hab nie eins gesehen«, meinte Marek.

»Nein, das lag wohlverwahrt. Du hättest es nicht gefunden. Ich putzte es. Ich wusste von Gerda, dass er seine Praxis schließt. Es blieb nur ein Monat Zeit. Jeden Tag ging ich auf den Ochsenkopf. Mit einem Fernglas und dem Gewehr und hoffte. Nach ihm konnte man die Uhr stellen. Nach seinem Dienstschluss fuhr er von Gernrode zum Ochsenkopf. Stellte das Auto dort unterhalb ab und lief eine Stunde. Am 31.10.2005 war es regnerisch. Ich kann den Tag noch immer genau

beschreiben. Der Herr hatte die Angewohnheit, bei jedem Wetter über den Ochsenkopf zu gehen. Ich probierte es einfach und hatte Glück.«
»Oder Dr. Ostenbaum Pech«, vernahm man Mareks Stimme. Sie war belegt und klang rau.
»Ich traf ihn am Ochsenkopf. Auch an diesem Tag die gleiche Route nehmend. Lange habe ich ihn deswegen nicht auskundschaften müssen. Ich wusste ja die ungefähre Uhrzeit und lag auf der Lauer. Es nieselte. Keine Menschenseele weit und breit. Ich stellte mich ihm in den Weg. Er war überrascht. Konnte mich erst nicht einordnen. Emil Offenbach. Er wurde blass. Aber auch, weil er die Waffe gesehen hatte. Wie immer hatte er den Schal um, den ihm die Ehefrau eines Patienten gestrickt hatte. Ich habe sie kennengelernt. Später habe ich erfahren, dass sie gestorben war. Blau-weiß.«
Jeder im Raum blickte auf den Korb mit der Wolle.
»Deswegen sengst du jeden Topflappen an?« Marek war sich nicht sicher, ob Wally bei Verstand war.
Wally nickte.
»Ich weiß, es klingt ... nicht nach mir. Ich wollte ihn gänzlich auslöschen.«
»Was passierte dann?« Metz wollte sie weiterreden lassen.
»Ich fragte ihn, ob er eine Entschuldigung habe. Warum er die Patienten nicht richtig behandelte.«
»Was hat er gesagt?«
»Nichts. Er hat nur den Kopf geschüttelt. Und gesagt, ich solle das Gewehr runternehmen. Ich könne ja sowieso nicht treffen. Dann würde er von einer Anzeige absehen.« Wally senkte den Kopf.
»Sie haben geschossen?« Metz' Stimme blieb sanft.
»Ja! Dann habe ich ihn ausgezogen, ein Stück vom Schal abgeschnitten und in seinen Mund gestopft, dann mit einem Tuch geknebelt, ihm Bienenwachs in die Ohren geschmiert und ihn breitbeinig und an den Armen gefesselt. Die Patrone habe ich eingesammelt. Hatte einen Metalldetektor mit. Mit dem Spaten habe ich ein Grab ausgehoben und ihn angepflockt. Hatte alles im Rucksack mit.«
»Was haben Sie mit dem Auto gemacht?«
»Ich habe es in einem See versenkt.«
»Mensch, Wally. Das ist Mord.« Marek schüttelte den Kopf.
»Ich kann leider nichts dagegen sagen. Dass ich siebzig bin und nicht vorbestraft, wird der Richter nicht als strafmildernd ansehen. Aber ich war so von Hass und Wut voll, dass ich es tun musste.«
Wally war erschöpft. Jeder in der Küche sah es ihr an.

»Wir nehmen Sie mit. Wollen Sie noch ein paar Sachen zusammenpacken?«

Wally schüttelte müde den Kopf.

»Ich denke, Marek wird mir bringen, was ich brauche.«

Marek starrte Wally fassungslos an.

»Was wird denn nun aus mir?«, fragte er und blickte nacheinander alle an. Noch bevor Metz antworten konnte, verkündete Wally:

»Ich habe beim Notar Vorkehrungen getroffen. Dir wird dieses Haus und auch das Grundstück gehören.«

Marek brachte kein Wort heraus.

»Eines noch. Die Pfeife, die Marek Winkler besitzt, ist die von Emil Ostenbaum?« Metz schaute Wally an.

»Sie haben die Initialen gesehen?«

»Ja. Ich habe in der Patientenakte Ihres Mannes nicht gelesen, dass er ein Pfeifenraucher war. Dr. Ostenbaum ist aber schon ein Pfeifenraucher gewesen.«

»Nein, mein Emil war kein Raucher. Ich habe die Pfeife behalten«, gestand Wally. »Und sie später Marek geschenkt.«

Metz und Jäger nahmen Walpurga Offenbach zwischen sich und gingen zur Tür.

Sie ließen einen erstarrten Marek Winkler allein an der Haustür stehen. Frau Offenbach stieg mit den Ermittlern ins Dienstfahrzeug.

Freitag

»Bin so weit.« Jäger geizte wie gewohnt mit Worten. Es war eine Woche her, dass sie den Fall des Skeletts vom Ochsenkopf zum Abschluss gebracht hatten.

Metz ließ seinen Blick über seinen Kollegen gleiten. Jäger trug enge Bluejeans und ein weißes Hemd. Der obere Hemdknopf war offen. Metz bemerkte, dass sich Jäger rasiert hatte. Außerdem muss er am Morgen beim Frisör gewesen sein. An den Füßen trug er brandneue Turnschuhe.

»Sie haben die schriftlichen Genehmigungen?«, vergewisserte sich Metz. Jäger wies auf die schwarze Reisetasche mit Rollen, die an der Seite stand. »Ihren Ausweis und die Legitimation?« Jäger nickte. »Dann wünsche ich guten Flug.« Metz verkniff sich ein Lächeln.

Erst gestern war Metz von Petersen in Kenntnis gesetzt worden, dass die italienischen Kollegen Eddy Klein aus dem Mittelmeer gefischt hatten. Seine Yacht hatte auf dem offenen Meer einen Maschinenschaden. Völlig durchgefroren und verzagt hatte ihn die italienische Küstenwache in Gewahrsam genommen. Sie waren auf seine Yacht aufmerksam geworden, weil ihr Besitzer versucht hatte, mit einem Paddel außerhalb der Zwölfmeilenzone zu gelangen. Als Metz davon erfahren hatte, bat er seinen Chef darum, dass Jäger die Gelegenheit bekam, Eddy Klein von Sizilien abzuholen.

»Ihr Flieger geht in vier Stunden.« Metz schaute auf die Armbanduhr, es war kurz vor 11 Uhr morgens. »Machen Sie sich auf den Weg.«

Jäger griff nach dem Blouson und der Reisetasche.

»Also dann ...« Offenbar fehlten ihm die Worte. »Sie kommen klar?«

»Selbstverständlich.«

Metz wusste, was in Jäger vorging. Einerseits wollte er Eddy Klein abholen. Das ging auf diesem Dienstweg effizienter, als dass er warten musste, bis die italienischen Behörden so weit waren. Andererseits wollte er an der weiteren Vernehmung von Walpurga Offenbach teilnehmen. Doch Metz ließ ihm keine Wahl. Er wusste, dass man eine Sache zu Ende bringen musste. Leise schloss Jäger die Tür hinter sich. Ein Fahrer wartete auf ihn, der ihn nach Leipzig zum Flughafen bringen sollte.

Metz schloss die Augen. Er war hundemüde. Die letzten Nächte hatte er wenig geschlafen. In seinen Gedanken tauchte immer wieder Walpurga Offenbach auf. Unumwunden hatte sie zugegeben, Dr. Ostenbaum erschossen zu haben. Der Fall war geklärt. Er selber hatte nicht geglaubt, dass es ihnen gelingen würde. Und hätte es den Überfall auf Frau Prahl nicht gegeben, dann hätten sie sicherlich länger nach dem Täter gesucht. Das Motiv war so alt wie die Menschheit selber: Rache.

Es klopfte an der Bürotür.

Metz schreckte hoch. War er tatsächlich eingeschlafen?

»Geh nach Hause und lass dich nicht vor Montag wieder hier blicken.« Petersen stand vor seinem Schreibtisch. Metz versuchte erst gar nicht, zu widersprechen. Sich die Hand vor den Mund haltend stand er gähnend auf.

»Die letzten vier Wochen waren anstrengend.«

»Ihr habt es geschafft, einen Mord aufzuklären, der noch nicht einmal entdeckt war. Jäger holt Eddy Klein zurück. Veronika Brandtner wird zufrieden sein. Und ihr habt den Überfall auf Frau Prahl aufgeklärt.«

»Frau Offenbach hat ein Geständnis abgelegt«, räumte Metz ein, »sonst ...«

Doch Petersen ließ ihn nicht ausreden.

»Ach was, ihr hattet genügend Indizien. Frau Offenbach hat euch nur ein paar Tage Ermittlungsarbeit erspart. Sie wusste einfach, wann Schluss ist«, wiegelte Petersen ab. »Die Tatwaffe ist gefunden worden. So wie sie bei der ersten Vernehmung ausgesagt hat. Im Keller ihres Hauses. Das Bienenwachs konnte ebenfalls sichergestellt werden. Und die Taucher haben das Wrack des Autos raufgeholt. Und die Wollreste lassen keinen anderen Schluss zu.«

»Du hast recht«, gab Metz zu. Er strich sich durch die Haare und unterdrückte ein Gähnen. »Ein Wochenende habe ich mir verdient.«

»Habt ihr etwas vor?«

»Wir wollen vielleicht in die Natur gehen. Wenn es weiter solch ein frühsommerliches Wetter bleibt.«

»Bestelle Grüße zu Hause.«

Metz nickte.

»Du auch.«

Petersen verließ das Büro.

Franck Metz räumte den Schreibtisch auf und verschloss die Akten. Draußen vor dem Revierkommissariat überfiel ihn spontan ein Gefühl von Leichtigkeit. Wie von selbst lenkten ihn seine Füße zur Apotheke.

»Soll Rache nicht die Seele befreien?« Fragend blickte Emilia Franck nach dem Abendessen an. »Jeder Mensch kennt das Gefühl, es der blöden Kuh oder dem dämlichen Kerl heimzahlen zu wollen.«

Franck wiegte den Kopf. Dieser Meinung war er nicht.

»In der Gesellschaft wird Rache geächtet.« Franck sah den Widerspruch bereits auf Emilias Gesicht und hob abwehrend die Hand. »Ich weiß, Vergeltung ist elementar für die seelische Gesundheit eines Menschen. Verletzungen und Verluste lassen sich besser verarbeiten. Wer diese Vergeltungsgelüste nur unterdrückt, erkrankt irgendwann.« Franck drehte das Weinglas in der Hand. »Es geht trotz alledem um die Frage, in welcher Form die Retourkutsche erfolgt. Rachegefühle sind etwas Alltägliches, doch nichts Harmloses. Ich kenne das aus meiner täglichen Arbeit. Der Rat ›Auge um Auge, Zahn um Zahn‹ hört sich für den Menschen besser an, als würde man der Empfehlung: ›Keine Rache ist die beste Rache‹ folgen.«

»Wird eine solche Philosophie nicht als Dummheit ausgelegt?« Emilia gab nicht nach. »Hat das nicht auch mit dem Verlangen zu tun, sich Befriedigung zu verschaffen?«

»Da hast du recht. Man kann mit sich nicht alles machen lassen. Keine Frage. Aber es geht um das Wie. Unsere Mörderin war nicht in der Lage, sich Gehör zu verschaffen. Sie wurde mit ihrem Problem allein gelassen. Sie ist Opfer und rächt sich, indem sie selbst zum Täter wird. Rache ist wie ein Ventil, das den Überdruck des angestauten Ärgers vorsichtig und sanft abläßt. Vorausgesetzt, man wartet nicht so lange, bis sich unendliche Wut aufgestaut hat. Vergeltung darf aber weder gewalttätig noch kriminell oder maßlos sein und sich nie gegen Unbeteiligte richten. Wenn Rache die Seele vergiftet, ist kein Raum für ein befriedigendes Gefühl. Brennender Zorn schlägt bald um in kalte Berechnung, mit der man mit seinen Rachegelüsten zu Werke geht. Jeder Rache geht ein Verlust voraus. In diesem Fall war es der Tod ihres Mannes und die Wut darüber, dass ihr Leben, wie sie es sich erträumt hatte, nicht mehr stattfinden würde.«

Metz schenkte Emilia und sich vom Wein nach. Das Abendbrotgeschirr hatten sie vor sich stehen. Einige Oliven und Kapernäpfel lagen noch in einem der Schälchen. Im Brotkorb daneben drückte sich noch eine vereinzelte Scheibe Brot herum. Zwei hartgekochte und halbierte Eier mit Kaviar lachten sie an, um verzehrt zu werden.

»In Liebesdingen fühlen sich die Menschen in ihrer empfindsamsten Seite getroffen.« Emilia trank einen Schluck des Weins. Sie fühlte Francks Blick auf sich ruhen. »Was würde ich machen, wenn dich jemand umbringt?« Der Blick aus ihren grünblau-gemusterten Augen ließ Franck nicht los.

»Darüber brauchst du dir keine Sorgen zu machen, ma Chérie«, widersprach Franck mit sanfter Stimme. Sein Blick verriet ihr nicht, dass er darüber dennoch nachdachte. »Das Strafen befriedigt. Aber Rache folgt eigenen Regeln. Das Gefühl selbst ist so alt wie die Menschheit.« Metz musste nur an Hamlet denken. Rachsucht rächt sich, vor allem an uns selbst. Rache ist ein sicheres Indiz für verletzte Eitelkeit.

Emilia war aufgestanden. Sie holte ein kleines Büchlein aus dem Nebenzimmer und schlug es auf. Sie suchte mit ihrem langen und schmalen Zeigefinger das Inhaltsverzeichnis entlang.

»Francis Bacon, ein englischer Staatsmann und Philosoph, hat es gesagt:

Wer Rache nimmt, ist nicht besser als sein Feind; verzichtet er aber darauf, dann ist er ihm überlegen.

Meinst du es so?« Emilia klappte das Büchlein mit verschiedenen Sprüchen wieder zu.

»So ungefähr meine ich es.« Doch im Inneren wusste er es besser. War man wirklich gefeit gegen Rache in jedem Fall? Er wusste es nicht. »Lass uns ins Bett gehen«, beschloss er stattdessen.

Emilia hatte ihren blauen Hausanzug aus Samt angezogen. Sie fror etwas.

»Hoffentlich habe ich mich nicht erkältet.«

»Umso wichtiger, dass ich dich wärme.«
Dieser Aufforderung konnte und wollte Emilia nicht widerstehen. Sie schenkte Franck ein herausforderndes Lächeln.
»Und wer macht die Küche?«
»Ich«, hauchte Franck in ihr Ohr. »Später.«
Franck griff nach ihrer Hand und zog Emilia vom Stuhl hoch. Emilia war nur wenige Zentimeter kleiner. Wortlos standen sie sich gegenüber. Emilia atmete tief ein und schloss die Augen. Langsam lehnte sie ihren Kopf nach hinten und bot ihm ihren Hals.
Franck beugte sich über ihn und küsste diesen zärtlich. Emilias Atem roch nach Oliven und Basilikum, nach Wein und Liebe. Sie gab leise Geräusche des Wohlgefallens von sich. Mit einer Hand löste er ihre Haarspange. Sanft strich er durch ihre Haare.
»Du vergisst es auch nicht?«, sagte sie mit seltsam belegter Stimme.
»Was soll ich nicht vergessen, Chérie?«, murmelte Franck zwischen den Küssen. Langsam wanderten seine Hände über ihren Rücken bis zum Gesäß und streichelten sie.
»Die Küche?«
»Niemals.«
Franck hätte ihr alles versprochen. Jetzt, in diesem Moment. Wo die Zeit stehen zu bleiben schien, in ihrer kleinen Welt. In seiner wieder vollkommenen Welt. Jetzt und im Hier. Er wollte keine Störung, er wollte sich verlieren in ihr, tief ihn ihr und die Welt mit ihren Schrecken, Ängsten, mit ihrem Jammer, mit ihrer Ungerechtigkeit vergessen. Vergessen. Alles. Nur nicht eines: Emilia. Er schrieb mit jedem Herzschlag, der sein Blut durch die Gefäße jagte, ihren Namen in sein Herz. Eingemeißelt für die Ewigkeit. Den Rest der Ewigkeit, dachte er versunken. Sein Atem wurde schneller. Francks Kuss wurde drängender, forscher, fordernder. Längst hatte er von Emilias Hals abgelassen.
Nach einer gefühlten Ewigkeit ließ Franck Emilia los. Sanft schob er sie von sich. Ein Blick in Emilias Augen reichte.
Sie packte Francks Hand und zog ihn hinter sich her. Im Bad zerrten sie ihre Sachen von sich. Keiner hatte für etwas anderes als den anderen einen Blick übrig. Nur für den anderen.
Nach der kurzen gemeinsamen Dusche zog Emilia Franck ins Bett. Beide immer noch halbnass und erregt. Franck hatte keine Zweifel, dass es für ihn nicht das letzte Mal in dieser Nacht war, Emilia zu verwöhnen.

Später, viel später, als sich Emilia wohlig an Franck kuschelte, wich sein Stress einer puren Entspannung. Alle lästigen Gedanken fielen von ihm ab.

Zärtlich küsste er Emilias Schulter und strich behutsam mit seinem Bart über ihre Halsbeuge.

Kurze Zeit später hörte er Emilias tiefe Atemzüge.

Vorsichtig stand Franck auf. Auf Zehenspitzen schlich er sich hinaus, um sein Versprechen zu erfüllen.

Ende

Die *Apotheken*-Krimi-Reihe
von
Ellys Meller

Liebe Leserinnen und Leser!

»Verwelkt – Der erste Fall für Hauptkommissar Franck Metz«
erschien im Oktober 2018.
»Mord ohne Rezept – Der zweite Fall für Hauptkommissar Franck Metz«
erschien im Dezember 2018.

Wann Band 4 meiner Apotheken-Krimi-Reihe veröffentlicht wird,
erfahren Sie auf meinen Autorenseiten bei BoD und Amazon.
Oder schreiben Sie mir:
ellysmeller@web.de

Wenn Ihnen meine Krimis gefallen, freue ich mich,
wenn Sie mir eine Rezension hinterlassen.

Ihre *Ellys Meller*

Allium ursinum
Bärlauch